Katja Dörr

Das Musikhaus an der Alster – Lied der Sterne

Weitere Titel der Autorin

Das Musikhaus an der Alster – Melodie der Heimat
Das Musikhaus an der Alster – Klang des Schicksals

Die Saar-Töchter – Zeiten der Sehnsucht
Die Saar-Töchter – Zeiten des Aufbruchs

Über die Autorin

Katja Dörr kommt aus dem beschaulichen Saarland, von wo aus sie ihre Figuren gern quer durch Deutschland oder gleich um die halbe Welt streifen lässt. Sie studierte in Trier und Nottingham Jura und arbeitet als Syndikusrechtsanwältin für ein großes Handelsunternehmen. Katja lebt mit ihrer Familie in der Nähe von Saarbrücken. Neben ihrer Tätigkeit als Schriftstellerin spielt sie am liebsten Gitarre und Bass, besucht Konzerte oder macht lange Spaziergänge mit ihrem Hund Lenny.

Katja Dörr

Das Musikhaus an der Alster – Lied der Sterne

Roman

Lübbe

NACHHALTIG PRODUZIERT

Die Bastei Lübbe AG verfolgt eine nachhaltige Buchproduktion. Wir verwenden Papiere aus nachhaltiger Forstwirtschaft und verzichten darauf, Bücher einzeln in Folie zu verpacken. Wir stellen unsere Bücher in Deutschland und Europa (EU) her und arbeiten mit den Druckereien kontinuierlich an einer positiven Ökobilanz.

FSC www.fsc.org MIX Papier | Fördert gute Waldnutzung FSC® C014496

Vollständige Taschenbuchausgabe
der bei beHEARTBEAT erschienenen E-Book-Ausgabe

Textredaktion: Dr. Ulrike Brandt-Schwarze
Lektorat/Projektmanagement: Laura von Altrock / Anne Pias
Umschlaggestaltung: Christin Wilhelm, www.grafic4u.de
Einband-/Umschlagmotiv: © trabantos/shutterstock, © Lukasz Szwaj/shutterstock, © Vectorry/shutterstock, © Richard Jenkins Photography
Satz: 3w+p GmbH, Rimpar
Gesetzt aus der Adobe Caslon Pro
Druck und Verarbeitung: GGP Media GmbH, Pößneck

Printed in Germany
ISBN 978-3-404-19359-2

5 4 3 2 1

Sie finden uns im Internet unter luebbe.de
Bitte beachten Sie auch: lesejury.de

Für meine Mutter, Ute Dörr (1961 - 2022)

1.

Hamburg-Hamm, 28. Juli 1909

Ab dem Moment, in dem Theresas Finger die vertrauten Tasten des alten Klaviers berührten, erfasste sie tief im Inneren ein Gefühl der Freiheit und der Unbeschwertheit, wie sie es schon seit Wochen vermisst hatte. Hier, in dem kleinen Zimmer im Erdgeschoss des in die Jahre gekommenen Landhauses, konnte sie tatsächlich allein sein. Im Einklang mit dem Instrument und mit sich selbst. Hier war sie weder Tochter noch Schwester, Verlobte oder Hausherrin. Sobald sie die schwere Eichentür des Musikzimmers hinter sich schloss und auf der spröden, ledernen Oberfläche des Klavierschemels Platz nahm, wurde aus ihr schlicht das Mädchen am Klavier, das exakt an diesem Ort vor knapp vierzehn Jahren seine Liebe zur Musik entdeckt hatte. Mit geschlossenen Augen ließ sie ihre schlanken Hände über die Tastatur gleiten. Instinktiv und scheinbar ohne ihr Zutun fanden ihre Finger ein Thema aus Schuberts *Fantasie f-Moll.* Während sie sich von der leichten, verspielten Melodie tragen ließ, genoss Theresa die Mittagssonne, die durch das große Fenster an der Südseite hereinschien. Sanft legte sich die Wärme auf ihr Gesicht und auf ihre unbedeckten Unterarme. Hier, in ihrem eigenen kleinen Reich, hatte die junge Frau es sich bequem gemacht. Die oberen Knöpfe ihrer Bluse waren geöffnet, und das haselnussbraune Haar fiel ihr locker über die zierlichen Schultern. Ihre nackten Füße ruhten auf den kühlen, glatten Messingpedalen. Wie sie dort an dem mit Schnitzereien verzierten Piano saß, fühlte sich die Zweiundzwanzigjährige mit allen Sinnen an ihre Kindheit erinnert. Der Klang der Saiten erfüllte den Raum mit Musik, und die Vibrationen des vollen Basses verursachten ihr eine leichte Gänsehaut. Um sie herum verschmolz das ferne Zwitschern der Amseln mit dem Geruch des Zimmers nach altem Zedernholz und vergilbten Teppichen zu einer Mischung an Sinneseindrücken, die sie unweigerlich an eine einfachere Zeit in ihrem Leben denken ließen. Damals, als Theresa noch ein kleines Mädchen gewesen war und ihre Eltern, der Graf und die Gräfin von Eiben, sich bester Gesundheit erfreuten, schien eine völlig sorgenfreie und behütete Zukunft vor ihr zu liegen. Viel zu schnell war die Kindheit dem Erwachsenwerden gewichen, und die unbeschwerten Freuden wurden von einem nicht enden wollenden Pflichtenkatalog überschattet.

Rasch schob Theresa diesen Gedanken beiseite und ging in den energischen zweiten Teil des Themas über. Zu ihrer Überraschung stellte sie fest, dass selbst diese recht schwierige Übung ihr heute gut gelang. Sogar der sonst so widerwillige kleine Finger der linken Hand lag stets dort, wo er sollte. Motiviert von diesem Erfolg, straffte Theresa ihren Rücken und atmete tief ein. Sollte sie sich heute etwa am Allegretto in Mozarts *Sonate Nr. 18 D-Dur* versuchen, an dem sie bisher so kläglich gescheitert war? Schließlich hatte ihr Klavierlehrer ihr erst vor Kurzem Trägheit und mangelnde Ambition vorgeworfen. Aber was wusste der schon? Sicherlich würde Theresa weniger über die schnellen Triolenbewegungen stolpern, wenn sie nicht ständig tadelnde Blicke in ihrem Nacken spüren müsste. Außerdem würde die heutige Übung nicht durch Belehrungen und Ermahnungen unterbrochen werden. Theresa schauderte es regelrecht bei der Vorstellung, bald schon wieder einer von Herrn Albers' Lektionen in Musiktheorie unterzogen zu werden. Nur zu gern wollte die Klavierschülerin stattdessen seinen Gesichtsausdruck des Lehrers sehen, wenn sie in der nächsten Stunde fehlerfrei spielen würde. Entschlossen öffnete sie die Augen und brachte ihre Hände in die korrekte Ausgangsposition.

»Na gut«, sagte sie leise. »Wir versuchen es einfach mal.«

Gerade als Theresa zum ersten Akkord ansetzen wollte, nahm sie einen flüchtigen Schatten wahr, der über die langen weißen Gardinen zu ihrer Rechten huschte. Erschrocken hob sie die Hände von den Tasten. War dort draußen jemand? Theresa hielt den Atem an und lauschte angestrengt. Es war nichts zu hören. Schon seit Jahren hatte sie niemanden mehr von der Familie hier gesehen. Ihr Bruder

Wilhelm verließ nur selten das weit komfortablere Anwesen in der Stadt und machte sich ohnehin nichts aus dem alten Landhaus. Stattdessen zog er es vor, seine Tage in dem muffigen, verrauchten Arbeitszimmer im Dachgeschoss des elterlichen Stadthauses zu verbringen, bis sein Gesicht so weiß war wie die chaotischen Stapel von Bilanzen und Rechnungen, die er um sich herum auftürmte. Theresas einziger Begleiter war der Kutscher Artur, der sie hergebracht hatte. Der alte, stets etwas mürrische Bedienstete litt jedoch schon seit Jahren unter wiederkehrenden Schmerzen in den Beinen und würde folglich kaum auf dem weitläufigen Grundstück umherwandern. Für gewöhnlich ruhte er sich im Inneren der Kutsche aus, solange seine Herrin sich ihrem Klavierspiel widmete, was Letztere ihm aufgrund seines Leidens durchgehen ließ.

Mittlerweile war Theresa aufgestanden und spähte vorsichtig an den Gardinen vorbei aus dem Fenster. Weder auf dem Kiesweg, der unmittelbar vor dem Haus vorbeiführte, noch auf der dahinterliegenden Wiese waren irgendwelche Bewegungen zu erkennen. Die kleine schwarze Kutsche stand ebenfalls noch an Ort und Stelle, und die abgeschirrten Pferde wirkten entspannt. Hätte ein Eindringling diese nicht aufgescheucht? Theresa war immer noch nervös. Sollte sie sich getäuscht haben, und der Schatten war nur ein harmloser Vogel gewesen? Nein, Theresa konnte fühlen, dass etwas nicht stimmte. Dort draußen war jemand.

Langsam schloss sie die Tastenklappe des Pianos und schlich in Richtung Tür. Mit klopfendem Herzen hielt sie den Türgriff in der Hand und fragte sich, was sie als Nächstes tun sollte. Dabei biss sie sich gedankenverloren auf die Unterlippe, wie sie es schon als kleines Kind getan hatte, wenn sie angestrengt nachdachte. Plötzlich fiel ihr das Schlafzimmer im oberen Stockwerk ein. Von diesem Raum aus könnte sie den Großteil des vorderen Anwesens überblicken. Falls sie nichts entdeckte, würde sie schnell hinaus zur Kutsche laufen und sich heimfahren lassen. Dort angekommen, würde sie den kräftigen Stallknecht anweisen, sich umgehend zum Landhaus zu begeben und gründlich nach Eindringlingen Ausschau zu halten.

Mittlerweile war Theresas Anspannung einer tiefen Enttäuschung darüber gewichen, ihr Klavierspiel viel früher als erwartet aufgeben und in ihren grauen Alltag zurückkehren zu müssen. Ärgerlich knöpfte sie ihre Bluse zu, schloss den steifen Kragen, steckte ihre Frisur zu einem ordentlichen Knoten hoch und schlüpfte in ihre Strümpfe und Schuhe. Sehnsüchtig warf sie einen letzten Blick auf das alte Piano und wandte sich dann zum Gehen. In diesem Moment hörte Theresa, wie die schwere Eingangstür mit einem lauten Ächzen aufgedrückt wurde, und sie erstarrte vor Schreck. Ihr Herz klopfte bis zum Hals, und sie drückte sich an die Wand hinter ihr. Nun konnte sie auch schon schwere Schritte im Flur hören. Das energische Klackern von Schuhsohlen auf den ausgedörrten Dielenbrettern wurde stetig lauter.

Er kommt näher.

Die Gedanken rasten durch Theresas Kopf, und ihr Puls hämmerte so laut in ihren Schläfen, dass sie ihn fast hören konnte.

Oh Gott, ich glaube, er kommt hierher.

Tatsächlich wurde das Geräusch der Schritte immer lauter, und ein leises Husten des mutmaßlichen Einbrechers verriet Theresa, dass er schon fast auf der Höhe des angrenzenden Kaminzimmers angekommen sein musste.

Lauf weg. Du musst hier raus!

Hektisch sah sie sich in dem kleinen Raum um, doch sie wusste, dass nur diese eine Tür hinausführte. Um die Fenster zu öffnen und hindurchzuklettern blieb keine Zeit mehr, selbst wenn dieses Kunststück mit dem langen, schweren Wollkleid überhaupt zu bewerkstelligen gewesen wäre. Kurz kam ihr der Gedanke, das Klavier vor die Tür zu schieben, doch dieses wog mit Sicherheit weitaus mehr, als ihre Kräfte hergaben. Theresas Blick fiel auf den massiven, gusseisernen Kerzenständer, der neben dem Instrument stand. Ihn hatte sie Anfang des Jahres an einem düsteren Wintermorgen aus dem Kaminzimmer geholt, um ein wenig Licht zu haben. Kurz entschlossen packte sie das untere Ende der improvisierten Waffe und stellte sich in drei Schritten Entfernung von der Tür auf. Sie hatte in ihrem Leben noch nie Gewalt anwenden müssen, aber wenn es sein müsste, würde sie so hart zuschlagen, wie sie konnte.

Theresa hielt den Atem an und lauschte angestrengt. Anscheinend war der Eindringling stehen geblieben, denn es waren plötzlich keine Schritte mehr zu hören.

»Hallo? Guten Tag. Ist hier jemand?«

Der ruhige, freundliche Klang der Stimme überraschte sie und kam ihr zugleich irgendwie bekannt vor. Unsicher ließ sie den schweren Kerzenständer in ihrer Hand sinken, gab jedoch keine Antwort.

»Ist irgendjemand zu Hause?«, erkundigte sich die Stimme nochmals, worauf erneut Schritte in Richtung des Musikzimmers zu hören waren.

»Dies ist Privatbesitz!«, platzte es aus Theresa heraus. »Verschwinden Sie sofort, oder ich lasse Sie wegen Einbruchs verhaften!«

Sie hatte energisch und bedrohlich klingen wollen, doch ihre Stimme überschlug sich, sodass ihre Worte zu einem schrillen Quietschen verzerrt wurden.

»Fräulein von Eiben?« Die Stimme klang immer noch freundlich, jedoch etwas verunsichert.

»Verschwinden Sie! Ich sage es nicht noch einmal. Sie unverschämter Mensch!«

Theresa hob den Kerzenständer wieder höher und bewegte sich dabei einen Schritt auf die Tür zu.

Die Person, die jetzt offenbar am Ende des Flurs und damit unmittelbar vor dem Eingang des Musikzimmers angekommen war, räusperte sich.

»Gnädiges Fräulein, ich bitte Sie. Wir kennen uns. Mein Name ist Bruno Dreyer. Mir gehört die Papierfabrik Dreyer in Altona. Ich glaube …« Dreyer schien einen Moment lang zu überlegen. »Ich glaube, wir haben uns vor einigen Monaten einmal bei einem Empfang Ihres werten Herrn Bruders kennengelernt.«

Theresa entspannte sich etwas, während die Erinnerung sich langsam einstellte. Ja, die Stimme gehörte zweifellos zu Herrn Dreyer. Tatsächlich hatte Theresa sich zuletzt erst vor einigen Monaten bei einem Theaterbesuch flüchtig mit dem Mann unterhalten. Ihr Bruder Wilhelm war ebenfalls zugegen gewesen. Bruno Dreyer war ein etwas kleinerer, ziemlich untersetzter Herr mit Halbglatze. Er litt unter hohem Blutdruck und hatte daher ein rundes, meist rot angelaufenes Gesicht. Auf der großen, etwas schief geratenen Nase saß eine altmodische Brille mit dicken Gläsern, durch die dem Gegenüber freundliche, dunkle Augen entgegenstrahlten. Theresa schätzte, dass Dreyer mindestens fünfzig Jahre alt sein musste. Vielleicht war er sogar noch älter. Der fleißige Geschäftsmann hatte sein Geschäft stetig erweitert und schließlich vor einigen Jahren die Papierfabrik aufgebaut, wodurch er endgültig in den Kreis des neureichen Bürgertums aufgestiegen war. Diese moderne Art des Reichtums betrachteten die Mitglieder traditioneller Adelsfamilien, wie zum Beispiel Wilhelm von Eiben, im Allgemeinen mit gemischten Gefühlen. Man machte mit den Leuten Geschäfte, soweit es profitabel schien, und ließ sich von Ihnen in teure Restaurants einladen. Wo immer es möglich war, blieb man jedoch lieber unter seinesgleichen. Theresa beruhigte sich etwas und fand zugleich neuen Mut. Was fiel dem Mann ein, sich ungebeten Zugang zum Haus zu verschaffen und sie hier derart zu überfallen?

»Herr Dreyer«, sagte sie betont nüchtern, ohne sich die Mühe zu machen, die Tür zwischen sich und dem ungebetenen Besucher zu öffnen. »Falls Sie mit meinem Bruder sprechen möchten, muss ich Sie enttäuschen, denn er ist nicht hier. Sicher gibt er Ihnen aber gern einen Termin. So wird es allemal besser sein, als hier herumzuschleichen und mich halb zu Tode zu erschrecken. Das ist wirklich keine Art, einfach in anderer Leute Häuser hineinzuspazieren. Ich muss mich über Ihre fehlenden Manieren doch sehr wundern.«

Theresa war froh, ihre Beherrschung wiedergefunden zu haben, was es ihr ermöglichte, Dreyers unverschämtes Verhalten gebührend zu rügen. Sie stellte den Kerzenständer neben der Tür ab und wartete darauf, dass sie hören würde, wie der unerwünschte Gast das Weite suchte. Stattdessen vernahm sie erneut ein leises Husten, dann setzte der ältere Herr zu einer Erklärung an.

»Nun, Fräulein von Eiben. Es tut mir furchtbar leid, Sie erschreckt zu haben. Das war keinesfalls meine Absicht, und ich bitte höflichst um Entschuldigung. Aber …«, er zögerte, »hat Ihr Bruder denn nicht mit Ihnen über unsere Abmachung gesprochen?«

Jetzt wurde Theresa erst recht wütend. Wie deutlich musste Sie Dreyer noch sagen, dass er hier unerwünscht war?

»Nein, das hat er nicht. Mein Bruder weiht mich für gewöhnlich nicht in seine Geschäfte ein. Offen gesagt interessieren mich diese auch nicht besonders. Und jetzt entschuldigen Sie mich bitte, ich habe zu tun.«

»Nun, gnädiges Fräulein.« Dreyer atmete hörbar tief ein. »Dieses hier interessiert Sie vielleicht schon, denn seit gestern gehört das Anwesen mir.«

Theresa fühlte, wie ihr Herz mit einem Ruck bis in ihren Bauch absackte, wo sich ein unangenehmes Brennen ausbreitete. Ein prickelndes Gefühl der Taubheit kroch von unten an ihren Oberschenkeln entlang, sodass sie für einen Moment dachte, ihre Beine würden unter ihr nachgeben.

»Was?«, presste Sie hervor. Ihre rechte Hand tastete nach der rauen Holzvertäfelung hinter ihr, als müsse sie sich vergewissern, dass sie nicht aus der Realität herausgefallen war. Theresa hatte schlagartig das Gefühl, als schnüre sich ihr Hals zu. Sie atmete in kurzen, heftigen Zügen.

»Ich dachte natürlich, Sie wüssten Bescheid, Fräulein von Eiben. Sonst hätte ich …« Weiter kam Dreyer nicht, denn Theresa hatte ihre Stimme wiedergefunden.

»Das konnte mein Bruder nicht ohne mich entscheiden. Und ich stimme dem nicht zu.«

Mit aller Macht versuchte Theresa, ihre Fassung zu wahren. Sie zwang sich, langsamer zu atmen, um ihre Stimme halbwegs kontrollieren zu können.

»Hören Sie? Ich stimme dem *nicht* zu!«, wiederholte sie laut.

Obwohl sie alles versucht hatte, um sich zu beherrschen, brüllte Theresa ihre ganze Wut nun dem unsichtbaren Gegenüber auf der anderen Seite der Tür entgegen. Doch selbst dieser unbändige Gefühlsausbruch brachte ihr keine Erleichterung, sondern schien nur noch mehr Ärger an die Oberfläche zu spülen.

»Dies ist *mein* Haus«, fauchte sie und schlug die rechte Faust im Rhythmus der letzten beiden Worte gegen das massive Türblatt.

»Und jetzt hauen Sie ab, bevor ich Ihnen Beine mache, verflixt noch eins!«

Endlich war das Geräusch sich rasch entfernender Schritte zu hören. Bruno Dreyer hatte es offensichtlich aufgegeben, eilte aus dem Haus und lief über den Kiesweg davon.

Erst als es wieder ganz still um sie herum war, holte Theresa tief Luft und ließ sich an der Wand entlang auf den abgewetzten Dielenboden sinken. Das Brennen in ihrem Inneren durchzog mittlerweile den gesamten Oberkörper und erfüllte ihren Mund mit einem schalen, metallischen Geschmack. Ihr Herz hämmerte jedoch wie eine Dampfmaschine.

Wilhelm von Eiben, dachte Theresa, während sie erschöpft die Augen schloss. *Wenn du das wirklich getan hast, werde ich es dir niemals im Leben verzeihen.*

2.

Hamburg-Harvestehude, 29. Juli 1909

Pünktlich um halb zehn Uhr schallte das schwerfällige metallische Läuten der drei Bronzeglocken von St. Johannis durch Harvestehude. Gegen den hellblauen Morgenhimmel zeichneten sich bereits unbarmherzig helle Sonnenstrahlen ab, die nur noch schwach von den verbliebenen Wolkenfetzen gebrochen wurden. Zweifellos würde die gesamte Stadt schon in wenigen Stunden unter der lähmenden Mittagshitze brüten, die bereits die vorigen beiden Tage beherrscht hatte. Während man auf den Straßen nur hier und da den langen Schatten eines vereinzelten Fußgängers ausmachen konnte, war die Kirche bereits äußerst gut besucht. Ihre massiven Mauern strahlten eine allumfassende Ruhe aus, und die kühle Luft im Innern des Kirchenschiffs roch schwach nach dem spröden Papier der alten Gesangbücher und kaltem Kerzenwachs. Die letzten Neuankömmlinge hasteten gerade den Mittelgang entlang über den glatten Terrazzoboden, um zügig zu einem freien Platz zu gelangen. Andächtig und mit gesenkten Köpfen erwarteten die übrigen Anwesenden derweil auf den klobigen dunklen Bänken den Beginn des Gottesdienstes. Lediglich vereinzelt tuschelten ein paar Damen, die hinter dem Schutz ihrer schwarzen, breitkrempigen Hüte und der eleganten, ebenso schwarzen Handschuhe noch schnell den neuesten Klatsch und Tratsch der Hafenstadt austauschten.

Ungeduldig sah sich Theresa noch einmal in den langen Sitzreihen um. Es waren eine ganze Menge Leute zum Jahresgedächtnis ihrer Eltern erschienen, sodass fast alle verfügbaren Plätze besetzt waren. Auf der gegenüberliegenden Seite des Ganges konnte sie den Bürgermeister samt Gemahlin ausmachen. Zu deren Rechten saßen einige Mitglieder des Stadtrats, die Theresa nur flüchtig kannte. Als ihr Blick nach hinten über die Empore schweifte, nahm sie den hochgewachsenen, gut gekleideten Mann wahr, der sich gerade an der Orgel einrichtete. Er trug einen eleganten schwarzen Zweiteiler und hatte sein dunkelblondes Haar fein säuberlich nach hinten gebürstet. Aufgrund der Entfernung konnte Theresa sein Gesicht nicht richtig erkennen, aber es schien sich um einen attraktiven Herrn mittleren Alters zu handeln. Während sie sich noch fragte, was wohl aus dem vorigen Organisten, dem schwerhörigen alten Herrn Eggers, geworden war, hörte sie hastige Schritte näher kommen. Wilhelm! Als sie sich erwartungsvoll umdrehte, musste sie jedoch feststellen, dass es Marga Schumacher war, die Haushälterin der Familie. Sie nickte Theresa knapp und pflichtbewusst zu und verschwand dann in der dritten Bankreihe. Im Schlepptau hatte sie ihre Enkelin Gerda, die seit Kurzem ebenfalls im Dienst der Familie von Eiben stand. Das zierliche blonde Mädchen musste fünfzehn oder sechzehn Jahre alt sein, wirkte jedoch, klein und scheu, wie es war, noch sehr wie ein Kind.

Offenbar waren nun sämtliche Plätze belegt. Nur unmittelbar links neben Theresa, in der ersten Reihe, saß niemand. Typisch. Es sah ihrem drei Jahre älteren Bruder Wilhelm ähnlich, nicht einmal zu diesem Ereignis pünktlich zu erscheinen, damit er Theresa zur Seite stehen könnte. Schon damals, bei der Beerdigung, war er erst in letzter Sekunde auf den verregneten Friedhof gehastet, um sich dem Zug der Trauernden anzuschließen.

Theresa fühlte, wie die Erinnerung an diesen Tag ihr Herz schwer werden ließ. Der Tod der Eltern hatte ihr junges Leben entzweigeschnitten wie ein Fallbeil, sodass es für sie seither nur noch das Davor und das Danach gab. Meist schien es Theresa so, als wäre sie selbst in ein anderes Leben übergegangen, das nur noch eine verblasste Kopie des alten war. Eleonore von Eiben war nach kurzer Krankheit in einer gewittrigen Sommernacht in ihrem Bett entschlafen. Bleich und völlig abgezehrt, glich sie sich kaum noch selbst. Die Ärzte hatten den heftigen, erbarmungslosen Verfall, den die Erkrankung mit sich brachte, als »galoppierende Schwindsucht« bezeichnet. Karl August von Eiben, der den Anblick der Toten nicht ertragen konnte, war am späten Abend aus dem Familienanwesen geeilt. Am nächsten Morgen fand man ihn in einer kleinen Gartenlaube am westlichen Ende des weitläufigen Grundstücks. Laut dem Bericht, den sein Arzt, Dr. Carl Fincke, einige Tage später anfertigte, hatte sich beim Reinigen seines Jagdgewehrs ein Schuss gelöst, der zum sofortigen Tod des Patriarchen führte. Eine nüchterne, würdevolle Erklärung, die jedoch für Theresa keinen Augenblick lang Zweifel an der schrecklichen Wahrheit ließ. Jedenfalls hatte die völlig schockierte Tochter so innerhalb nur weniger Stunden beide Eltern verloren.

Gedankenverloren nahm Theresa eine Bewegung unmittelbar neben sich war. Wilhelm war endlich gekommen. Doch er war nicht allein, sondern wurde von einer etwas kräftigen jungen Dame begleitet, deren störrische dunkelblonde Locken unter ihrem schwarzen Häubchen hervorquollen. Erst als diese sich auf eine einladende Handbewegung von Wilhelm hin unmittelbar neben Theresa setzte und ihr ein zurückhaltendes Lächeln schenkte, ging ihr ein Licht auf: natürlich! Das rundliche Gesicht. Die großen, hellblauen Augen. Wilhelm hatte ihre Cousine Margarethe dazu überredet, sich zu ihm in die erste Bank zu setzen. Er nickte Theresa nur knapp zu und schaute dann stur nach vorn.

Was für eine elegante Lösung, dachte sie, *du missbrauchst das arme Mädchen als Puffer zwischen uns. Elender Feigling.*

Demonstrativ betrachtete Theresa die linke, ihr zugewandte Seite von Wilhelms Hinterkopf. Sie hoffte insgeheim, dass ihre Augen eine Art Hitzestrahl aussenden könnten, der ihn dazu zwingen würde, sie anzusehen.

Sieh her, du Verräter. Sieh mir ins Gesicht, und sag mir, dass du mir mein Haus genommen, mich meiner Festung, meines einzigen Zufluchtsorts auf der Welt beraubt hast.

»Hübsch siehst du aus, Cousine«, flüsterte Margarethe und legte sanft ihre linke Hand auf Theresas Knie, während sie immer noch lächelte. »Wir haben uns ja schon so lange nicht gesprochen, du und ich.«

Theresa sah immer noch zu Wilhelm.

»Ja, das stimmt«, murmelte sie geistesabwesend.

»Wilhelm sagte mir eben, dass du bald deinen Verlobten heiraten wirst. Wie aufregend! Herzlichen Glückwunsch!« Vor lauter Begeisterung hielt Margarethe sich die Hand vor die vollen Lippen, während ihr Lächeln zu einem breiten Grinsen wurde. »Wann ist es denn so weit?«

Theresas Augen verengten sich zu schmalen Schlitzen, und ihre Fingernägel gruben sich in das kalte Holz der Bank unter ihr. Sie spürte, dass Wilhelm sie immer wieder aus dem Augenwinkel beobachtete, um dann blitzschnell wieder wegzusehen.

Ganz richtig, dachte Theresa. *Ich bin hier, und du wirst mir nicht ewig aus dem Weg gehen können, selbst wenn du dich bis zum Tag des Jüngsten Gerichts in deinem Arbeitszimmer verkriechst, und mich nicht hineinlässt.*

»Theresa?«, flüsterte Margarethe besorgt. »Geht es dir nicht gut?«

Theresa öffnete den Mund und schloss ihn wieder. Nein, es ging ihr nicht gut. Wie hätte es ihr gut gehen können, die Eltern verstorben und mit einem Esel von Bruder, der sie schlichtweg ignorierte? Wie könnte sie jetzt, ohne das Landhaus, noch einen Moment Ruhe vor dem Lärm und den Anstrengungen des Stadtlebens finden? In diesem Moment blitzte in ihrem Bewusstsein ein schrecklicher Gedanke auf: das Piano! Was, wenn der alte Dreyer nichts damit anzufangen wüsste und es einfach achtlos verkommen ließe? Er mochte neuerdings schwerreich sein, aber im Inneren blieb er doch ein gewöhnlicher Bauer. Ein Mann von solch gewöhnlicher Herkunft wäre am Ende noch imstande, das wertvolle Instrument als Brennholz zu verwenden.

Der bloße Gedanke daran, wie dieser Rüpel Hand an ihren Besitz legte, machte Theresa so rasend, dass sie die Zähne fest zusammenbeißen musste, um nicht vor lauter Wut loszuschreien. Sie umklammerte die Bank noch fester, sodass ihre Knöchel weiß hervortraten.

Erst jetzt registrierte Theresa, dass der fragende Blick ihrer Cousine immer noch auf ihr ruhte. Sie atmete tief ein und setzte nochmals zu sprechen an, als sich mit einem Mal alle Anwesenden Trauergäste raschelnd und polternd von ihren Plätzen erhoben. Der Gottesdienst begann. Schnell warf Wilhelm noch einen vermeintlich unauffälligen Blick zu seiner Schwester hinüber und fixierte dann den Inhalt seines Gesangbuches, als sei dieser das Spannendste, was er je zu lesen bekommen hätte. Auch Margarethe widmete ihre Aufmerksamkeit nun ganz dem Geschehen am Altar.

»Am Ende wirst du mir Rede und Antwort stehen müssen«, flüsterte Theresa kaum hörbar. »Das ist sicher. So sicher wie das Amen in der Kirche.«

Kaum, dass der letzte Segen gesprochen war, sprang Wilhelm auf. Die arme Margarethe würdigte er keines Blickes mehr, sondern marschierte stattdessen zielstrebig auf den Seitenausgang zu und ignorierte dabei sämtliche Höflichkeiten und Beileidsbekundungen der vorbeiziehenden Gäste. Theresa, die damit gerechnet hatte, wünschte ihrer etwas verwirrten Cousine höflich eine gute Heimreise und eilte dann ihrerseits in Richtung des Hauptportals.

Kurz vor der rettenden Kutsche, die auf Wilhelm wartete, schnitt sie ihm mit einem entschlossenen Schritt den Weg ab. Wilhelm, der stur auf den Boden schaute, stolperte, hielt sich mit Mühe im Gleichgewicht und starrte seine Schwester mit vor Überraschung weit aufgerissenen Augen an.

Theresa zuckte innerlich zusammen. Jetzt, wo sie ihn aus unmittelbarer Nähe und bei Tageslicht vor sich sah, gab er ein noch besorgniserregenderes Bild ab als sonst: Seine Haut war bleich und wirkte seltsam wächsern, während sich unter seinen glasigen Augen dunkle Schatten abzeichneten. Das fettige dunkle Haar schien in den letzten Wochen noch schütterer geworden zu sein. An den Schläfen begann es bereits zu ergrauen. Außerdem hatte Wilhelm sichtlich abgenommen. Sein schwarzes Hemd, das sich knapp unter seinem dünnen Hals mit dem nervös zuckenden Adamsapfel schloss, hing an dem gebeugten mageren Oberkörper herunter. Er sah mit seinen knapp fünfundzwanzig Jahren fast doppelt so alt aus, wie er tatsächlich war. Sein Blick zeugte von tiefem Unbehagen.

»Theresa, ich muss …«

»Du musst mir dringend erklären, was passiert ist«, unterbrach sie ihn sanft, aber bestimmt. »Und am liebsten wäre es mir, du fängst damit an, dass der alte Dreyer verrückt geworden ist, weil er meint, er wäre plötzlich Eigentümer unseres Landguts.«

Wilhelm seufzte, trat ein Stück zurück und rieb sich gereizt die grauen Bartstoppeln. Doch Theresa fuhr ungerührt fort.

»Eines Landhauses, das sich seit seiner Errichtung vor fast einhundertfünfzig Jahren im Familienbesitz befindet. Eines Anwesens, um das ganz Hamburg uns wegen seiner Eleganz und seiner einmaligen Lage seit jeher beneidet.«

Wilhelm hatte ein seidenes Taschentuch aus seinem Jackett gefischt und wischte die Schweißperlen von der Stirn. Dann straffte er die Schultern und sah Theresa in die Augen.

»Herr Dreyer ist ganz sicher nicht verrückt«, gab er zurück, »und ich wünsche nicht, dass du so über einen meiner Geschäftspartner sprichst. Er hat mir das Gut zu einem sehr vernünftigen Preis abgekauft.« Wilhelm stopfte das Tuch unachtsam zurück in seine Tasche. »Außerdem hat er mir auch von eurer Begegnung erzählt und dass du dich dabei völlig hysterisch aufgeführt hast.«

Theresa spürte, wie langsam derselbe Zorn in ihr aufkeimte, den sie schon bei der besagten Begegnung empfunden hatte. Natürlich hatte sie nicht damit gerechnet, dass ihr Bruder sich entschuldigte, aber sie würde es nicht hinnehmen, sich auch noch beleidigen zu lassen. Herausfordernd sah sie Wilhelm an.

»Aber warum? Wie kommst du dazu, einfach so das gesamte Anwesen zu verkaufen?«

»Wie ich dazu komme?«, blaffte Wilhelm. Theresa beobachtete, wie sich die Muskeln in seinem Hals anspannten, während die Fältchen auf seiner Stirn zu tiefen Furchen wurden. »Wie kommst *du* dazu, dich in meine Angelegenheiten einzumischen? Was erlaubst du dir eigentlich?«

Theresa wollte Einspruch erheben, doch er ließ sie nicht zu Wort kommen.

»Wenn du vor knapp anderthalb Jahren auf mich gehört hättest, würden wir jetzt wahrscheinlich gar nicht in diesem Schlamassel stecken.«

»Was soll das nun wieder heißen?«, fragte sie gereizt.

»Das soll heißen, dass du die Chance deines Lebens vertan hast, du dumme Gans!« Wilhelm trat mit erhobenen Armen einen Schritt auf Theresa zu. Kurz glaubte sie, er würde sie gleich von beiden Seiten am Kopf packen und schütteln. Er hatte seine Stimme erhoben, sodass sich nun einige Umstehende nach den streitenden Geschwistern umdrehten. Wie um sich selbst zu beruhigen, faltete Wilhelm seine Hände und sprach gepresst weiter.

»Walter Hansen. Der älteste Sohn der Klavierbauer. Zwar ohne Stand und Titel, aber mit exzellenter Reputation und einem gewaltigen Erbe, das bereits auf ihn wartet. Sein Vater und ich waren uns so gut wie einig, was die Verbindung betraf. Er wäre mir sogar diskret wegen der Mitgift entgegengekommen. Und was tust du? Treibst dich mit seinem jüngeren Bruder herum und machst mich vor aller Welt lächerlich.«

Theresa kochte nun endgültig vor Wut und ging ihrerseits noch einen halben Schritt nach vorne, bis sich ihr eigenes und Wilhelms Gesicht fast berührten.

»Jakob und ich treiben uns nicht herum. Er hat mir damals einen Antrag gemacht, und, wie du weißt, sind wir mittlerweile seit fast einem Jahr verlobt.«

»Wie schön für euch«, gab Wilhelm bitter zurück. »Und während ihr euer Liebesglück genießt, muss ich mich im Alleingang darum kümmern, dass …« Er stockte und sah wieder zu Boden. Nervös rieb er die knochigen Hände aneinander.

Worum musst du dich kümmern?, wollte Theresa fragen. *Was frisst dich innerlich dermaßen auf, Bruder?* Doch sie kam nicht dazu.

»Wie auch immer«, schnaubte er mit einer wegwerfenden Handbewegung. »Der alte Kasten ist jedenfalls verkauft. Und jetzt brauche ich Ruhe und ein Glas Cognac, und zwar dringend.«

Mit diesen Worten signalisierte er dem Kutscher, der immer noch hinter Theresa wartete, dass er bereit zur Abfahrt wäre.

»Unsere Eltern sind tot, Schwesterherz«, raunte Wilhelm im Vorbeigehen. »Tragisch, aber es macht mich zum Oberhaupt der Familie. Und ich will verdammt sein, wenn ich mir von einer vorlauten Göre wie dir irgendwelche Frechheiten gefallen lasse.«

Entsetzt über diese harten Worte und der Gefühlskälte, mit der ihr Bruder sie ausgesprochen hatte, blieb Theresa schweigend auf dem Vorplatz der Kirche zurück. Dieser verbitterte, zynische Mann hatte rein gar nichts mehr mit dem schüchternen Jungen gemein, an den sie sich liebevoll erinnerte. Der große Bruder, zu dem Theresa aufgeblickt und dessen Schutz sie in den Jahren der Kindheit gesucht hatte, war zusammen mit den Eltern verschwunden. Sie spürte, wie sich eine große graue Wolke vor die Sonne schob. Kurz danach begann es zu regnen.

3.

Hamburg-Harvestehude, 30. Juli 1909

»Das hat er wirklich gesagt?«, fragte Jakob, nachdem seine Verlobte ihm von ihrem Streit mit Wilhelm erzählt hatte.

»Genau das«, bestätigte Theresa, die in ihrer Erzählung allerdings bewusst den Teil ausgespart hatte, in dem Wilhelm sie dafür gescholten hatte, dass sie ungefähr anderthalb Jahre zuvor eine Verlobung mit Jakobs Bruder Walter ausgeschlagen hatte.

Das Paar unternahm gerade einen seiner geliebten Spaziergänge entlang des Fährdamms. Das Wetter zeigte sich an diesem Freitagnachmittag deutlich milder als zu Beginn der Woche, und dunkle Wolkenvorhänge, die aus Richtung Nordwesten die Elbe hinaufzogen, ließen ein abendliches Gewitter befürchten. Dennoch hätte man meinen können, die halbe Stadt sei entlang des Damms unterwegs. Junge Mütter in sommerlichen Kleidern schoben Seite an Seite ihre Kinderwagen an alten Herren vorbei, die auf einer der zahlreichen Bänke die Tageszeitung lasen oder versonnen die kleinen Fähren beobachteten, die regelmäßig die Außenalster zwischen Harvestehude und Uhlenhorst überquerten. Das Lachen der Kinder unter den großen knorrigen Bäumen, die den Weg direkt am Ufer des Flusses säumten, war weithin zu hören.

»Ich mache mir, ehrlich gesagt, Sorgen um deinen Bruder«, sagte Jakob, und Theresa konnte sehen, wie dieser Gedanke seine sonst so unbekümmerte, offene Miene trübte. Wie immer in der heißen Jahreszeit war Jakobs Haut im Gesicht und an seinen Unterarmen karamellbraun geworden, während sein gewöhnlich dunkelblondes Haar die Farbe von frischem Stroh annahm. Auf seinem markanten Kinn wuchsen einige rotblonde Bartstoppeln, die in Kontrast zu seinen tiefblauen Augen standen. Es sah ihm ähnlich, sich über Menschen Gedanken zu machen, denen er seinerseits völlig gleichgültig war.

»Ich weiß eigentlich gar nicht, warum mich das so überrascht«, sagte Theresa. »Wilhelm war noch nie ...«, sie suchte nach dem richtigen Wort. »Er war schon immer sehr nüchtern in seinem Handeln. Er hängt einfach nicht an Dingen und hält sich geschäftlich nicht mit Sentimentalitäten auf.«

Jakob nickte nur stumm und sah hinaus auf den Fluss.

»Trotzdem hat es mich getroffen, wie kalt er war«, fuhr Theresa fort. »Es kam mir so vor, als wäre ich ein einziges Ärgernis für ihn. Wie ein kleines Kind, das man dafür ausschimpft, dass es im Weg herumsteht. Und dieser Blick. Er ist so voller Groll gegen mich.«

Jakob schüttelte entschieden den Kopf und nahm Theresas Hand.

»Nein«, sagte er, »dich hat er seinen Schmerz und seinen Zorn nur spüren lassen, weil du ihm die Stirn geboten hast. Ich glaube, dass dein Bruder sehr wohl zu sentimentalen Gefühlen fähig ist. Er geht nur völlig anders damit um als du.«

Theresa dachte an die gemeinsame Kindheit mit Wilhelm zurück. Ihr Vater war mit seinen breiten Schultern und seiner donnernden Stimme so völlig anders gewesen als der zierliche Sohn mit den großen traurigen Augen. Von Anfang an hatte dem Sprössling der Makel angehaftet, zu sanft und zu schwach zu sein. Und Wilhelm hatte sein Leben lang dagegen angekämpft, bis er schließlich seine ganz eigene Art der Stärke fand.

»Dein Bruder hat so etwas wie eine unsichtbare Festung um sich herum aufgebaut«, fuhr Jakob fort, als würde er Theresas Gedankengang aufnehmen. »Der Tod eurer Eltern, die Trauer, die Sorgen. All das konnte er nur ertragen, indem er sich mehr und mehr abgeschottet hat. Von dir und in gewisser Weise auch von sich selbst. Ich glaube, er braucht einfach noch Zeit, um mit all dem fertig zu werden.«

Theresa legte dankbar ihren Kopf an Jakobs Schulter, während sie weitergingen. Er hatte recht und fand wie immer die richtigen Worte. Jetzt tat ihr Wilhelm tatsächlich leid, und sie wünschte sich, ihm helfen zu können. Aber würde er ihr jemals zuhören? In den letzten Wochen hatte sie ihn nur ein oder zwei Mal zu Gesicht bekommen. Außerdem war da noch die Trinkerei. Theresa hatte den

Eindruck, dass Wilhelm sich mittlerweile täglich Wein und Cognac bringen ließ. Sie selbst hatte noch nie Alkohol zu sich genommen, aber sie wusste, dass er für viele Menschen ein Mittel war, um ihre inneren Dämonen zum Schweigen zu bringen.

Jakob blieb stehen und nahm auch Theresas andere Hand. Ein schelmisches Grinsen breitete sich auf seinem Gesicht aus. »Und außerdem«, flüsterte er ihr zärtlich ins Ohr, »werde ich dir schon bald ein neues Landhaus bauen. Eines, das nur uns beiden gehört. Es wird absolut prächtig sein. Und es soll in jedem einzelnen Zimmer ein Piano haben. Was sagst du dazu?«

»Auch im Schlafzimmer?«, fragte Theresa gespielt unschuldig, konnte jedoch ein Kichern nicht unterdrücken.

»Auch dort«, erwiderte Jakob und küsste sie auf die Wange. »Aber nur, wenn du dann nicht vergisst, dass ich auch noch da bin.«

Theresa konnte regelrecht fühlen, wie sich die unsichtbaren Fesseln lösten, die ihr seit Tagen die Brust einschnürten und ihr das Herz schwer machten. Ja, es war Zeit, den Blick nach vorn zu richten. Zeit, an die Zukunft zu denken. Eine gemeinsame Zukunft mit Jakob. Wie hatte sie ihn vermisst, weil er nur noch arbeitete. Die Nähe zu ihm, sein Lächeln und seine unerschütterliche Zuversicht waren wahrlich der Schlüssel zu ihrem Glück.

»Wird unser Musikhaus denn so viel Geld abwerfen?«, wollte Theresa wissen. Die beiden hatten über das Thema schon seit einiger Zeit nicht mehr gesprochen, obgleich Theresa wusste, dass Jakob jede wache Minute damit zubrachte, diesen Traum Wirklichkeit werden zu lassen.

»Natürlich«, gab er zurück und hob mit übertriebener Dramatik den Zeigefinger. »Das Musikhaus Hansen wird in dieser schönen Stadt die erste Adresse in Sachen Musik sein. Jung, modern und so effizient wie eine kleine Fabrik. Man wird uns die Instrumente schneller aus der Hand reißen, als meine drei Brüder sie gemeinsam bauen können.«

Theresa schmiegte sich an Jakobs Brust, während er an einem Geländer am Ufer lehnte. Wie sehr er sich doch von Wilhelm unterschied. Ihrem Bruder standen als ältestem Sohn einer angesehenen Adelsfamilie alle Türen im Leben offen, und doch trieb ihn jeder

Rückschlag in die Verzweiflung. Jakob dagegen hatte als jüngster von vier Nachkommen wenig von seinen Eltern zu erwarten. Sein Vater Paul würde das Familienunternehmen, die Klaviermanufaktur Hansen, so wie es seit jeher Tradition war, dem ältesten Sohn Walter übergeben. Mit seiner stämmigen Statur, dem breiten Kreuz und den riesigen, schwieligen Händen war Walter das Ebenbild seines Vaters. Beide waren Männer der Tat, denen kein Wort zu viel über die Lippen kam. Die Familie schätzte Bescheidenheit und harte Arbeit, welche die Grundpfeiler ihres stetigen Aufstiegs von einfachen Schreinern zu wohlhabenden Bürgern bildeten. Jakob dagegen war der geborene Kaufmann. Er war stets aufmerksam, blitzgescheit und konnte mit seinem einnehmenden Wesen die Menschen in kürzester Zeit für sich gewinnen. Da ihm aus familiären Gründen natürlich dennoch die Musik und der Klavierbau im Blut lagen, hatte er sich dazu entschieden, mit exklusiven Instrumenten zu handeln.

»Übrigens, mein Schatz«, sagte er und wirkte wieder ernster, »dazu wollte ich noch etwas mit dir besprechen.«

Ein seltsames Gefühl regte sich in Theresas Magengrube. Unbewusst drückte sie ihren Kopf etwas fester an Jakobs Oberkörper.

»Du weißt doch, dass ich einigen Leuten von der Gründung des Musikhauses erzählt habe. «

»Einigen Leuten, wie?«, sagte Theresa. »Ich frage mich, wann du zuletzt von etwas anderem gesprochen hast, mein Lieber. Du trägst ja sogar deine Pläne Tag und Nacht mit dir herum. Es würde mich nicht wundern, wenn du sie dir auch noch unter dein Kopfkissen legst, während du schläfst.« Theresa bemühte sich zwar, den lockeren Ton der Unterhaltung beizubehalten, doch ihre Anspannung wuchs. Sie spürte ein leichtes Prickeln in den Fingerspitzen.

»Erwischt«, sagte Jakob, blieb jedoch bei seinem sachlichen Tonfall. »Jedenfalls scheint sich das Ganze ein wenig herumgesprochen zu haben, denn gestern hat mich ein vielversprechender Geldgeber kontaktiert. Stell dir das mal vor! *Er* hat *mich* kontaktiert.«

Theresa konnte spüren, wie Jakobs Oberkörper sich vor Aufregung und Tatendrang straffte, während er ihr die Neuigkeit mitteilte. Wie immer, wenn er sich für etwas begeisterte, sprach er schneller als sonst.

»Was genau meinst du mit *Geldgeber?*«, fragte Theresa und bemühte sich, nicht allzu skeptisch zu klingen, um Jakobs Freude nicht zu sehr zu dämpfen.

»Na ja«, entgegnete er, »ich weiß noch nicht besonders viel über den Mann. Er heißt Henry Arnold. Offenbar ist er ein schwerreicher Amerikaner aus der Nähe von New York. Gestern kam ich nach der Arbeit in meine Wohnung, und sein Brief lag in der Post. Jedenfalls schreibt er, dass er von mir und meiner Idee – also, ich meine von unserer Idee – gehört habe. Ich soll ihm das Projekt vorstellen, und dann will er eventuell in das Musikhaus investieren.«

In Theresas Kopf überschlugen sich die Gedanken. Der Name Henry Arnold sagte ihr nichts. Andererseits hatte auch Wilhelm schon erwähnt, dass einige seiner Bekannten jenseits des Atlantiks ungeheure Vermögen verdient hätten. Gerüchten zufolge gab es auf dem riesigen Kontinent entlegene Gegenden mit Bergen, deren Inneres aus purem Gold bestand. Wer es schaffte, dorthin vorzustoßen, musste das wertvolle Edelmetall nur noch ausgraben und kehrte dann als reicher Mann zurück. Vielleicht war dieser Herr Arnold ebenfalls auf diese Weise zu seinem Geld gekommen. Was aber sollte er dann ausgerechnet mit einem Musikhaus in Hamburg wollen?

»Theresa?«, flüsterte Jakob. »Hat es dir die Sprache verschlagen?«

Nervös biss sie sich auf die Unterlippe. Ihr Herz begann zu flattern. Irgendetwas an der Sache fühlte sich nicht richtig an. Vorsichtig löste sie sich aus Jakobs Umarmung und sah nach oben in seine weit geöffneten Augen, die immer noch vor Erregung funkelten. Seit Monaten hatte sie ihn nicht so euphorisch und voller Motivation erlebt.

Nein, dachte sie, *nicht dieses Mal. Heute werde ich nicht die ewige Zweiflerin spielen, sondern ihn einfach unterstützen. Jakob vertraut seinen Instinkten, also tue ich das auch.* Zu ihrer eigenen Überraschung ließ der unangenehme Druck in ihrem Magen mit diesem Entschluss ein wenig nach.

»Gut«, sagte Theresa und bemühte sich, positiv und entschlossen zu klingen. »Wann kommt er nach Hamburg?«

Jakob blinzelte und sah hinaus auf die Außenalster. Zwei kleine, senkrecht verlaufende Falten zeichneten sich zwischen seinen flachsfarbenen Augenbrauen ab.

»Überhaupt nicht, fürchte ich. Er will, dass wir uns in Berlin treffen, und zwar morgen Abend. Ich werde heute noch packen müssen.«

Theresa trat abrupt einen Schritt zurück. Wo vorher noch eine leichte Anspannung in ihrem Inneren geherrscht hatte, war sie jetzt ziemlich außer sich. Sie warf ihrem Verlobten einen finsteren Blick zu.

»Jakob Theodor Hansen, falls das heißen soll, dass …«

»Nein, auf keinen Fall«, winkte Jakob energisch ab. Er fasste Theresa sanft bei den Schultern und sah ihr eindringlich, aber liebevoll in die Augen. »Ich werde bis zu unserer Hochzeit längst wieder zurück sein. Alles bleibt so, wie wir es geplant haben.«

Theresa blieb stumm und suchte nach Zeichen des Zweifels in Jakobs Blick, aber er strich ihr nur sanft über die Wange.

»Außerdem bringt es doch angeblich Pech, die Braut direkt vor der Trauung zu sehen«, raunte er und hatte plötzlich sein spitzbübisches Grinsen wiedergefunden.

»Dir wird es Pech bringen, wenn du auch nur eine Minute später zurückkommst als verabredet«, entgegnete Theresa. »Das verspreche ich dir«.

»Ich weiß«, sagte Jakob, und sein Grinsen wurde noch breiter. »Und deshalb werde ich dich nicht enttäuschen. Du bist das Beste, was mir jemals im Leben passiert ist, und ich werde es nicht riskieren, dich zu verlieren.«

Jedes Mal, dachte Theresa bei sich, während die beiden sich leidenschaftlich küssten und dabei einige missbilligende Blicke der vorbeigehenden Passanten ignorierten, *er findet einfach jedes Mal die richtigen Worte.*

Trotz des wärmenden Schauers, den Theresa durch die Gewissheit empfand, dass sie Jakobs bedingungslose Liebe genoss, war ihr nicht wohl bei dem Gedanken, ihn fortgehen lassen zu müssen.

4.

Hamburg-Karolinenviertel, 6. August 1909

»Nein, um Himmels willen! Sie verstümmeln mir ja die letzten beiden Takte!«, rief Georg Albers und löste seine großen schlanken Hände von den Tasten des Klaviers. Mit einem gequälten Seufzer erhob er sich von der abgewetzten Bank und ging in Richtung des einzigen Fensters der beengten kleinen Stube, durch welches das letzte Licht eines wolkenverhangenen Nachmittags hereindrang. Unzählige winzige Staubflocken tanzten vor der schlierigen Scheibe, die von groben gusseisernen Streben in dem rissigen Gemäuer gehalten wurden. Theresa, die eben noch zusammen mit ihrem Klavierlehrer gespielt hatte, ließ nun ihre Hände auf ihren Schoß sinken.

»Ihr rechtes Handgelenk ist zu steif. Das wird Ihnen im zweiten Teil immer wieder zum Verhängnis«, belehrte er Theresa, die ihm stumm mit ihren Blicken folgte, während er nervös auf dem verschlissenen Teppich umherwanderte. Er raufte sich die dichten, dunkelblonden Locken, bis sie wild in alle Richtungen von seinem Kopf abstanden. Das Zusammenspiel dieser Sturmfrisur mit seinen hektischen Bewegungen und seinem konzentrierten Blick verliehen dem Musikus das Aussehen eines exzentrischen Wissenschaftlers, der gerade an der Unfähigkeit seiner Studenten verzweifelt.

Jawohl, Herr Professor, schoss es Theresa durch den Kopf. Augenblicklich fühlte sie, wie sich ein freches Kichern unter ihrem Zwerchfell aufbäumte. Schnell senkte sie den Kopf und räusperte sich, um den Ausbruch zu unterdrücken. Feine Lachtränen schossen in ihre Augenwinkel.

Mit einem Mal blieb Albers stehen und kam zurück zur Klavierbank.

»Na, wir wollen nicht verzagen. Das wird schon«, sagte er, womit er Theresas Mimik und Körpersprache gänzlich falsch interpretierte. »Lassen Sie uns für heute noch etwas anderes versuchen.«

Er begann, in einem der zahlreichen Papierstapel zu wühlen, die überall in seiner sonst völlig schmucklosen Wohnung verstreut waren.

»Wo sind denn nun wieder die *Brandenburgischen Konzerte?*«, murmelte er und streckte sich suchend in Theresas Richtung. Erst jetzt fiel ihr auf, dass er ein neues Hemd aus feinem Stoff trug.

Überhaupt wirkte Albers verändert. Statt des buschigen Backenbarts, in welchem sich sonst vereinzelte graue Härchen zeigten, waren seine Wangen und sein Hals säuberlich rasiert, wodurch er um einige Jahre jünger wirkte. Interessiert ließ Theresa ihren neugierigen Blick durchs Zimmer wandern. Erst als sie den dunklen Zweiteiler sah, der ordentlich über eine Stuhllehne gehängt worden war, dämmerte es ihr endlich.

Selbstverständlich, dachte sie und hätte sich am liebsten selbst dafür geohrfeigt, dass sie so schwer von Begriff gewesen war. *Albers ist der neue Organist in St. Johannis.* So elegant herausgeputzt, wie er sich auf der Empore gezeigt hatte, hatte Theresa ihn tatsächlich nicht erkannt.

Attraktiv, meldete sich eine kleine, vorlaute Stimme in ihrem Kopf. *Das war das erste Wort, an das du letzte Woche gedacht hast, als du ihn dort stehen sahst.*

Sie spürte, dass sie ein wenig rot wurde. Als wolle sie den Gedanken abschütteln, stand auch sie vom Klavier auf und ging zum Fenster. Was war heute nur los mit ihr, dass ihr solcher Unsinn in den Kopf kam? Zugegeben, in der Kirche hatte Albers völlig anders ausgesehen als zuvor. Man hätte aufgrund der äußerst eleganten Aufmachung fast meinen können, er wäre ein wohlhabender Aristokrat und nicht ein verarmter Musiklehrer. Aber diese Verwandlung war nur eine flüchtige Erscheinung gewesen.

»Ist Ihnen nicht wohl, Fräulein?«, fragte Albers besorgt, während er von einem abgegriffenen Notenblock aufsah.

»Doch, doch, Herr Albers«, versicherte Theresa hastig. »Mir war vom Sitzen nur der Fuß eingeschlafen.«

Jakob fehlt mir einfach so schrecklich, dachte sie und spürte eine schmerzhafte Leere in ihrem Inneren. *Wäre er doch nur endlich zurück.*

Jetzt, wo sie bewusst darüber nachdachte, fiel ihr auf, dass sie tatsächlich körperlich unter der Abwesenheit ihres Verlobten litt. Ständig war sie nervös und konnte sich kaum konzentrieren. Tagsüber fehlte ihr der Appetit, und nachts wälzte sie sich bis weit nach Mitternacht in ihrem Bett herum, weil sich der Schlaf nicht einstellen wollte. So war es nun seit gut einer Woche, nur weil sie Jakob so sehr vermisste.

Wenn wir wenigstens vorher noch Zeit füreinander gehabt hätten, dachte Theresa. *Aber er ist ja schon seit Monaten nur noch mit dem Musikhaus beschäftigt. Vermutlich fühlt es sich deshalb so an, als wäre er schon viel länger fort.*

»Sie vermissen Ihren Verlobten, nicht wahr?«

Unbemerkt war Albers neben Theresa getreten, sodass sie vor Überraschung leicht zusammenzuckte, als er sie aus ihren Gedanken riss. Sie sah zu ihm hinüber und bemerkte, wie sein Blick auf ihr ruhte. Seine tiefbraunen Augen wurden von zarten Krähenfüßen eingerahmt, die erst durch das direkte Sonnenlicht zum Vorschein kamen. Albers wirkte besorgt, aber nicht beunruhigt. Er strahlte auf einmal eine wohltuende Entspanntheit aus. Aber wie konnte er von ihren Gefühlen wissen? War sie so leicht zu durchschauen, oder war dieser Mann vielleicht weit aufmerksamer und einfühlsamer, als sie gedacht hatte?

»Ja, ich ...«, setzte Theresa an, hielt jedoch sofort wieder inne. Sie hatte seit Jakobs Abreise mit niemandem über ihre Empfindungen und Gedanken gesprochen. Ihre innere Unruhe wuchs seitdem mit jeder Minute und falls der Knoten, den sie tief in ihrer Brust spürte, sich jetzt lösen sollte, würde sie sich wahrscheinlich nicht mehr zusammenreißen können. Stumm sah sie zu Boden.

»Bitte entschuldigen Sie«, bat Albers mit gesenkter Stimme und wandte ebenfalls den Blick ab. »Es war indiskret von mir, diese Frage zu stellen.«

Theresa schwieg weiterhin. Sie wollte dieses sensible Thema nicht mit ihrem Klavierlehrer erörtern. Der Umgang der beiden miteinander war seit vielen Jahren von respektvoller Distanz geprägt, und sie sprachen nicht mehr, als für den Unterricht nötig war. Zu Anfang hatte Theresa mit ihrem Vater sogar einige Diskussionen darüber führen müssen, warum ein junges Mädchen, das in einem Haus mit einem exzellenten eigenen Klavier wohnte, ihre Stunden bei einem fremden Mann in einem zweifelhaften Viertel nehmen sollte. Doch der etwas exzentrische Pianist gab nun einmal nur hier Unterricht, und Theresa genoss es, der heimischen Monotonie für ein paar Stunden zu entfliehen. Ihrem Bruder Wilhelm wiederum war es mittlerweile ziemlich egal, was Theresa tat, und Jakob bestärkte seine Verlobte darin, ihr musikalisches Talent zu pflegen.

»Es geht mir im Moment nicht besonders gut«, sagte sie schließlich, ohne Albers anzusehen. Sollte sie ihm vielleicht doch von ihren Sorgen und Ängsten erzählen? Könnte er als Junggeselle überhaupt verstehen, was sie so derart traurig stimmte? *Nein*, entschied Theresa, *und so etwas gehört sich auch nicht. Schon gar nicht für eine anständige Dame. Ich muss mich zusammenreißen, nach vorn schauen, und dann wird es schon irgendwann besser werden.*

»Ich danke Ihnen wie immer für die Lektion, Herr Albers«, sagte Theresa förmlich, »aber für heute muss ich mich verabschieden.«

»Oh«, erwiderte er und trat einen Schritt zurück. »Nun ja, wenn Sie es so wünschen, dann machen wir einfach das nächste Mal an dieser Stelle weiter.«

»Ich zahle natürlich für die ganze Stunde. Schließlich habe ich Ihre Zeit in Anspruch genommen.«

»Ach was, machen Sie sich da bitte keine Gedanken. Ich sitze ohnehin den ganzen Tag am Klavier, sei es nun mit meinen Schülern oder allein. Jetzt, da es mit eigenen Kompositionen etwas vorangeht, spiele und schreibe ich manchmal bis tief in die Nacht hinein. Da kommt es auf die halbe Stunde nicht an. Bitte erholen Sie sich gut, und geben Sie mir einfach demnächst Bescheid, wann Sie die nächste Stunde nehmen möchten.«

Mit einem leichten Nicken, jedoch ohne ein weiteres Wort, ging Theresa zügig zur Tür und verschwand aus der kleinen Wohnung.

Georg Albers sah seiner Schülerin noch nach, während sie das Kopfsteinpflaster der schmalen Straße vor dem Haus überquerte. Er beobachtete, wie sie eilig und mit gesenktem Kopf an der alten Bäckerei abbog und schließlich aus seinem Sichtfeld verschwand. Nachdenklich verschränkte er die Arme vor der Brust. Theresa von Eiben hatte sich verändert. Zwar wirkte sie erwachsener und selbstsicherer, gleichzeitig lag jedoch seit Kurzem ein Schleier der Traurigkeit über ihrem hübschen Gesicht. Mit ihren Worten und ihrer Körperhaltung ging sie ganz bewusst auf Distanz zu ihren Mitmenschen, doch da war ein Glänzen in ihren Augen, das wie ein stiller Hilferuf ausgesehen hatte. Als wollte sie ihm etwas mitteilen, was sich nicht in Worte fassen ließ.

Wahrscheinlich ist es nur Liebeskummer, dachte Georg und schob die Erlebnisse des Nachmittags geistig beiseite, um sich auf wesentlichere Dinge zu konzentrieren. *Das geht bei den jungen Dingern doch schnell vorbei. Und wer sonst keine Sorgen hat, kann sich wohl mehr als glücklich schätzen.*

Während sich der Abend langsam über die spitzen Giebel der schmalen grauen Häuser des Viertels legte, widmete sich Georg dem Sortieren der übrigen Bücher und Notenblätter. Das Piano wartete schließlich schon auf seinen Meister und die Sinfonie, an der er seit Monaten tüftelte, würde sich auch nicht von selbst fertig schreiben.

5.

Hamburg-Altona, 19. August 1909

Mit einem lauten Knirschen hielt die Kutsche auf dem Schotterplatz, in den die unscheinbare kleine Seitengasse mündete. Sofort fiel Theresa das gewaltige Gebäude zu ihrer Linken ins Auge, dessen wuchtige Außenmauern sich in den grauen Morgenhimmel erhoben. Unzählige Reihen von penibel gemauerten dunkelroten Backsteinen zogen sich entlang des Platzes nach Osten. Im Abstand von jeweils ungefähr drei Metern wurde das Gemäuer von länglichen, stark angelaufenen Bleiglasfenstern durchbrochen. Hier und da war eine Scheibe gesprungen und das entstandene Loch notdürftig mit groben Holzbrettern ausgebessert worden. Während Theresa ihr Kleid zurechtzupfte, öffnete Artur, der Kutscher, ihr die Tür. Bereits mit dem ersten kühlen Hauch der Morgenluft empfing sie der harzige, leicht süßliche Geruch von frischem Holz, der sich mit dem schweren Rauch einiger Dampfmaschinen vermischte. Eine dichte Geräuschkulisse aus stetigem Sägen, dem Rattern und Klappern der Maschinen sowie der hastigen Schritte der Angestellten zeugte davon, dass die Klaviermanufaktur Hansen bereits auf Hochtouren lief. Langsam stieg Theresa aus der Kutsche und betrat den Platz.

»Warte hier, Artur«, befahl sie ihm, ohne sich umzusehen, »Aber pass auf, dass das Gespann nicht im Weg herumsteht.«

Mit vorsichtigen Schritten näherte Theresa sich einer breiten, zweiflügeligen Holztür, die offensichtlich den Eingang zur Werkstatt bildete. Sie musste den Saum ihres Kleides ein wenig anheben, damit er nicht durch Staub und Holzspäne in Mitleidenschaft gezogen wurde.

Obwohl sie lediglich ein paar Kilometer vom Familienanwesen entfernt war, fühlte Theresa sich plötzlich in eine gänzlich andere Welt versetzt. Zu Hause in Harvestehude lasen die wohlhabenden

Damen und Herren sicher gerade im Morgenmantel die Zeitung und ließen sich von ihren Bediensteten teuren Kaffee aus Übersee nachschenken. In den Arbeitervierteln von Altona, am westlichsten Ende Hamburgs, schufteten dagegen schon Hundertschaften von Arbeitern in den heißen, schmutzigen Fabrikhallen. Männer mit harten, verrußten Gesichtern und schwieligen Händen – manche von ihnen waren kaum dem Jugendalter entwachsen – verdienten hier das tägliche Brot der Familie. Für einen Moment stellte Theresa sich vor, wie es ihr als Frau eines dieser Burschen wohl ergangen wäre, eingepfercht in eines der zugigen Arbeiterquartiere zwischen Schmutz, Hunger und einer Schar von kränklichen, quengelnden Kleinkindern.

Du hättest nicht herkommen sollen, meldete sich die zweifelnde Stimme in ihrem Kopf. *Was hast du dir überhaupt dabei gedacht?*

Doch Theresa setzte ihren Weg in Richtung des Werkstatteingangs unbeirrt fort. Die Frage war leicht zu beantworten, denn ihre Gedanken drehten sich nur noch um eine Frage: Wo war Jakob? Seit fast drei Wochen hatte sie nichts von ihm gehört. Vor lauter Sorge war Theresa zwischenzeitlich so bleich und zittrig geworden, dass sie aus Sorge um ihre eigene Gesundheit sogar einen Arzt aufgesucht hatte. Doch Theresa wollte keine Medizin nehmen, die ihr den Geist vernebelte. Sie wollte keine Ruhe und keine Entspannung, sondern nur, dass ihr geliebter Jakob bald zurückkehrte.

Ein recht junger, stämmiger Mann mit Glatze und pechschwarzem Vollbart blieb auf seinem Weg zur Werkstatt stehen. Seine kleinen Augen, die unter einem paar buschiger Brauen hervorschauten, musterten Theresa interessiert. Sie erwiderte den Blick und fasste sich ein Herz.

»Guten Morgen«, sprach sie ihn an. »Ich möchte zu Herrn Hansen. Paul Hansen.«

Ohne ein Wort zu sagen, zeigte der Mann nach links, wo sich neben der Klaviermanufaktur riesige Holzstapel auftürmten. Dann nickte er mit ernstem Blick in dieselbe Richtung. Neben dem Daumen zählte Theresa nur zwei weitere Finger an seiner rechten Hand.

»Danke«, sagte sie und ging zur linken Außenseite des Gebäudes. Tatsächlich stand dort ein älterer Herr, der gerade einigen Arbeitern mit strenger Stimme Anweisungen erteilte und hierbei abwechselnd auf die dicken Holzbretter und das große Backsteingebäude deutete. Er trug einen staubigen grauen Kittel, über den bis zur Brust ein ebenso grauer Bart wallte. Sein wettergegerbtes Gesicht war von tiefen Falten durchzogen, und Jahrzehnte der Schufterei hatten seine großen Hände knotig und steif werden lassen. Nicht einmal unter Anstrengung ihrer gesamten Vorstellungskraft hätte Theresa auch nur die geringste Ähnlichkeit zu ihrem Verlobten ausmachen können. Da Paul Hansen trotz Jakobs ausdrücklicher Bitte noch nicht einmal zur Verlobungsfeier erschienen war, würde Theresa ihrem zukünftigen Schwiegervater nun zum ersten Mal leibhaftig gegenüberstehen.

»Herr Hansen?«, fragte sie, nachdem sämtliche Gesellen und Lehrjungen ihre Order erhalten hatten, und trat einen Schritt vor. Der Alte zog die weißen, borstigen Augenbrauen hoch und musterte sie unverhohlen von oben bis unten.

»Wir verkaufen hier keine Instrumente«, stellte er knapp fest. »Sie finden den Laden zwei Straßen weiter, in der Nähe des neuen Hauptbahnhofs.« Er wandte sich in Richtung der Werkstatt um.

»Nein«, sagte Theresa und folgte ihrem wortkargen Gesprächspartner, »das ist nicht der Grund meines Besuchs. Ich bin Theresa, Jakobs Verlobte.«

Der Mann hielt im Gehen inne und drehte sich stirnrunzelnd um.

»Hmm«, murmelte er. »Ach so.«

»Es tut mir leid, dass ich so unangemeldet vorbeikomme«, sagte Theresa und trat einen Schritt auf Hansen zu, bevor sie mit gesenkter Stimme weitersprach. »Es ist nur so, dass ich seit fast drei Wochen nichts von Jakob gehört habe. Ich mache mir große Sorgen.«

Zu ihrer Überraschung lächelte der Alte leicht, während er die Hände auf seinen großen Bauch faltete.

»Hört, hört«, sagte er spöttisch. »Na, die Sorgen hättest du dir auch zu Hause machen können, Kindchen. Du weißt so gut wie ich, dass mein Jüngster sich hier jedenfalls nicht mehr blicken lässt.«

Theresa war verwirrt. Fand Hansen das etwa witzig? So hatte sie sich das erste persönliche Gespräch mit ihm jedenfalls nicht vorgestellt.

»Das heißt, Sie wissen auch nicht, wo er ist?«, fragte sie.

»Nein«, erwiderte der alte Mann und schüttelte seinen kahlen Kopf, »das heißt, dass es mich einen feuchten Schiet kümmert, wo der Junge sich herumtreibt.«

»Machen Sie sich denn gar keine Sorgen um Ihren Sohn?«, hakte Theresa nach und spürte, wie ihr Herzschlag sich beschleunigte.

Hansen sah ihr herausfordernd in die Augen und strich sich mit der Hand durch den langen Bart. Immer noch lag der Anflug eines zynischen Grinsens auf seinen Lippen. »Mein Sohn wird sicher irgendwo seinem neuesten Hirngespinst hinterherjagen. Das scheint ja mittlerweile seine Hauptbeschäftigung zu sein. Seit euresgleichen ihm den Floh ins Ohr gesetzt hat, dass ehrliche Arbeit nicht gut genug für ihn ist, will er ja plötzlich lieber anderer Leute Klaviere verkaufen, statt selbst welche zu bauen.«

»Unseresgleichen?«, entgegnete Theresa fragend. »Ich versuche nur zu helfen. Bitte hören Sie mich doch wenigstens an.«

»Ich habe genug gehört«, schnappte der alte Hansen, auf dessen gerötetem Gesicht nun einige pochende Adern hervortraten. »Jetzt, wirst *du* erst einmal *mir* zuhören, Mädchen.« Der klobige Zeigefinger seiner rechten Hand schnellte vor und zeigte zitternd auf Theresa. »Du hast vielleicht Nerven. Ich sehe dich zum ersten Mal in meinem Leben. Und dann erscheinst du hier, störst mich bei der Arbeit und denkst, ich würde alles stehen und liegen lassen?«

Theresa spürte, wie ihr das Blut in den Kopf stieg. Sie war von seiner heftigen Reaktion zu sehr überrumpelt, um etwas zu erwidern.

»Ich will es dir ganz deutlich sagen, damit du es auch verstehst: Ihr habt hier nichts verloren, hörst du? Du nicht und erst recht nicht der feine Herr Graf von Eiben.« Er klopfte sich mit der Faust auf die breite Brust. »Früher haben Leute wie wir vor euch gebuckelt, aber diese Zeiten sind vorbei. Das ist das zwanzigste Jahrhundert, Mädchen. Heutzutage bin ich am Drücker.« Hansen machte eine ausholende Bewegung in Richtung des weitläufigen Werksgeländes. »Ich habe das Land, das Geld und die Macht. Und was haben die von Eibens? Den feinen Herrn Graf und seine leeren Versprechungen? Dass ich nicht lache!«

Der Alte ließ die Hand sinken und strich sich den schmutzigen Kittel glatt. Er räusperte sich und sagte dann in einem ruhigen, betont gleichgültigen Ton: »Und jetzt verschwinde, Kindchen. Ich habe zu arbeiten. Und meinem Jüngsten kannst du das Gleiche bestellen wie deinem Bruder: Sie sollen sich hier gefälligst nicht mehr blicken lassen.«

Mit einem verächtlichen Schnauben, jedoch ohne ein weiteres Wort, setzte sich der Chef der Klaviermanufaktur Hansen in Bewegung und verschwand in einer schmalen Seitentür des Gebäudes. Theresa blieb allein zurück. Sie konnte förmlich spüren, wie die amüsierten Blicke der umstehenden Arbeiter auf ihr ruhten. Der Alte hatte seinem Ärger laut und deutlich Luft gemacht und kein Blatt vor den Mund genommen. Sehnsüchtig dachte Theresa an Jakob. Sein Vater und er glichen sich wirklich nicht im Mindesten, weder äußerlich noch innerlich. Hatte er es deshalb bisher vermieden, sie der Familie vorzustellen? Theresa spürte einen wachsenden Kloß in ihrem Hals, der jeden Moment zu einem verzweifelten Schluchzen werden konnte, doch der Gedanke an Jakob gab ihr Kraft.

»Nein«, sagte sie ganz leise zu sich selbst und hob ihr Kinn. »Nicht hier und nicht jetzt.« Wenn der alte Miesepeter ihr nicht helfen wollte, dann sollte er es eben sein lassen. Sie kam seit mehr als einem Jahr ohne Vater und Mutter aus, da bräuchte sie sicherlich keinen verbitterten, Gift und Galle speienden zukünftigen Schwiegervater.

Mit demonstrativer Grazie und erhobenen Hauptes hob Theresa wieder den Saum des langen Kleids an und stolzierte zurück zu ihrer Kutsche.

Artur sagte kein Wort, sondern trieb die Pferde an, damit diese einen flotten Trab aufnahmen. Theresa schaute nicht zurück, während die hölzernen Räder über die löchrige Gasse holperten. Vielleicht schwammen die von Eibens nicht mehr in Gold und Juwelen, so wie früher, aber Theresa hatte etwas, das man mit Geld nicht kaufen konnte: ihren Stolz. Und kein ungehobelter, schmuddeliger

Prolet, so wie Paul Hansen einer war, würde diesen je trüben können. Zu Hause angekommen, wies Theresa das Hausmädchen Gerda an, ihr ein Bad einzulassen. Danach verschloss sie die Tür zu ihren Räumlichkeiten und öffnete eine Flasche des köstlichen Chianti, den ihr Bruder im vorigen Sommer von seiner Reise in die Toskana mitgebracht hatte. Mit geschlossenen Augen, das halb gefüllte Weinglas in der Hand, genoss Theresa das heiße Wasser, das ihren ganzen Körper umschloss. Bis zur Hochzeit war noch etwas Zeit. Und bis dahin würde sie längst wieder mit Jakob vereint sein, und die schmerzliche Trennungszeit wäre weggespült wie der Schmutz eines staubigen Sommertags. Theresa musste nur Geduld haben. Geduld und Vertrauen.

6.

Hamburg-Harvestehude, 22. August 1909

An diesem Morgen riss die graue Wolkendecke über Hamburg auf, sodass sich das Sonnenlicht wie eine Flut von warmem Honig in die geschäftigen Gassen der Hafenstadt ergoss. Theresa schwebte förmlich zur Tür des Hutmachers hinaus, nachdem dieser ihr die große, reich verzierte Schachtel übergeben hatte. Zwei endlose Monate waren vergangen, seit sie das Kunstwerk, das sich darin befand, in Auftrag gegeben hatte. Wie ein Kind am Weihnachtsmorgen freute sich Theresa darauf, endlich einen Blick darauf werfen zu dürfen. Es kostete sie zwar alle Selbstdisziplin, die sie aufbringen konnte, um sich diesen Genuss noch für kurze Zeit aufzusparen, doch zum einen wollte sie diesen besonderen Moment für sich ganz allein in ihrem Ankleidezimmer genießen, und zum anderen hätte es sich für eine Dame ihres Standes nicht geziemt, in aller Öffentlichkeit solch starke Emotionen zur Schau zu stellen. Unmerklich wurden Theresas Schritte immer schneller, und sie registrierte mit Erstaunen, dass die Hälfte ihres Heimwegs bereits hinter ihr lag. Ihre Weigerung, sich vom Kutscher zu dem Laden des Hutmachers bringen zu lassen, war bei ihrem Bruder erwartungsgemäß auf Unverständnis gestoßen. Wie hätte Wilhelm ihr Bedürfnis für diesen kurzen Spaziergang auch nachvollziehen können, wo er doch selbst Tag und Nacht nur bleich und missmutig in seinem Arbeitszimmer vor sich hin grübelte? Seit ihrem Zerwürfnis nach dem Jahresgedächtnis war die Kluft zwischen den Geschwistern stetig gewachsen, sodass sie jetzt kaum noch mehr als zwei Fremde waren, die sich im Vorbeigehen grüßten, falls sie sich in dem riesigen Herrenhaus einmal zufällig über den Weg liefen. Auch heute war ihr Aufeinandertreffen wenig herzlich ausgefallen. Theresa war nicht so naiv zu glauben, dass es ihrem Bruder bei seinem Einwand um ihr Wohlergehen gegangen wäre.

Nein, er fand es offenbar bloß nicht standesgemäß, dass seine Schwester ein paar Besorgungen zu Fuß erledigte, und sorgte sich darum, was die Leute wohl darüber denken könnten.

Den heutigen Streit mit Wilhelm hatte Theresa jedoch schon wieder vergessen und genoss stattdessen die Wärme des späten Morgens, die von einem frischen Wind aus Richtung der Außenalster begleitet wurde. Der Geruch von Algen und Dampfschiffen lag in der Luft. Theresa liebte diese Jahreszeit, in der die geschäftige Hektik des Sommers langsam in die gedämpfte Gemütlichkeit des Herbstes überging. Die ersten Blätter begannen bereits, sich gelb und rot zu verfärben, und früh am Morgen lag eine hauchdünne Nebelschicht über den Hafenbecken der Stadt. Als Theresa noch ein Kind gewesen war, hatte sie ihr Großvater an solchen Tagen oft zu frühmorgendlichen Spaziergängen mitgenommen. Während sie die auslaufenden Schiffe im Hafen beobachteten, summte der Alte durch seinen borstigen, grauen Schnurrbart immer dasselbe Lied, dessen Text Theresa auch heute noch auswendig kannte:

Es ruht auf dir der Väter Segen,
Den heil'gen Hort, o woll' ihn hegen
Dass stets in Freud' und in Gedeih'n
Sich Hamburg's spätste Enkel freu'n.

Jetzt gerade lag der Fluss still und spiegelglatt zu Theresas Rechten, während sie nach links in die Alsterchaussee einbog. Nur noch ein paar Schritte, dann wäre sie endlich zu Hause. Beim Anblick der lang gezogenen, von ausladenden Laubbäumen gesäumten Allee fühlte Theresa sich plötzlich innerlich zerrissen. Einerseits freute sie sich unbändig darauf, endlich allein in ihrem Ankleidezimmer zu sein und das gesamte sündhaft teure Ensemble aus Kleid, Schal und Hut zusammenstellen und sich ausgiebig in dem großen Silberspiegel bewundern zu können. In knapp zwei Monaten würde sie es bei einem Empfang im Stadttheater zum ersten Mal tragen und damit sicher für viele neidische Blicke bei den anderen jungen Damen sorgen. Andererseits hätte Theresa alles darum gegeben, so schnell wie möglich wieder in Jakobs Armen liegen können. War er vielleicht gerade heimgekehrt und machte sich schon bereit, sie breit lächelnd in der lichtdurchfluteten Empfangshalle zu überraschen? Schließlich würde die Hochzeit schon in fünf Tagen stattfinden, und es gab noch einiges zum Ablauf zu besprechen.

Theresa hatte sich in letzter Zeit oft vorgestellt, wie sie Jakob wiedersehen würde. In ihren Träumen war er etwas müde von der Reise, doch seine blauen Augen sprühten vor Erwartung und Wiedersehensfreude. Die unerbittliche Sommersonne Berlins hatte gewiss die tief gebräunte Haut in seinem Gesicht leicht rötlich werden lassen. Trotz der drei Wochen, in der er viel erlebt haben musste, sprachen sie kein Wort, sondern umarmten und küssten einander in dem stillen Einverständnis, sich nie wieder voneinander zu trennen.

In Theresas Vorstellung schenkte Jakob ihr als Zeichen seiner Liebe eine dieser schillernden, mit Perlen besetzten Jugendstilbroschen, die nur in Berlin gefertigt wurden. Mit dem Schmuckstück bäte er einerseits um Verzeihung für seine lange Abwesenheit, andererseits wäre es aber auch ein Zeichen für eine strahlende Zukunft, denn die Gelder für ein prächtiges Musikhaus waren gesichert. Für den letzten Teil des Traums schämte sie sich fast ein wenig, wenn sie daran dachte, welche Geschenke ihr Jakob in diesem Jahr schon gemacht hatte. Allein der Hut, den sie gerade abgeholt hatte, kostete mehr, als manche ihrer Hausangestellten in einem Jahr verdienten.

Dafür, dass Theresa in den ganzen Wochen noch nicht einmal einen Brief erhalten hatte, erwartete sie allerdings schon von ihm ein gewisses Maß an Buße. War er wirklich dermaßen beschäftigt gewesen, oder gab es am Ende vielleicht ein Problem mit der Berliner Post? Vor ihrem Zerwürfnis hatte Wilhelm Theresa erzählt, dass das dortige Reichspostamt erst seit Kurzem Omnibusse für bestimmte Poststrecken einsetzte. Diese stählernen Ungetüme erreichten zwar atemberaubende Geschwindigkeiten, waren aber weitaus anfälliger für allerlei Pannen als die bewährten Pferdekutschen.

Sie musste an Jakobs ersten Besuch vor knapp einem halben Jahr denken. Ihre Eltern, wären sie noch am Leben gewesen, hätten nie einer Verlobung zwischen den beiden zugestimmt. Jakobs Vater hatte weder eine standesgemäße Abstammung noch irgendwelche nennenswerten militärischen Ehren vorzuweisen. Zudem hatte Jakob aufgrund seiner älteren Brüder keinen Anspruch auf dessen Erbe. Überraschenderweise hatte jedoch Wilhelm, der nun das Familienoberhaupt im Hause von Eiben war, zumindest keine ernsthafte Gegenwehr geleistet. Jakobs ambitionierte Pläne, selbst zu einem beträchtlichen Vermögen zu kommen, hatten Theresas Bruder wohl milde gestimmt. Würde er sich vielleicht endlich beruhigen, wenn absehbar war, dass Jakobs finanzielle Situation sich durch den geheimnisvollen Investor erheblich verbessern würde? Immerhin würde das Musikhaus Hansen so von einem bloßen Wunschtraum zur realen Einnahmequelle werden. Nach einer gewissen Anlaufzeit ließe sich vielleicht sogar das Landhaus von Dreyer zurückkaufen.

Erneut beschleunigten sich Theresas Schritte, und ihre Schuhe klapperten fast so laut auf dem Kopfsteinpflaster, wie ihr von Sehnsucht geplagtes Herz in ihrer Brust hämmerte. Entsprechend hastig bog sie in die Einfahrt des elterlichen Hauses ein, blieb jedoch wie angewurzelt stehen, weil ihr gleich zwei große Kutschen den Weg versperrten. Da sie selbst keinen Besuch erwartete und ihr Bruder seine geschäftlichen Termine generell lieber in seinem Lieblingsrestaurant statt zu Hause abhielt, erschien ihr dieser Umstand sehr seltsam. Alles wirkte so, als hätte man die beiden hölzernen Ungetüme in großer Hast abgestellt. Die zugehörigen Pferde waren weder abgeschirrt noch sonst in irgendeiner Art versorgt worden, was entweder auf eine unverzeihliche Nachlässigkeit des Stallknechts oder einen sehr plötzlichen Besuch schließen ließ. Theresas Vorfreude verwandelte sich endgültig in nervöse Anspannung, als sie erkannte, dass eine der Kutschen an der rechten Seite mit den Buchstaben *C* und *F* verziert war. Sie gehörte dem Arzt Dr. Carl Fincke, einem langjährigen Vertrauten der von Eibens. Unweigerlich überfiel Theresa eine schmerzliche Erinnerung: Als sie die Kutsche zuletzt gesehen hatte, war Dr. Fincke gekommen, um die Geschwister über den Tod ihres Vaters zu informieren.

Ruhig bleiben, ermahnte sich Theresa und atmete tief ein. Es gab sicherlich eine logische Erklärung. Gerade als sie die steinerne Treppe zur Eingangstür hinaufsteigen wollte, kam ihr ein kleiner untersetzter Mann entgegen, der hastig das Haus verließ. Theresa erkannte in ihm den Justiziar Friedhelm Grünwald.

»Guten Tag, Herr Grünwald«, sagte sie, während sie einen Schritt auf ihn zuging.

Der Angesprochene, der Theresa offensichtlich zuvor nicht bemerkt hatte, zuckte merklich zusammen und errötete von seinem Doppelkinn bis zu seiner von Schweiß glänzenden Glatze. »Oh, Fräulein von Eiben. Guten Tag.«

»Herr Grünwald, was hat diese Unruhe zu bedeuten? Und weshalb ist der Doktor hier? Ist etwas passiert?«

Theresa nahm sich zusammen und schaffte es, ihre Stimme halbwegs gefasst klingen zu lassen.

Grünwald wirkte äußerst nervös und schielte an Theresa vorbei auf die zweite Kutsche, mit der er sich offensichtlich gerade aus dem Staub machen wollte. Er räusperte sich und zupfte an seinem zu engen Kragen herum, der in seinen wulstigen Hals einschnitt. »Ihr werter Bruder, Fräulein. Er hatte eine Art nervöser Störung und musste daher behandelt werden. Es geht ihm jedoch wieder besser, soweit ich informiert bin. Vermutlich war es der Schock, aufgrund …« Grünwald stockte und sog scharf die Luft ein, als hätte er sich gerade fast die Zunge an einer unbedachten Äußerung verbrannt.

»Welcher Schock, Herr Grünwald?«, hakte Theresa nach. »Das klingt schrecklich. Was könnte ihn nur derart aufgewühlt haben?«

Grünwalds weit aufgerissene Augen und das Glühen seiner knallroten Wangen verrieten Theresa, dass ihm die Situation schrecklich unangenehm war, und er entschied sich dafür, dieser kurzerhand zu entfliehen. »Verzeihung«, murmelte er und hielt unbeirrt auf die wartende Kutsche zu. »Ich werde in meinem Büro erwartet.«

Während Theresa noch nach einer Antwort auf diese Unverschämtheit suchte, schob sich Grünwalds dicklicher Körper bereits in die Kutsche, und die Tür schloss sich. Theresas Aufregung mischte sich langsam mit aufkeimender Wut. Wie konnte dieser Flegel es nur wagen, die Dame des Hauses einfach stehen zu lassen und sich grußlos aus dem Staub zu machen? Was in aller Welt war hier los?

Als die Kutsche die Einfahrt verließ, gab sie den Blick auf das gegenüberliegende Nebengebäude frei, in dem sich einige Dienstbotenwohnungen befanden, und Theresa entdeckte Marga Schumacher, die gerade im Begriff war, den Hof zu überqueren. Ihre Blicke trafen sich, und Marga änderte sofort ihren Kurs in Richtung des Haupthauses. Die alte Dame trug wie üblich ein einfaches braunes Kleid und eine dazu passende Haube. Sie humpelte und hatte einen deutlich sichtbaren Buckel. Sie stand bereits seit mehreren Jahrzehnten im Dienst der von Eibens und musste mittlerweile ein stattliches Alter erreicht haben. Als sie näher kam, erkannte Theresa, dass das von Falten zerfurchte Gesicht und die müden Augen der Haushälterin noch sorgenvoller wirkten als sonst.

»Theresa, mein Kind«, krächzte sie und war offensichtlich bereits aufgrund der wenigen Schritte außer Atem. Sie war die einzige Bedienstete des Hauses, die es wagte, die Grafentochter mit ihrem Vornamen anzusprechen. Da die beiden sich schon seit Theresas Geburt kannten und entsprechend vertraut waren, machte es ihr nichts aus. In den vergangenen neunzehn Jahren ihres Lebens hatte Theresa mehr als einmal mütterlichen Trost bei der warmherzigen alten Dame gesucht und ihn auch stets gefunden. Jetzt allerdings verlangte es Theresa nur nach einem – und das war Aufklärung.

»Was geht hier vor?«, brach es aus ihr heraus.

Marga sah zu Boden. Sie schluckte sichtlich, doch Theresa wusste, dass sie ihr ohne Umschweife die Wahrheit sagen würde. »Ach, Kindchen, willst du dich nicht erst einmal setzen?«, sagte sie und wies auf die Bank am Nebeneingang des Anwesens.

Theresa schüttelte entschieden den Kopf und fixierte die alte Dame mit einem durchdringenden Blick. Diese sah ihr direkt in die Augen, seufzte und ergriff ihre Hand. »Es tut mir leid, mein Kind. So furchtbar leid«, brachte sie hervor. Sie begann zu schluchzen, und große Tränen liefen über ihr faltiges, bleiches Gesicht. Theresa fühlte plötzlich eine sengende Hitze von ihrem Magen bis zu ihrem Herzen aufsteigen. Eine schreckliche Vorahnung.

»Dein Jakob. Er ist nicht heimgekommen. Es gab einen Unfall drüben in Berlin. Herr Grünwald sagte irgendwas von einem Automobil, das zu schnell unterwegs war«. Sie schluchzte wieder auf. »Er ist gestorben.«

Marga sprach weiter, aber Theresa hörte die Worte nicht mehr.

Regungslos stand sie da und hatte das Gefühl, alles um sie herum nur noch gedämpft und aus großer Entfernung wahrzunehmen. Das konnte einfach nicht sein. Jakob war ein kerngesunder junger Mann, der nur so vor Energie und Tatendrang strotzte. Jeden Moment würde er nach Hause zurückkehren und sie aus diesem schrecklichen Albtraum erlösen.

Schwach registrierte sie, dass nun auch Dr. Fincke vor ihr stand und auf sie einredete. Noch einmal dachte sie an Jakobs Lächeln und an den Traum vom großen Wiedersehen. Heiße Tränen vernebelten ihr den Blick, und sie bekam keine Luft mehr. Gerade noch war sie voller Vorfreude und Lebenslust gewesen, und nun konnte sie förmlich spüren, wie ihre gesamte Welt um sie herum in Flammen aufging. Unfähig, einen klaren Gedanken zu fassen, folgte sie ihrem stärksten Instinkt und ergriff die Flucht. Kurzerhand raffte sie mit einer Hand ihre Röcke, streifte ihre eleganten Schuhe ab und rannte barfuß los. Dr. Fincke, der geistesgegenwärtig nach ihr griff, um sie festzuhalten, bekam lediglich den Stoff ihres linken Ärmels zu fassen, der bis zur Schulter aufriss. Theresa interessierte der Schaden an einem ihrer liebsten Kleider ebenso wenig wie die blutenden Wunden an ihren nackten Füßen, die ziellos über Wege und Straße hetzten. Ihr Körper war taub für das Brennen in ihren Lungen und das Pochen ihres Herzens, das vor Schmerz und Anstrengung fast zu bersten schien.

Erst als sie am Ufer der Außenalster stand, kam sie zu sich. Wieder spürte sie den leichten Wind, der über ihre blasse Haut streifte und ihr den Geruch des Flusses in die Nase trug. Sie war vor kaum zwanzig Minuten hier gewesen und doch schien es, als sei seitdem ein ganzes Leben vergangen.

Nun, da sie allein war, traf die Wahrheit Theresa mit voller Wucht: Die unbeschwerten Tage ihrer Jugend waren vorbei. Jakob war tot. Ohne es zu wissen, hatten die beiden sich vor seiner Abreise zum letzten Mal voneinander verabschiedet und würden sich nun niemals wiedersehen. Hier, mitten in dieser riesigen Stadt, deren Hafen sich in die ganze Welt öffnete, kam Theresa sich plötzlich mutterseelenallein vor. Erstaunt bemerkte sie, dass sie immer noch die große Hutschachtel in der Hand hielt. Ohne einen weiteren Gedanken daran zu verschwenden, schleuderte sie diese samt Inhalt in den Fluss, wo sie mit einem lauten Platschen aufschlug und dann langsam in den grünbraunen Fluten versank. Theresa ließ sich auf eine der kleinen, weiß angestrichenen Bänke sinken, die das Ufer säumten. So saß sie da, mit zerrissenem Kleid und blutigen Füßen. Ihr schlanker, zerbrechlicher Körper bebte unter ihrem atemlosen Schluchzen. Die meisten Haarspangen hatten sich gelöst, sodass kastanienbraune Strähnen ihr gerötetes Gesicht wie ein Vorhang verdeckten. Sie schloss die Augen und spürte den harten Ball aus Schmerz und Verzweiflung in ihrem Magen, der die Welt um sie herum verblassen ließ.

Es wurde Mittag, Nachmittag und schließlich Abend. Erst als die Sonne vollständig untergegangen war, erhob sich Theresa langsam und trat den Heimweg an. Im Schein der Laternen musste sie an eine weitere Strophe in dem Lied ihres Großvaters denken:

Der Becher kreis' in weiter Runde
Dazu erschall aus Herz und Munde
Soll uns ein Ort der Welt erfreu'n
So muss es unser Hamburg sein.

Zu Hause angekommen schlich Theresa so leise wie möglich durch die Eingangshalle und die Treppen hinauf in ihr Schlafzimmer. Sie verschloss alle Türen und Fenster und kroch, zerzaust und schmutzig, wie sie war, unter die schwere Bettdecke. Kurz bevor sie völlig erschöpft einschlief, sah sie noch einmal Jakobs Gesicht vor ihrem inneren Auge. Vielleicht war ja doch alles nur ein Albtraum.

7.

Hamburg-Harvestehude, 11. November 1909

Theresa stocherte lustlos in dem geschmorten Gemüse auf ihrem Teller. Eigentlich gehörte der Hirschbraten, den der Koch für den heutigen Abend zubereitet hatte, schon seit Kindestagen zu ihren Leibgerichten. Heute hatte sie allerdings kaum etwas davon angerührt. Auch die vorherigen beiden Gänge hatten ihren Appetit nicht wecken können. Lediglich der kräftige Spätburgunder schmeckte Theresa und beruhigte ihre Nerven. Sie hatte bereits das dritte Glas geleert und spürte eine angenehme, leicht betäubende Wärme, die von ihrem Dekolleté zu ihrem Hals hinaufkroch.

Langsam drehte Theresa das Weinglas in den schlanken, bleichen Fingern. Wilhelm hatte es angesichts des besonderen Anlasses wirklich an nichts mangeln lassen: ein erlesenes Fünf-Gänge-Menü, französischer Wein in Kristallgläsern und das Familienporzellan mit Goldrand und dem handgearbeiteten Monogramm des verstorbenen Patriarchen, Karl August von Eiben. In dem gewaltigen Kamin des Esszimmers prasselte ein großes Feuer, das eine gemütliche und einladende Temperatur schuf. Drei der Hausangestellten, die zuvor sämtliche Wandteppiche abgestaubt, das Parkett gefegt und das Besteck auf Hochglanz poliert hatten, standen diskret in den Ecken des holzvertäfelten Raumes bereit. Eine solche Zurschaustellung vermeintlichen Wohlstands konnte keinen anderen Grund haben als den Besuch des heutigen Gastes. Theresa fand es fast ein wenig amüsant, wie sehr ihr Bruder sich bemühte, den Schein des wohlhabenden Gutsherrn aufrechtzuerhalten, obwohl ganz Hamburg mittlerweile wusste, dass die von Eibens in eine ganz erhebliche wirtschaftliche Schieflage geraten waren. Und das war noch optimistisch ausgedrückt. Auch Theresa selbst waren die Gerüchte schon zu Ohren gekommen: Wilhelm brachte deutlich weniger unternehmerisches Geschick mit, als er sich selbst zutraute, und hatte offenbar weder die Bücher noch seine Angestellten im Griff. Zusätzlich zu der stetig geringer werdenden Produktion auf den Äckern und Getreidefeldern der von Eibens nutzten die örtlichen Händler die mangelnde Erfahrung des jungen Gutsherrn schamlos aus. Durch geheime Absprachen untereinander gelang es ihnen, die Einkaufspreise immer weiter zu drücken, sodass Wilhelms Gewinnspanne sich rasant verkürzte. Theresa konnte ihm sein Scheitern kaum vorwerfen, hatten die von Eibens sich doch seit vielen Generationen auf ihre Stellung als Gutsbesitzer verlassen können. Ihre Großeltern und Eltern hatten nicht mehr tun müssen, als in dem riesigen Familienanwesen zu sitzen und die stetig wachsenden Reichtümer zu verwalten, die die Bauern der Umgebung durch knochenharte Arbeit Jahr für Jahr vermehrten, bis sie mit schwieligen Händen, krummen Buckeln und völlig verarmt in ihr frühes Grab gelegt wurden. Doch gegen Ende des neunzehnten Jahrhunderts gab es auch in der Landwirtschaft kein Entrinnen mehr vor den gierigen Krallen der fortschreitenden Industrialisierung. Stinkende, dampfende Ungeheuer konnten nun alle möglichen Güter zu Land und zu Wasser aus den entlegensten Winkeln der Welt importieren. Die Bauern kehrten den Feldern und Höfen den Rücken und suchten ihr Glück stattdessen in den städtischen Fabriken. Entsprechend schrumpften Reichtum und Einfluss des Landadels, was Wilhelm nun schmerzlich zu spüren bekam. Seine Schwester wiederum war als Frau wohl oder übel gezwungen, ihm bei seinen vergeblichen Versuchen, die Konten der Familie wieder aufzufüllen, tatenlos zuzusehen. Sie ertrug es mit stoischer Gelassenheit. Seit der Nachricht vom Tod ihres Verlobten blieb Theresa komplett für sich. Wenn sie ihrer privaten Räumlichkeiten einmal überdrüssig war, ließ sie sich zu dem ehemaligen Landsitz der Familie außerhalb der Stadt kutschieren, wo sie sich die Zeit mit langen Spaziergängen vertrieb. Auch wenn das Anwesen selbst nun Herrn Dreyer gehörte, so blieb Theresa dennoch die Ruhe, welche die weitläufigen, von einem dichten Tannenwald umwachsenen Wiesen ausstrahlten, und diese erlaubte es ihr manchmal, aus der Gedankenspirale auszubrechen, die sie ansonsten ständig umtrieb. Versuche ihres Bruders, sie in einem Sanatorium unterzubringen, hatte Theresa erfolgreich abgeblockt. Sie nahm auch, im Gegensatz zu Wilhelm, der unter einer chronischen nervlichen Unruhe und zunehmend an Schlafstörungen litt, keinerlei Beruhigungsmittel. Lediglich dann, wenn sie auch nach einem ausgedehnten Spaziergang keine Ruhe finden konnte oder schlecht schlief, trank Theresa das ein oder andere Glas Wein.

Wieder drehte sie das große, bauchige Kristallglas mit dem eleganten Stiel hin und her. Schwach konnte sie in dem dunklen Purpurrot des Burgunders ihr eigenes Gesicht erkennen. Sie sah blass und müde aus. Der Wein hatte ihre Lippen bereits leicht bläulich gefärbt. Theresa neigte den Kopf zur Seite. Sie war innerhalb weniger Monate sichtbar gealtert, doch besaß immer noch einen schlanken Hals und feine, weibliche Gesichtszüge. Wie Jakob jetzt wohl ausgesehen hätte, wäre er noch am Leben? Sicher würden sie gemeinsam ein völlig anderes, glückliches Leben führen.

»Theresa?« Wilhelms leicht tadelnde Stimme riss sie aus ihren Gedanken. Erst jetzt bemerkte sie, dass gleich zwei Augenpaare auf ihr ruhten.

»Entschuldigung«, sagte sie, blinzelte und richtete sich in ihrem Stuhl auf.

Wilhelm bedachte sie mit einem gereizten Blick. »Herr Mayer bemerkte gerade, wie vorzüglich ihm der Braten schmecke. Du hattest doch auch schon immer eine Schwäche für Wild, nicht wahr?«

»Ach so, ja.« Theresa nickte schwach und sah auf ihren Teller, als würde sie diesen gerade erst wahrnehmen. »Das stimmt«. Sie fühlte sich plötzlich benommen und bedeutete dem Bediensteten zu ihrer Linken, ihr etwas Wasser nachzuschenken. Wilhelm, der am Kopf der Tafel saß und vermutlich gehofft hatte, seine Schwester würde etwas mehr zum Tischgespräch beitragen, zog die Stirn in Falten und wandte sich dann wieder seinem Gast zu.

»Es freut mich sehr, dass wir Sie heute Abend in unserem Zuhause begrüßen dürfen, Herr Mayer. Ich möchte später noch so viel mit Ihnen besprechen. Vielleicht kann ich Ihnen sogar einige sehr nützliche Kontakte bezüglich Ihrer zukünftigen Geschäfte vermitteln.«

»Nur zu gern«, entgegnete Mayer. »Und wenn Sie möchten, können Sie auch gern einfach Franz zu mir sagen.«

Nun war es an Theresa, ihrem Bruder einen vielsagenden Blick zuzuwerfen. Nahm es sich dieser Herr Mayer tatsächlich heraus, einem Adligen einfach so mir nichts dir nichts das Du anzubieten? Nach allem was Theresa gehört hatte, war Mayer ein einfacher Angestellter, der bei der städtischen Bank für die Akquise und Betreuung von vermögenden Kunden zuständig war. Außerdem trieb er hier und da Schulden ein. In Theresas Augen machte ihn das bestenfalls zu einem gut gekleideten Laufburschen, der sich überaus glücklich schätzen konnte, überhaupt in das Haus der Familie eingeladen zu werden, was sicherlich wiederum ein Akt reiner Höflichkeit war. Umso mehr überraschte es Theresa, dass ihr Bruder, der bei einem bürgerlichen Gegenüber für gewöhnlich auf die Anrede »gnädiger Herr« bestand, diesen Affront an sich abprallen ließ und das Gespräch scheinbar ungerührt fortführte.

»Na, dazu kommen wir noch«, sagte Wilhelm leichthin und hob sein Glas, worauf sofort einer der Bediensteten, die sich ansonsten dezent im Hintergrund hielten, herbeieilte und es mit Wein befüllte.

»Gut, gut«, gab sich Mayer vorerst zufrieden.

Theresa, die nun doch interessiert das Gespräch zwischen den beiden Männern verfolgte, besah sich den Gast näher. Mayer war zwar etwas klein geraten und hatte schiefe Zähne, aber er war dennoch kein unattraktiver Mann. Mit seinen wallenden blonden Haaren, seinem runden Gesicht und dem Grübchen am Kinn wirkte er jugendlicher, als er vermutlich war. Ganz im Gegensatz zu Wilhelm. Dieser zählte erst knapp fünfundzwanzig Jahre, sah jedoch aufgrund seiner gebeugten Haltung und dem schütteren grau melierten Haar deutlich älter aus. Seine Haut war blass und sein hartes Gesicht von ständiger Sorge gezeichnet. Franz Mayer dagegen präsentierte sich als aufstrebender junger Mann mit großen Ambitionen, dem es offensichtlich nicht an Selbstbewusstsein mangelte. Besonders fielen Theresa seine stahlblauen Augen auf. Auch diese funkelten vor Tatendrang, verliehen ihrem Besitzer jedoch gleichzeitig etwas Geheimnisvolles. Theresa erkannte darin eine gewisse Verschlagenheit, die Mayer zwar geschickt mit seinem einnehmenden Lächeln und seiner galanten Art kaschierte, aber dennoch nicht ganz zu verbergen vermochte.

Vielleicht war es der Wein, der ihre Zunge löste. Vielleicht war es auch die Sehnsucht nach etwas Abwechslung in der Tristesse, die sie in dem großen alten Stadthaus mit seinen immer gleichen grauen Wänden umgab. Jedenfalls beschloss Theresa in diesem Moment, dass sie versuchen wollte, den Gast aus der Reserve zu locken.

»Herr Mayer«, sagte sie und sah ihm in die interessiert aufleuchtenden Augen. »Mein Bruder erwähnte soeben ihre zukünftigen Geschäfte. Beabsichtigen Sie, ebenfalls in den Getreidehandel einzusteigen? Ich bin mit solchen Dingen nicht sonderlich vertraut, aber das erfordert doch sicher ein erhebliches Startkapital, oder nicht?«

Eine unverhohlene Anspielung auf Mayers Stand als einfacher Angestellter und seine sicherlich überschaubaren Finanzen. Theresa beobachtete gespannt, wie er sein silbernes Besteck zur Seite legte und sich ihr zuwandte. »Nun«, erwiderte er, »genau genommen habe ich es auf einen anderen Geschäftszweig abgesehen. Ich möchte ja schließlich kein Konkurrent Ihres werten Herrn Bruders werden.« Er sah kurz zu Wilhelm, dessen prüfender Blick jedoch gerade auf Theresa ruhte, und fuhr dann fort. »Mein Interesse gilt vornehmlich dem Import von Waren aus Nordamerika. Ich werde sicherlich recht klein anfangen müssen, denke aber, dass dieser Wirtschaftszweig in den nächsten Jahren ein großes Wachstum erleben wird. Wenn die Geschäfte sich so entwickeln, wie ich es mir wünsche, würde ich gern selbst einige Baumwollplantagen erwerben und diese vor Ort betreiben. In Amerika, meine ich.« Mayer nahm einen Schluck Wein und rückte auf seinem Stuhl nach vorn. »Wissen Sie«, fuhr er eifrig fort, »die Amerikaner sind uns in einigen Dingen erstaunlich weit voraus. Allein, was die Technik angeht. Letztes Jahr habe ich in Detroit ein faszinierendes Automobil bewundern dürfen: einen Ford Modell T. Ein prachtvolles Fahrzeug, komfortabel und doch schnell wie der Blitz. Interessieren Sie sich für derlei Sachen?«

Theresa verschluckte sich fast an ihrem vierten Glas Wein. Was für eine unverschämte Frage! Wusste dieser Rüpel denn überhaupt nichts über ihr Schicksal? War ihm etwa das Unglück entgangen, welches kürzlich das Leben ihrer gesamten Familie bis in die Grundfesten erschüttert hatte? Mayers unschuldige Miene verriet keinerlei Hintergedanken, doch das Funkeln in seinen Augen war noch stärker geworden. Theresa atmete tief durch und drängte die aufkeimende Wut in die Tiefen ihres Herzens zurück. Dieser dahergelaufene Geldeintreiber würde eine von Eiben nicht ins Wanken bringen, selbst wenn er den Mund noch so voll nahm.

»Nein«, entgegnete sie kühl. »Und ich wüsste auch nicht, was mich solche Sachen angehen sollten. Unsere Familie besitzt drei Kutschen und eine ganze Reihe ausgezeichneter Pferde, die mich überallhin bringen, wohin ich möchte, und zwar ohne stinkenden Rauch und infernalischen Lärm.«

Mayer öffnete den Mund, um etwas zu entgegen, aber Theresa sprach einfach weiter, wobei sie erstaunt bemerkte, dass ihre Zunge durch den Burgunder bereits etwas schwerfälliger geworden war. »Mein Verlobter …«

»Dein *verstorbener* Verlobter«, warf Wilhelm hastig ein, was seine Schwester jedoch ebenfalls ignorierte.

»Mein Verlobter ist vor etwas mehr als vier Monaten geschäftlich nach Berlin gereist. Als ich das nächste Mal von ihm hörte, war er tot. Er wurde beim Überqueren einer Straße von einer dieser Höllenmaschinen erfasst. Deren Fahrer stahl sich dann auch noch feige aus der Verantwortung, sodass seine schändliche Tat bis heute nicht gesühnt wurde. Sie sehen es mir also nach, wenn ich dem Zauber des Automobils nicht ganz so viel abgewinnen kann wie Sie.«

Theresa wandte den Blick von Mayer ab und starrte auf ihren Teller. Sie musste noch einen Schluck trinken, damit die aufkeimende Verzweiflung nicht die Oberhand gewann. Ohne ihn anzusehen, spürte sie, wie Wilhelms zorniger Blick sie förmlich durchbohrte. Nach einigen Sekunden betretenen Schweigens bat der Hausherr seinen Gast schließlich zu einer Zigarre und einem Glas Port ins Kaminzimmer. Franz Mayer verabschiedete sich übertrieben höflich von Theresa und verneigte sich sogar ein wenig, was diese nur noch mehr aufregte. Schließlich blieb sie allein mit ihrer Wut und ihrem mittlerweile erkalteten Hirschbraten in dem riesigen Esszimmer zurück, was ihr ganz recht war. Sollte sich dieser Mayer doch mit samt seinem falschen Grinsen zum Teufel scheren. Ihr Bruder würde sich sicherlich gerade taktvoll für ihren Geisteszustand entschuldigen und dabei überlegen, wie er sie doch noch ohne großes Aufsehen in ein Sanatorium bekäme. Theresa war es gleich. Sie trank in Ruhe ihren Wein aus und begab sich dann in ihr Schlafzimmer.

Knapp zwei Stunden später, draußen war es bereits vollständig dunkel geworden, besah sich Theresa bei Kerzenschein den Inhalt der hölzernen kleinen Kiste, die sie unter ihrem Bett verwahrte. Darin verstaut war eine Ansammlung von über und über mit Bleistift beschriebenen Dokumenten, die Jakob bei seiner Reise in Hamburg zurückgelassen hatte. Die Familie Hansen hatte Theresa diese nach Jakobs Tod übersandt. Sicherlich hatten weder die Brüder noch die Eltern in den zahlreichen Zeichnungen und Notizen, die in der Kiste herumlagen, irgendeinen besonderen Wert erkannt, den es in ihren Augen zu bewahren gegolten hätte. Für Theresa war dieses Kleinod jedoch umso kostbarer. Liebevoll und mit erstaunlicher Akribie hatte Jakob auf den zahllosen eng beschriebenen Seiten seiner Vision vom eigenen Musikhaus Ausdruck verliehen. Dies waren die Pläne für ihre gemeinsame Zukunft. Eine Zukunft, die nun niemals Wirklichkeit werden würde.

Gerade als sie die Pläne des großen eckigen Verkaufsgebäudes studierte, trat Wilhelm plötzlich in ihr Schlafzimmer. Theresa hatte seine energischen Schritte, die die alten Dielen zum Knarren brachten, bereits draußen im Flur näher kommen hören. Er klopfte weder an, noch hielt er sich mit einer Begrüßung auf.

»Was fällt dir eigentlich ein?«, fuhr er sie stattdessen an.

Theresa legte behutsam das Blatt zur Seite und zog sich die Decke bis unters Kinn. Sie lag bereits im Bett und trug nur ein Nachthemd. Selbst in Anbetracht ihres frechen Benehmens beim Abendessen empfand sie es als unangemessen, dass ihr Bruder derart in ihre Privatsphäre eindrang. »Nichts, Wilhelm«, sagte sie müde. »Es tut mir leid. Vermutlich bin ich es einfach nicht mehr gewohnt, dass wir Gäste im Haus haben.«

»Gewohnt oder nicht. Ich werde ja wohl erwarten können, dass meine Schwester sich wie eine Dame benimmt und nicht wie ein aufsässiges kleines Balg.«

Wilhelm war noch wütender, als Theresa es erwartet hatte. Er sprach laut und hastig. Bei dem Wort »Balg« stampfte er sogar leicht mit dem Fuß auf, ganz so wie es Theresas Vater früher getan hatte, wenn einer der Hausangestellten seinen plötzlich aufflammenden Jähzorn zu spüren bekam.

Theresa wiederum wollte zwar einerseits ihre Ruhe, war andererseits jedoch nicht in der Stimmung, sich wie eine gewöhnliche Magd zurechtweisen zu lassen, weshalb sie kurzerhand zum Gegenangriff überging.

»Was wollte dieser Mayer überhaupt hier? Haben wir jetzt schon so wenig Geld, dass wir uns bei gewöhnlichen Bankangestellten anbiedern müssen?«

Wilhelm erstarrte im Türrahmen. Seine mahlenden Kiefer verrieten Theresa, dass er innerlich vor Wut kochte. Jetzt ähnelte er noch mehr dem gemeinsamen Vater. Kurz fürchtete sie, dass er sich tatsächlich in den Alten verwandeln, sie aus dem Bett zerren und ihr mit seinem Gürtel den Hintern versohlen würde. Sie rutschte unmerklich zur rechten Seite der Matratze, um bei einem Wutausbruch in das angeschlossene Bad flüchten zu können. Doch ihr Bruder bewahrte seine Fassung. Langsam trat er einen Schritt näher und schloss die Schlafzimmertür hinter sich. Sein Gesicht wurde zu einer ausdruckslosen, bleichen Maske, in der sich nur noch seine schmalen Lippen und der säuberlich getrimmte Schnurrbart bewegten, während er mit unheilvoll ruhiger Stimme weitersprach.

»Bravo, meine liebe Schwester. Dass uns das Geld ausgeht, hast du also auch schon bemerkt. Dein Scharfsinn ist wirklich bemerkenswert. In zwei entscheidenden Punkten liegst du allerdings völlig falsch.«

Wilhelm zog, ohne Theresa auch nur eine Sekunde aus den Augen zu lassen, den schweren Stuhl von ihrer Kommode zu sich heran und setzte sich darauf. »Zum einen ist Franz Mayer kein gewöhnlicher Angestellter. Der Mann ist dabei, in atemberaubendem Tempo die Karriereleiter zu erklimmen, und wenn er ganz oben angekommen ist, wird er mich bereits als einen seiner engsten Freunde und Gönner zu schätzen wissen.«

Theresa nickte. Ihr Bruder mochte nicht gerade der geborene Geschäftsmann sein, aber er hatte es schon immer verstanden, die

Menschen in seinem Umfeld geschickt zu instrumentalisieren, und aus seinen Verbindungen den größtmöglichen Nutzen zu ziehen, geschäftlich wie privat.

»Zweitens«, fuhr Wilhelm fort, »biedere ich mich nicht an. Ich überzeuge Mayer davon, dass er mich braucht, und gewinne sein Vertrauen. Jeden Gefallen, den ich ihm jetzt gewähre und jeden Vorteil, den ich ihm verschaffe, wird er mir später zehnfach zurückzahlen. Sieh es als eine Art Kapitalanlage mit äußerst vielversprechender Rendite.«

Wilhelm beobachtete sie immer noch. Ebenso wie zuvor bei Franz Mayer erkannte Theresa auch in seinem Blick etwas Geheimnisvolles, fast schon Hinterhältiges. Sie wollte unbedingt mehr über seine Pläne erfahren, hatte jedoch Angst, ihn noch weiter zu reizen.

»Ich verstehe«, sagte sie schließlich. »Und ich möchte dir nochmals versichern, dass es mir leidtut. In Zukunft werde ich dir in dieser Sache nicht mehr im Weg stehen«.

Zu Theresas Überraschung entspannten sich Wilhelms Züge, und er lächelte sogar sanft.

»Ganz sicher wirst du das nicht, Schwester. Im Gegenteil.«

Was hatte das nun wieder zu bedeuten? Theresa fühlte sich mittlerweile fast wieder nüchtern. Sie setzte sich auf. »Dieser Mayer strebt also einen hohen Posten bei der Bank an und will sich dann als Geschäftsmann etablieren. Und dazu vertraut er auf deine Kontakte?«

»Korrekt«, sagte Wilhelm und nickte anerkennend. »Doch das wird nicht reichen. Der Mann ist, wie du ganz richtig bemerkt hast, ein Bürgerlicher. Sein Vater ist von niederstem Stand, und seine Mutter hat er, so wie es mir zugetragen wurde, nicht einmal gekannt. Sie starb wohl bei seiner Geburt.«

Wilhelm lehnte sich ganz langsam zu Theresa vor, ehe er leise, in geradezu verschwörerischem Ton, weitersprach.

»Franz Mayer ist ein Niemand. Doch gleichzeitig bringt er fast alles mit, was er benötigt, um seine Ziele zu erreichen: Er ist blitzgescheit, fleißig, unerschrocken und arbeitet Tag und Nacht wie ein Besessener. Er wird es schnell zu einem recht ansehnlichen Vermögen bringen, da habe ich keinerlei Zweifel. Unglücklicherweise benötigt man jedoch einen gewissen Stand, wenn man Land erwerben will. Andernfalls bleibt der Traum von Reichtum und Grundbesitz unerfüllt, egal, wie sehr man sich abrackert.«

Theresa überlegte. Sie verstand immer noch nicht, was genau Mayer sich von der Gunst ihres Bruders letztendlich versprach. »Wenn er aber nun einmal ein Niemand ist«, sagte sie und überlegte dabei laut, »dann wird er es auch bleiben. Du sagtest es doch gerade selbst: Geld kann man sich erarbeiten. Vielleicht kann selbst ein Bauer mit genügend Geschick und Verstand reich werden, aber Adel bleibt Adel. Diese Tür ist gewissermaßen verschlossen. Und trotz aller Gefallen und deiner Fürsprache wirst du ihn nicht zu einem Mann von Adel machen können.«

»Ganz richtig, das kann ich nicht. Obwohl ich zu seinen Gunsten wirklich schon einige Hebel in Bewegung gesetzt habe.« Wilhelm starrte zum Fenster hinaus, und es schien, als fixiere er irgendeinen fernen Punkt in der Dunkelheit des Nachthimmels. »Aber *du* kannst es.«

Theresa sah ihn mit großen Augen an. »Ich?«, fragte sie stirnrunzelnd.

»Du wirst ihn heiraten.«

Theresa wurde abwechselnd heiß und kalt. Ihr Kopf schwirrte, während sie nach Worten suchte.

Ihr Bruder erhob sich langsam und stellte den Stuhl zurück an seinen Platz. Das Lächeln war plötzlich aus seinem Gesicht verschwunden. »Wir alle haben unseren Beitrag zu leisten«, sagte er, ohne Theresa anzusehen. »Und du kannst mir glauben, dass ich schon mehr von meiner Würde preisgegeben habe, als ich es mir je hätte träumen lassen. In unserer Lage müssen notfalls eben unschöne Dinge getan werden, ob uns das nun passt oder nicht. Was diese Verbindung angeht, ist bereits alles in die Wege geleitet, und du wirst dich fügen. Im Grunde erwarte ich keine Dankbarkeit. Ich bitte dich aber dennoch zu bedenken, dass du schon einmal verlobt warst und daher in Bezug auf deinen zukünftigen Ehemann ohnehin nicht wählerisch sein könntest. Mayer ist kein schlechter Kerl. Ich glaube sogar, dass er trotz deines kindischen Verhaltens heute

Abend immer noch einen gewissen Gefallen an dir findet. Die Hochzeit feiern wir noch vor Weihnachten. Gute Nacht.«

Ohne ein weiteres Wort verließ Wilhelm das Zimmer. Theresa hörte seine Schritte in dem lang gezogenen Gang verhallen. Sie war zu schockiert, um zu weinen. Zu schockiert, um überhaupt zu atmen. Schließlich löschte sie die Kerze, schloss die Augen und hörte auf das Rauschen der Bäume vor ihrem Fenster. Theresa dachte an Jakob. Ihr Brautkleid, das sie nie getragen hatte, hing noch immer nebenan im Ankleidezimmer, und es kam ihr fast so vor, als hätte sie es erst vor ein paar Tagen zum ersten Mal anprobiert. Im letzten Sommer waren Jakob und sie verliebt gewesen und hatten jeden Tag in der Gewissheit zugebracht, dieses Glück noch jahrzehntelang auskosten zu können. Und nun, da der Winter bevorstand, sollte Theresa mit Franz Mayer zum Traualtar schreiten, und Jakob war tot. Verloren und vergessen. Schließlich kamen die Tränen, und Theresa ließ sich von ihnen in einen traumlosen tiefen Schlaf geleiten.

8.

Hamburg-Grindel, 13. November 1909

Georg Albers war ausgenommen gut gelaunt, als er gegen sieben Uhr abends die steinernen Stufen zur Gastwirtschaft *Schinkenkrug* hinunterstieg. Er trug eines seiner beiden guten Hemden, war frisch frisiert, und in seiner Geldbörse klimperte ein ansehnliches Sümmchen Bargeld. Die urige Kellerkneipe an der Ecke war noch nicht sonderlich gut besucht, da die meisten Gäste wohl erst zu späterer Stunde eintrudelten. Der grauhaarige, leicht mürrisch wirkende Wirt wischte gerade den Tresen ab und unterhielt sich mit einem ziemlich angetrunkenen Arbeiter. Letzterer trug noch seine, mit dunklem Kohlestaub bedeckte, grobe Wolljacke und abgewetzte, klobige Schuhe. Eine seiner rauen Hände umklammerte einen Krug Bier, während er mit der anderen wild gestikulierte. Als der Wirt Georgs Eintreten bemerkte, richtete er sich auf und nickte freundlich in Richtung der hinteren, rechten Ecke des Raumes, wo noch mehrere Tische auf trinkfreudige Besucher warteten. Georg ließ sich an dem Ecktisch im hintersten Teil der Kneipe nieder und lehnte sich zurück. Erst gestern war ihm für seine Dienste als Organist in der St. Johannis Kirche sein monatlicher Lohn gezahlt worden, der sogar noch üppiger ausgefallen war als erwartet. Heute hatte der aufstrebende Komponist dann erfahren, dass ein kleiner Musikverlag aus Lübeck erwog, einiger seiner eigenen Werke als Loseblatt-Sammlung zu veröffentlichen. Georg sollte als Urheber ein Fünftel des Verkaufserlöses erhalten. Viel mehr als die zusätzliche Einnahmequelle freute ihn jedoch die hiermit verbundene Anerkennung als Künstler. Zwar waren in der Sammlung vor allem leichte volkstümliche Stücke enthalten, da diese sich besser verkaufen ließen, aber dennoch, eine Veröffentlichung war nun einmal eine Veröffentlichung.

»Guten Abend, der Herr, was darf ich Ihnen bringen?«

Der Wirt stand jetzt direkt vor Georg. Er trug eine leicht fleckige Schürze und hielt einen kleinen Notizblock in der Hand. Das Tuch, mit dem er eben noch den Tresen gesäubert hatte, steckte in der Gesäßtasche seiner locker sitzenden Leinenhose.

»Guten Abend«, erwiderte Georg, fischte eine der dünnen Speisekarten vom Nachbartisch und schlug diese zielsicher in der Mitte auf. »Ich nehme das Tagesgericht mit Brot und der Rindfleischbrühe vorweg«, sagte er, nachdem er das Angebot überflogen hatte. »Und dazu bitte eine Flasche Ihres besten Rotweins.«

Der Wirt runzelte kaum merklich die Stirn. Der skeptische Ausdruck auf seinem verhärmten, wettergegerbten Gesicht verriet einen Anflug von Misstrauen. Sicher bestellten die meisten Gäste eher Bier oder den billigen Kümmelschnaps, der in solchen Lokalitäten in großen Mengen konsumiert wurde. Wortlos nahm Georg zwei Münzen aus dem ledernen Beutel an seinem Gürtel und legte sie vor sich auf dem verschrammten Holztisch.

»Ich zahle im Voraus. Der Rest ist für Sie.«

Beides gefiel dem Gastronomen scheinbar sehr gut, denn seine Miene hellte sich spontan auf. Er verneigte sich sogar leicht, während er Georg pflichtbewusst versicherte, ihm für den Rest des Abends gern zu Diensten zu sein. Georg nickte nur freundlich.

Wenige Minuten später ließ er sich die kräftige Brühe mit einer Scheibe Weizenbrot schmecken, während der Wein atmete. Es war ein äußerst befreiendes Gefühl, der engen Stube einmal für ein paar Stunden zu entkommen und sich Zeit für ein ordentliches Essen zu nehmen. Die ständige Arbeit und die Einsamkeit des jahrelangen Junggesellendaseins hatten Georg schon das ein oder andere Mal zugesetzt. Für gewöhnlich schlief er schlecht und nahm nur einmal am Tag eine karge Mahlzeit zu sich. In nahezu jeder wachen Minute saß er unermüdlich vor dem Klavier, spielte, unterrichtete und komponierte.

»N'abend, Herr Albers«, sagte eine heisere, recht schüchterne Stimme, als Georg gerade seinen Blick auf den dampfenden Suppenteller vor ihm gerichtet hatte. »Darf ich mich vielleicht zu Ihnen setzen?«

Als er den Kopf hob, sah Georg in das hagere Gesicht eines älteren Mannes, das ihm irgendwoher bekannt vorkam. Der Neuankömmling war schlecht rasiert, und die grauen Strähnen seines fettigen Haars reichten ihm bis über die Ohren. Mit seinen kleinen dunklen Augen und dem schmalen Kiefer hatte er etwas von einem Nagetier an sich. Er trug sehr schlichte, graue Kleidung aus Wolle. Georg konnte sich nicht daran erinnert, woher er ihn kennen könnte, deutete aber trotzdem einladend auf den Stuhl zu seiner Linken.

»Danke«, sagte der Mann, und sein zögerndes Lächeln entblößte ein paar vereinzelte gelbe Zähne. »Ich habe in St. Johannis gerade erst abgeschlossen. Der Tag ist lang, wenn man sich mit solchen Burschen wie dem Gerlinger rumschlagen muss. Faul und dann auch noch frech. Der Kerl hat keinen Respekt vor der Kirche.« Er seufzte und rieb sich mit den dürren Händen über die Schläfen. »Aber was soll man machen? Die Schindeln im östlichen Teil müssen schon wieder ausgebessert werden, und er war als einziger Dachdecker zur Stelle.«

Ach, daher kenne ich den Mann, dachte Georg. Er hatte erst ein oder zwei Mal mit dem etwas kauzigen alten Küster gesprochen und konnte sich beim besten Willen nicht mehr an seinen Namen erinnern.

»Ja, da ist wohl immer etwas zu tun«, sagte er unverbindlich und hoffte, das Gespräch auf diese Art bald zu beenden. Georg hatte sich auf einen entspannten Abend mit Wein und einer ordentlichen Mahlzeit gefreut. Er hasste es ohnehin, mit Fremden irgendwelche Höflichkeitsfloskeln auszutauschen. Nach einigen Sekunden des Schweigens erschien der Wirt, der den Zuwachs an Georgs Tisch bemerkt hatte, und wandte sich dem Küster zu.

»Willkommen. Was darf ich bringen, der Herr?«

Der Kirchendiener schürzte die Lippen. Ein seltsamer Blick zeichnete sich auf seinem Gesicht ab, und er schielte etwas verstohlen in Georgs Richtung. *Herrgott, das darf doch nicht wahr sein*, dachte dieser und nahm seine gesamte Beherrschung für ein freundliches Lächeln zusammen.

»Bringen Sie uns noch ein Glas, guter Mann«, bat er. »Der Herr ist mein Gast.«

Ein zufriedenes Leuchten erschien in den Augen des Küsters,

und ein leichtes Rot breitete sich auf seinen eingefallenen Wangen aus. Er ließ sich nicht zweimal bitten, sich ordentlich von dem Roten einzuschenken. Nach einem tiefen, fast schon gierigen Schluck legte er bedächtig die Hände in den Schoß.

»In ein paar Wochen wird wohl schön was los sein, wie ich gehört hab. Eine große Hochzeit.«

Georg nickte nur flüchtig. Der Braten, den er bestellt hatte, wurde gerade serviert, und er hatte nicht vor, ihn kalt werden zu lassen. Der Küster überlegte angestrengt und klopfte mit seinem rechten Zeigefinger auf die Tischplatte.

»Angemeldet ist die Sache auf den Namen Mayer, das sagt mir nichts, aber die Braut ... Herrje, heute Mittag wusste ich noch, wie sie heißt. Mein armer Kopf ist auch nicht mehr das, was er früher einmal war.« Er kratzte sich gedankenverloren an der Stirn. »Es ist diese Grafentochter.« Der Alte senkte die Stimme zu einem Flüstern. »Ihr vorheriger Verlobter ist noch nicht allzu lang unter der Erde, soweit ich weiß.«

Georg, der gerade zum ersten Bissen ansetzen wollte, ließ die Gabel sinken. Jetzt war er ganz Ohr. »Theresa«, sagte er und bemühte sich, nicht allzu interessiert zu klingen. »Theresa von Eiben. Ist das die Dame, die Sie meinen?«

»Ja, ja«, bestätigte der Küster eifrig. »Genau die.« Er sah sich vorsichtig in der kleinen Kneipe um, nahm noch einen Schluck Wein und rückte ein Stück näher zu Georg. »Wissen Sie, gerade erst gestern ist der Bruder wieder bei Hochwürden vorstellig geworden. Das war schon das dritte Mal in diesem Monat. Er kann das Mädchen scheinbar nicht schnell genug unter die Haube bringen.«

Georg war erstaunt. Er hatte Theresa seit fast drei Monaten nicht mehr gesehen, und selbst da hatte er sich schon ein wenig Sorgen um ihr seltsames Verhalten gemacht. Als er dann von Jakob Hansens plötzlichem Tod erfuhr, hatte er verstanden, warum Theresa nicht mehr zu den verabredeten Klavierstunden erschien. Die junge Frau musste am Boden zerstört sein. Warum aber nun die überstürzte Hochzeit mit einem anderen Mann? Georg goss sich ebenfalls noch ein Glas Wein ein und beschloss, noch etwas mehr in Erfahrung bringen.

»Und glauben Sie«, er sprach langsam und wählte jedes seiner Worte mit Bedacht, »dass der Bruder dabei unlautere Motive verfolgt?«

Der Alte nickte eifrig, wobei er seinen knochigen Unterkiefer nach vorn schob. Er war jetzt so nah bei Georg, dass dieser seinen säuerlichen, weingetränkten Atem riechen konnte. Halb aus Höflichkeit, halb als Ermutigung füllte Georg beide Gläser fast bis zum Rand mit dem dunkelrot schimmernden Rebensaft. »Ich weiß es«, sagte der Küster schließlich und legte die rechte Hand auf seine magere Brust. »Bei Gott, ich weiß es hier drinnen. Die Eltern waren gute Christen, kein Zweifel. Sie kamen oft zum Gottesdienst und haben die Gemeinde sogar einige Male mit großzügigen Spenden unterstützt. Doch der Sohn ist völlig anders. Dieser Mann hat was Dunkles an sich. Er kommt nur, um Forderungen zu stellen und seine eigenen Pläne voranzutreiben, welche das auch immer sein mögen.«

Georg fuhr sich nachdenklich durch sein dichtes Haar. Das üppige Abendessen, von dem er kaum gekostet hatte, war bereits so gut wie vergessen. Er war Wilhelm von Eiben nur ein einziges Mal begegnet. Der Mann hatte recht reserviert und kühl gewirkt, was Georg allerdings von Angehörigen des Adels gewöhnt war, insbesondere, wenn diese sich einfachen Bürgern gegenübersahen. Es überraschte ihn auch nicht, dass Theresa und ihr Bruder scheinbar kein besonders inniges Verhältnis pflegten, denn sie sprach nie von ihm. Andererseits schien dies aber eher auf Desinteresse zu beruhen als auf irgendeiner Art von Feindschaft. Was also steckte hinter dieser ganzen Sache?

»Und der Herr Pfarrer?«, Georg flüsterte jetzt fast. »Was hält er von dieser ganzen Angelegenheit?«

Zu seiner Überraschung machte diese Frage den alten Küster nervös. Er räusperte sich, leerte das Glas vor ihm in einem einzigen, tiefen Schluck und wischte sich auf unfeine Art die schmalen Lippen mit dem Ärmel seines Wollhemds ab. Dann nahm er eine betont steife Haltung ein.

»Bei allem Respekt, Herr Albers, das geht mich nichts an. Ich bin nur ein einfacher Diener der Kirche. Vermutlich hab ich schon mehr gesagt, als ich sollte. Schließlich schickt es sich nicht, einfach Vermutungen anzustellen.«

Für die nächste halbe Stunde saßen die beiden Männer schweigend nebeneinander. Der stumme Kirchendiener lehnte sogar ein weiteres Glas Wein ab und betrachtete wortlos seine dürren Hände, bevor er sich schließlich verabschiedete. Georg verspeiste den lauwarmen Schweinebraten mit Klößen und dachte über die letzte Klavierstunde mit Theresa nach. Schon als ihr eigentlicher Verlobter noch lebte, hatte sie überaus angespannt gewirkt. Angespannt und voller Sorge.

Selbst eine weitere halbe Stunde später, als Georg den Heimweg antrat, überaus satt und etwas berauscht vom Wein, kreisten seine Gedanken nur noch um die mysteriöse Hochzeit. War Theresa mit all dem einverstanden, oder fügte sie sich nur ihrem Bruder? Mit ihren zweiundzwanzig Jahren blieb ihr doch noch etwas Zeit, um einen neuen Verlobten zu finden. Warum hatte Wilhelm von Eiben es also so überaus eilig? Georg war gerade an der ersten Straßenkreuzung angelangt, wo er sich nach herankommenden Kutschen oder Automobilen umsah, als ein ziemlich untersetzter Mann mit Brille und Halbglatze direkt neben ihn trat. Er war in einen eleganten Fellmantel gehüllt und trug einen grauen Schal, der sein Gesicht bis zur Unterlippe verdeckte.

»Sie stellen ziemlich viele Fragen über die von Eibens«, bemerkte der Unbekannte, ohne Georg anzusehen. Dieser zuckte innerlich leicht zusammen und sah in Richtung der fremden Stimme. Obwohl die Kreuzung frei von jeglichem Verkehr war, blieben die beiden Männer für einen Moment stehen.

»Wer sind Sie?«, fragte Georg schließlich und verzichtete ebenfalls auf jegliche Höflichkeiten. Der Unbekannte warf einen schnellen Blick über seine Schulter, als wolle er sich versichern, dass ihm niemand gefolgt war, und antwortete dann: »Mein Name ist Bruno Dreyer. Ich nehme nicht an, dass Sie mich kennen, aber das ist auch nicht schlimm. Wie es der Zufall will, war ich heute Abend auch kurz im *Schinkenkrug*. Der Laden liegt zwischen meinem Büro und meinem Zuhause, wissen Sie. Da ist es verlockend, manchmal für ein schnelles Bier und eine Zigarette dort hängenzubleiben.« Jetzt drehte er sich zu Georg um und sah ihm in die Augen. »Es tut mir leid, falls ich Sie erschreckt habe. Vielleicht wäre es besser gewesen, Sie einfach ziehen zu lassen. Ich hatte heute statt einem vier oder fünf Bier und handele wohl impulsiv.«

Georg sagte nichts, sondern erwiderte nur Dreyers Blick. Es war spät, und die feuchte Kälte kroch langsam durch seinen lädierten altmodischen Mantel, daher hoffte er, dass der Mann jetzt bald zum Punkt kommen würde.

Als hätte er die Gedanken seines Gegenübers erraten, fuhr Dreyer fort: »Worum es mir geht, ist Folgendes: Bitte überlegen Sie sich gut, ob Sie sich in solche Sachen einmischen. Ich für meinen Teil würde das nicht tun.«

»Aha«, entgegnete Georg müde, »und warum nicht?«

»Nun, es scheinen hier Vorgänge in Bewegung gesetzt worden zu sein, die nicht mehr aufzuhalten sind. Wer sich ihnen dennoch in den Weg stellt, läuft Gefahr, unter die Räder zu kommen … gewissermaßen.«

»Drohen Sie mir etwa?«, fragte Georg. Die Worte sprudelten schon heraus, bevor er richtig darüber nachgedacht hatte, aber er war angetrunken, müde, und der Mann fing an, ihm gehörig auf die Nerven zu gehen. Unbewusst richtete er sich auf, obwohl er den ungebetenen Gesprächspartner ohnehin schon um mehr als einen Kopf überragte.

»Nein, ach Gott, natürlich nicht.« Dreyer hob beschwichtigend die Hände und trat einen Schritt zurück. »Sehen Sie, jetzt habe ich einen völlig falschen Eindruck erweckt. Es wäre besser gewesen, ich hätte mein loses Mundwerk gehalten. Guten Abend.«

Schnellen Schrittes und mit hochrotem Kopf stapfte er die Straße entlang gen Süden, wo er in einer seitlichen Gasse verschwand, die in Richtung des jüdischen Friedhofs führte. Erschöpft und gereizt setzte Georg seinen Nachhauseweg fort und versuchte, nicht mehr an den seltsamen Abend zu denken, den er gerade erlebt hatte. Offensichtlich waren die von Eibens in Hamburg aktuell in aller Munde. Arme Theresa.

Als er wenig später vor seiner Wohnungstür stand, erwartete ihn auf seiner Türschwelle überraschend Post. Der dicke braune Umschlag enthielt mehrere Silbermünzen und einen säuberlich gefalteten Briefbogen. Letzterer trug in der linken oberen Ecke ein altes Familienwappen, das Georg sofort erkannte. Unter der weitverzweigten Eibe, die von drei stilisierten Lilien eingerahmt wurde, stand nur ein Satz:

Werter Herr Albers, Ihre Dienste werden künftig nicht mehr benötigt.

Unterschrieben war die Mitteilung nicht, was jedoch ohnehin entbehrlich war. Georg stopfte sowohl das Papier als auch die Münzen achtlos zurück in den Umschlag, warf beides in Richtung seines Nachttischs und setzte sich auf sein schmales Bett. Er hatte gerade noch die Kraft, wenigstens die Stiefel von den Füßen zu streifen.

Anscheinend ist die ganze Stadt verrückt geworden, dachte Georg und ließ sich auf das kühle Kissen sinken. Er schloss die Augen, fand aber keinen Schlaf. Der ausgedehnte Heimweg in der frostigen Novemberluft hatte bedauerlicherweise den Rausch des Weins aus seinem Kopf vertrieben. Die Sorge um seine Schülerin war jedoch geblieben. Er dachte in dieser Nacht noch lange an Theresa von Eiben und daran, welches Schicksal sie wohl demnächst erwarten würde.

9.

Hamburg-Harvestehude, 22. November 1909

Gerda blieb unsicher auf der Schwelle vor der angelehnten Tür stehen und warf einen vorsichtigen Blick in das Ankleidezimmer. Theresa saß vor dem großen Spiegel ihrer Frisierkommode und betrachtete ihre Frisur. Ein Kranz aus braunen Locken, der ganz um ihren Kopf herumreichte, wurde kunstvoll von bernsteinfarbenen Haarklammern aus Horn zusammengehalten. Über ihrer Stirn steckten drei kleine Lilienblüten, innen goldgelb und außen von schlichtem Weiß. Zwei schmale eingedrehte Zöpfe fielen über ihre linke Schulter. Dazu trug Theresa ein simples, aber elegantes Collier aus Silber, das früher ihrer Mutter gehört hatte.

»Was gibt es?«, fragte sie knapp, aber in freundlichem Ton, als sie die Reflexion des kleinen pausbäckigen Gesichts des Hausmädchens hinter sich wahrnahm. Gerda war die Enkelin der langjährigen Haushälterin Marga Schumacher. Wie ein scheues Reh stand sie da und rieb nervös die Hände an ihrem groben, dunkelgrauen Wollkleid. Als sie Theresas Blick bemerkte, schaute sie sofort zu Boden, doch es war nicht zu übersehen, dass sie mit einer Botschaft zu der Hausherrin gekommen war. Sie schluckte und sagte dann sehr leise:

»Herr Mayer, gnädiges Fräulein. Er bat mich, Ihnen nochmals auszurichten, dass er auf Sie wartet.« Sie räusperte sich, als wäre da noch etwas, was sie mitzuteilen hatte. Theresa schwieg und beobachtete sie wartend im Spiegel, ohne sich umzudrehen. »Er schien etwas …«, setzte Gerda an, suchte dann aber noch für einige Sekunden nach dem richtigen Wort. »Er schien ziemlich ungehalten zu sein, Fräulein.«

Theresa lächelte. Sie kannte Mayers ungeduldige, hitzige Art mittlerweile nur zu gut. Ihr unfreiwilliger Verlobter war ein wahrer Meister darin, immer freundlich zu lächeln und fein zu tun, wenn es ihm beliebte. Doch diese schöne Fassade war hauchdünn, und er sparte sie sich nur für diejenigen auf, die gesellschaftlich oder finanziell über ihm standen. Hinter verschlossenen Türen blitzte immer wieder Mayers wahres Wesen durch. Er war ein Mann, der sich das nahm, was er wollte, statt zu warten, dass man es ihm anbot. Einer, der bereit war, sich mit jedem anzulegen, der so dumm war, sich zwischen ihn und seinen privaten Aufstieg zu stellen. Theresa hatte das sehr schnell gemerkt und sich darauf eingestellt. Ebenso, wie sie Mayer niemals öffentlich widersprach oder sich seinem Willen widersetzte, achtete sie andererseits stets darauf, nicht mit ihm allein sein zu müssen. Letzteres ließ sich im Moment noch sehr gut mit Anstand und traditionellen Moralvorstellungen verbinden. Nach der demnächst bevorstehenden Hochzeit würde sich das jedoch schlagartig ändern.

Bei dem Gedanken daran schnürte sich Theresa die Kehle zu. Ihr Bruder und Mayer waren sich schnell einig geworden und hatten ihr kurzerhand jegliches Mitspracherecht verwehrt. Selbst als Theresa einige Wochen nach Wilhelms Verlautbarung vor lauter Wut und Verzweiflung die Fenster in dessen Arbeitszimmer aufgerissen und geschrien hatte, sie würde lieber in den Tod springen, als Mayer zu heiraten, hatte ihn das völlig kalt gelassen. Theresa berührte das funkelnde Collier, das sich an ihren schlanken Hals schmiegte. Sie war keine Braut, sondern bloß eine Figur in einem seltsamen Spiel, dessen Regeln sie nicht verstand. Für Franz Mayer hingegen stellte die Hochzeit nur einen kleinen, aber nötigen Schritt auf der Leiter nach oben dar. Einen weiteren Punkt, den man auf der Liste abhakte und ein zusätzliches Stück Besitz, das man zu den anderen legte.

»Fräulein?«, Gerda meldete sich nochmals zu Wort, dieses Mal noch leiser und mit sichtlichem Unbehagen. Ihre sommersprossigen Wangen waren tiefrot angelaufen.

»Lass ihn warten«, sagte Theresa beiläufig und rückte in aller Ruhe einige Haarnadeln auf der weiß angestrichenen Oberfläche des Frisiertischs zurecht. »Und zeig mir noch mal die hellen Lederhandschuhe. Ich denke, die würden gut zu meinem Kleid passen.«

Gerda nickte nur stumm und verschwand in Richtung der kleinen Garderobe im Flur, in der Theresa verschiedene Handschuhe,

Schals und Pelze aufbewahrte. Theresa betrachtete sich wieder im Spiegel. In letzter Zeit kam es ihr oft so vor, als wäre sie in ihrem eigenen Leben nur eine stille Zuschauerin am Rande. Sie vertrieb sich die Zeit mit langen Spaziergängen oder lag einfach auf ihrem Bett und sah die dunkle, fleckige Zimmerdecke des alten Hauses. So vergingen die Tage, einer nach dem anderen, ohne dass wirklich etwas passierte, und mit jedem von ihnen verlor Theresa ein klein wenig mehr die Verbindung zu sich selbst. Seit Jakobs Tod gab es schließlich keinen Menschen mehr, den es interessierte, was sie dachte oder fühlte. Niemanden, dem sie ihre Hoffnungen und Träume mitteilen konnte oder sich einfach nur an seine starke Schulter anlehnen, wenn ihr einmal nicht zum Reden zumute war. Ohne Halt und ohne Fixpunkt ließ Theresa sich nur noch treiben. Ihr Dasein war eine Geschichte, die niemand hören wollte, ein verblasstes Bild, an dem man achtlos vorbeiging, ohne es anzusehen. Wozu also sollte sie sich noch Mühe geben?

Das metallische Knacken der Tür, die leise ins Schloss fiel, veranlasste Theresa dazu, sich umzudrehen. Statt Gerda stand nun plötzlich ihre Großmutter Marga in dem kleinen quadratischen Zimmer. Ihr Blick war ernst, und sie hatte die Arme hinter dem Rücken verschränkt.

»Das Mädchen hat sich immer noch nicht an uns gewöhnt, nicht wahr?«, fragte Theresa und schob sich mit dem Zeigefinger eine Haarsträhne hinters Ohr. Sie kannte Marga schon ihr ganzes Leben lang und merkte daher sofort, dass die alte Dame etwas auf dem Herzen hatte. Im Moment hatte sie jedoch einfach nicht die Kraft für tiefgründige Gespräche und hegte daher die Hoffnung, geschickt vom Thema ablenken zu können, bevor die Hausdame es überhaupt erst anschnitt.

»Das wird schon«, entgegnete Marga. »Ich denke, die Arbeit tut ihr gut. So muss sie wohl oder übel auch mal aus ihrem Schneckenhaus rauskommen. Besser, als nur zu Hause herumzusitzen und nichts zu tun.«

Theresa lächelte bitter. *Sag es ruhig*, dachte sie. *Besser als den ganzen Tag nur Trübsal zu blasen, so wie ich.*

Marga hatte wohl bemerkt, was sie unbewusst angedeutet hatte.

Ein Moment angespannten Schweigens entstand zwischen den beiden Frauen. »Wie geht es dir, Theresa?«, fragte sie schließlich. Ihre Stimme klang besorgt.

»Na ja, wie es halt so geht«, antwortete Theresa und zuckte mit den Schultern. Marga war die einzige Person im Haus, vor der sie ihre wahren Gefühle nicht versteckte. Zumindest das tat gut. »Die Freudensprünge spare ich mir wohl für einen anderen Tag auf, wenn du weißt, was ich meine.«

Die alte Frau schüttelte ernst den Kopf. »Gerda hat dir ja schon gesagt, dass er unten auf dich wartet und sich wie üblich aufspielt, nicht?«

Es gefiel Theresa, dass die Haushälterin von Franz Mayer stets nur als »er« sprach. Ihre Weigerung, seinen Namen zu nennen, war ein stiller Ausdruck der Missachtung, die Theresa und sie teilten, ohne dass es dazu je eines einzigen Wortes bedurft hätte.

»Ja, ja«, winkte Theresa ab. »Von mir aus. Ich habe hier oben wie immer alle Zeit der Welt.« Nun musste sie bei dem Gedanken daran, wie Mayers Ungeduld und sein Ärger mit jeder vergeudeten Minute wuchsen, doch tatsächlich fast hysterisch kichern, konnte sich jedoch beherrschen. Am liebsten hätte sie sich für immer in ihren Räumlichkeiten eingeschlossen.

»Nun«, setzte Marga an und trat einen Schritt vor, »zumindest sollte noch so viel Zeit sein, dass ich dir das hier geben kann.«

Langsam zog sie eine große, längliche Kiste aus Sperrholz hinter ihrem Rücken hervor und stellte sie auf der Frisierkommode vor Theresa ab. »Es scheint, als wäre dieser seltsame Kasten schon vor längerer Zeit mit der Post angekommen. Ich habe ihn heute Morgen an mich genommen, nachdem ich zufällig darüber gestolpert bin.« Sie trat so nah an Theresa heran, dass diese schwach den Geruch von Seifenpulver und Bleichmittel wahrnahm, den Margas blütenweiße Schürze verströmte. Montags war Waschtag im Haushalt der von Eibens. »Dein Bruder weiß nichts davon, und das sollte wahrscheinlich auch besser so bleiben.«

Theresa besah sich die Kiste genauer. Sie war aus dünnem, hellem Holz von minderer Qualität. Eine der Ecken war bereits abgesplittert. Das Innere schien jedoch mit einer Art Füllmaterial ausgepolstert zu sein, das den Inhalt schützte. Der untere Teil war mit dem oberen durch zwei Scharniere und einen kleinen, eisernen Riegel verbunden. Theresa befühlte die rauen Fasern der einzelnen Bretter, die von kleinen, dünnen Nägeln zusammengehalten wurden. Sie konnte sich nicht einmal mehr daran erinnern, wann sie zuletzt Post erhalten hatte.

»Ich habe selbstverständlich nicht reingeschaut.« Marga senkte den Kopf, sodass ihre weiße Haube verrutschte und eine feine graue Strähne freigab. »Aber sieh dir mal die Rückseite an.«

Als Theresa die erstaunlich leichte Kiste umdrehte und deren Boden begutachtete, stockte ihr der Atem. Um ein Haar hätte sie das mysteriöse Paket fallen lassen. Nein, das konnte einfach nicht sein, und doch sah sie es direkt vor sich: Auf einem der Bretter prangte in verblasster schwarzer Farbe ein Stempel der Reichspost. Darunter stand in Jakobs Handschrift ihre Adresse.

Behutsam stellte Theresa die Kiste wieder vor sich hin. Mit zitternden Fingern öffnete sie den kleinen Metallriegel und klappte den Deckel nach hinten. Im Inneren befand sich, eingebettet in roten Samt zwischen Sägespänen und alten Zeitungen, eine wunderschöne Geige. Marga atmete vor Erstaunen hörbar ein, während Theresa das Instrument vorsichtig an Schnecke und Kinnhalter anhob und gegen das Licht hielt, das durch das hohe Fenster an der Südseite in den kleinen Raum fiel.

»Sie ist zauberhaft«, flüsterte sie voller Ehrfurcht. Aber selbst das war noch untertrieben. Der geschwungene Korpus war perfekt verarbeitet und sein Glanz verriet, dass der Geigenbauer sich viel Zeit damit gelassen hatte, ihn wieder und wieder mit Öllack zu behandeln, der ihm nun seine satte, tiefbraune Farbe verlieh. Während die Decke aus Fichte bestand, war der Boden aus geflammtem Ahorn gefertigt. Die feine, gerade Musterung verriet, dass die Hölzer sorgsam und mit großem Sachverstand ausgewählt worden waren. Die Saiten verliefen über einem dunklen Hals aus Ebenholz, der schließlich in die kunstvoll geschnitzte Schnecke mündete. Alles in allem strahlte das Instrument eine schlichte Eleganz aus, die sich kaum in Worte fassen ließ.

»Spielst du denn Geige?«, fragte Marga, nachdem sie das Instrument ebenfalls einen Moment lang still bewundert hatte. Theresa schüttelte langsam den Kopf. Ihre Gedanken rasten und verhedderten sich zu einem schmerzhaften Knäuel.

»Denkst du …«, setzte Marga an, ließ Theresa dann jedoch wohl lieber ihre eigenen Schlüsse ziehen.

»Ich weiß es«, entgegnete diese leise, aber mit der vollen Überzeugung ihres Herzens. »Sie ist ein Geschenk von Jakob. Ganz sicher.« Noch einmal drehte sie den Korpus um dessen Achse. »Ich habe noch nie eine Geige dieses Typs gesehen. Vielleicht ist sie eines der seltenen Exemplare aus der Lombardei. Moment, nein.« Theresas Zeigefinger berührte eine feine Inschrift im Zargenkranz, und sie führte sich diese dicht vor Augen. *S. V., Berlin*, las sie geistesabwesend vor und legte das Instrument dann wieder in die gepolsterte Kiste. Sie sah zu der alten Haushälterin hoch und spürte, wie eine tiefe, schmerzhafte Sehnsucht nach Jakob von ihr Besitz ergriff.

»Was soll das alles bedeuten?«, rief sie in einem Anflug schierer Verzweiflung. »Wo kommt diese verflixte Kiste überhaupt her?«

Marga legte ihre weiche, faltige Hand beruhigend auf Theresas Schulter. »Ich weiß es nicht genau, aber ich glaube, sie ist schon vor längerer Zeit angekommen. Zuerst habe ich sie vor ungefähr zwei Monaten unter dem Schreibtisch deines Bruders stehen sehen und dachte mir nichts weiter dabei. Später war sie dann aber in der kleinen Kammer neben dem Eingang zum Keller verstaut. Die mit dem schweren Vorhang davor. Es sah aus, als wäre sie regelrecht versteckt worden. Vor zwei Tagen ist dem Koch der Stiel der großen Pfanne abgebrochen, und auf der Suche nach einer neuen bin ich praktisch darüber gestolpert.«

Theresa ließ den Kopf hängen, und ihre Schultern sackten nach vorn. »Jakob«, hauchte sie und berührte das dunkelbraune glänzende Fichtenholz des rätselhaften Instruments.

Plötzlich waren draußen auf dem Flur aufgeregte Stimmen zu hören, und Schritte näherten sich über die steinernen Fliesen. Marga Schumacher und Theresa wechselten einen schnellen Blick, und Letztere schob die Kiste samt Inhalt kurzerhand unter einen Mantel, der auf der Sitzfläche eines Stuhls neben der Kommode ausgebreitet lag.

Nach einem schnellen Klopfen streckte Gerda den Kopf durch den Türspalt. Ihr Gesicht war dunkelrot, und ihre Stimme überschlug sich. »Herr Mayer, gnädige Frau, ich hab ihm gesagt, dass …«

»Theresa«, unterbrach Mayer sie schroff, stieß die Tür auf und schob sich an dem verängstigten Hausmädchen vorbei, als wäre es nicht existent. Marga trat erschrocken zwei Schritte zurück. »Ich warte schon seit fast einer Stunde auf dich. Was soll das?«

Theresa sah ihrem Verlobten in seine zornig funkelnden hellblauen Augen. Jetzt, wo die Erinnerung an Jakob durch dessen seltsames Geschenk so unvermittelt aufgeflammt war, empfand sie für Mayer regelrechten Hass. Er stand für alles, was sie verloren hatte: ihre Liebe, ihre Freiheit und damit letztlich ihr gesamtes altes Leben. Doch die Gedanken an Jakob waren nicht nur mit Trauer und unerfüllter Sehnsucht verbunden. Nein, in ihrem Herzen war noch ein Funke Hoffnung. Ihre verlorene Liebe hatte ihr ein Zeichen geschickt, und es war an ihr, dieses zu lesen. In greifbarer Nähe, verborgen unter einem alten Mantel, lag die Verbindung zwischen Jakob und ihr, die gerade wie von Zauberhand wiederhergestellt worden war. Dieses unsichtbare Band gab ihr die Kraft, sich kerzengerade aufzurichten, die letzte Haarklammer zu befestigen und das schönste falsche Lächeln aufzusetzen, das sie zustande brachte.

»Ach«, sagte sie ruhig und mit zuckersüßer Stimme, »wie die Zeit vergeht. Dann lass uns sofort gehen, mein Lieber.«

Bevor er etwas erwidern konnte, hakte sie sich bei dem verdutzten Mayer unter und dirigierte ihn sanft zur Tür. Über die Schulter warf sie der alten Haushälterin einen vielsagenden Blick zu.

Na gut, Franz Mayer, dachte Theresa, *wenn Wilhelm und du unbedingt euer Spiel spielen wollt, dann ist mir das nur recht. Aber ab jetzt werdet ihr nicht mehr die Einzigen sein, die mit gezinkten Karten am Tisch erscheinen.*

10.

Hamburg-St. Georg, 25. November 1909

Gemächlich schritt Georg über den Vorplatz des Bahnhofs. Die Ledertasche in seiner Hand ließ er lässig hin und her baumeln, während der Wind und leichter Nieselregen seine Frisur in Unordnung brachten. Das Ziffernblatt des mächtigen Uhrturms, der sich rechts von ihm in den blassgrauen Himmel erhob, zeigte an, dass es gerade einmal kurz vor halb neun war. Sein Zug nach Lübeck würde erst in knapp dreißig Minuten am Gleis ankommen. Ungefähr zwanzig Schritte vor dem Eingang zur Wandelhalle hielt Georg inne und besah sich den massigen Bau aus Stein und Eisen, der erst vor wenigen Jahren aus dem Boden gestampft worden war. Der »neue Bahnhof«, wie ihn die Leute in Georgs Viertel immer noch nannten, hatte vor knapp drei Jahren die vier kleineren, in der Stadt verteilte Kopfbahnhöfe ersetzt. Kaiser Wilhelm II. war seinerzeit persönlich zur feierlichen Einweihung erschienen, und dem Vorsitzenden der Eisenbahngesellschaft wurden mehrere Orden verliehen.

Hier an der Westseite zog sich das Gebäude an den ehemaligen mittelalterlichen Wallanlagen entlang. Im Stadtteil St. Georg, der mit der ersten katholischen Kirche seit der Reformation aufwarten konnte, wirkte das gewaltige Bauwerk selbst auf eine seltsame Art sakral. Fast so, als spannten sich die gewaltigen Metallträger über ein modernes Kirchenschiff statt über einer Ansammlung von Zügen und Reisenden.

Georg sah nochmals auf die Turmuhr. Genau halb neun. Zum Mittagessen würde er in Lübeck sein und noch genügend Zeit haben, um sich auf das Treffen mit dem Verlagschef vorzubereiten. Trotz Aufregung und Vorfreude hatte er zum ersten Mal seit Wochen durchgeschlafen. In aller Frühe war er von selbst erwacht und hatte sich ein kräftiges Frühstück mit einem noch kräftigeren Kaffee gegönnt. Ja, auch wenn er nicht wagte, es laut auszusprechen – dieser Tag fühlte sich für ihn wie ein Neuanfang an. Der Beginn einer besseren Zeit. Mit dieser ersten Veröffentlichung würden Georgs Werke einem beachtlichen Publikum zugänglich gemacht. Auf die ursprüngliche Ausgabe würden weitere folgen, und er war wild entschlossen, weiterhin Tag und Nacht zu komponieren. Kein Herumorgeln mehr in zugigen, verstaubten Kirchen und nie wieder zeitraubende Klavierstunden. Auch dass seine beste Schülerin nicht mehr zu ihm kam, hatte Georg inzwischen akzeptiert. Mehr noch, er hatte es sogar als Segen für sich und für seine Karriere erkannt. Zum einen machten die fehlenden Einnahmen seine Entscheidung für das Komponistendasein in Vollzeit deutlich leichter. Zum anderen hatte Georg so auch beschließen können, sich persönlich von der jungen Grafentochter fernzuhalten. Zwar tat sie ihm immer noch leid, aber er hatte erkannt, dass sie ihn mit ihren traurigen braunen Rehaugen gedanklich schon viel zu sehr in ihre Familiendramen hineingezogen hatte. Mittlerweile kam es Georg geradezu lächerlich vor, wie er noch vor Kurzem wach gelegen und an Theresa von Eiben gedacht hatte, als wäre er ein verliebter Grünschnabel.

Der aufstrebende Komponist setzte sich wieder in Bewegung und betrat die lang gezogene Bahnhofshalle. Von innen betrachtet sah die Dachkonstruktion sogar noch moderner aus. Wieder blieb Georg für einen Moment stehen, obwohl zahlreiche Reisende an ihm vorbeieilten, um ihre Züge zu erreichen. Unauffällig befühlte er seine linke Brust. In der Innentasche des eleganten Jacketts, das er sich von seinem Cousin geliehen hatte, befand sich der lederne Beutel mit seinem gesamten Bargeld. Auf Reisen musste man schließlich auf alles vorbereitet sein. Die Halle war erfüllt von dem Stimmengewirr dutzender Menschen, hastige Schritte hallten von den steinernen Böden wider, und die Luft roch schwach nach Pfeifentabak und Kohle.

Als Georg sich umsah, fiel ihm ungefähr zehn Schritte zu seiner Linken ein großer schlanker Mann auf, der energisch die langen Arme in die Seite stemmte und immer wieder ruckartig den Kopf schüttelte. Sein langer, dunkelblauer Uniformrock mit der roten Knopfleiste wies ihn als Beamten der Preußischen Staatseisenbahn aus. Sein Respekt einflößendes Auftreten wurde noch durch seine kantigen, strengen Gesichtszüge verstärkt. Unter der langen geraden Hakennase verlief ein breiter schwarzer Schnauzbart. Seine Schirmmütze hatte er tief in die Stirn gezogen. Der Mann mochte erst Mitte zwanzig sein, aber seine mit Pockennarben übersäten Wangen ließen ihn auf den ersten Blick älter wirken. Vor dem Beamten, mit dem Rücken zu Georg gewandt, stand eine Frau, die wild gestikulierte und immer wieder, offenbar in einem Anflug von Verzweiflung, beide Hände hob. Sie trug ein elegantes, grünes Kleid und einen breitkrempigen Hut. Sicher gehörte sie zur besseren Gesellschaft Hamburgs, was es allerdings noch verwunderlicher machte, dass sie sich ganz allein, ohne Begleiter oder zumindest einen Bediensteten, hier in der belebten Bahnhofshalle aufhielt. Die Dame hielt etwas in der rechten Hand, was Georg für ein Geldstück hielt. Sie redete pausenlos auf den Bahnbediensteten vor ihr ein, als wolle sie ihn von etwas überzeugen. Die beiden weißen Federn an ihrem Hut erzittern hierbei ebenso wie der feine Spitzenstoff an ihren Handgelenken. Neben ihr standen gleich mehrere große graue Reisekoffer.

Gerade war Georg unauffällig ein paar Schritte näher getreten, um seine Neugier zu befriedigen, als sich die Dame plötzlich in seine Richtung drehte und ihm unerwartet in die Augen sah. Ihr Blick traf ihn wie ein Hammerschlag. In ihren tiefbraunen Augen spiegelten sich Wut und Enttäuschung. Doch dann erkannte sie ihn, so wie er sie, und sie hob die fein geschwungenen Augenbrauen.

»Herr Albers?«

»Fräulein von Eiben«, Georg stand steif da und nickte nur förmlich. Mit dieser Begegnung hatte er nun wirklich nicht gerechnet. Sollte er es dabei belassen und einfach seines Weges gehen? Das schien ihm doch sehr unhöflich, jetzt wo er schon einmal stehen geblieben war. Außerdem verriet ihm irgendetwas an dem Blick der jungen Frau, dass sie gerade etwas Unterstützung gebrauchen konnte. Taktvoll trat er zwei Schritte zur Seite. Eine stumme Einladung zu einem persönlichen Gespräch außerhalb der Hörweite des Bahnbeamten. Sie verstand und folgte ihm. »Was tun Sie denn hier?«, erkundigte sich Georg mit gesenkter Stimme. Sie wich seinem Blick aus und sah zu Boden. Sofort bereute er seine Frage. Wer war er, dass sie sich vor ihm rechtfertigen sollte? Daran, wie sie nun die Augen niederschlug und sich auf die Unterlippe biss, konnte Georg erkennen, dass sie um eine Entscheidung rang. Anscheinend überlegte sie, inwieweit sie ihn in ihre Reisepläne einweihen sollte. Dabei war es offensichtlich, dass sie gerade dabei war, Hamburg zu verlassen … und das völlig allein.

»Ich habe eine wichtige Verabredung«, sagte sie schließlich, sah Georg jedoch immer noch nicht an. »Daher muss ich dringend den nächsten Zug nach Berlin nehmen.«

Berlin, natürlich. Georg hatte gleich so eine Ahnung gehabt. Zu den wenigen Dingen, die er sicher über Theresa von Eibens Charakter wusste, gehörte es, dass sie niemals aufgab. Wenn sie sich etwas in den Kopf gesetzt hatte, verfolgte sie ihr Ziel, bis es erreicht war. Nicht zuletzt deswegen hatte die eifrige Schülerin sich zu einer ausgezeichneten Pianistin entwickelt, auch wenn sie ihrer ungestümen Spielfreude zu oft den Vorzug vor sauberer Technik einräumte. Nicht einen Moment lang hatte er glauben können, die junge Frau würde ihre große Liebe einfach vergessen, sich ihrem Schicksal fügen und sich so kurz nach Jakob Hansens Tod mit einem anderen Mann verloben. Er war in Berlin umgekommen, und wenn die Gerüchte stimmten, die in Hamburg die Runde machten, waren die genauen Umstände des fatalen Unfalls immer noch nicht abschließend geklärt. Trotzdem konnte die junge Frau doch nicht ernsthaft hoffen, im Alleingang das zu erreichen, wozu die Berliner Polizei offenbar seit Monaten nicht im Stande war.

»Sind Sie ganz allein unterwegs?«, erkundigte Georg sich vorsichtig, auch wenn er die Antwort bereits kannte. Der neue Verlobte, wer auch immer er war, würde eine solche Reise sicher nicht billigen. »Ja, so ist es«, entgegnete sie knapp und legte eine Hand auf den großen Koffer, den sie nicht aus den Augen ließ. Mit einem Mal wirkte sie ziemlich verloren in der riesigen Halle. »Es handelt sich um eine dringende Angelegenheit, der ich sofort nachgehen muss.«

Georg spürte, dass sie sich bewusst so vage wie möglich ausdrückte, um ihre wahren Beweggründe nicht zu verraten. Sie konnte doch unmöglich vorhaben, sich allein in einer ihr völlig fremden

Großstadt durchzuschlagen, wo es nur so von Dieben und Halsabschneidern wimmelte. Das durfte er nicht zulassen.

»Hören Sie, wie wäre es, wenn sie sich das noch einmal überlegen? Vielleicht kann sich ja ihr Bruder der Angelegenheit annehmen?«

»Nein«, entgegnete sie scharf. »Diese Sache betrifft mich. Nur mich persönlich.«

Erneut wollte Georg seine Bedenken äußern, doch sie rückte ihren Hut zurecht und machte sich daran, einen ihrer sperrigen Koffer aufzuheben.

»Es war schön, Sie zu treffen, Herr Albers, aber ich *muss* nach Berlin reisen, und zwar mit dem nächsten Zug.«

»Einen Moment bitte.« Georg trat einen Schritt auf die junge Frau zu, was diese mit einem misstrauischen und zugleich alarmierten Gesichtsausdruck quittierte.

»Es muss doch eine andere Möglichkeit geben, als ganz allein quer durchs Land zu reisen. Denken Sie doch einmal an die Risiken, denen Sie sich schutzlos aussetzen. Ich kann ja verstehen, dass …«

»Ach, können Sie das?«, unterbrach sie ihn. Georg glaubte, ein feuchtes Glitzern in ihren Augenwinkeln wahrzunehmen. Die behandschuhten Hände umklammerten fest den Griff ihres enormen Gepäckstücks. »Was genau verstehen Sie denn? Wissen Sie, wie es ist, wenn man innerhalb eines Jahres nahezu seine gesamte Familie verliert? Können Sie sich vorstellen, wie Ihnen die Liebe Ihres Lebens von einem auf den anderen Moment entrissen wird, ohne dass Sie auch nur Lebewohl sagen können?« Sie zückte ein kleines, weißes Taschentuch und wischte sich damit über die Augen. Ihr Oberkörper erzitterte, doch ihre Miene blieb hart und entschlossen. »Ich konnte meinen Jakob noch nicht einmal begraben. Selbst dieser kleine Trost wurde mir versagt, weil sich niemand darum gekümmert hat, dass seine sterblichen Überreste nach Hamburg überführt wurden. Sein eigener Vater und seine Brüder haben zugelassen, dass er dort einfach irgendwo verscharrt wurde, wie … wie ein …« Ihre Stimme versagte ihr den Dienst. Sie wandte sich von Georg ab und legte die Hand vors Gesicht.

Er seufzte leise. Theresa von Eiben so verzweifelt zu sehen, versetzte ihm einen Stich ins Herz. Sein Mitgefühl für die ehemalige Schülerin war so groß, dass er sie am liebsten in die Arme geschlossen hätte, um sie zu trösten, aber das war natürlich undenkbar. Ebenso sinnlos war es jedoch, zu versuchen, ihr ihren Plan auszureden, was auch immer sie in Berlin vorhatte. Dennoch ging es einfach nicht an, dass eine Dame allein in der Großstadt umherstreifte, wo ihr tausend schreckliche Dinge zustoßen könnten. Georg sah auf die große Uhr, die zu seiner Rechten an der Wand hing. In wenigen Minuten musste er selbst in den Zug nach Lübeck steigen. Zuvor würde er auch noch eine Fahrkarte kaufen müssen. Plötzlich fiel ihm die Auseinandersetzung zwischen der jungen Frau und dem Beamten wieder ein, die er unterbrochen hatte. »Gab es ein Problem mit dem Herrn dort?«, fragte Georg und nickte möglichst unauffällig in Richtung des Schnauzbartträgers, der sich inzwischen mit einer älteren Dame unterhielt und in Richtung der Wartebereiche deutete.

Theresa von Eiben atmete gereizt durch die Nase aus und ließ ihren Koffer los. »Die Bahn ist einfach nicht mehr das, was sie einmal war. Das ist das Problem. Ich habe wohl ziemlich viel Gepäck bei mir, und dieser Herr meint, ich könnte nicht alles mit in mein Abteil nehmen. Stattdessen soll ich die Koffer an der Gepäckannahme aufgeben.« Verlegen fügte sie hinzu: »Ich weiß gar nicht, wie das geht und wo ich dafür überhaupt hinmüsste.«

»Ach so, verstehe«, gab Georg verständnisvoll zurück. Der junge Bahnbeamte gehörte offensichtlich nicht zu der hilfsbereiten Sorte. Am liebsten hätte Georg ihn auf der Stelle zur Rede gestellt. Stattdessen arbeitete sein Verstand auf Hochtouren: Sollte er die junge Frau nun einfach zurücklassen, mitsamt ihrem enormen Gepäck? Immerhin würde sie dann nicht nach Berlin fahren können. Georg konnte sich kaum vorstellen, wie sie es geschafft hatte, mehrere der vollgepackten Reisekoffer bis hierher zu bugsieren. Sicher wäre sie jedoch auch hier in der Bahnhofshalle ein leichtes Opfer für irgendwelches Gesindel. Oder sollte er versuchen, Wilhelm von Eiben zu verständigen, damit dieser sich um seine Schwester kümmerte? Nein, das würde die Situation für sie mit großer Wahrscheinlichkeit nur noch verschlimmern. In Gedanken verfluchte Georg den Stolz und die Sturheit der jungen Frau, empfand jedoch keinen Groll.

Vielmehr musste er sich eingestehen, dass er sich trotz der unglücklichen Umstände sehr über das unverhoffte Wiedersehen freute. Seitdem ihr intensiver Blick ihn getroffen hatte, breitete sich ein Kribbeln in seiner Magengrube aus.

Aus dem Augenwinkel registrierte Georg, dass der Bahnbeamte sein Gespräch beendet hatte und sich zum nördlichen Ausgang der Halle in Bewegung setzte. Der Zug nach Lübeck war soeben an Gleis 4 in den Bahnhof eingefahren. Theresa von Eiben stand immer noch wie angewurzelt da. Was hätte sie in ihrer jetzigen Lage auch tun sollen?

Georg seufzte erneut, dieses Mal deutlich lauter. *Ich kann nicht fassen, dass ich das wirklich tue*, dachte er.

Kurzentschlossen nahm er die junge Dame bei der Hand. Völlig verdutzt über diese spontane Geste folgte sie ihm einige Schritte zum Schalterbereich. Eilig, als wolle er sich selbst davon abhalten, sein impulsives Handeln noch einmal zu überdenken, griff Georg in sein Jackett und zog den braunen Lederbeutel hervor. Als der kräftige, rothaarige Herr hinter dem Schalter sich ihm zuwandte, schob er ihm eine Silbermünze zu. Georg konnte spüren, wie sich die Anspannung seiner neuen Begleiterin wie ein elektrischer Schlag über ihre Hand auf seinen gesamten Körper übertrug. »Die Dame möchte zwei Koffer aufgeben, und ich nehme eine Fahrkarte“, sagte er fest entschlossen. „Erste Klasse. Berlin.«

11.

Bahnstrecke Hamburg-Berlin, 25. November 1909

Die Stunden in dem kleinen, aber durchaus gemütlichen Zugabteil vergingen wie im Flug. Zunächst blieb Theresa stumm und rieb nervös über die Falten ihres Kleids. Sie war überwältigt von den plötzlichen Ereignissen und der selbstlosen Hilfe ihres Klavierlehrers. Sicherlich hätte sie unverrichteter Dinge umkehren müssen, wenn sie ihm nicht zufällig über den Weg gelaufen wäre. Auch Herr Albers wirkte etwas verlegen, da sie sich nun erstmals außerhalb der Klavierstunde gegenübersaßen. Außerdem war es die erste Berührung der beiden gewesen, als er in der Bahnhofshalle ihre Hand ergriffen hatte. Auf dem Weg zum Bahnsteig hatte sie gespürt, wie ihr das Blut in die Wangen schoss. *Vermutlich hat mich sein spontanes, entschiedenes Handeln beeindruckt*, dachte sie.

Nach einigen Versuchen von Herrn Albers, ein Gespräch über Nebensächlichkeiten wie das Wetter oder die vorbeiziehende Landschaft zu beginnen, hatte Theresa sich endlich dazu entschieden, ihm zu erzählen, was seit der letzten Begegnung der beiden passiert war. Am Anfang blieb sie sachlich und berichtete von der Zeit, in der sie auf Jakob gewartet hatte. Sie erzählte von den gemeinsamen Plänen bezüglich des Musikhauses und dem Angebot des amerikanischen Investors, der das Treffen in Berlin vorgeschlagen hatte. Als sie jedoch bei dem schicksalhaften Tag angelangte, an dem sie von Jakobs Tod erfahren hatte, fühlte Theresa, dass sie ihre Fassade nicht länger aufrechterhalten konnte. Sie stockte, schlug die Hände vors Gesicht und rang mit den Tränen. Vielleicht war es die Tatsache, dass sie gerade ihre Heimatstadt hinter sich ließ, vielleicht war es auch die beruhigende, respektvolle Art ihres Gegenübers – jedenfalls schien es Theresa, als würde sich in ihrem Inneren ein Damm öffnen, der bis jetzt ihre Trauer daran gehindert hatte, an die Oberfläche vorzudringen. Während der Zug ratternd und dampfend seinen Weg an den steilen, kargen Uferhängen und der ergrauten Dünen des Mecklenburgischen Elbtals fortsetzte, schüttete Theresa Herrn Albers ihr Herz aus. Sie erzählte von dem zerrütteten Verhältnis zu ihrem Bruder, von den finanziellen Schwierigkeiten der Familie und von der überstürzten Verlobung mit Franz Mayer. Schließlich berichtete sie sogar von dem seltsamen Paket mit der Geige, das schließlich den Ausschlag dafür gegeben hatte, dass Theresa sich auf den Weg nach Berlin machte. Georg Albers hörte ihr zu und nickte stumm, während seine Miene immer ernster wurde.

»Ich nehme mal an«, begann er vorsichtig, »dass weder Ihr Bruder noch Herr Mayer etwas von Ihren Reiseplänen wissen.«

»So ist es«, entgegnete Theresa. »Mein Bruder musste einen dringenden Arzttermin wahrnehmen, und …«, sie schlug die Augen nieder und biss sich auf die Unterlippe, »Herrn Mayer habe ich gesagt, dass ich mich nicht wohlfühle und daher ein paar Tage allein in meinem Zimmer bleiben würde.«

Sehr zu Theresas Überraschung lachte Albers laut auf, und Theresa sah ihn irritiert an.

»Sie haben ihn ausgetrickst und sind getürmt?«

Theresa fehlten kurz die Worte. So hätte sie es sicher nicht ausgedrückt. In ihren Augen hatte sie Mayer lediglich über ihre wahren Pläne im Unklaren gelassen. Dass es ihr nicht gut ging, war schließlich keine Lüge. Vielmehr fühlte sie sich seit Monaten mehr oder weniger ständig elend und hatte das Bedürfnis, sich allein in ihrem Schlafzimmer einzuschließen. Ihr neuer Verlobter rollte zwar manchmal vielsagend mit den Augen, tolerierte Theresas Bedürfnis nach Ruhe jedoch weitestgehend, solange nur ja die Hochzeitsvorbereitungen voranschritten.

»Alle Achtung, Fräulein von Eiben«, sagte Georg, »das haben Sie wirklich geschickt eingefädelt.«

»Bitte nennen Sie mich einfach Theresa«, entgegnete sie, lehnte sich in ihrem Sitz zurück und verstaute diskret das Taschentuch, mit dem sie ihre Tränen getrocknet hatte.

»Sehr gern, Theresa«, sagte Herr Albers freundlich, »dann nennen Sie mich bitte Georg.« Er runzelte die Stirn und schlug wieder einen ernsteren Ton an.

»Vielleicht sollten wir jetzt über Ihren Plan sprechen, den Spuren Ihres verstorbenen Verlobten zu folgen. Als Pianist habe ich mich bisher nicht besonders für Geigenbauer interessiert. Allerdings weiß ich, dass in Berlin nahezu zwei Millionen Menschen leben. Das sind ungefähr doppelt so viele wie in unserem schönen Hamburg.«

Wie so oft, wenn er angestrengt nachdachte, fuhr er sich mit den Fingern durch seine dichten dunkelblonden Locken.

»Meine Frage lautet also: Wo fangen wir an?«

12.

Bahnhof Friedrichstraße, Berlin, 25. November 1909

Es war bereits Nachmittag, als die beiden Reisenden ihr Ziel erreichten. Nach sorgfältiger Überlegung hatten Georg und Theresa beschlossen, zunächst dem Reichspostamt einen Besuch abzustatten, um nachvollziehen zu können, wo genau das schicksalhafte Paket abgeschickt worden war. Ein hilfsbereiter älterer Schaffner mit langem weißem Bart und freundlichen Augen hatte ihnen erklärt, dass das Amt ungefähr dort zu finden sei, wo sich Friedrichstraße und Leipziger Straße kreuzten. Entsprechend sollte der Bahnhof Friedrichstraße, im Norden des Stadtzentrums, ihr Ankunftsort sein.

Der Zug überquerte die Spree auf einer breiten Eisenbahnbrücke, um dann unter einem mächtigen Bogen abzutauchen, der aus der Ferne aussah wie ein riesiges Fass, das man in der Mitte aufgeschnitten und auf hoch aufragende, steinerne Fundamente gelegt hatte. Rechts neben der Brücke führte ein breiter Steg über den Fluss. Von dort aus sah gerade eine Gruppe von Fußgängern zwei langen, schmalen Kähnen zu, die sich über die leicht gekräuselte Fluten flussabwärts treiben ließen. Unmittelbar, bevor das Zwielicht der großen Halle ihr die Sicht nahm, konnte Theresa noch einen Blick auf den Vorplatz des Bahnhofs werfen. Nie zuvor in ihrem Leben hatte sie eine solche Ansammlung von Kutschen gesehen. Sicherlich waren hier mindestens dreißig oder vierzig Gespanne versammelt, welche stetig Passagiere aufnahmen und wieder ablieferten. Direkt vor den Ausgängen zum Vorplatz parkten zudem mehrere Automobile, deren Anblick Theresa einen kurzen Stich ins Herz versetzte.

Georg war wie erschlagen von dem Gewirr und dem Lärm der Reichshauptstadt. »Nichts wie weg hier«, zischte er, als sie aus dem Zug stiegen, und wuchtete sowohl seine eigene Tasche als auch Theresas schwere Koffer durch die Scharen der Reisewilligen, die sich auf dem Bahnsteig drängten. Nachdem sie den Bahnhof verlassen hatten, wandten sie sich nach Süden, wo sich die Friedrichstraße in einer langen Geraden erstreckte. Aus dem Stadtplan, den der Schaffner ihm für ein paar Pfennig überlassen hatte, wusste Georg, dass sie bis hinunter zum Halleschen Tor reichte. Hier, in der Nähe ihres nördlichen Endes, wirkten die steil aufragenden Häuserfronten wie der Eingang in eine Schlucht aus Sandstein und Eisen. Das Gewimmel aus Kutschen, Automobilen und Fußgängern in allen Formen und Größen war sogar noch schlimmer als auf dem Vorplatz des Bahnhofs. Hunderte von Menschen schienen auf beiden Straßenseiten unterwegs zu sein und offenbar störte sich niemand an dem nahezu ohrenbetäubenden Lärm aus quietschenden Rädern, klappernden Hufen und einem undurchdringlichen Stimmengewirr. Es war stechend kalt, und ein leichter, aber dennoch unangenehmer Geruch nach menschlichen und tierischen Ausscheidungen durchzog die Luft. Theresa folgte Georg mit weit geöffneten Augen. Eine Mischung aus Furcht und stummer Faszination lag in ihrem hübschen Gesicht.

Wahrlich, dachte Georg, *das sind babylonische Zustände. Dagegen wirkt die Hamburger Alsterchaussee wie der reinste Garten Eden.*

Noch bevor er den Gedanken fortführen konnte, war Theresa neben ihm. »Wollen wir wirklich den ganzen Weg bis zum Reichspostamt laufen?«, fragte sie unsicher. »Das ist doch sicher ziemlich weit.«

Georg schüttelte heftig den Kopf, während er einer Gruppe schmuddeliger, lärmender Kinder auswich, die einen struppigen, kleinen Mischlingshund den Gehweg entlang jagte. Georgs Haar war mittlerweile zerzaust, und die Anstrengung hatte seine Wangen und seinen Hals kräftig rot gefärbt. »Nein«, stieß er zwischen zwei Atemzügen hervor. »Das schaffen wir heute nicht mehr. Es ist schon recht spät am Nachmittag, und wenn es erst einmal dunkel wird, will ich Sie von diesen Straßen herunter haben.«

Wie zur Bestätigung torkelte ein hagerer großer Mann mit kränklich bleichen Wangen und tiefpurpurner Nase an ihnen vorbei und streifte Theresa so hart an der Schulter, dass diese sich an Georg abstützen musste. Der Trunkenbold sah sich nicht einmal um, sondern richtete seine glasigen Augen weiter stur geradeaus. Statt einer Entschuldigung hinterließ er nur einen schalen Geruch nach billigem Wein und Erbrochenem.

»Georg, schauen Sie mal dort«, rief Theresa und zeigte auf ein lang gezogenes Gebäude zu ihrer Rechten. »Das ist ein Hotel. Lassen Sie uns hier übernachten und gleich morgen früh weiterziehen.«

Georg rieb sich seine angespannten Rückenmuskeln und blickte auf. Die Front des Hotels war sehr elegant und kunstvoll verziert. An der nächsten Straßenecke mündete sie in eine halbrunde Wölbung, die von einer beeindruckenden Kuppel gekrönt wurde. Der Schriftzug *Central Hotel* prangte entlang des Gesimses. Georg hatte von dieser exklusiven Adresse gehört und konnte sich kaum ausmalen, wie prunkvoll es wohl in deren Inneren aussah. Für eine Grafentochter wären die Zimmer sicherlich angemessen. Seine eigene Reisekasse bestand nach dem Kauf der Zugfahrkarte jedoch lediglich noch aus ein paar Silbermünzen, und er hatte nicht vor, dies schon am ersten Abend vollständig zu plündern.

»Nun ja«, sagte Georg vorsichtig. »Ich fürchte, wir werden uns etwas einschränken müssen, wenn wir länger als nur die eine Nacht bleiben wollen.«

Theresa hob vielsagend die Augenbrauen, gab jedoch keinen Kommentar dazu ab. Georg konnte sich nicht vorstellen, dass sie sich in ihrem bisherigen Leben auch nur einmal die Frage gestellt hatte, ob sie sich etwas Bestimmtes leisten konnte oder nicht. Er dagegen war es gewohnt zu haushalten und sich, wo es nur ging, einzuschränken. Als viertes von sieben Kindern eines einfachen Bauern sah er es schon als eine Art Luxus an, eine eigene kleine Kammer zu bewohnen, in der er sich nach Herzenslust ausbreiten konnte und die er mit niemandem teilen musste. Das wiederum verdankte er einem jungen Pfarrer, der vor nunmehr fast fünfundzwanzig Jahren zufällig sein Talent für Gesang und Orgelspiel entdeckt hatte. Durch die Musik hatte sich für Georg eine neue Welt jenseits der Tristesse des väterlichen Hofs ergeben, die mehr zu bieten hatte als schwere körperliche Arbeit und ein frühes Grab.

Mittlerweile waren Theresa und er an einer breiten Kreuzung angekommen. Auf der anderen Straßenseite, am Anfang einer schmalen Seitengasse, entdeckte Georg in einem niedrigen Fenster ein handgeschriebenes Schild. *Zimmer frei* stand darauf, sonst nichts. Das bescheidene Eckhaus mit braun-roter Backsteinfassade wirkte einfach, aber sauber. Im Erdgeschoss schien es dort eine Art Gaststätte zu geben, sodass die Gästezimmer sich sicherlich im oberen Stockwerk befanden.

»Ich glaube, ich habe da etwas gefunden«, sagte Georg und nickte Theresa aufmunternd zu. Bevor diese protestieren konnte, hatte er schon das Gepäck über die Straße geschleppt und vor der rustikalen kleinen Rezeption aufgestapelt, die im Grunde nur aus einer winzigen Ecke des Kneipentresens bestand. Der gut gelaunte Wirt, dessen massiger Körper in der beengten Stube noch beeindruckender wirkte als ohnehin schon, hatte tatsächlich noch zwei Zimmer frei. Mit dicken behaarten Armen bugsierte er das Gepäck die schmale, quietschende Treppe hinauf und ließ sich von Georg eine Münze geben, die als Vorschuss für die nächsten beiden Nächte dienen sollte. Im Zimmerpreis war ein bescheidenes Frühstück aus Brot mit Butter und Käse enthalten. Außerdem lud der sanfte Riese, der sich als Otto Schukowski vorstellte, seine neusten Gäste zu Bier und Korn in die Schankstube ein. Auch wenn Georg diese Einladung freundlich ausschlug, fand er den Mann spontan sympathisch und war überaus erleichtert darüber, für Theresa und sich selbst eine ordentliche Bleibe für die nächsten Tage gesichert zu haben. Erschöpft, aber zufrieden ließ er sich auf das schmale quietschende Bett fallen. Die schweren Koffer, die nun in Theresas Zimmer standen, würden ihm morgen sicher einen kräftigen Muskelkater bescheren. Nach wenigen Minuten übermannte ihn der Schlaf.

Theresa sah sich in dem dunklen kleinen Zimmer um. Ihr sperriges

Reisegepäck ließ sich weder auf dem klapprigen Kleiderschrank noch unter dem Bett verstauen, sodass der Hausherr dieses stirnrunzelnd mitten im Raum abgestellt hatte. Nun konnte sie kaum noch zwei Schritte gehen, und alles kam ihr noch beengter vor. Aus Rücksicht auf Georg hatte sie ihre Bedenken bezüglich der Unterkunft zunächst heruntergeschluckt. Schließlich hatte er seine eigene Reise spontan abgesagt, um ihr zu helfen und dann auch noch einen beträchtlichen Teil seiner bescheidenen Ersparnisse geopfert. Zudem musste sie ihre Mission im Auge behalten: Sie wollte die rätselhafte Geige zu deren Ursprungsort zurückverfolgen, um Jakobs Tod aufzuklären und den Verantwortlichen zu stellen, egal wie. Sie schlang die Arme um ihren Oberkörper und zog die zierliche Nase kraus. In ihrem ganzen Leben hatte sie noch nie einen so schäbigen Raum gesehen. Die wenigen Möbel wirkten alt und abgewohnt. Alles war staubig und roch irgendwie abgestanden und säuerlich. Theresa wollte das winzige Fenster öffnen, erinnerte sich dann jedoch an den Gestank in den Straßen. So lebten also gewöhnliche Menschen? Wie ließ sich ein solcher Zustand nur Tag für Tag ein ganzes Leben lang aushalten?

Spät in der Nacht, als das Gästehaus dunkel und still geworden war, schlich Theresa auf Zehenspitzen und in ihren Unterröcken in den Waschraum am Ende des Ganges. Ein wenig kaltes Wasser auf ihrem Gesicht sowie ihren Armen und Beinen verschafften ihr etwas Erleichterung und ein kurzes Gefühl von Sauberkeit. Zurück im Zimmer legte sie sich auf die muffige Bettdecke und schloss die Augen. Als sie endlich in den Schlaf fand, träumte sie von riesigen schwarzen Automobilen, welche die Straßen der Stadt durchkreuzten wie stählerne Raubtiere. An jeder Ecke glaubte sie, Jakobs Gesicht zu erkennen, doch immer, wenn sie ihn erreichte, war er schon wieder verschwunden.

13.

Berlin-Mitte, 26. November 1909

An ihrem ersten Morgen hieß die Hauptstadt Theresa und Georg mit einem grauen Himmel willkommen, den die späte Morgendämmerung im Osten zart Violett einfärbte. Während die Sonne sich noch träge über die steinernen Bögen, Türme und Kuppeln der hoch aufragenden Häuserfronten erhob, waren die beiden Hamburger längst auf dem Weg zum Reichspostamt in der Leipziger Straße.

»Soll ich Ihre Geige vielleicht für Sie tragen, Theresa?«, fragte Georg und nickte in Richtung der Holzkiste, die diese dicht vor ihrer Brust umklammert hielt.

Theresa schüttelte lächelnd den Kopf und klopfte leicht mit der Hand auf die dünnen Bretter. »Nicht nötig, danke. Die Geige ist immer noch sicher in meinem Koffer verstaut, wo sie niemand stehlen oder kaputtmachen kann. Für das Postamt werde ich wohl ohnehin nur die Kiste brauchen.«

»Gut, gut«, sagte Georg und machte ein nachdenkliches Gesicht. »Das ist sicher besser. Wer weiß, welche Gestalten sich hier herumtreiben.« Wie um seine Befürchtung zu unterstreichen, sah er sich nach beiden Richtungen entlang der gespenstisch leeren Seitenstraße um, die Theresa und er gerade passierten. »Meinen Sie, beim Postamt wird sich noch jemand an das Paket erinnern? Oder vielleicht daran, wie Jakob es aufgegeben hat?«

»Wohl kaum«, entgegnete Theresa sofort und schüttelte erneut ihren nussbraunen Haarschopf. »Das ist viele Wochen her, und dort gehen jeden Tag sicher Hunderte Menschen ein und aus.« Versonnen fuhr sie mit ihren schlanken Fingern über die Stelle der kleinen Holzkiste, auf der Jakob ihre Adresse notiert hatte. »Aber ich habe mir vorgenommen, jeder noch so kleinen Spur nachzugehen und dabei jeden noch so kleinen Krümel an Informationen zusammenzutragen. Ich will Jakobs Spuren in dieser Stadt ausmachen und seine Schritte nachvollziehen. Wenn ich dabei nur genügend Teile finde, gelingt es mir vielleicht irgendwie, das Mosaik seiner letzten Tage und Stunden zusammenzusetzen.«

»Verstehe«, antwortete Georg. »Und Sie glauben, dass etwas nicht stimmt? Ich meine, dass mehr dahintersteckt als ein zufälliger Unfall?«

»Vielleicht.« Dieser Gedanke war Theresa auch schon gekommen. Wäre bei einem solchen Unfall der Fahrer nicht am Ort des Geschehens geblieben und hätte zu helfen versucht? Wer würde unter normalen Umständen einfach davonbrausen und einen Verletzten auf der Straße seinem Schicksal überlassen? Das Bild von Jakob, wie er so dalag, allein und blutüberströmt auf dem kalten Pflaster, ließ Theresa innerlich erzittern. Sie beschloss, schnell das Thema zu wechseln, um diese schaurige Vision zu verscheuchen. »Woher wissen Sie eigentlich so genau, wie wir zum Postamt kommen, Georg? Haben Sie den Stadtplan denn gar nicht bei sich?«

»Ach, nein«, gab Georg zurück und tippte sich leicht mit dem Zeigefinger an die Schläfe. »Den Weg habe ich mir heute früh noch schnell eingeprägt. Im Grunde folgen wir nur dieser Straße nach Süden bis zur nächsten großen Kreuzung und biegen dann nach Westen ab.« Er sah kurz hinauf zum Himmel, wo die gleißenden Sonnenstrahlen des beginnenden Morgens sich jetzt immer deutlicher zeigten, und deutete dann nach rechts. »Diese Richtung.«

»Alle Achtung«, sagte Theresa und schürzte leicht die Lippen. »Haben Sie das beim Militär gelernt?«

»Militär? Nein, aber ich bin auf einem Bauernhof fernab der großen Stadt aufgewachsen. Sonne, Mond und Sterne waren da schon als Kind meine Uhr und mein Kompass«. Er zwinkerte Theresa zu. »Und das morgendliche Krähen, Muhen und Blöken waren mein Wecker, schätze ich.«

»Ach so«, lachte Theresa. »Ich verstehe. Aber ein Bauer wollten Sie nicht werden?«

»Nein«, entgegnete Georg, ohne zu zögern, und seine Stimme klang plötzlich überaus ernst. »Das wollte ich ganz sicher nicht.«

Theresa räusperte sich und sah für einen Moment zu Boden. Offensichtlich war dieser Abschnitt seines Lebens für ihn eine sensiblere Angelegenheit. »Ich weiß noch, als Wilhelm und ich Kinder waren«, wechselte sie das Thema. »Damals hat er mir abends ständig Geschichten über die Sterne erzählt. Er kannte sämtliche Sternbilder und die Sagen und Mythen, die damit verbunden waren, und ich habe ihm gern zugehört und dabei versucht, mir die Gestalten vorzustellen, die dort oben in der endlosen Weite zu sehen sein sollten.«

»Da vorne ist es«, stellte Georg fest, während Theresa und er um eine Straßenecke bogen. Offensichtlich war er nicht daran interessiert, sich weiter mit Kindheitserinnerungen zu beschäftigen, seien es seine eigenen oder diejenigen von Theresa. »Gehen Sie ruhig schon mal rein, ich warte vorerst draußen vor der Tür.« Keine zwei Minuten später erhob sich auch schon das wuchtige Eckhaus mit seiner beeindruckenden abgerundeten Säulenfassade vor den beiden, und Theresa trat mit selbstbewusst erhobenem Haupt ein, während Georg ihr die Tür aufhielt.

Kaum eine Viertelstunde später kam sie jedoch schon wieder unter einem massiven Bogen aus Backsteinen hindurch auf den Gehweg. Seufzend ließ sie ihre hölzerne Kiste zu Boden sinken und rieb sich die Augen.

»Und?«, fragte Georg und beugte sich erwartungsvoll zu ihr hinüber. »Haben Sie irgendetwas in Erfahrung bringen können?«

»Überhaupt nichts«, antwortete Theresa knapp. »Die haben mich nur mit großen Augen angesehen und überhaupt nicht verstanden, was ich von ihnen wollte. Hier werden keine Pakete verschickt, Georg. Das hier ist nur so eine Art Verwaltungssitz, von wo aus die Geschäfte der Reichspost gelenkt werden. Genauso gut hätte ich beim Kaiser persönlich nachfragen können.«

»Hmm«, machte er. »Na ja, dann denke ich, dass wir hier nicht weiterkommen.«

»Definitiv nicht«, sagte Theresa, und ihre Miene wurde hart, während sie die Zähne zusammenbiss. »Das war vollkommene Zeitverschwendung. Tut mir leid.« Sie hob die Kiste wieder auf und starrte diese derart ärgerlich an, als wäre das hölzerne kleine Objekt selbst der Grund für den gerade erlebten Misserfolg. »Ich hatte zumindest auf irgendeinen Hinweis gehofft, verstehen Sie? Vielleicht die Adresse eines nahe gelegenen Hotels oder sogar einer Geigenwerkstatt. Irgendetwas, was uns wenigstens einen winzigen Schritt in die richtige Richtung bringen würde, aber die haben mich da drin noch nicht mal ausreden lassen. Und jetzt … ich weiß überhaupt nicht, was wir jetzt machen sollen.«

»Nordosten«, sagte Georg schlicht, zuckte leicht mit den Schultern und sah die Straße in der Richtung entlang, aus der sie eben gekommen waren.

»Wie bitte?«

»Nordosten«, wiederholte er. »Ich habe mir noch einen weiteren Punkt auf der Karte gemerkt, und zwar das Polizeipräsidium Alexanderplatz. Meinen Sie nicht, wir sollten dort als Nächstes vorbeischauen? Immerhin geht es um einen ungeklärten Unfall, in dem die Polizei sicher noch ermitteln wird.«

»Denken Sie, die reden überhaupt mit uns?«, fragte Theresa. Zu Hause in ihrer Heimatstadt war sie es gewohnt, das zu bekommen, was sie wollte. Der Name ihrer Familie hatte ein gewisses Gewicht und öffnete so manche Tür, die gewöhnlichen Bürgern verschlossen geblieben wäre. Hier in Berlin konnte sie jedoch offensichtlich nicht auf diesen Vorteil bauen. Das hatte das desinteressierte und leicht überhebliche Verhalten der Beamten des Reichspostamts ihr deutlich vor Augen geführt.

»Ich kann Ihnen nicht sagen, was die Polizei tun oder nicht tun wird.“ Georg zuckte erneut mit den Schultern und sah Theresa an. »Aber wir sollten es darauf ankommen lassen, denke ich. Im schlimmsten Fall sind wir nachher so schlau wie vorher.«

»In Ordnung.« Theresa nickte und richtete sich auf. Georgs Ruhe und sein nüchterner Pragmatismus hatten eine seltsam beruhigende Wirkung auf sie. Merkwürdig, wie er in solch einer außergewöhnlichen Situation zum Ruhepol geeignet war, obwohl ihn doch sonst, zum Beispiel beim Klavierspielen, schon kleinste Abweichungen von der Norm aus der Fassung zu bringen schienen. Außerdem war er offenbar auch in der Lage, Theresa sicher durch das dichte Netz aus Straßen und Gassen zu navigieren, das die Hauptstadt durchzog und in dem sie sich allein mit Sicherheit verlaufen hätte. Sogar noch mehr als am Tag zuvor spürte sie, wie froh sie nun darüber war, ihren neuen Mitstreiter bei sich zu haben.

14.

Berlin Alexanderplatz, 26. November 1909

Theresa wippte unruhig mit den Füßen, während sie auf der ungepolsterten harten Holzbank vergeblich nach einer halbwegs bequemen Sitzposition suchte. Georg saß neben ihr, hatte den Kopf in den Nacken gelegt und die Augen geschlossen. Theresa hätte nicht mit Sicherheit sagen können, ob er sich nur ausruhte oder tatsächlich schlief. Jedenfalls schien er völlig ruhig zu sein. Der Beamte, der die beiden empfangen und kurz angebunden nach ihrem Anliegen gefragt hatte, ließ sie nun sicher schon über eine Stunde lang in dem tristen, schlecht beheizten Vorzimmer warten. So beeindruckend der riesige hellrote Ziegelbau mit seinem hoch aufragenden Turm von außen auch gewirkt hatte, war Theresa von dem Inneren des Polizeipräsidiums doch wenig angetan. Das kleine Zimmer, in dem Georg und sie ausharren mussten, wirkte durch seine karge Einrichtung sehr nüchtern. Warf man dann noch durch das einzige Fenster einen Blick in den tristen grauen Innenhof der Anlage, hatte man eher das Gefühl, sich in einer alten Burg zu befinden, als in einem modernen Verwaltungsgebäude. Nun öffnete sich endlich die schwere Holztür, und ein großer Mann in Polizeiuniform trat heraus.

»Fräulein von Eiben?«, fragte er mit Blick auf Theresa, und sie nickte. Erst als beide sich von der Bank erhoben, schien der Beamte auch Georg wahrzunehmen und wandte sich diesem zu, wobei er einen schnellen Blick auf die Papiere in seiner Hand warf. »Und Sie sind …?«

»Mein Begleiter«, kam Theresas jeglichen Erklärungsversuchen von Georg zuvor. »Ich bin extra von Hamburg aus hierhergereist, wissen Sie? Da benötige ich schon ein wenig Unterstützung.« Der Polizist warf nochmals einen kritischen Blick auf seine Papiere und schien zu überlegen. »Lassen Sie uns doch bitte in Ihr Büro gehen«, schlug Theresa vor und setzte sich bereits in eben diese Richtung in Bewegung. Sie würde sich ganz sicher nicht noch einmal so leicht abschütteln lassen. Georg folgte dicht hinter ihr.

»Natürlich«, entgegnete ihr Gegenüber, wobei seine Stimme eher resigniert als einladend klang. Dennoch hielt er sowohl Theresa als auch Georg die Tür zu seinem Büro auf und folgte ihnen hinein. »Mein Name ist Schramm«, sagte er, nachdem sie alle Platz genommen hatten. »Kriminalkommissar Schramm. Was kann ich für Sie tun?«

Theresa musterte den großen Polizisten, der nun entspannt zurückgelehnt hinter einem dunkelbraunen Schreibtisch saß, der über und über mit verschiedenfarbigen Aktenmappen bedeckt war. Der Mann mochte schon etwas älter sein, vielleicht Ende dreißig oder Anfang vierzig. Er hatte dunkelblondes Haar, das über der Stirn bereits dünner wurde, einen massigen Körper, und in seinem breiten, sorgfältig rasierten Gesicht saßen zwei tief liegende, äußerst wachsame Augen. Sein vollgestopftes Büro roch nach vergilbtem Papier und kaltem Zigarrenrauch.

»Also«, sagte Theresa und richtete sich gerade auf. »Wie ich bei der Anmeldung bereits angegeben habe, geht es um meinen verstorbenen Verlobten. Ich möchte mich nach dem Stand der Ermittlungen erkundigen.«

»Verstehe«, gab Schramm knapp zurück und legte seine Hand auf eine recht dünne Akte, die direkt vor ihm lag, ohne diese jedoch zu öffnen. »Den hätten wir Ihnen auch per Post mitgeteilt.«

Theresa warf Georg einen kurzen Blick zu, worauf dieser unauffällig mit den Augen rollte. Was erlaubte sich Schramm eigentlich? Seit Jakobs Tod waren Monate vergangen, und Theresa hatte nicht ein einziges Mal etwas von der Berliner Polizei gehört. »Nun«, sagte sie, »jetzt, wo ich schon mal hier bin, können Sie mir sicher eine kurze Zusammenfassung geben, Herr Schramm.«

»Sicher.« Seine rechte Hand ruhte immer noch auf der geschlossenen Akte, und er warf Theresa ein wenig überzeugendes Lächeln zu. »Wo Sie ja schon mal da sind.« Bevor er fortfuhr, kramte Schramm in aller Ruhe einen kurzen, dunkelbraunen Zigarrenstummel aus seiner Schreibtischschublade und zündete ihn mit einem

Streichholz aus seiner Brusttasche an. Er paffte ein paar Züge und trommelte dabei mit den Fingerkuppen auf die Schreibtischplatte. »Die Ermittlungen sind beendet«, stellte er schließlich nüchtern fest. »Die Staatsanwaltschaft hat verfügt, dass der Vorgang geschlossen wird, da kein Täter ermittelt werden konnte.«

Theresa spürte, wie sich eine eisige Klammer um ihren Oberkörper schloss und ihr die Luft aus den Lungen zu pressen drohte. Damit hatte sie nicht gerechnet. In ihrem Kopf überschlugen sich die Gedanken, aber sie konnte keinen so recht festhalten. »Beendet?«, echote sie nach einigen Sekunden. »Wie … was soll das heißen?«

»Das heißt, dass wir nichts mehr tun können. Unsere Möglichkeiten sind ausgeschöpft, fürchte ich.« Schramm lehnte sich ein wenig nach vorn und faltete die Hände auf der staubigen, von Tabakkrümeln übersäten Tischunterlage. »Wir haben nach dem Wagen gesucht, aber es gibt keine Anhaltspunkte zum Hersteller, zum Modell oder zur Farbe. Wir haben nach dem Fahrer gesucht, aber es gibt keinerlei Personenbeschreibung. Nicht ein einziger Zeuge hat sich gemeldet. Das macht es uns natürlich nicht gerade leicht.«

»Und deshalb geben Sie einfach auf?« Theresa atmete tief durch die Nase ein und warf Schramm einen durchdringenden Blick zu. Am liebsten hätte sie diesen trägen Beamten eigenhändig aus seinem Halbschlaf gerüttelt.

»Davon kann keine Rede sein, gute Frau«, entgegnete der Polizist und behielt seinen betont ruhigen Tonfall bei. Er nahm noch einen letzten Zug seines Zigarrenstummels und drückte diesen dann auf einem kleinen, flachen Keramikteller zu seiner Rechten aus. »Wie Sie vielleicht wissen, leben in dieser Stadt ungefähr zwei Millionen Menschen. Ohne ein paar handfeste Anhaltspunkte ist es so gut wie unmöglich, den Vorgang …«

»Hören Sie doch endlich auf mit Ihrem *Vorgang!*« Theresa war von ihrem Stuhl aufgesprungen und umklammerte mit beiden Händen die Schreibtischplatte. »Sie reden hier von einem *Menschen.* Jemand hat meinen Verlobten überfahren, und Sie sitzen hier herum, während der Täter unbehelligt sein Leben genießt.« Theresas ganzer Körper bebte vor Anspannung, während sie überlegte, mit welcher

Akte sie Schramm zuerst ohrfeigen sollte. Aus dem Augenwinkel nahm sie Georgs besorgten Blick wahr.

»Fräulein von Eiben«, sagte Schramm, und seine Stimme klang nun deutlich härter. »Ich verstehe ja, dass Sie sich in einer schwierigen Situation befinden, aber das hier ist sicherlich nicht hilfreich.«

»Sie verstehen rein gar nichts«, schleuderte Theresa ihm entgegen. Vor lauter Wut und Enttäuschung wurde ihr schwindelig, sodass sie sich an dem Schreibtisch vor ihr abstützen musste. »Und ich wünsche Ihnen nicht, dass Sie je erfahren müssen, wie man sich fühlt, wenn man einen geliebten Menschen verliert und dann mitgeteilt bekommt, dass sein Tod für immer unaufgeklärt bleiben soll, nur weil ein Haufen inkompetenter Schwachköpfe für die Ermittlungen zuständig ist.«

Schramm sprang auf, sein Kopf wurde feuerrot, und mehrere dicke Adern traten auf seinen Schläfen hervor. »Was erlauben Sie sich, Sie …«, polterte er und zeigte mit dem Finger auf Theresa.

»Ich was?«, fragte sie herausfordernd und funkelte ihn aus zusammengekniffenen Augen an. Der Polizist machte zwei Schritte um seinen Schreibtisch herum, und für einen Moment war sein Blick so finster, dass Theresa glaubte, er würde handgreiflich werden.

In diesem Moment spürte sie, wie Georg sich seitlich an ihr vorbeischob, um sich Schramm in den Weg zu stellen. »Ich denke, wir gehen jetzt besser«, sagte er fest und sah dem Beamten dabei in die Augen. »Danke für ihre Mühe, Herr Kriminalkommissar.«

»Raus«, grollte dieser. »Sofort.«

»Eine Sache wäre da allerdings noch.“ Georgs Stimme klang so gefasst, als wäre es gerade nicht fast zu einer verbalen und physischen Eskalation gekommen. »Da die Ermittlungen abgeschlossen sind, wie Sie sagen, darf meine Begleiterin doch bestimmt das Hab und Gut des Verstorbenen mitnehmen, das heißt, falls dieser zum Todeszeitpunkt irgendwelche Gegenstände bei sich hatte, nicht wahr?«

An der Art, wie Schramms Miene versteinerte, erkannte Theresa, dass Georg ins Schwarze getroffen hatte. Rasch trat sie einen Schritt zur Seite, während der Polizist sich in Bewegung setzte. »Schmitz!«, brüllte er, nachdem er die Bürotür aufgerissen hatte. Sofort erschien ein deutlich jüngerer, deutlich schmächtigerer Polizist in einer etwas zu groß geratenen Uniform. »Suchen Sie die Sachen von Jakob Hansen und übergeben Sie diese der Dame.« Schmitz nickte eifrig und bedeutete Theresa und Georg, ihm durch das Vorzimmer in den Gang zu folgen. Wütend schnaubend, aber ohne ein weiteres Wort schloss Schramm seine Bürotür von innen und war damit verschwunden.

»Alles in Ordnung, Theresa?«, fragte Georg, als die beiden ungefähr zwanzig Minuten später das Polizeipräsidium verließen. Während er nun die kleine hölzerne Kiste bei sich trug, in der Theresa die geheimnisvolle Geige erhalten hatte, war sie jetzt im Besitz einer grauen Pappschachtel, auf der Jakobs Name stand.

»Ja«, seufzte sie und hielt Georg die Schachtel hin. »Bitte sehen Sie hinein. Meine Nerven halten für heute nichts mehr aus.«

Georg öffnete den Deckel und sah sich die wenigen Gegenstände darin an, während Theresa die Augen schloss. »Oha«, sagte er nach einigen Sekunden. »Es sieht ganz so aus, als hätte sich der Weg gelohnt.«

Als Theresa gespannt die Augen öffnete, sah sie, dass Georg ihr ein dünnes Blatt Papier überreichte. Beim Überfliegen des Inhalts tat ihr Herz einen Satz: Sie hatten den Kaufbeleg für die Geige gefunden! Oben links prangte in großen, schwarzen Lettern die Adresse der Werkstatt *S.V.* Bevor sie selbst so recht wusste, wie ihr geschah, überwältigten Theresa ihre Emotionen, und sie umarmte Georg. Sie drückte ihn so fest an sich, dass er überrascht zusammenzuckte. »Danke!«, rief sie. »Vielen Dank, Georg«.

»Ach«, entgegnete er und klopfte Theresa zögerlich auf die Schulter, während sie sich von ihm löste, »das war doch nichts.« Verlegen sah er zu Boden und schloss die Schachtel mit Jakobs Habseligkeiten. »Lassen Sie uns für heute Schluss machen und gleich morgen die Werkstatt suchen. Einverstanden?«

»Einverstanden«, sagte Theresa, und die beiden machten sich schweigend auf den Weg zurück zum Gasthaus.

15.

Berlin-Mitte, 27. November 1909

Als Theresa an diesem milden und überaus klaren Novembermorgen aus dem Gasthaus Schukowski hinaus auf den Gehweg trat, wartete Georg bereits auf sie. Zuvor hatte sie sich beim Frühstück entschuldigen lassen, weil ihr Magen rebellierte. In diesem Zustand hätte sie einfach keinen Bissen hinunterbekommen. Außerdem hatte sie überaus unruhig geschlafen und dabei wieder und wieder von heranrasenden Automobilen und bedrohlichen grauen Statuen in Polizeiuniform geträumt. Der heutige Tag würde ihr erneut vieles abverlangen, und das war mehr als eine Ahnung. Theresa hatte im Laufe der Nacht, während sie wach gelegen und die braunen, staubigen Bretter an der Decke ihres Zimmers angestarrt hatte, einen Entschluss gefasst.

»Guten Morgen«, begrüßte Georg sie und unterdrückte ein Gähnen. Auch er sah ein wenig übernächtigt aus. »Können wir los?«

Theresa nickte stumm.

»In Ordnung«, fuhr Georg fort und fischte ein rechteckiges leicht zerknittertes Papier aus seiner Hosentasche. Es war der Kaufbeleg, den Theresa am Tag zuvor erhalte hatte. »Glücklicherweise ist es nicht besonders weit, wenn wir da vorn rechts abbiegen, dann sollten wir …«

»Georg«, unterbrach ihn Theresa. »Ich habe mir, ehrlich gesagt, etwas anderes überlegt.« Er hielt inne und sah sie überrascht an. Sie nahm den Stadtplan zur Hand, den Georg bei ihrer Ankunft gekauft hatte. Darin lag ein zusammengefalteter Zeitungsausschnitt.

»Laut diesem Artikel, den ich mir kurz nach Jakobs Tod besorgt habe«, sprach Theresa weiter, »geschah der Unfall in der Hollmannstraße, in der Nähe des Märkischen Kammergerichts. Jakobs Name wird nicht genannt, aber die Zeit sowie die übrigen Umstände stimmen mit dem überein, was wir bisher wissen. Der Unfall soll am 21. August passiert sein, und genau das ist der Tag, an dem Jakob starb.«

»Hollmannstraße«, wiederholte Georg, doch Theresa hatte ihre Hausaufgaben gemacht.

»Genau, wir sollten da runter gehen und dann links in die Schützenstraße einbiegen, um von dort aus die Markgrafenstraße zu nehmen, welche parallel zur Friedrichstraße verläuft. Diese mündet dann gegenüber des Gerichtsgebäudes in die Lindenstraße.«

»Aber der Beleg. Wollen Sie denn nicht die Geigenwerkstatt aufsuchen, um mit dem Geigenbauer zu sprechen?« Georg hielt Theresa das ausgebleichte Papier hin, als sei es der Schlüssel zur Lösung all ihrer Probleme.

»Sicher«, sagte sie. »Natürlich will ich das. Aber zuerst muss ich in die Hollmannstraße. Nennen Sie es eine Vorahnung oder vielleicht auch Intuition. Möglicherweise ist es auch nur eine fixe Idee, weil ich schlecht geträumt habe, aber ich muss einfach dorthin, Georg. Ich muss den Ort sehen, an dem Jakob gestorben ist, und ich will es nicht noch länger vor mir herschieben. Können Sie das verstehen?«

»Natürlich«, erwiderte Georg und verstaute den Kaufbeleg wieder in seiner Hosentasche. Er warf Theresa einen aufmunternden Blick zu. »Dann lassen Sie uns keine Zeit verlieren. Zeigen Sie mir den Weg, und ich folge Ihnen.«

»Hier müsste es ungefähr gewesen sein«, sagte Theresa, als sie wenig später in der schmalen Querstraße ankamen, und sah sich lange nach allen Seiten um. Dieser Teil der Stadt war wenig spektakulär, es gab lediglich ein paar niedrigere, einfache Häuser, die sich entlang des sparsam angelegten Gehwegs parallel zur Straße hinzogen. Obwohl das Wetter ungewöhnlich sonnig war, kam es Theresa plötzlich vor, als sei die ganze Welt um sie herum deutlich abgekühlt. Sie spürte, wie sich eine Gänsehaut von ihrem Nacken bis auf die Unterarme ausbreitete, wo sich sämtliche Härchen aufstellten. Schon als sie mit Georg am Bahnhof angekommen war, hatte Theresa den Eindruck gehabt, Jakobs Präsenz in dieser Stadt zu spüren. Dieses leichte, undefinierte Kribbeln war nun zu einem heftigen Pochen in ihrem Brustkorb angewachsen, das sie innerlich vibrieren ließ. Zahllose Male hatte sich Theresa vorgestellt, wie Jakobs letzte Minuten wohl ausgesehen haben mochten. Was war das Letzte, das ihm durch den Kopf gegangen war, als er das Brummen des herannahenden Automobils hörte und plötzlich die gleißenden hellen Scheinwerfer auf sich zukommen sah. Hatte er Angst gehabt? War es wenigstens schnell vorbei gewesen, oder hatte er leiden müssen?

»Theresa?« Georg näherte sich ihr vorsichtig und mit gesenkter Stimme, doch sie nahm ihn gar nicht wahr. Stattdessen fiel ihr Blick auf einen großen schwarzen Knopf, der auf dem schmuddeligen Gehweg lag. Er hatte einen leicht verdickten Rand, auf dem ein zartes Wellenmuster eingeprägt war. Der Anzug, den Jakob zuletzt getragen hatte, hatte genau solche Knöpfe gehabt. Theresas Atmung wurde schneller, und sie spürte einen leichten Schwindel. Im Grunde wusste sie, dass dieser Knopf von überall herstammen konnte. Jeder der unzähligen Menschen in dieser Stadt konnte ihn verloren haben, oder vielleicht hatte er sich auch von der Jacke eines Touristen gelöst. Dennoch verstärkte der winzige unscheinbare Gegenstand die Bilder, die durch Theresas Gedanken rasten. Sie sah Jakob, wie er voller Panik registrierte, was ihm bevorstand. Wie er versuchte, sich durch einen verzweifelten Sprung in Sicherheit zu bringen. Jakob, der schließlich von einem tonnenschweren Ungetüm aus Metall erfasst und durch die Luft geschleudert wurde. Er war doch noch so jung gewesen. Wie konnte es nur möglich sein, dass sein ganzes Leben mit all seinen Hoffnungen und Plänen von einer auf die andere Sekunde einfach so weggewischt worden war? Bei dem Gedanken daran, wie Jakob hier, in einer grauen, gottverlassenen Nebenstraße fern der Heimat, seinen letzten Atemzug getan hatte, versagten Theresas Knie ihren Dienst, und sie sank zu Boden.

»Hoppla«, hörte sie eine Stimme sagen, die klang, als käme sie von weither, und obwohl Georg noch immer ein paar Schritte von ihr entfernt war, schlossen sich in diesem Moment zwei kräftige Hände um ihre Schultern und verhinderten, dass sie auf dem harten Pflaster aufschlug.

»Geht's Ihnen nicht gut, Fräulein?«. Als Theresa sich aufsetzte, blickte sie in das breite, von tiefen Falten durchzogene Gesicht einer älteren Dame. Sie hatte wild gelockte, schneeweiße Haare und große, freundliche Augen, die eine beruhigende Wirkung auf Theresa hatten.

»Es wird schon wieder«, ächzte sie, blieb jedoch sitzen, da sich ihre Beine auch jetzt noch wie betäubt anfühlten.

»Na gut«, sagte die Unbekannte. »Dann überlasse ich sie jetzt mal ihrem Begleiter.« Sie nickte höflich in Georgs Richtung, der nun direkt neben Theresa kniete. »Ich muss ohnehin dringend rein und mich der Wäsche widmen.«

»Moment«, sagte Theresa und griff nach der Hand der hilfsbereiten Dame, was diese mit einem erstaunten Blick quittierte. »Sie wohnen in dieser Straße? Direkt hier?«

»Das will ich meinen.« In ihrer Stimme lagen Selbstsicherheit und Stolz, während sie auf eine braune, etwas verwitterte Haustür zeigte, die nur ein paar Meter entfernt lag. »In der Nummer 23, und zwar seit fast fünfundvierzig Jahren.«

Theresa besah sich das schmale, bescheidene Häuschen, dessen teilweise eingefallenes Dach ebenso renovierungsbedürftig wirkte wie der gelbliche Putz, der an vielen Stellen von der Fassade bröckelte. Ein großes Fenster mit leicht angelaufener Scheibe eröffnete von drinnen einen direkten Blick auf die Straße.

»Im Sommer hat es hier einen Unfall gegeben«, sprudelte es aus Theresa heraus. »Ein junger Mann wurde von einem Automobil erfasst und getötet. Der Fahrer ist danach getürmt. Das Ganze muss in dieser Straße passiert sein. Können Sie sich zufällig daran erinnern?«

»Nein«, entgegnete die alte Dame, ohne zu zögern. »Davon weiß ich nichts. Kann ich mir aber auch nicht vorstellen. Wissen Sie, in dieser Gegend hat niemand das nötige Kleingeld für ein Automobil, und man sieht die Dinger auch nur sehr selten. Ist mir auch ganz recht. Auf den ganzen Lärm und Gestank kann ich auf meine alten Tage gut verzichten.«

Theresa runzelte die Stirn. Mit Georgs Hilfe gelang es ihr nun doch aufzustehen, sodass sie ihrem Gegenüber in die Augen sehen konnte. Die Frau wusste offensichtlich gut Bescheid. »Trotzdem«, sagte sie. »Die Polizei hat den Unfall aufgenommen, und es gab auch einen kleinen Artikel dazu in der Lokalzeitung. Sehen Sie.« Sie reichte der Dame den Zeitungsausschnitt, den sie bei sich trug.

»Aha«, sagte diese nur und gab Theresa den Ausschnitt zurück. Ihr Gesicht wirkte plötzlich weniger offen. Stattdessen kniff sie die Augen zusammen und verschränkte die Arme vor der Brust. »Darf ich fragen, warum Sie das alles wissen wollen? Ich habe Sie beide hier noch nie gesehen, und es scheint mir auch nicht so, als kämen Sie überhaupt aus Berlin.«

»Nein«, antwortete Theresa. »Also … ja, das stimmt, wir kommen nicht von hier, sondern aus Hamburg.« Sie zögerte einen Moment und versuchte, sich zu sammeln. Dabei spürte sie, wie Georgs Hand leicht und dennoch stützend zwischen ihren Schulterblättern lag. »Dieser Mann, der Verstorbene, er … wir waren verlobt.«

»Ach Gott, Kindchen!« Die alte Dame schnappte nach Luft, und aus ihrem faltigen Gesicht sprach aufrichtige Anteilnahme. »Das tut mir schrecklich leid für Sie.« Sie nahm spontan Theresas Hand in die ihre und trat einen Schritt näher, während sie ihre Stimme zu einem leisen Flüstern senkte. »Der junge Mann wurde hier gefunden, das stimmt. Und ja, das war direkt hier vor meinem Haus. Ich weiß noch, dass es schon am frühen Morgen große Aufregung gab und dass die Polizei gleich mit mehreren Wagen angerückt ist und alles abgesperrt hat.« Sie machte eine Pause und sah sich kurz um. Theresa sah das Funkeln ihrer wachen, aufmerksamen Augen. »Dennoch, hier gab es keinen Unfall. In dieser Nacht nicht und vorher auch nicht. Ich habe sieben Kinder großgezogen, da hat man einen sehr leichten Schlaf. Wenn es hier nachts gekracht hätte, dann hätte ich das mitbekommen, da bin ich mir zu hundert Prozent sicher.« Sie schnaubte verächtlich und blickte zu Boden. »Den feinen Herren Beamten hab ich das auch gesagt, aber die haben mich fortgeschickt. Haben wohl gedacht, ich wäre irgendein verrücktes altes Weib, das sich nur wichtigmachen will.«

»Ich glaube Ihnen«, sagte Theresa prompt, und sie meinte es genau so, denn sie konnte fühlen, dass die Frau ihr die Wahrheit erzählte. Dieser Unbekannten mit ihrer warmen und offenen Art vertraute sich schon jetzt zehn Mal mehr als dem arroganten, desinteressierten Kriminalkommissar Schramm und seinen Schergen.

»Jetzt muss ich wirklich gehen«, stellte die alte Dame fest und drückte Theresas Hand zum Abschied. »Ich wünsche Ihnen viel Kraft, und passen Sie gut auf sich auf.« Mit diesen Worten wandte sie sich um, stieg die beiden niedrigen Stufen zu ihrer Haustür hinauf und verschwand.

»Genug für heute?«, fragte Georg. Seine Stimme klang fürsorglich, und seine Hand ruhte immer noch auf Theresas Rücken. »Wollen Sie zurück zum Gasthaus?«

»Nein«, entgegnete sie mit fester Stimme. »Lassen Sie uns von hier verschwinden, und dann suchen wir diese Geigenwerkstatt.« Sie sah sich noch ein letztes Mal in der schmalen Querstraße um und bekam erneut eine Gänsehaut. Irgendetwas an diesem Ort war unheimlich. Theresa kam es vor, als ruhten ständig ein paar Augen auf ihr, die jeden ihrer Schritte beobachteten.

16.

Berlin-Mitte, 27. November 1909

»Sind Sie wirklich sicher, dass Sie nicht erst einmal eine Pause einlegen wollen?«, fragte Georg, während die beiden sich nach Nordosten aufmachten.

Theresa schüttelte nur den Kopf, ging jedoch auf die Frage nicht ein. Stattdessen beschleunigte sie ihren Schritt noch, sodass Georg sich beeilen musste, um mit ihr mithalten zu können. »Hier ist irgendetwas faul. Ich hatte schon von Anfang an so ein Gefühl, und jetzt kann ich es nicht mehr ignorieren. Irgendwas stimmt nicht.«

»Was meinen Sie?«

»Diesen ganzen *Unfall.*« Beim letzten Wort lag eine große Bitterkeit in Theresas Stimme. »Glauben Sie etwa, die Polizei hat hier korrekt ermittelt? Haben Sie diese winzige Akte gesehen? Dieser Schramm war hier, hat sich zehn Minuten lang umgesehen und die Sache dann abgehakt. Fall erledigt. Feierabend.« Theresa holte den mittlerweile völlig zerknitterten Zeitungsartikel nochmals hervor. »*Das Unglück ereignete sich scheinbar in den frühen Morgenstunden in der Hollmannstraße*«, las sie daraus vor. »Tja, *scheinbar* eben nicht.«

»Theresa«, sagte Georg, »Jakob wurde doch dort gefunden. Die Dame eben hat das auch bestätigt. Sie konnte sich daran erinnern.«

»Schon«, entgegnete Theresa. »Aber sie hat auch gesagt, dass es keinen Unfall gab. *Kein Unfall*, Georg.«

»Ich weiß«, sagte er. Sein betont verständnisvoller Tonfall regte Theresa im Moment nur noch mehr auf. »Aber sie kann sich auch geirrt haben, oder? Immerhin ist sie schon ein wenig betagt.«

»Ich glaube ihr«, bekräftigte Theresa. »Und deshalb muss ich herausfinden, was wirklich passiert ist.«

»In Ordnung. Das verstehe ich ja. Trotzdem ergibt es für mich keinen Sinn. Wie sollte es angehen, dass die Polizei Jakob dort gefunden hat, wenn es gar keinen Unfall gab?«

»Eben«, sagte Theresa. Aufgrund ihres Tempos war sie mittlerweile schon merklich außer Atem. »Es passt nicht zusammen. Und deshalb bin ich davon überzeugt, dass hier jemand lügt. Dieser Schramm hatte etwas zu verbergen, das habe ich gleich gewusst.«

»Theresa.« Schon wieder dieser Ton. Als wäre sie ein kleines Kind, das man beschwichtigen muss. Oder vielleicht irgendeine hysterische Ziege, die gleich überschnappt. »Bitte lassen Sie uns hier keine voreiligen Schlüsse ziehen ...«

»Voreilige Schlüsse?« Theresa blieb abrupt stehen und warf Georg einen eisigen Blick zu. »Das Ganze stinkt doch zum Himmel! Und alles was ich will, ist endlich die Wahrheit herauszufinden. Auf wessen Seite sind Sie eigentlich?«

»Ich ...« Mehr brachte er nicht heraus, während er wie angewurzelt dastand und Theresa mit weit aufgerissenen Augen anstarrte.

»Man kann niemandem trauen«, rief Theresa. Ihr gesamtes Gesicht war gerötet, und ihre Augen füllten sich mit Tränen. »Niemandem, hören Sie? Vielleicht war es gar kein Unfall. Vielleicht ...« Sie fand kaum noch Worte und begann derart zu schluchzen, dass sie nicht mehr richtig atmen konnte. »Vielleicht ist er gar nicht tot, sondern ...«

Jetzt versagte Theresas Stimme völlig, und sie hatte wieder das Gefühl, als würden ihre Beine gleich unter ihr nachgeben. Dieses Mal war es jedoch Georg, der sie auffing, indem er sie fest in den Arm nahm. Theresas ließ es geschehen und so verharrten sie mehrere Minuten mitten auf dem Gehweg. Georg stützte seinen Kopf sanft auf ihrem Haar ab, und Theresa drückte sich an seine Brust, während sie die Augen schloss und seinem Herzschlag lauschte.

»Ich weiß, dass er tot ist«, brachte sie schließlich hervor, und ihre Stimme war nicht mehr als ein dünnes Wispern. »Aber ich wünsche mir so sehr einen richtigen Abschluss, verstehen Sie? Ich glaube, das ist der wahre Grund, aus dem ich hierhergekommen bin. Um irgendwie abzuschließen, mich zu verabschieden, wenn man so will.«

Georg sagte nichts, und Theresa verharrte noch für einen Augenblick in ihrer Position. Es war ihr fast so, als hätte sich durch seine Umarmung eine Art Knoten in ihrem Inneren gelöst. Schon seit Monaten hatte sie keinerlei Nähe mehr gespürt, und erst jetzt, da sie ihr zuteilwurde, spürte Theresa, welche Leere dieser Zustand in ihrer Seele hinterlassen hatte. Wer hätte gedacht, dass gerade ihr sonst so eigenbrötlerischer, distanzierter Klavierlehrer in dieser schweren Stunde bei ihr sein und ihr Trost spenden würde.

»Das hatte er nicht verdient«, stellte Theresa fest und sah dabei vor ihrem geistigen Auge zum tausendsten Mal Jakobs Bild, wie er sich bei strahlendem Sonnenschein und mit einem breiten Lächeln von ihr verabschiedet hatte, bevor er am nächsten Tag von Hamburg nach Berlin aufbrach. »Wir wollten im nächsten Sommer unser Musikhaus eröffnen und damit unseren gemeinsamen Traum verwirklichen.« Theresa dachte an die Pläne und Zeichnungen, die neben der Geige Jakobs einzigen Nachlass an sie bildeten. »Für Jakob sollte es von Anfang an ein großes, modernes Haus in der Innenstadt mit frisch geweißter Fassade und Türklinken aus Messing sein, aber meine Vision war ein wenig anders. Am liebsten hätte ich uns in einem verklinkerten Altbau direkt an der Alster gesehen. In einer dieser alten Villen. Dort hätten wir dann im Erdgeschoss unser Musikhaus betrieben und im oberen Stockwerk gewohnt. Ich habe mir gewünscht, schon am frühen Morgen auf den Fluss hinaus schauen zu können und dann einen langen Spaziergang am Ufer zu machen.« Sie wischte sich eine einzelne Träne von der Wange. »Nun ja, das wird nicht mehr passieren. So viel ist sicher.« Als Theresa schließlich aufblickte, sah sie direkt in Georgs Augen. In seinem Gesicht zeigte sich eine Regung, die sie nur schwer lesen konnte, die jedoch irgendwo zwischen Aufregung und Verlegenheit zu schwanken schien. Theresa löste sich aus der Umarmung. Hatte sie bei ihrem Begleiter eine Grenze überschritten? »Entschuldigen Sie«, sagte sie und sah zu Boden. »Ich stehe hier herum und plappere stundenlang vor mich hin. Lassen Sie uns gehen, ja?«

Georg sah Theresa immer noch mit diesem Ausdruck in seinem Gesicht an. Seine Augen funkelten, und seine mit Bartstoppeln bedeckten Wangen waren gerötet. Er öffnete leicht den Mund, schloss ihn jedoch wieder, da er scheinbar keine Worte für eine Erwiderung fand. Stattdessen zupfte er ein einzelnes langes, kastanienbraunes Haar von seinem Kinn und ließ es zu Boden fallen. »Es kann nicht mehr weit sein bis zur Werkstatt«, murmelte er schließlich.

Während die beiden in der zunehmenden Dunkelheit schweigend ihres Weges gingen, musterte Theresa Georg eingehend. Er war doch wirklich ein rätselhafter Mann. Bei ihrer Begegnung am Hamburger Hauptbahnhof war er ihr regelrecht impulsiv vorgekommen, so wie er sie kurzerhand gepackt und mit sich gezogen hatte. Ohne zu zögern, hatte er seine eigene Reise abgesagt und ein wichtiges Treffen verschoben, nur um bei ihr zu sein. Dabei hatten sie doch bis dahin noch nie mehr als ein paar Wort miteinander gewechselt. Selbst bei den gemeinsamen Klavierstunden hatte sich ihre gesamte Konversation im Austausch musikalischer Fachbegriffe und oberflächlicher Höflichkeitsfloskeln erschöpft. Dennoch, in dem Moment, als er dort in der Bahnhofshalle ihre Hand ergriffen hatte, war ein kleiner Funken übergesprungen, daran bestand kein Zweifel. Jetzt allerdings, wo sie sich durch ihre gemeinsame Zeit in Berlin schon deutlich besser kannten und einander etwas näherstanden, da schien Georg bewusst auf Distanz zu ihr zu gehen. Aber warum? War es der Altersunterschied? Oder schreckte ihn die Aura der Trauer ab, die Theresa unweigerlich umgab? Weshalb war das plötzlich überhaupt wichtig?

Du magst ihn, spottete die kleine Stimme in ihrem Kopf. *Und deshalb willst du natürlich, dass er dich auch mag.*

Theresa versuchte, in sich zu gehen, um herauszufinden, ob dieser simple Umstand wirklich der Grund für ihre Überlegungen war, doch die bisherigen Ereignisse hatten sie einfach zu sehr aufgewühlt. Fest stand jedenfalls, dass sie sich gleich in mehrfacher Hinsicht gründlich in Georg getäuscht hatte. Zum einen war er nicht bloß ein biederer, langweiliger Pianist, der in seiner Junggesellenbude verstaubte. Nein, er konnte durchaus energisch und spontan sein, wenn es darauf ankam. Hinter seinen wachen Augen und seinem zurückhaltenden Lächeln schlummerte ein starker, lebenserfahrener Mann, der sich völlig darüber im Klaren war, was er vom Leben wollte. Zum anderen hatte Georg eine komplexe Vergangenheit und offensichtlich schon so einiges erlebt. Theresa konnte sich als Tochter einer einst wohlhabenden Adelsfamilie nur schwer ausmalen, wie hart seine Kindheit als einfacher Bauernjunge gewesen sein musste. In diesem Aspekt unterschied sich Georg auch deutlich von Jakob: Er kam von ganz unten und hatte sich selbst Stück für Stück nach oben gekämpft. Geschenkt hatte ihm dabei sicher niemand auch nur das geringste bisschen. Dafür empfand Theresa nichts als ehrlichen Respekt und sogar ein wenig Bewunderung. Ob er wohl selbst schon einmal daran gedacht hatte, den Verkauf von Instrumenten zu seinem Beruf zu machen?

Vergleichen wir jetzt also schon Georg mit Jakob?, meldete sich die freche Stimme wieder zu Wort. *Interessant, wirklich interessant.*

Theresa war über diese Erkenntnis selbst erstaunt, wischte den Gedanken jedoch für den Moment beiseite, denn Georg war abrupt stehen geblieben. Direkt vor ihnen lag ein ziemlich schäbiges schmales Häuschen, welches auf der rechten Straßenseite zwischen zwei großen Backsteinfronten wie eingequetscht wirkte.

»Hier?« Theresas machte keinen Hehl aus ihren Zweifeln. »Das soll die Werkstatt eines Geigenbaumeisters sein?«

Georg zuckte nur mit den Schultern und klopfte zweimal hart gegen die mit eisernen Riegeln verstärkte hölzerne Eingangstür. Es gab keine Reaktion. Durch das schmale Fenster zur Linken drang kein einziger Lichtstrahl, was darauf schließen ließ, dass es im Inneren der Werkstatt stockfinster sein musste. Georg klopfte nochmals, dieses Mal allerdings noch fester. Die krummen alten Holzbretter, aus denen das Türblatt gefertigt war, klapperten laut. Sonst passierte jedoch rein gar nichts.

»Ich denke nicht, dass jemand zu Hause ist«, sagte Georg. »So ein Mist.«

Eine Welle der Enttäuschung erfasste Theresa. War es möglich, dass sie auf dem Holzweg waren? Stimmte die Adresse vielleicht nicht oder war der Meister schlicht umgezogen? Von draußen deutete jedenfalls rein gar nichts darauf hin, dass das Haus eine Werkstatt beherbergen könnte. Theresa trat zwei Schritte vor, stellte sich auf die Zehenspitzen und spähte durch das einzige Fenster hinein ins Dunkel. Das Innere des Hauses wirkte ebenso verlassen, wie man es von außen vermutet hätte. Doch Moment, war da eben ein Schatten durch den Raum gehuscht? Theresa hatte jedenfalls vage eine Bewegung wahrgenommen. »Hallo!«, rief sie laut und klopfte mit den Fingerknöcheln gegen die dicke, angelaufene Fensterscheibe. »Bitte machen Sie auf.«

»Lassen Sie es gut sein, Theresa«, sagte Georg und trat einen Schritt von der Eingangstür zurück. »Hier ist niemand.«

Theresa pochte erneut gegen die Scheibe. Dieses Mal benutzte sie ihre Handflächen und setzte so viel Kraft ein, dass sie meinte, spüren zu können, wie das Glas sich in seinem verrosteten Rahmen bewegte. »Verflixt noch mal«, fluchte sie und trat neben Georg. »Ich werde das Gefühl nicht los, dass doch jemand dort drinnen ist. Vielleicht ist der Meister bloß schwerhörig.« Fest entschlossen holte sie mit der Faust aus, um selbst gegen die Tür zu trommeln.

In diesem Moment wurde diese äußerst unsanft aufgerissen, und sowohl Theresa als auch Georg blickten in den langen, rostigen Lauf eines alten Jagdgewehrs.

17.

Geigenmanufaktur S.V., Berlin, 27. November 1909

»Wenn Sie nicht spätestens in zehn Sekunden verschwunden sind, werden Sie mit diesem Ding hier Bekanntschaft machen!«, knurrte die junge Frau, während sie die schwere unhandliche Waffe so hin und her schwang, dass diese abwechselnd auf Georg und auf Theresa zielte. »Das können Sie übrigens auch allen anderen Geiern sagen, die vorhaben, an meine Tür zu klopfen.«

Theresa schätzte die Dame auf ungefähr Anfang dreißig. Trotz der Wetterverhältnisse war sie barfuß an der Tür erschienen und trug auch ansonsten nur einen braunen fleckigen Rock und eine graue, deutlich zu große Bluse. Dichte pechschwarze Locken fielen ihr über die Schultern. Ihre äußerst glatte Haut schimmerte in einem zarten Bronzeton und in ihren großen kaffeebraunen Augen lag ein Ausdruck grimmiger Entschlossenheit.

»Fünf Sekunden«, stellte sie fest, als sich keiner der beiden ungebetenen Besucher vom Fleck rührte.

»Hören Sie«, Georg befreite sich zuerst aus der Schockstarre. »Wir haben diese Adresse von einem Freund. Wir kommen wegen einer ganz besonderen Geige.«

»Drei Sekunden«, zischte die Frau mit dem Gewehr nur, und ihre Augen verengten sich zu kleinen Schlitzen.

»Seien sie doch vernünftig!«, appellierte Georg. »Wir sind unbewaffnet und wollen nichts anderes, als Ihnen ein paar Fragen zu stellen.«

»Zwei.«

»Bitte hören Sie uns doch wenigstens an.« Georg hielt jetzt beide Hände in die Höhe, um seine friedfertigen Absichten zu unterstreichen. »Es geht hier um eine Mordermittlung. Wir müssen herausfinden …«

»Eins.«

»Ich bin Theresa von Eiben«, rief Theresa aus. »Jakob Hansen war mein Verlobter.«

Mit einem Mal veränderte der Gesichtsausdruck der Frau sich. Die nervöse Anspannung wich aus ihren Zügen, wenn auch nur, um einem äußerst misstrauischen Blick in Theresas Richtung Platz zu machen. Langsam ließ sie ihre Waffe sinken und trat einen Schritt in das Innere der Werkstatt zurück. Ihre steife Körperhaltung verriet jedoch, dass sie weiterhin auf der Hut blieb, stets bereit, sich zu verteidigen.

»Von einem Jakob Hansen habe ich schon mal gehört, glaube ich«, sagte sie zu Theresa. »Von Ihnen aber nicht. Sie kann ich ja noch nicht mal richtig sehen, so vermummt wie Sie sind.« Tatsächlich war von Theresa momentan nichts anderes zu erkennen als ein Stück von ihrem Gesicht, welches von knapp unterhalb ihres Mundes bis zu ihren Augenbrauen reichte. Der Rest lag unter ihrem dicken Mantel verborgen. »Und wer ist der da?“ Sie nickte in Georg Richtung, sah aber weiterhin ausschließlich Theresa an. »Ihr *neuer* Mann?«

»Nein, nein«, ereiferte sich Georg, bevor Theresa etwas erwidern konnte. »Wie kommen Sie denn darauf? Also wirklich.« Er schüttelte heftig den Kopf und sah fast verärgert aus.

Theresa warf ihrem Begleiter einen schnellen Blick zu. Erneut wurde sie aus dessen Reaktion nicht recht schlau. »Er ist …«, sie überlegte einen Augenblick lang. »Er beschützt mich.« Aus dem Augenwinkel konnte sie sehen, wie Georg diese simple Feststellung mit einem knappen Nicken bestätigte.

»Na gut«, sagte die Frau schließlich. »Kommen Sie rein, bevor Sie mir noch auf der Schwelle festfrieren. Aber treten Sie sich die Schuhe ab. Alle beide.«

Georg und Theresa taten, wie geheißen, während die resolute Dame die Eingangstür der Werkstatt schnell wieder schloss und von innen einen schweren, eisernen Riegel umlegte, bevor sie den Schlüssel mehrfach im Schloss drehte. Theresa zog die Kapuze von ihrem Kopf und spürte, dass der Raum um sie herum recht gut beheizt war. Sie ließ den Blick rundherum schweifen und war sofort fasziniert von dem, was sich ihr darbot. Während der raue Dielenboden der Werkstatt über und über mit Staub und feinen Spänen bedeckt war, glänzten die Wände regelrecht vor Ordnung und Sauberkeit. An ihnen hingen zahllose Geigen in den verschiedensten Stadien der Fertigung. Einige sahen so aus, als wären sie bereits poliert, gestimmt und zum Verkauf bereit, andere waren kaum mehr als ein heller, frisch geschliffener Korpus. Der erdige Geruch von Holz und Harz mischte sich mit einem Hauch beißenden Spiritusaromas. Auf dem breiten Tresen lagen zahlreiche Werkzeuge verstreut. Theresa entdeckte kleine und große Hobel, Sägen und Pinsel. Es wirkte fast so, als sei der Meister des Hauses gerade noch bei seiner Arbeit gewesen.

»Dann lassen Sie mal hören, was Sie von mir wissen wollen«, sagte die Frau und stellte das alte Jagdgewehr zurück in ein hölzernes Regal direkt neben einer Tür, welche scheinbar in einen anderen Teil der Geigenmanufaktur führte.

Georg räusperte sich. »Nun ja«, sagte er vorsichtig. »Wir hatten eigentlich gehofft, mit dem Meister selbst sprechen zu können. Wäre das möglich?«

Zu Theresas Überraschung warf die Gastgeberin nun den Kopf in den Nacken und ließ ein glockenhelles, schallendes Lachen hören. Ihre rabenschwarzen Locken hüpften vergnügt auf und ab. »Na hören Sie mal«, sagte sie zu Georg, als sie sich wieder etwas beruhigt hatte. »Denken Sie etwa, ich bin hier nur die Putzfrau, oder was?«

Der völlig verdatterte Blick, den sie als Antwort erhielt, schien sie noch mehr zu amüsieren. »Schon gut«, winkte sie mit einer lockeren Geste ab. »Wahrscheinlich wäre es besser, wenn ich mich erst einmal ordentlich vorstelle, so wie es sich gehört: Mein Name ist Stella Verancini und ich bin die erste und einzige Geigenbaumeisterin Berlins. Das, was Sie hier sehen, ist mein Reich. Wenn eine Geige mein Siegel trägt, dann wurde sie genau hier angefertigt.«

S.V., dachte Theresa. *Stella Verancini.* Keine Sekunde hatte sie daran gedacht, dass die Initialen zu einer Frau gehören könnten. Sie war es also, die das geheimnisvolle Instrument erschaffen hatte, wegen dem Theresa nach Berlin gereist war. Fasziniert betrachtete sie die selbstbewusste Künstlerin. Kerzengerade stand sie da und präsentierte stolz ihre Werke. Offenbar lebte und arbeitete sie ganz allein hier in diesem kleinen unscheinbaren Haus. Kein Mann weit und breit, der ihr vorschreiben konnte, was sie zu tun und zu lassen hatte, und keine Kinder, die an ihren Rockzipfeln hingen. Und das alles schien so selbstverständlich für sie zu sein, obwohl es doch jeglichen Konventionen widersprach. Niemals hätten Theresas Eltern oder ihr Bruder etwas Ähnliches geduldet. Nein, eine unverheiratete Frau, die allein wohnte und überdies noch arbeitete wie ein Mann, das war einfach undenkbar. Unvorstellbar. Nicht nur die Familie hätte im heimischen Harvestehude sofort interveniert. Nein, auch die ganze Nachbarschaft und allen voran die Kirche wären auf die Barrikaden gegangen. Keusch, häuslich und folgsam, so mussten Frauen sein. Das hatte schon der alte Pastor immer fort wiederholt, wenn er damals einmal im Monat bei Theresas Eltern zu Abend gegessen hatte. Zuallererst hatten sie ihren Mann zu lieben und ihre Kinder, das war ihre oberste Pflicht. Ganz im Geiste der alten, unerschütterlichen Ordnung hütete das brave Weib den heimischen Herd, wusch, putzte und versorgte die lieben Kleinen, während der Mann zur Arbeit ging. So war das nun einmal, und so sollte es bitte schön auch bleiben. Natürlich wäre es einer von Eiben nicht in den Sinn gekommen, Böden zu schrubben oder in der Küche zu schwitzen wie eine gewöhnliche Magd. Den Frauen der Oberschicht war süßer Müßiggang vergönnt. Während ihre Gatten irgendwo wichtige Handelsgeschäfte abwickelten oder an der Börse spekulierten, saßen sie in ihren schicken Villen mit einem Dutzend Bediensteten, aßen von goldumrandeten Tellern und tranken aus Kristallgläsern. Für gewöhnlich bestand ihr Tagesablauf hauptsächlich darin, die Hausmädchen und Kammerdiener von einem Zimmer zum nächsten zu scheuchen. Wenn die Dame des Hauses allzu sehr nach Zerstreuung verlangte, erlaubte ihr Ehemann vielleicht die Mitgliedschaft in irgendeinem wohltätigen Verein, wo sie ab und an mit den anderen wohlhabenden Ehefrauen des Viertels für ein oder zwei Stunden etwas tratschen und sich die Zeit vertreiben konnte. Das war jedoch auch schon alles, was der weibliche Teil der feinen Gesellschaft in dieser Hinsicht erwarten konnte. Selbst Jakob, ein Vertreter vergleichsweise moderner Ansichten, was gesellschaftliche

Themen anging, hätte sicherlich nicht einmal im Traum daran gedacht, Theresa auf Augenhöhe an der Leitung des geplanten Musikhauses zu beteiligen.

Jakob. Plötzlich fiel Theresa wieder ein, warum Georg und sie überhaupt so vehement an diese Tür geklopft hatten. »Frau Verancini«, sagte sie und spürte selbst, wie ihre Wangen vor Aufregung zu glühen begannen. »Würden Sie sich bitte die Geige ansehen, die wir mitgebracht haben?«

Bevor die Hausherrin etwas erwidern konnte, trat Georg vor, legte die Kiste, welche er seit nunmehr fast zwei Tagen mit sich herumtrug auf den staubigen Werkstatttresen und öffnete diese, sodass das darin enthaltene Streichinstrument zum Vorschein kam.

»Ja«, nickte Frau Verancini, der ein einziger Blick wohl genügte, um ihr eigenes Werk zu erkennen. »Die ist von mir. Ein besonders schönes Stück, wenn ich das mal so ganz ohne falsche Bescheidenheit sagen darf.« Sie fuhr für einen Moment mit ihren langen Fingern an der zarten Wölbung des Korpus entlang. »Dann sind Sie also wirklich Theresa. Was sagt man dazu?«

»Frau Verancini«, sagte Georg, während die beiden Frauen gleichzeitig die Geige vor ihnen betrachteten. »Jakob Hansen starb, kurz nachdem er dieses Instrument bei Ihnen gekauft hat. Wissen Sie irgendetwas darüber?«

Die Geigenbauerin schluckte, und für einen Moment glaubte Theresa, einen düsteren Schatten in Stella Verancinis großen schwarzen Pupillen zu erkennen. »Ich habe in der Zeitung davon gelesen«, sagte sie schließlich. »Schreckliche Sache. Ein Unfall mit einem Automobil, wenn ich mich nicht irre? Jedenfalls haben Sie mein herzliches Beileid, Fräulein von Eiben.«

»Danke«, antwortete Theresa und ließ ihr Gegenüber nicht aus den Augen, während sie weitersprach. »Vielleicht wissen Sie auch, dass die Polizei den Fall nie aufgeklärt hat. Niemand weiß, wer den Wagen gefahren hat und wie es zu dem Zusammenstoß kam.« Theresa machte bewusst eine Pause und klappte dann die Kiste zu, sodass Stella Verancini schnell ihre Hand zurückziehen musste. »Es könnte sein, dass Sie die letzte Person waren, die meinen Verlobten lebend gesehen hat. Können Sie sich das vorstellen?«

»Nun«, entgegnete die Geigenbauerin und stütze sich am Tresen zu ihrer rechten ab, während sie mit der freien Hand immer wieder an ihrem Rock herumzupfte. »Dazu kann ich leider nichts sagen. Wie schon erwähnt, erinnere ich mich an den Namen Jakob Hansen. Ich weiß noch, dass er mir erzählt hat, dass er die Geige direkt nach dem Kauf nach Hamburg zu seiner zukünftigen Frau schicken wollte. Ich fand das irgendwie romantisch und sehr nett. So etwas erlebt man ja nicht alle Tage.«

»Und?« Theresa musterte die Hausherrin mit einem forschenden Blick. »Was noch?«

»Sonst nichts, fürchte ich.« Frau Verancini löste sich vom Tresen und schob die Kiste mit der Geige ein kleines Stück in Theresas Richtung. »Nachdem er ein Instrument ausgesucht und bezahlt hatte, ging er, und ich habe nie wieder etwas von ihm gehört. Bis zu diesem Zeitungsartikel. Wie gesagt, tut es mir wirklich leid für Ihren Verlust, Fräulein von Eiben.«

»Ich glaube, dass an diesem Artikel einiges nicht stimmt. Wir haben mit einer Frau gesprochen, die direkt neben dem angeblichen Unfallort wohnt, und ...«

»Tut mir leid«, unterbrach Stella Verancini, und ihre Stimme klang nun überaus bestimmt. »Darüber weiß ich nun wirklich nichts. Ich schätze, es ist besser, wenn sie das der Polizei erzählen. Meine Werkstatt und ich haben mit dem Tod ihres Verlobten jedenfalls nichts zu tun, so viel ist sicher.«

»Aber die Geige ...«

»... stammt von hier. Ich habe sie gemacht. Ja, das hatten wir bereits. Und da wir gerade davon sprechen: Es warten noch eine ganze Reihe anderer Instrumente auf mich, und meine Kunden verlassen sich auf pünktliche Lieferung.« Sie wies mit dem Kopf unmissverständlich in Richtung Tür. »Wenn Sie beide mich dann also entschuldigen würden.«

Theresa nickt langsam, nahm ihre Kiste wieder an sich und ging, dicht gefolgt von Georg, in Richtung Ausgang. Am Türrahmen blieb sie jedoch stehen und drehte sich noch einmal um. »Ich danke Ihnen, Frau Verancini. Danke, dass Sie mir zugehört haben. Auch in

Jakobs Namen. Ich hoffe nur, dass ich irgendwann noch erfahre, was wirklich passiert ist.«

Die Geigenbauerin blieb stumm. Wieder sah es jedoch für einen winzigen Moment so aus, als würde in ihren Augen etwas aufblitzen, was sie dann allerdings sofort überspielte. Schließlich verabschiedete die Dame sich mit knappen Worten und verschwand im Hinterzimmer der Werkstatt.

»So eine Schande«, sagte Georg, nachdem Theresa und er sich wieder auf den Weg zurück in Richtung ihrer Unterkunft gemacht hatten. »Ich dachte am Anfang wirklich, Frau Verancini wüsste mehr über die ganze Sache.«

»Ich bin mir sicher, dass das auch so ist«, entgegnete Theresa. »Sie behauptet zum Beispiel, dass sie durch den Zeitungsartikel von Jakobs Tod erfahren hätte. Das kann allerdings nicht sein, da sein Name darin nicht genannt wird.« Sie warf noch einmal einen Blick zurück in die Richtung, aus der die beiden gekommen waren. »Stella Verancini weiß mehr, als sie zugibt, und deshalb glaube ich nicht, dass wir sie heute zum letzten Mal gesehen haben.«

18.

Gasthaus Schukowski, Berlin-Mitte, 27. November 1909

An diesem Samstagabend war der Schankraum der kleinen Gaststätte außergewöhnlich gut besucht. Der sanfte Schein der bauchigen Petroleumlampen tauchte Tischtücher und Gardinen in ein matt leuchtendes Gelb und der kleine Holzofen am Fuß der Treppe verströmte eine träge Hitze, welche sich in den dunkelbraun lackierten Bänken und Stühlen festsetzte. Die Temperatur, gepaart mit dem Geruch nach Zigarren, Obstbrand und dem Erbseneintopf, der in der angeschlossenen Küche vor sich hin brodelte, verleitete regelrecht dazu, sich faul zurückzulehnen und aus den schmalen, milchigen Fenstern das Aufziehen einer weiteren, nasskalten Novembernacht in den Straßen Berlins zu beobachten.

Theresa und Georg saßen einander an dem kleinen rechteckigen Tisch direkt neben der Rezeption gegenüber, welcher sich für die beiden bereits zu einer Art Stammplatz entwickelt hatte. Seit drei Tagen waren sie nun schon in Berlin und durchstreiften von morgens bis abends die Straßen und Plätze der Hauptstadt, bis sie schließlich hierher zurückkehrten und, nach einem bescheidenen Abendessen, wie erschlagen in ihre Betten sanken. Die bisherigen Erkenntnisse fielen, gemessen an dem Ausmaß ihrer Anstrengungen, allerdings sehr bescheiden aus.

»Wir sollten morgen noch einmal versuchen, mit einem anderen Kommissar zu sprechen«, schlug Theresa vor. »Irgendjemand wird schon bereit sein, mit uns zu reden.«

»Ich glaube kaum, dass das etwas bringen würde«, entgegnete Georg müde und schüttelte langsam den Kopf. »Die Polizei hat die Ermittlungen ja offiziell für abgeschlossen erklärt.«

Er streckte sich und spürte dabei jeden einzelnen Muskel in seinen Beinen. Die tägliche Rennerei setzte seinen Füßen und Unterschenkeln ab und an zu, und die zunehmende Aussichtslosigkeit des ganzen Unterfangens trübte seine Laune. Er nahm einen Schluck aus dem Becher vor ihm und genoss für einen Moment den milden Geschmack des kühlen, untergärigen Bieres.

»Außerdem sehe ich nicht, welche Spuren die Beamten noch verfolgen könnten«, fuhr er fort. »Der Unfall ereignete sich im Dunkeln in einer verlassenen Nebenstraße. Es haben sich keinerlei Zeugen gemeldet, sodass es weder Anhaltspunkte zum Automobil noch zum Fahrer gibt. Den Schuldigen zu finden kann man da wohl vergessen.« Georg verstummte und wünschte sich augenblicklich, die letzten Worte zurücknehmen zu können. Auch wenn er die Suche nach der Wahrheit über Jakob Hansens Tod gedanklich tatsächlich bereits als gescheitert ansah und sich nach nichts mehr sehnte, als endlich nach Hamburg zu seinem unvollendeten Meisterwerk zurückzukehren, hatte er Theresa dies doch deutlich schonender beibringen wollen. Letztere richtete sich kerzengerade auf ihrem Stuhl auf und hob trotzig ihr schmales Kinn. In ihren tiefbraunen Augen lag ein wildes, eigensinniges Funkeln.

»Nun, Georg«, sagte sie leise, wobei sie sich offenbar beherrschen musste, um den aufkeimenden Zorn im Zaum zu halten. »Ich werde mit Sicherheit nichts davon vergessen. Der Verantwortliche *wird* dafür bezahlen, was er getan hat. Dafür werde ich sorgen.«

Georg nahm noch einen Schluck Bier und atmete tief ein.

»Das war mehr als schlecht formuliert. Bitte entschuldigen Sie, Theresa. Aber werfen Sie doch mal einen realistischen Blick auf die letzten drei Tage: Wir waren im Postamt, bei der Polizei und am Unfallort und wissen im Grunde immer noch nicht mehr als das, was im *Berliner Tageblatt* stand. Selbst Frau Verancini konnte uns letztlich nicht weiterhelfen.«

Theresa nickte stumm. Georg hatte ja recht. Auch wenn sich an ihrer Entschlossenheit, was die Aufklärung von Jakobs Tod anging, nichts geändert hatte, so waren die Anhaltspunkte, welche die beiden dazu bisher gesammelt hatten, doch eher dürftig. Auf einmal musste Theresa wieder an Stella Verancini denken und daran, wie traurig ihre Augen manchmal ausgesehen hatten, obwohl sie abstritt, mehr über die tragischen Vorfälle in Jakobs letzten Stunden zu wissen. Beim Gedanken an die Geigenbauerin erinnerte Theresa sich nun noch an ein weiteres Detail des Besuchs in der Werkstatt. »Sagen Sie mal, Georg, warum haben Sie gestern eigentlich so seltsam reagiert?«, fragte sie.

»Was meinen Sie?«

»Na, als Frau Verancini gefragt hat, ob wir ein Paar wären.« Theresa richtete ihren Blick in den Becher vor ihr. »Sie haben sich ja regelrecht aufgeregt, als wäre das irgendeine schlimme Unterstellung. Dabei hat sie einfach nur einen Mann und eine Frau zusammen gesehen und naheliegende Schlüsse gezogen.«

»Naheliegend?« Georg, der immer noch dabei war, seinen Durst zu stillen, verschluckte sich fast an seinem Getränk. »Finden Sie?«

»Herrje«, seufzte Theresa. »Bin ich denn wirklich so schrecklich, Georg? Na, vielen Dank.«

»Nein.« Er setzte seinen Becher so heftig ab, dass dieser fast überschwappte. Seine Wangen verfärbten sich augenblicklich blutrot. »Das habe ich damit natürlich nicht sagen wollen, Theresa. Ich meinte, dass ich … also, weil ich …« Er verstummte und schien für einen Moment zu überlegen. »Ich als fast mittelloser Komponist und früheres Bauernkind könnte es mir wohl kaum anmaßen, also …«

»Was?«, lachte Theresa. »Sich mit einer halb verarmten und dazu vermutlich verrückten Frau einzulassen? Ich kann Ihnen versichern, dass meine Erwartungen in dieser Hinsicht nicht gerade ambitioniert sind.«

»Hmm.« Georg schürzte die Lippen und sah auf seine Hände.

»Verzeihen Sie«, sagte Theresa, als ihr offenbar klar wurde, wie ungeschickt sie ihre Formulierung soeben gewählt hatte. »So, wie es klang, war es sicher nicht gemeint.«

»Nun«, antwortete Georg ruhig. »Da wir nun schon einmal ganz offen reden, wäre da noch etwas anderes.« Er trank einen weiteren Schluck Bier und atmete dann laut hörbar aus. Offenbar fiel es ihm schwer, weiterzusprechen. »Mein Geld geht zur Neige. Ich habe gerade noch genug für eine Rückfahrkarte nach Hamburg.« Er ließ diese Feststellung für einen Moment zwischen ihnen in der Luft schweben und wartete dabei scheinbar auf Theresas Reaktion. Sie lehnte sich nur auf ihrem Stuhl zurück und fixierte Georg mit ihren großen Augen, die im Schein der Petroleumlampe einen bernsteinfarbenen Schimmer annahmen. Zögernd sprach dieser weiter: »Ich hatte ja keinerlei Gepäck für eine längere Reise bei mir, sodass ich mir vorgestern schnell noch ein Hemd und eine Hose gekauft habe. Außerdem mussten wir essen und trinken. Dann noch die beiden Fahrkarten für die erste Klasse. Das hat nun mal einiges gekostet. Ich habe heute früh mit Herrn Schukowski gesprochen und er meinte, wir könnten noch eine Nacht bleiben. Er gibt uns sogar einen kleinen Rabatt, weil er uns irgendwie mag.«

Der Wirt war wirklich sehr freundlich zu Theresa und Georg gewesen. Obwohl die beiden, um möglichst wenig Aufmerksamkeit zu erregen, beide unter Georgs Nachnamen als Herr und Frau Albers eingecheckt hatten, stellte er keinerlei Fragen dazu, warum sie dennoch getrennte Zimmer verlangten oder warum sie von früh bis spät Streifzüge durch die Hauptstadt unternahmen und erst am Abend zurückkehrten. Dennoch lebte er natürlich von den bescheidenen Einkünften seines kleinen Gasthauses und hatte daher keine Almosen zu vergeben.

»Ach ja?«, sagte Theresa. »Das ist ja sehr nett.« Jetzt trank auch sie behutsam aus ihrem Krug, den sie mit beiden Händen umfasste. »Machen Sie sich darüber keine Gedanken, Georg. Ich bin für diese Reise gerüstet, auch was das Finanzielle angeht. Lassen Sie das also ruhig meine Sorge sein.«

»Auf keinen Fall«, entgegnete Georg. »Ich habe auch meinen Stolz, Theresa. Sie wissen, ich bin gern bereit, Ihnen zu helfen, aber aushalten lassen werde ich mich von Ihnen nicht. Wo kämen wir denn da hin?«

»Verstehe«, antwortete Theresa. »Das dachte ich mir schon fast.« Ihr Tonfall war ernst, doch die Anspannung in ihrem Körper löste sich langsam. Die strengen Stirnfalten waren der Andeutung eines verschmitzten Lächelns gewichen. »Wissen Sie, ich habe heute Mittag auch mit unserem Gastgeber gesprochen. Ihre besorgten Blicke, jedes Mal, wenn Sie gestern Ihre Geldbörse geöffnet haben, sind mir nämlich keinesfalls entgangen.« Theresa lehnte sich etwas nach vorn und senkte ihre Stimme. »Ich bin nicht so naiv, wie Sie scheinbar glauben, Georg.«

Er wollte etwas entgegnen, aber Theresa erhob schnell den Zeigefinger ihrer rechten Hand.

»Ich mag nicht viel von der Welt der Finanzen verstehen, doch ich war immerhin eine Zeit lang mit einem sehr gewieften Geschäftsmann verlobt.« Sie hielt für einen winzigen Moment inne, fing sich jedoch sofort wieder. Es fiel ihr auch jetzt noch schwer, in der Vergangenheitsform von Jakob Hansen zu sprechen. »Es geht immer um Angebot und Nachfrage«, stellte Theresa fest. »Wenn man weiß, was der jeweils andere braucht, kann man fast alles von ihm bekommen. Geld spielt dabei eine untergeordnete Rolle.« Theresa nahm noch einen Schluck Bier. »Herr Schukowski und ich haben eine Abmachung getroffen, welche uns noch ein paar weitere Nächte sichern wird und sogar ein kostenloses Abendessen. Und meine Ersparnisse bleiben dabei außen vor, keine Sorge.«

Georg musterte Theresa eindringlich. Ihre vagen Ausführungen bereiteten ihm anscheinend Sorgen. Theresa dagegen lächelte nun ganz offen. Sie genoss es, ihn etwas im Dunkeln tappen zu lassen. Anstelle von weiteren Erklärungen überraschte sie ihn mit einer Frage. »Wissen Sie eigentlich, was unter dem Tuch dort hinten ist?« Sie deutete auf eine kleine Nische nahe der Eingangstür, welche mit einem alten, grauen Leinentuch abgehangen war. Statt Georgs Antwort abzuwarten, winkte Theresa mit einer ausladenden Bewegung in Richtung Theke und rief: »Herr Schukowski, ich wäre dann so weit.«

Georg verstand überhaupt nichts mehr. Verwirrt drehte er sich in Richtung des Gastraums um und sah, wie der hünenhafte Wirt flugs und mit viel Geschick das graue Tuch entfernte und einige Stühle umstellte. Bevor er richtig darüber nachdenken konnte, was hier wohl geschah, saß Theresa an einem schmalen schwarzen Klavier in der Ecke, und Herr Schukowski ließ seine raue Baritonstimme erklingen.

»Meine Damen und Herren«, sagte er feierlich und sah sich im gesamten Raum um, während sämtliche Gespräche verstummten und die Gäste irritiert ihre Bestecke und Gläser sinken ließen. »Heute Abend haben wir für Sie ein besonderes Musikprogramm zusammengestellt. Begrüßen Sie mit mir die Pianistin Theresa Albers aus Hamburg.«

Niemand klatschte. Stattdessen machte sich leises Raunen und Gemurmel breit. Völlig unbeeindruckt davon griff Theresa beherzt in die Tasten und spielte einen leichten Walzer von Brahms, der in Georgs Klavierunterricht oft als Einstieg zum Lockern der Finger diente. Das Publikum zeigte sich zum großen Teil gleichgültig und widmete sich weiter Bier und Schnaps. Einige setzten sogar in voller Lautstärke ihre Unterhaltungen fort, was Georg als überaus respektlos empfand. Noch bevor sie im letzten Drittel des Stücks angekommen war, stoppte Theresa ihr Spiel abrupt, was wiederum einige Köpfe verwundert aufblicken ließ.

»Ich sehe schon«, rief sie laut und wandte sich in Richtung der Tische und Bänke, »das ist nicht so ganz eure Art von Musik, was? Nun ja, vielleicht habe ich noch etwas anderes dabei.«

Betont locker und mit einem strahlenden Lächeln nahm Theresa ein paar Blätter zur Hand, die oben auf dem Gehäuse des Klaviers lagen, und platzierte sie auf dem schmalen, abgegriffenen Notenpult vor sich. Aus dem Augenwinkel nahm Georg wahr, dass nun auch der Wirt ein erwartungsvolles Grinsen aufgesetzt hatte, während er auf der anderen Seite des Tresens einige Gläser, Becher und Humpen abtrocknete. Bevor Georg weiter darüber nachdenken konnte, was er und Theresa sich wohl noch für diesen Abend ausgedacht hatten, stimmte Letztere eine flotten Marsch an. Statt die Pedale ihres Instruments zu nutzen, stampfte sie den Takt dazu mit kräftigen Tritten auf den staubigen Dielenboden. Erst jetzt stellte Georg mit Erstaunen fest, dass Theresa überhaupt keine Schuhe trug. Konnte diese wilde Barpianistin mit ihren nackten Füßen und dem offenen, ungekämmten Haar wirklich dieselbe Frau sein, wie seine biedere, schweigsame Klavierschülerin? Wer auch immer sie war, sie schien mit der simplen schwungvollen Hymne über die *Berliner Luft* einen Nerv getroffen zu haben. Schon nach ein paar Takten klopften die ersten den Rhythmus mit der flachen Hand auf ihren Tischen mit, und ab der zweiten Strophe grölte jeder Zweite den Text in der typischen Berliner Mundart. Schließlich gab es tosenden Applaus für die fremde Künstlerin, und während diese zu einem weiteren Volkslied überging, ließ Schukowski einen abgetragenen Filzhut mit dessen Öffnung nach oben durch die Reihen wandern, in den die Gäste fleißig Münzen warfen.

Etwa eine Stunde lang beobachtete Georg wie versteinert jede Bewegung seiner ehemaligen Schülerin. Theresa spielte lediglich simple Stücke und stolperte selbst hierbei dann und wann über einen Taktwechsel oder eine verpasste Note. Das kümmerte sie selbst jedoch genauso wenig wie das bierselig schunkelnde Kneipenpublikum. Die junge Frau genoss den Augenblick und spielte mit ungehemmter Leidenschaft und Lebensfreude, als könnte sie durch die Musik all ihr Sorgen und Nöten für einen Moment hinter sich lassen.

»Theresa, das war großartig«, sagte er anerkennend, als seine Begleiterin erschöpft und leicht verschwitzt an den kleinen Ecktisch zurückkehrte.

»Danke«, entgegnete sie fröhlich und gönnte sich einen tiefen Schluck aus ihrem Becher. Eine breite Strähne haselnussbraunen Haars fiel über ihr gerötetes Gesicht, und ihre großen Augen strahlten immer noch vor Aufregung und Spielfreude. Ihre Finger zitterten leicht, als sie das schwere Trinkgefäß absetzte.

Georg wollte noch mehr sagen, doch er konnte sie nur stumm weiter betrachten. *Ich bin nicht so naiv, wie Sie scheinbar glauben*, hatte sie gesagt, und damit hatte sie genau ins Schwarze getroffen. In Hamburg hatte Georg vorgehabt, ein schüchternes Mädchen zu retten, welches augenscheinlich dabei war, sich in der großen weiten Welt zu verirren. Stattdessen sah er eine starke, intelligente und wunderschöne Frau vor sich, die völlig Herrin der Lage war, während er selbst schon beim Auftreten der ersten Schwierigkeiten bereitwillig die Flinte ins Korn warf. Theresa würde auf die eine oder auf die andere Art ihr Ziel erreichen, daran gab es nun keinerlei Zweifel mehr und Georg bedauerte fast die Ahnungslosen, die versuchen würden, sich ihr dabei in den Weg zu stellen.

Die gelblichweiße Paraffinkerze in Georgs kleiner Kammer brannte noch bis lange nach Mitternacht, während er gedankenverloren die niedrige Balkendecke über sich anstarrte. Was für ein denkwürdiger Abend. Gerade, als er dabei war, endlich einzudösen, erklang ein zaghaftes Klopfen an der dünnen Zimmertür.

»Ja?«, hörte Georg sich im Halbschlaf sagen und setzte sich ruckartig auf, während er vergeblich versuchte, die widerspenstigen Haarsträhnen an seinen Schläfen glatt zu streichen. Er hatte noch immer seine Kleidung an, lediglich das Jackett hing über dem Stuhl in der Ecke. Als die Tür sich langsam öffnete, stand zu Georgs großer Überraschung Theresa auf seiner Schwelle. Sie trug nur ein zartrosafarbenes langes Nachthemd, unter welchem sich ihr junger, wohlgeformter Körper deutlich abzeichnete. Ihr Haar war jetzt zu einem lockeren Dutt hochgesteckt und sie lächelte verlegen. Georg verschlug es fast den Atem. Er hatte schon oft wohlhabende Damen gesehen, die es sich leisten konnten, durch schöne Kleider, enge Korsetts und reichlich Schminke einen bleibenden, optischen Eindruck zu hinterlassen. Theresa strahlte dagegen ohne all diese Hilfsmittel eine natürliche Schönheit aus, die sich nicht in Worte fassen ließ. Viel zu lange glitt sein Blick an den sinnlichen Rundungen ihrer Hüfte und ihres Busens entlang, bevor er halbwegs die Beherrschung wiederfand.

»Oh«, sagte er lahm und rang um die richtigen Worte. Welche Begrüßung wäre um diese Zeit und unter diesen Umständen schon angebracht?

»Ich kann einfach nicht einschlafen«, flüsterte Theresa und nahm ihm damit die Frage vorweg, was sie so spät noch in sein Zimmer führte. »Darf ich mich setzen?«

Georg nickte, und sie ließ sich wie selbstverständlich neben ihm auf seinem Bett nieder, wobei sie ihre Beine übereinanderschlug. Das sanfte Kerzenlicht legte sich über ihren Hals und ihre vollen Lippen. Theresa war jetzt so nah, dass Georg den angenehmen Duft ihres Haares riechen konnte. Er ertappte sich bei dem Gedanken daran, wie es wohl wäre, sich jetzt einfach zu ihr hinüberzubeugen, sie in seine Arme zu schließen und sie zu küssen, bis die Sonne aufging.

»An was denken Sie gerade?«, fragte Theresa, und Georgs Herz blieb für eine Sekunde stehen. Hatte sie etwa seine plötzlich aufwallende Sehnsucht gespürt? Oder, was noch viel schlimmer wäre, hatte sein lüsterner Blick ihn verraten? Oh Gott, wie unpassend und wie falsch das alles war. Schließlich war er nach Berlin gereist, um Theresa zu schützen und nicht, um irgendwelche unsittlichen Annäherungsversuche zu machen.

»Ich habe gerade überlegt, wie wir vielleicht doch noch herausfinden können, ob die Polizei am richtigen Unfallort ermittelt hat oder nicht«, log Georg.

»Ach so«, sagte Theresa und wandte den Blick von ihm ab. War sie etwas enttäuscht über diese Antwort?

»Falls es immer noch das ist, was Sie wollen«, schob Georg schnell nach.

Theresa nickte und fixierte die kleine Flamme der Kerze, welche ab und zu ein wenig flackerte.

»Was Sie da über das Vergessen gesagt haben …«, setzte sie an, und Georgs schlechtes Gewissen wegen seiner unbedachten Äußerung meldete sich sofort zurück.

»Das tut mir wirklich leid. Ich habe es nicht so gemeint.«

»Ich weiß«, antwortete Theresa und schenkte ihm einen verständnisvollen Blick. »Aber trotzdem ist es wahr, denke ich. Irgendwann muss man zumindest versuchen, den Schmerz und das Leid zu vergessen. Man muss … loslassen.«

Georg schwieg. Er hatte nicht erwartet, dass Theresa bereits so weit war, ihre Situation auf diese Art neu zu bewerten.

»Ich will immer noch, dass Jakobs Tod aufgeklärt wird«, führte sie ihren Gedanken weiter aus. »Er hat mir einen Hinweis gegeben und wollte, dass ich diesem folge. Das bin ich ihm schuldig. Und wenn ich es irgendwie schaffe, dann werde ich auch das Musikhaus eröffnen, so wie es Jakobs Traum war. Unser Traum. Aber …«

Stille breitete sich aus, und Georg traute sich kaum, zu atmen. Das leise Klappern, mit dem der Wind an den schweren Fensterläden rüttelte, war weit und breit das einzige Geräusch in dieser tiefschwarzen Novembernacht.

»Aber was?«, flüstere Georg kaum hörbar und wagte es nicht, Theresa dabei anzusehen.

»Aber«, sagte Theresa und erhob sich unvermittelt von Georgs Bett, »ich muss auch nach vorne sehen. Heute Abend habe ich zum ersten Mal seit langer Zeit gespürt, dass ich noch lebe. Jakob ist gestorben und er hat einen Teil meines Herzens mit sich genommen, den ich niemals wieder zurückbekomme. Und dennoch bin ich hier, jetzt, in diesem Moment. Ich atme, ich lache, ich weine und ich spiele Klavier. Vielleicht hat die Geige auch deshalb irgendwie ihren Weg zu mir gefunden, als Erinnerung daran, dass die Musik die Macht hat, mich zurück ins Leben zu holen.«

Theresa war jetzt an der Zimmertür angelangt und hatte diese einen Spalt breit geöffnet.

»Möglicherweise sind wir beide uns aus demselben Grund begegnet«, flüsterte sie und war, bevor Georg etwas erwidern konnte, in die Dunkelheit des Flurs entschwunden.

19.

Berlin-Mitte, 29. November 1909

Georg war selbst überrascht, mit wie viel neuem Schwung und frischer Motivation er an diesem Morgen aufgewacht war. Um kurz vor sieben, während das gesamte Haus, einschließlich Theresa, noch den Rausch des vorherigen Abends ausschlief, trat er hinaus auf das feucht schimmernde, blassgraue Pflaster vor der Gaststätte. Der Himmel war von breiten dunklen Wolken durchzogen, und die Morgenluft stach ihm mit winzigen eisigen Nadeln ins Gesicht. Ringsherum waren noch sämtliche Fensterläden geschlossen und die Straßen und Gassen schienen wie leer gefegt. Schnellen Schrittes wandte sich Georg auf der Friedrichstraße nach Süden. Bereits vor drei Tagen hatte er sich von Herrn Schukowski einen alten abgetragenen Mantel ausgeliehen, der nach einer durchzechten Nacht von einem Gast der Kneipe zurückgelassen worden war. Er klappte den Kragen hoch und versuchte so, sein Gesicht vor der Kälte zu schützen, die der Wind nun immer unerbittlicher durch die steilen Häuserschluchten der Stadt trieb. Georg hatte sich vorgenommen, nochmals zur Hollmannstraße zu gehen, wo er und Theresa mit der älteren Dame gesprochen hatten. Theresa hatte recht: Es war äußerst seltsam, dass die Anwohnerin sich so sicher war, dass es vor ihrem Haus keinen Unfall gegeben hatte. Wie aber war dann Jakob Hansens Leiche dort hingekommen? Trotz dieser Ungereimtheiten spürte Georg eine gewisse Zuversicht. Wenn Theresa und er nur immer weiter suchten und jeder noch so kleinen Spur nachgingen, mussten sie früher oder später auf irgendetwas stoßen, was sie der Lösung des Falles näherbrachte.

Und was würde dann passieren?

Dieser Gedanke schlich sich nicht zum ersten Mal in sein Bewusstsein. Falls Theresa es tatsächlich schaffen sollte, den Fahrer des

Automobils zu finden und die Polizei dazu zu bringen, gegen diesen zu ermitteln, würde ihr das die ersehnte Genugtuung verschaffen? Würde sie dann endlich ihren Frieden mit dem Tod ihres Verlobten machen und ihr Leben weiterleben? Georg spürte, wie sein Magen sich schmerzhaft zusammenzog, und blieb kurz vor einem lang gezogenen Fabrikgebäude stehen. Er atmete tief ein und trat von einem Bein aufs andere, um die schneidende Kälte zu vertreiben, während er die Arme vor seinen Oberkörper verschränkte. Nur mit äußerstem Widerwillen gestand Georg sich schließlich ein, dass sein Zustand nichts mit dem fehlenden Frühstück oder der kurzen schlaflosen Nacht zu tun hatte, die hinter ihm lag. Vielmehr wurde er von der einen zentralen Frage geplagt, welche sich immer wieder in seinen Kopf bohrte, egal wie sehr er versuchte, sie auszusperren: Wäre in Theresas neuem Leben noch Platz für ihn? In einer Welt ohne die ständigen Zweifel und die Ungewissheit, die die junge Frau bisher so gequält hatten, wo stünde er da? War er immer noch bloß ihr ehemaliger Klavierlehrer oder sah sie ihn mittlerweile als Freund, vielleicht sogar als Vertrauten an? Einerseits hatte Georg das Gefühl, dass Theresa und er sich in den Tagen zuvor erheblich nähergekommen waren. Sie vertraute ihm und war sichtlich dankbar für seine Unterstützung. Andererseits klaffte ein ganz erheblicher Altersunterschied zwischen seiner neuen Weggefährtin und ihm selbst. Wenn man es sich recht überlegte, war er ja schon fast ein erwachsener Mann gewesen, als Theresa zur Welt kam. Sicher würde sich eine derart junge Frau kaum mit einem Mann einlassen wollen, der körperlich gesehen seine besten Jahre bereits hinter sich gelassen hatte. Skeptisch sah Georg an sich hinunter. Er war weder dick noch schmächtig, sondern hatte seine sportliche Figur behalten. Das war mehr, als so mancher von sich behaupten konnte. Aber spielten Alter und Aussehen am Ende überhaupt eine Rolle? Theresa mochte sich neuerdings lockerer geben und sich gewisse Freiheiten herausnehmen, aber sie würde immer eine von Eiben sein. Vermögen hin oder her, allein dieser Name stand in Hamburg und Umgebung für Ansehen und Prestige. Und außerdem war da auch noch Wilhelm von Eiben. Als Familienoberhaupt würde er eine Verbindung zwischen seiner einzigen Schwester und einem einfachen Musiker von niederer Herkunft sicher niemals billigen.

»Einen schönen guten Morgen der Herr!«

Die raue, bestimmt klingende Männerstimme riss Georg aus seinen Gedanken. Als er sich umdrehte, stand ein drahtiger, hochgewachsener Mann mit elegant geschnittenem Stoffmantel vor ihm und schenkte ihm ein kühles Lächeln. Unter dem schwarzen Filzhut, den der Fremde tief in sein langes, schmales Gesicht gezogen hatte, erkannte Georg zahlreiche Narben an Kinn und Wangen und zwei blaugraue Augen, die ihn mit großem Interesse taxierte. Der Mann neigte respektvoll den Kopf, bevor er weitersprach.

»Ich nehme an, Sie sind Herr Albers aus Hamburg, korrekt?«

Etwas verdattert nickte Georg und überlegte gleichzeitig fieberhaft, ob er diesen Mann schon einmal gesehen hatte. Ein so ungewöhnliches Gesicht wäre ihm doch sicher in Erinnerung geblieben. Sein Gegenüber trat derweil einen Schritt näher an Georg heran und senkte verschwörerisch die Stimme.

»Ich glaube«, sagte der Unbekannte und warf einen schnellen Blick in beide Richtungen der menschenleeren Straße, »wir haben einen gemeinsamen Freund.«

»Ist das so?«, fragte Georg und musterte den Mann seinerseits mit unverhohlenem Misstrauen. Plötzlich fühlte er sich an die kuriose Begegnung mit Bruno Dreyer nach einem Kneipenbesuch erinnert, die ungefähr zwei Wochen zurücklag. Bei dieser hatte der Fabrikbesitzer seltsame Andeutungen über die von Eibens und angebliche Gefahren gemacht. Georg hatte den Zwischenfall mittlerweile schon fast wieder vergessen und die zweideutigen Äußerungen als das Gewäsch eines betrunkenen alten Mannes abgetan. Herrn Dreyer war er danach auch nie wieder begegnet.

»Durchaus«, entgegnete der seltsame Fremde ernst. Sein Lächeln war mit einem Mal wie weggewischt. »Und was den Mord an Jakob Hansen angeht, habe ich eine Nachricht von unserem Freund, welche für Sie bestimmt ist.«

Mord? Hatte er tatsächlich dieses Wort benutzt? Georg wollte den Mann fragen, wer dieser Freund sein sollte und was er mit Hansens Tod zu tun hatte, doch er kam nicht mehr dazu, denn der brutale Fausthieb, der wie ein Dampfhammer auf seiner linken Schläfe auftraf, ließ ihn hart zu Boden gehen.

»Fahr zurück nach Hamburg, Albers«, hörte er eine Stimme über sich sagen. Der Angreifer blieb bei seinem neutralen Konversationston, als wäre überhaupt nichts geschehen.

»Vergiss die ganze Geschichte, sonst bist du der Nächste.«

Georg spürte die frostig kalte Oberfläche des Gehwegs auf seiner rechten Wange und an seinen Rippen. Jeder Atemzug brannte in seinen Lungen, und er schmeckte das warme Blut, das sich langsam in seinem Mund sammelte. Ungläubig und vor Schreck erstarrt, beobachtete er noch, wie der Mann leichten Schrittes und in aller Ruhe die Straßenseite wechselte und zu seinem Automobil davonging. Dann verlor er das Bewusstsein.

20.

Gasthaus Schukowski, Berlin-Mitte, 29. November 1909

Obwohl Herr Schukowski ihr mehrfach versichert hatte, dass der gestrige Auftritt vorerst genügte, um die fehlende Miete auszugleichen, wollte Theresa sich dennoch wenigstens ein bisschen im Haushalt der kleinen Pension nützlich machen. Entsprechend war sie gerade dabei, den staubigen Boden des Schankraums auszufegen. Als waschechte Aristokratin hatte sie in ihrem ganzen Leben noch nie einen Besen geschwungen, was Schukowski natürlich merkte und mit einem stummen Lächeln zur Kenntnis nahm. Dennoch hatte Theresa nach ein paar Minuten verstanden, wie sie das Fegen am effektivsten bewerkstelligen konnte, sodass der sympathische Vermieter sich in seine Privaträume zurückzog, während Theresa die spröden, dunkelbraunen Dielen mit den steifen Reisigborsten bearbeitete. Mittlerweile war es kurz nach elf Uhr. Als Theresa einige Stunden zuvor aufgestanden war, hatte sie Georgs Zimmer verlassen vorgefunden. Sein Bett war ordentlich gemacht, und seine Schuhe standen nicht mehr neben der Tür. Eigentlich sah es ihm überhaupt nicht ähnlich, sich einfach ohne Theresa auf den Weg zu machen, aber vielleicht sehnte er sich ja nur nach einem Morgenspaziergang, um seine Gedanken zu ordnen. Theresa dachte an ihren nächtlichen Besuch in Georgs Zimmer. Ging er ihr vielleicht deshalb aus dem Weg? Bei dem Gedanken, wie sie sich im Nachthemd zu ihm hinübergeschlichen hatte, getrieben von einem plötzlichen Verlangen nach menschlicher Nähe und einem offenen Ohr, spürte sie, wie sie errötete. War sie zu weit gegangen? Die Grenzen dessen, was in den Augen der braven Bürger anständig oder standesgemäß sein mochte, interessierten sie schon seit einiger Zeit nicht mehr. Aber hatte Georg vielleicht den Grund ihres spontanen Besuchs derart missverstanden, dass er nun dachte, er müsse auf Distanz zu ihr gehen? Seine Augen hatten eine gänzlich andere Sprache gesprochen. Außer Jakob hatte noch nie ein Mann Theresa so angesehen, und trotz ihrer geringen Erfahrung in Liebesdingen wusste sie doch sehr gut, wie ein lüsterner, sehnsüchtiger Blick aussah. Georg hatte ihre weiblichen Reize definitiv wahrgenommen, und seine Reaktion hatte ihr verraten, dass er sie äußerst anziehend fand. Gedankenversunken hörte Theresa hinter sich, wie die Vordertür des Gastraums aufgedrückt wurde.

»Tut mir leid«, rief sie, während sie sich mit dem Ärmel ihrer verstaubten Bluse etwas Schweiß von der Stirn wischte. »Sonntags ist erst ab mittags geöffnet. Bitte kommen Sie später wieder.«

»Na vielen Dank für den Hinweis, junge Dame. Aber ich komme und gehe hier immer noch, wann es mir passt.«

Erstaunt drehte sich Theresa um. Die selbstsichere, etwas kratzige Frauenstimme gehörte zu einer kleinen, ziemlich dicklichen Dame, deren feuerrote Locken ihr bis auf die ausladenden Hüften fielen. Sie trug eine schlichte dunkelgrüne Kittelschürze, unter der ihr beeindruckender Busen spannte. Inmitten des pummeligen sommersprossigen Gesichts funkelten zwei dunkle wache Augen.

»Ich bin Else Schukowski, und wer sind Sie?«, wollte die Frau, die etwa Ende zwanzig zu sein schien, wissen, stemmte die Fäuste in die Seiten und hob ihr rundliches Kinn. Ihr bestimmter Ton sowie ihr forsches Auftreten ließen keinerlei Zweifel daran aufkommen, wer in diesem Haus die sprichwörtlichen Hosen anhatte.

»Oh«, sagte Theresa verdutzt und lehnte den Besen gegen einer der hölzernen Sitzbänke. »Guten Morgen. Mein Name ist Theresa.«

»Aha«, sagte Else Schukowski und sah skeptisch von dem alten Besen zu Theresas verdreckten Händen und Schuhen. »Mein Mann sagte mir, Sie seien Pianistin. Gestern Abend schien das zumindest noch so zu sein.« Ihr fragender Blick fixierte Theresa weiterhin, während sie ihre Lockenmähne mit einem schwarzen Haarband zu zähmen versuchte.

»Nun ja, ich bin gerade dabei, ihrem Mann etwas zur Hand zu gehen, weil er Georg … ich meine, weil er meinen Mann und mich doch kurzfristig mietfrei hier wohnen lässt.«

Diese holprige Erklärung schien der Hausherrin erst einmal zu genügen, denn sie begab sich hinter den Tresen und kontrollierte in aller Ruhe die Spirituosenbestände in den schwergängigen Holzschubladen neben der Zapfanlage. Die plötzlich aufgetretene Spannung in dem kleinen Gastraum legte sich ein wenig. Nach einigen Minuten wandte sich Else Schukowski jedoch wieder an Theresa und bedachte sie mit einem ernsten Blick.

»Zwei Dinge sollten Ihnen klar sein, Frau *Albers*«. Sie betonte den Namen so, als würde er einen unangenehmen Geschmack auf ihrer Zunge hinterlassen. »Erstens gibt es hier keine Almosen. Da können Sie jeden fragen. Mein Mann und ich bieten vernünftige Preise für Brot, Bier und Bett, aber umsonst kriegt keiner was. Wir sind schließlich nicht bei der Wohlfahrt.«

Theresa wurde angesichts dieser verbalen Ohrfeige knallrot und wollte gerade protestieren, aber Frau Schukowski fuhr ungerührt fort. »Zweitens habe ich keine Ahnung, was Sie hier in Berlin treiben, aber seien Sie sich gewiss, dass ich meine Augen und Ohren überall habe. Ein verheiratetes Paar nimmt sich keine zwei Zimmer, damit dann mitten in der Nacht einer zum anderen schleicht. Dieses Märchen können Sie vielleicht meinem Gatten auftischen, aber bei mir müssen Sie da schon deutlich früher aufstehen.«

Theresa schluckte und sah instinktiv zu Boden. In diesem Punkt hatte die Hausherrin sie also durchschaut. Dennoch sorgte die Art und Weise, wie diese Georg und Theresa quasi als Bettler darstellte, dafür, dass Letztere innerlich vor Wut kochte. Schließlich hatten sie die Zimmermiete zu Anfang sogar im Voraus entrichtet, und durch Theresas spontanes Klavierkonzert war der Hut des Wirts mehr als gut gefüllt worden. Nach Theresas Schätzung entsprach der Inhalt ungefähr zwei oder sogar drei Tagesmieten. Außerdem stand hier eine von Eiben und fegte Brotkrümel und Zigarettenstummel auf wie irgendein gewöhnliches Dienstmädchen, verflixt noch eins!

»Bei allem gebührenden Respekt«, setzte Theresa an. Frau Schukowski war allerdings offensichtlich nicht nach weiteren Erklärungen zumute.

»Spar dir das, Mädchen«, blaffte sie und hob abwehrend die rechte Hand in Theresas Richtung. »Wo ist überhaupt dieser Albers, doch hoffentlich nicht ausgerissen, nachdem euch das Geld ausgegangen ist?«

»Weit ist er jedenfalls nicht gekommen«, hörte Theresa eine tiefe Stimme sagen, die sie vor Schreck zusammenzucken ließ. Als sie sich in Richtung der Tür umdrehte, sah sie die massige Gestalt von Herrn Schukowski, welcher einen anderen, etwas kleineren Mann, halb stützte und halb neben sich herzog. Schukowskis Miene war sorgenvoll, was Theresa bei dem ansonsten stets gut gelaunten, sanften Hünen noch nie gesehen hatte. Der Mann neben ihm war völlig zerzaust und ließ den Kopf hängen. Seine Hose war am linken Knie eingerissen und sein Hemd vom Kragen bis zur Brust mit etwas braunem verklebt, das wie getrocknetes Blut aussah.

Erst als der Wirt seinen Begleiter mühsam auf einen der altmodischen Stühle an dem kleinen Tisch in der Ecke setzte, konnte Theresa dessen Gesicht sehen. »Georg!«, rief sie und fühlte, wie ihr vor Sorge und Aufregung plötzlich ganz heiß wurde.

»Himmel, was ist denn mit *dem* passiert?«, entfuhr es Else Schukowski.

»Das will er mir nicht sagen«, entgegnete ihr Mann und bedachte Theresa mit einem langen, durchdringenden Blick, aus dem diese sowohl Fürsorge als auch einen Funken aufkeimenden Misstrauens herauslesen konnte.

Als der nasskalte Nachmittag schon fast wieder in einen weiteren trüben Abend überging, fasste sich Theresa ein Herz und klopfte an Georgs Tür. Sein erbärmlicher Anblick am Morgen hatte sogar die Hausherrin besänftigt, sodass sie ihrem Mann aufgetragen hatte, den schwer gebeutelten Unglücksraben sofort ins Bett zu verfrachten, wo sie ihn persönlich mit Tee, einem kräftigen Kräuterschnaps und einer Wärmflasche versorgte. Jegliche feste Nahrung hatte Georg abgelehnt, da ihm sein Kiefer wehtat und er außerdem von lähmenden Kopfschmerzen geplagt wurde, die ihm Übelkeit bereiteten. Theresas Besuch weckte jedoch prompt seine Lebensgeister. Nachdem er zwei Gläschen des Kräutergeists mit Kamillentee vermischt und getrunken hatte, erzählte er ihr von der unsanften Begegnung mit dem düsteren Unbekannten.

»Keine Ahnung, wie lang ich da gelegen habe«, beendete er seine Schilderungen und zuckte vorsichtig mit den Schultern. »Irgendwann haben mich zwei Arbeiter gefunden. Ich war gar nicht richtig bei Bewusstsein, daher erinnere ich mich nicht an Details, aber irgendwie muss ich denen wohl klargemacht haben, dass sie mich hierherbringen sollen. Und da hat mich zum Glück unser riesenhafter Freund in Empfang genommen.« Georg brachte ein leichtes Lächeln zustande, hielt sich dann jedoch das linke Schlüsselbein und verzog vor Schmerz das Gesicht. Sein linkes Augenlid war geschwollen und die gesamte Gesichtshälfte gerötet. An der Schläfe bildete sich bereits ein dunkelblauer Bluterguss. »Ich bin mit voller Wucht auf den elenden Gehweg aufgeschlagen. Das war fast noch schlimmer als die Prügel an sich.«

Theresa legte sanft ihre rechte Hand auf Georgs Schulter. Sofort ergriff er diese und blickte ihr tief in die Augen. Theresa ließ ihn gewähren. Ein warmes Kribbeln breitete sich in ihrer Brust aus und ließ sie kaum hörbar nach Luft schnappen. Eigentlich wollte sie den Zauber des Augenblicks nicht zerstören, aber es standen zu viele unausgesprochene Fragen im Raum.

»Wer um alles in der Welt war dieser Mann und was wollte er von Ihnen?«

Georgs Blick verfinsterte sich und eine tiefe Falte tauchte zwischen seinen Augenbrauen auf. »Was er wollte, hat er mir ziemlich unverblümt klargemacht. Ich soll heimfahren und alles vergessen.«

»Aber warum? Wer um alles in der Welt war das?« Theresa konnte ihre Aufregung jetzt nicht mehr unterdrücken. Sie wollte am liebsten aufspringen und im Zimmer umherlaufen, Georg hielt jedoch immer noch sanft, aber bestimmt ihre Hand.

»Darüber habe ich seit heute Morgen auch pausenlos nachgedacht«, sagte er und fixierte konzentriert die niedrige Balkendecke über ihm. »Ich habe ihn jedenfalls noch nie zuvor gesehen. So ein Gesicht vergisst man nicht, Theresa. Überall diese Narben und dann diese toten Augen, mit denen er mich angeglotzt hat.« Georg schüttelte heftig den Kopf, als wollte er das Bild des Angreifers aus seinen Gedanken verbannen. Jetzt sah er wieder zu Theresa und drückte sanft seinen Daumen auf ihre Handfläche, während er sich leicht aufrichtete. Sein Hemd war nicht mehr zu retten gewesen, und so lag er jetzt mit nacktem Oberkörper in seinem Bett. Für einen Komponisten, der Tag und Nacht nur am Piano saß, sahen seine Brustmuskeln erstaunlich ausgeprägt aus. Ein Umstand, der Theresa nicht entging. »Aber das heißt, dass wir auf der richtigen Spur sind«, schlussfolgerte Georg. »Und zwar eindeutig. Ich meine, der Mann hat von *Mord* gesprochen. Das war schon fast so eine Art Geständnis. Es würde mich nicht wundern, wenn er selbst in dem Automobil saß, das Jakob angefahren hat.«

Jetzt sprudelten die Gedanken nur so aus ihm heraus. Am liebsten wäre er offenbar aus dem Bett gesprungen und hätte sich wieder in das Getümmel der Hauptstadt gestürzt.

»Wir müssten ihn nur aufspüren. Ich meine, vielleicht können wir ihm so was wie eine Falle stellen, oder …«

»Nein«, unterbrach ihn Theresa und war selbst erstaunt darüber, wie hart und entschlossen ihre Stimme plötzlich klang. Sie musste sich einen Moment lang sammeln, bevor sie weitersprach. »Ausgeschlossen. Das ist viel zu gefährlich. Sie haben selbst gesagt, dass er damit gedroht hat, Sie *umzubringen*. Und ich habe keinen Zweifel daran, dass diese Drohung ernst gemeint war. Woher wusste er überhaupt, wo er nach Ihnen suchen sollte? Dieser Kerl muss uns schon einige Zeit lang verfolgt und das Gasthaus observiert haben. Es wirkt gerade so, als hätte er tagelang nur auf eine Gelegenheit gewartet, Sie allein anzutreffen und hat dann sofort zugeschlagen. Nein, wir werden ihm nicht nachstellen, und wir können auch nicht mehr herumlaufen und nach Hinweisen suchen. Das ist jetzt einfach zu gefährlich.«

Georgs Mimik veränderte sich schlagartig. Statt aufgeregtem Tatendrang spiegelte sie nun ungläubiges Staunen wider. Mit großen Augen sah er Theresa an und ließ ihre Hand los. »Was soll das heißen?«, fragte er. »Was sollen wir denn sonst tun?«

Theresa stand auf. Sie wollte eine symbolische Distanz zwischen Georg und sich selbst herstellen. Nur so konnte sie es schaffen, ihm den Entschluss mitzuteilen, den sie in der Sekunde gefasst hatte, als sie sein zerschundenes, schmerzverzerrtes Gesicht gesehen hatte. Sie atmete tief durch und richtete sich auf. »*Wir* werden überhaupt nichts mehr tun, Georg. Sehen Sie sich doch nur an. Sie haben wegen mir Ihren Beruf vernachlässigt, Ihre gesamten Ersparnisse ausgegeben und wurden halb totgeschlagen. Und wofür?« Sie wartete erst gar nicht die Antwort auf diese ohnehin eher rhetorische Frage ab, sondern sah ihm eindringlich in die verwirrt dreinblickenden Augen. »Ich danke Ihnen von ganzem Herzen für Ihre Hilfe, mein Lieber. Seit Sie mit mir in diesen Zug gestiegen sind, stehe ich tiefer in Ihrer Schuld, als ich es Ihnen jemals vergelten könnte. Daher bitte ich Sie jetzt nur noch um einen letzten Gefallen: Tun Sie, was der Mann gesagt hat. Nehmen Sie die nächste Bahn nach Hamburg, und vergessen Sie diese Sache. Das hier ist nicht Ihr Kampf, sondern meiner. Und an diesem Punkt muss ich allein weitermachen.«

»Auf keinen Fall«, entgegnete Georg schlicht. Jetzt war es wohl an ihm, seinen Standpunkt klarzumachen. »Solange Sie hierbleiben, bleibe ich auch. Und wenn Sie sich da draußen herumtreiben, dann begleite ich Sie auf Schritt und Tritt.« Er deutete in Richtung des kleinen Fensters, das sich in Richtung der nun belebten Gasse öffnete, die darunter verlief. »Daran können weder Sie noch der narbengesichtige Schlägertyp irgendetwas ändern.«

Theresa war zutiefst gerührt von Georgs Worten, gleichzeitig nagte seine Sturheit jedoch auch an ihrer Geduld, denn sie hatte einen endgültigen Entschluss gefasst. Irgendwie musste er doch zur Vernunft zu bringen sein. »Aber warum?«, fragte sie laut und hob als Zeichen ihrer Frustration beide Hände in die Höhe. »Sagen Sie mir um Himmels willen, warum Sie sich das antun wollen«.

Schneller als sie auch nur einen weiteren Gedanken fassen konnte, warf Georg die Bettdecke von sich und sprang angesichts seines Zustands erstaunlich flink aus dem Bett. Schon stand er direkt vor ihr, barfuß und mit nichts weiter bekleidet als seiner zerrissenen Hose. Sein Gesicht war so nah an ihrem, dass sie das Glühen hinter seinen großen Pupillen sehen und seinen warmen Atem auf ihren Wangen spürten. »Weil ich es satthabe, mich herumschubsen zu lassen, Theresa. Sie nicht auch? Verdammt noch mal, ich werde nicht kneifen, nur weil ich mal am Boden liege. Dazu bedarf es ganz sicher mehr. Und einschüchtern lassen werde ich mich auch nicht.« Er nahm erneut ihre Hand. »Außerdem bin ich mir sicher, dass wir es fast geschafft haben. Ich kann es fühlen. Bitte geben Sie jetzt nicht auf, Theresa. Nicht so kurz vorm Ziel.«

Sie nickte und drückte Georgs Hand. Irgendwie hatte er es tatsächlich geschafft, ihr wieder Zuversicht zu schenken. Und außerdem hatte er recht: Theresas ganzes Leben lang hatten andere darüber bestimmt, was sie zu tun und zu lassen hatte. Was sie sagen, was sie denken, mit wem sie sich wann und wo treffen durfte. Damit war nun endgültig Schluss. Und wer auch immer derjenige sein mochte, der diesen Schläger entsandt hatte, er wurde langsam aber sicher nervös. Auch für Theresa war dies ein untrügliches Zeichen dafür, dass Georg und sie bereits große Fortschritte darin gemacht hatten, das Geheimnis um Jakobs Tod zu lüften, auch wenn sie leider immer noch nicht wusste, was es nun mit der Geige auf sich hatte.

»Ruhen Sie sich jetzt aus«, flüsterte sie in Georgs Ohr. »Sie müssen erst einmal wieder zu Kräften kommen, und dann machen wir weiter.« Bevor er noch etwas erwidern konnte, drückte Theresa einen Kuss auf seine raue, stoppelige Wange. Durch ihre Hand, die auf seinem Oberarm ruhte, konnte sie fühlen, wie Georgs Muskeln sich vor Überraschung anspannten. Ein zartes Kribbeln strömte wie eine elektrische Spannung von ihren Fingerspitzen bis zu ihrem wild klopfenden Herzen. »Ruhen Sie sich aus«, sagte sie nochmals. »Ich komme bald wieder und sehe nach Ihnen.«

21.

Gasthaus Schukowski, Berlin-Mitte, 29. November 1909

Nachdem Theresa den gesamten Mittag damit verbracht hatte, über die Identität des Narbenmannes nachzugrübeln und mögliche nächste Schritte bei der Suche nach weiteren Hinweisen abzuwägen, setzt sie sich am Abend ausgelaugt an die Theke der beschaulichen Gaststätte. Es war wirklich überaus frustrierend, wie sich trotz all ihrer Bemühungen statt Lösungen nur immer weitere Rätsel vor ihr auftaten. Zumindest war sich Theresa jetzt sicher, dass ihr Instinkt sie nicht getäuscht hatte: Jakob war nicht das zufällige Opfer eines tragischen Unfalls geworden. Irgendjemand hatte ihn ermordet.

Aber wieso, verflixt noch eins?, dachte sie schon zum hundertsten Mal an diesem Tag. Er hatte doch keiner Menschenseele etwas getan. Jakob war stets mit einem gewinnenden Lächeln durch die Welt gegangen, umgeben von einer Aura der Leichtigkeit und des Optimismus, mit der er die Herzen seiner Mitmenschen eroberte. Nie hatte Theresa während ihrer gemeinsamen Zeit erlebt, dass jemand auch nur ein gemeines Wort über ihn geäußert oder ihm einen bösen Blick zugeworfen hätte. Wer also konnte Jakob so gehasst haben, dass er sogar bereit gewesen war, ihn zu töten? Offensichtlich hatte der Täter nicht aus einem Impuls heraus gehandelt, sondern das Ganze von langer Hand geplant. Schließlich hatte er den Mord ganz bewusst wie einen Verkehrsunfall aussehen zu lassen, was ihm den enormen Vorteil verschafft hatte, dass die Polizei der Sache nur wenig Aufmerksamkeit geschenkt und die Ermittlungen nach den üblichen Routinemaßnahmen eingestellt hatte. Jakobs Mörder wurde also nicht einmal mehr gesucht und konnte sich daher wieder ganz entspannt seinem Leben widmen. Allerdings nur, wenn Theresa ihn nicht doch noch in die Finger bekam. Bei diesem Gedanken stellte sie sich für einen Moment das vernarbte Gesicht des Mannes vor, den Georg ihr beschrieben hatte. War dieser am Ende vielleicht derjenige, der das todbringende Automobil gelenkt hatte? Zumindest musste er irgendwie in die Sache verwickelt sein. Mit einem hektischen Blinzeln schreckte Theresa aus ihrer Gedankenwelt auf, als schwungvoll ein Becher Bier vor ihr abgestellt wurde.

»Hier. Geht auf mich«, sagte eine etwas kratzige, aber freundliche Stimme, und als Theresa aufschaute, sah sie das breite Gesicht von Else Schukowski vor sich, das erneut von feurig roten Locken eingerahmt wurde. Außer den beiden Frauen hielt sich gerade niemand im Gastraum auf.

»Danke«, erwiderte Theresa leise und umfasste zaghaft den kühlen Henkel des Gefäßes und nahm einen Schluck.

»Wir hatten wohl einen schlechten Start, wir beide«, sagte die Wirtin und setzte sich auf die gegenüberliegende Seite des Tresens.

Falls man das so bezeichnen will, wenn man eine wildfremde Person innerhalb einer Minute als Bettlerin und unmoralische Person abstempelt, dachte Theresa, sagte aber lieber nichts, sondern starrte nur auf die verkratzte, feuchte Oberfläche der Theke vor ihr.

»Na gut«, räumte Frau Schukowski ein und drehte mit seitlich ausgestreckten Armen die Handflächen ihrer kleinen rauen Hände nach oben. »*Ich* hatte eine beschissene Woche und verdammt schlechte Laune, die ich an irgendjemandem auslassen musste.«

Theresa hätte sich fast an ihrem Getränk verschluckt. Noch nie in ihrem Leben hatte sie eine Frau so reden hören. Solch eine Gossensprache hätte sie, wenn überhaupt, vielleicht einem ungewaschenen, grobschlächtigen Hafenarbeiter zugetraut, aber doch keiner Dame. Die Hausherrin, die Theresas geschockten Gesichtsausdruck scheinbar bemerkt hatte, warf ihr einen belustigen Blick zu.

»Also jetzt erzähl aber mal. Was wollt ihr, du und dein Georg, denn nun in Berlin, außer Bier trinken, Klavierspielen und sich vermöbeln lassen? Ich nehm' mal an, das kann man in Hamburg auch alles, wenn man's unbedingt will, oder?«

Theresa hatte selbst keine Ahnung warum, aber ihr ursprünglicher Groll gegen die Wirtin war mit einem Mal wie weggeblasen. Vielleicht lag es daran, wie deren große, wachsame Augen sie fixierten, als könnten sie direkt in ihr Innerstes hineinschauen. Vielleicht hatte sie aber auch schlicht das Bedürfnis, sich endlich einer anderen Frau mitzuteilen. Jedenfalls sprudelte nun alles aus Theresa heraus. Während sie den angefangenen Humpen und dann noch einen weiteren leerte, berichtete sie der aufmerksam zuhörenden Wirtin von der jüngsten Geschichte der Familie von Eiben, vom Tod ihrer Eltern bis zu der Verlobung mit Franz Mayer, welche Wilhelm ihr gegen ihren Willen aufgedrängt hatte. Sie erzählte von Jakobs Tod, von der Geige und endete schließlich mit der Reise nach Berlin.

»Da brat mir doch einer 'n Storch«, raunte Frau Schukowski schließlich und pfiff leise durch die Zähne. »Also heißte in Wirklichkeit *von Eiben?* Hätt' ich dann eigentlich *Eure Majestät* oder so was zu dir sagen müssen?«

Theresa musste bei dieser absurden Frage lachen. »Nein, ich bin ja keine ... also das heißt, mein Großvater väterlicherseits ...« Sie wusste nicht, wie sie der Wirtin die Feinheiten bezüglich der verschiedenen Adelstitel und Anreden erklären sollte und ließ es daher bleiben. »Einfach Theresa«, sagte sie stattdessen. »Das ist alles.«

»Gut, Theresa, ich bin die Else. Aber das weißte ja schon.«

Die Wirtin schüttelte ihre rote Lockenmähne und grinste in sich hinein. »Also ich bin ja schon ganz gut rumgekommen in Berlin. In einigen richtigen noblen Schuppen sogar, das kannste glauben. Aber so 'ne feine Dame wie dich hab ich vorher noch nie getroffen.«

Theresa runzelte die Stirn. Else meinte wohl tatsächlich ernst, was sie sagte. In ihrer Stimme lag sogar so etwas wie leichte Bewunderung. »Was genau meinst du damit?«, hakte Theresa vorsichtig nach. »Gehst du mit deinem Mann öfter aus?«

Jetzt wiederum war die Hausherrin höchst amüsiert. Ihr derbes Lachen hallte von den holzvertäfelten Wänden der Kneipe wider. »Ach, Mädel, du bist ja vielleicht ulkig«, keuchte sie und wischte sich mit dem Handrücken der rechten Hand eine Träne aus dem Augenwinkel. »Nee, ich springe in anderen Läden für ein paar Mark als Bedienung oder als Küchenhilfe ein, wenn das Geld bei uns knapp wird. Und das ist leider immer öfter der Fall. Das Bier wird ständig teurer und die Gäste kommen dafür seltener.«

Theresa durchfuhr ein spontaner Impuls. Sicher sah Else in den Hotels und Restaurants von Berlin sehr viele Leute. Könnte sie vielleicht auch Jakob über den Weg gelaufen sein? *Ist dir klar, wie die Chancen dafür stehen?*, mokierte sich eine kleine Stimme in ihrem Unterbewusstsein. *Denk daran: Da draußen treiben sich fast zwei Millionen Menschen herum.* Das stimmte natürlich. Es musste in der riesigen Stadt sicher Hunderte, wenn nicht Tausende von Bars, Restaurants und Hotels geben. *Egal*, hielt Theresa gedanklich dagegen und brachte die Stimme so zum Schweigen. Es hatte schon seltsamere Zufälle gegeben und Jakob war schließlich ein Mann gewesen, der auffiel.

»Ich bin sofort wieder da«, stieß sie hervor und eilte auf ihr Zimmer. In ihrem Koffer fand Theresa in einer schmalen Seitentasche die kleine Fotografie, die Jakob und sie kurz nach ihrer Verlobung vor dem Anwesen der von Eibens in Harvestehude zeigten. Der Anblick des frisch verliebten, verträumt lächelnden Paares versetzte ihr wie jedes Mal einen kleinen Stich. »Hier«, sagte Theresa, nachdem sie wieder im Gastraum angekommen war und deutete auf das Bild, nachdem sie es behutsam auf eine trockene Stelle des Tresens gelegt hatte. »Hast du diesen Mann vielleicht schon einmal gesehen?«

Die Wirtin beugte sich vor und besah sich die Fotografie ganz genau. Erstaunt beobachtete Theresa, wie sich ihre Miene Augenblicke später von einem nachdenklichen Stirnrunzeln zu einem ungläubigen Starren wandelte. Theresa spürte, wie der eisige Griff einer dunklen Vorahnung sich um ihren Brustkorb legte. »Du kennst ihn.« Es war keine Frage.

Else wirkte plötzlich nervös und schob die Fotografie in Theresas Richtung, ohne aufzusehen. »Nee, ich glaub', da hab ich was verwechselt«, murmelte sie hastig und lächelte nervös. »Kann vorkommen, bei so vielen Gesichtern. Ich muss jetzt sowieso mal nachsehen gehen, was mein Mann eigentlich so treibt.« Sie wandte sich ab und machte einen Schritt in Richtung der Küche. Theresa sprang von ihrem Hocker auf, griff unsanft nach dem rechten Arm der Wirtin und hielt diesen fest.

»Sag mir, woher du ihn kennst. Wo hast du Jakob gesehen?« Ihre Stimme klang jetzt schrill, halb wütend und halb flehend, und sie atmete stoßweise. Else Schukowski warf ihr einen verwirrten

Blick zu und versuchte vergeblich, sich durch einen Ruck aus Theresas Griff zu befreien.

»Loslassen«, befahl sie, aber der plötzliche Gefühlsausbruch hatte sie scheinbar überrumpelt, sodass ihre Stimme nicht so sicher und gebieterisch klang wie zuvor.

»Sag es mir«, presste Theresa hervor, während sie die Zähne zusammenbiss, um die bitteren Tränen zu unterdrücken, die Frustration und Verzweiflung in ihr aufsteigen ließen. »Ich *muss* es wissen, verflixt noch eins.«

Mit einem langen Seufzer machte die Wirtin wieder einen Schritt auf Theresa zu und setzte sich hin, worauf sich der Griff der Letzteren lockerte. Else nickte in Richtung der Fotografie, welche immer noch auf dem Tresen lag.

»Fürsten-Hotel«, sagte sie schließlich. »In der Markgrafenstraße. Ist nich' weit von hier. Das dürfte vielleicht so Anfang August gewesen sein.«

»Und weiter?«, drängte Theresa ungeduldig. Der Zeitraum passte mit Jakobs Aufenthalt in Berlin zusammen.

Else seufzte nochmals und warf Theresa einen langen eindringlichen Blick zu. »Lass die Vergangenheit ruhen, Mädel. Ich hab' ihn kurz gesehen und damit hat es sich auch schon. Da war er außerdem noch quicklebendig. Wenn du unbedingt was zu diesem Unfall oder was auch immer rausfinden willst, dann solltest du besser …«

»Herrgott noch mal«, polterte Theresa. »Ich kann überhaupt nichts ruhen lassen. Warum versteht das denn keiner? Seit Monaten stehe ich völlig neben mir. Ich kann nicht schlafen, ich kann mich nicht konzentrieren, und meine Gedanken kreisen immer nur um dieselben Fragen: Was ist mit Jakob passiert? Wo ging er hin? Wen hat er getroffen? Und wenn mich diese Information nur einen Millimeter näher zur Lösung bringt, dann bleibe ich so lange an dieser vermaledeiten Bar sitzen, bis ich sie habe.«

Else Schukowski hob angesichts dieses erneuten Ausbruchs vielsagend die Augenbrauen und schüttelte langsam den Kopf. Offenbar kapitulierte sie allmählich vor Theresas unbeugsamem Starrsinn. Statt zu versuchen, weiter auf die junge Frau einzureden, langte sie in das schmale Regal zu ihrer Linken und zog eine grünliche Flasche mit einer durchsichtigen Flüssigkeit hervor, die sie gleichmäßig in zwei Schnapsgläschen goss. Sie hob eines davon an, prostete Theresa stumm zu und trank es aus. Diese tat es der Wirtin nach und spürte, wie sich das beißende Aroma des Alkohols in ihrer Speiseröhre verteilte.

»Wenn du es unbedingt wissen willst«, sagte Else und wischte sich wenig damenhaft den Mund mit ihrem Ärmel ab. »Er war mit einer Frau da. In Ordnung? Sie war ziemlich hübsch, und sie haben den ganzen Abend gelacht und gefeiert.«

Theresa starrte ihr Gegenüber mit offenem Mund an. Ihre Wut war verflogen und einer lähmenden Leere in ihrer Brust gewichen. Plötzlich konnte sie kaum noch atmen. »Was noch?«, flüsterte sie, denn sie ahnte bereits, dass Else ihr noch nicht alles verraten hatte.

»Ich erinnere mich daran, weil es mein letzter Abend in dem Laden war. Insgesamt hab ich so ungefähr zwei Wochen dort gearbeitet und hauptsächlich Getränke ausgeschenkt und Tische abgewischt. Die beiden kamen gegen Ende meiner Schicht rein, und er hat 'ne ziemlich teure Flasche Schampus bestellt. Dann hat er uns allen ein Glas ausgegeben, mir auch. So was is' mir vorher noch nie passiert, aber er bestand drauf, weil es wohl was zu feiern gab. Und am Ende sind die beiden dann auch zusammen wieder verduftet.«

»Hmm«, machte Theresa, und sie spürte, wie ihr Magen sich zusammenzog. »Vielleicht war sie eine Bekannte aus früheren Zeiten. Jemand der von Hamburg nach Berlin gezogen ist und Jakob die Stadt zeigen wollte.« Noch während sie die Worte aussprach, kamen sie ihr selbst wie eine lahme Ausrede vor.

»Ach Kindchen.« Elses mitfühlender Tonfall versetzte Theresa zusätzlich einen Stich ins Herz. »Ich hab' auch so den ein oder anderen Bekannten. Aber glaub mir, so sah das nich' gerade aus.« Verlegen schob sie das kleine Schnapsglas auf der Theke hin und her. »Er hat ihr einen Ring geschenkt. Einen richtig schönen, mit Gold und 'nem Edelstein und so.«

Theresa sackte völlig in sich zusammen. Sie hatte das Gefühl, Jakob ein zweites Mal zu verlieren. Selbst die schönen Erinnerungen an ihn, an welche sie sich klammerte, waren plötzlich von einem dunklen Schleier überzogen. *Was bin ich doch für eine dumme Gans,* dachte sie. *Ein junger Mann hat kurz vor der Hochzeit plötzlich einen ach so dringenden Termin und das auch noch quasi am anderen Ende des Landes. Er eilt fort und meldet sich dann nicht mehr. Da braucht man doch nur eins und eins zusammenzuzählen: Er hat mich schlicht für eine andere Frau verlassen. Das ist die älteste Geschichte der Welt, und sie war die ganze Zeit direkt vor meiner Nase.*

Während ihr Herz noch gegen die Erkenntnis ankämpfte, rasten die Gedanken in Theresas Hirn, und sie ließ die letzten Monate mit Jakob nochmals Revue passieren. Da er sich mit seiner Familie überworfen hatte, war es ihm leichtgefallen, Hamburg hinter sich zu lassen. Sein Musikhaus konnte er schließlich überall auf der Welt eröffnen. Die Beziehung der beiden war durch Jakobs ständige Arbeit und seinen vollen Terminkalender etwas abgekühlt. Schließlich musste er sich selbst die Frage gestellt haben, warum er in eine Familie einheiraten sollte, die ganz klar auf dem absteigenden Ast war und ohnehin nur noch aus Theresa und ihrem abweisenden, verbitterten Bruder bestand, der Jakob lediglich als wirtschaftlich unattraktivere Ausgabe seines älteren Bruders ansah. Schlagartig fiel Theresa der narbengesichtige Schläger wieder ein, von dem Georg erzählt hatte. Wie um alles in der Welt passte er in dieses verwirrende Puzzle hinein? Hatte Jakob vielleicht Schulden bei den falschen Leuten gehabt? Hatte er sich am Ende etwa auf illegale Geschäfte eingelassen, um schnell an Geld zu kommen und sich mit seiner neuen Liebe aus dem Staub zu machen?

Ohne darüber nachzudenken, griff Theresa nach der grünen Flasche und schenkte sich noch ein Glas Schnaps ein, welches sie sich sofort die Kehle hinunterstürzte. Es passte nicht zusammen. Das alles ergab keinen Sinn. Aber was machte das schon für einen Unterschied? Das Bild von Jakob, wie er mit einer hübschen jungen Frau lachte und Champagner trank, hatte sich bereits tief in Theresas Gedankenwelt eingebrannt. Sie konnte die beiden vor sich sehen, wie sie heiter und beschwingt das Lokal verließen. In diesem Albtraum aus Eifersucht und Trauer, der sich unaufhaltsam vor Theresas innerem Auge ausbreitete, nahm Jakob schließlich die Hand der Frau, zog sie leidenschaftlich an sich und dann … Nein, das war einfach zu viel! Genau wie an dem schicksalhaften Tag im August, als sie von Jakobs Tod erfahren hatte, spürte Theresa, wie die ganze Welt um sie herum einzustürzen drohte. Und genau wie damals folgte sie einem spontanen Impuls. Bevor Else Schukowski sie aufhalten konnte, stürmte Theresa zitternd und schluchzend hinaus in die Dunkelheit.

22.

Friedrichstraße, Berlin-Mitte, 29. November 1909

Völlig aufgelöst und ohne die Welt um sich herum richtig wahrzunehmen, lief Theresa durch die Straßen der Hauptstadt. Die Temperaturen waren mit dem Einsetzen der Dunkelheit noch weiter gefallen und lagen nun sicher nur noch knapp über dem Gefrierpunkt. Obwohl Theresa weder einen Mantel noch Hut oder Handschuhe trug, spürte sie die Kälte auf ihrer Haut kaum. Der stechende, pulsierende Schmerz in ihrem Brustkorb, welcher sie glauben ließ, ihr Herz müsse jeden Moment zerspringen, war dafür allgegenwärtig und nahm sämtliche Sinne ein. Gleichzeitig lief die immer gleiche Szene wieder und wieder in ihrer Fantasie ab. Jakob und diese unbekannte Frau. Sie lachten und kokettierten miteinander. Theresa konnte die beiden praktisch vor sich sehen, wie sie gerade Arm in Arm aus einer der zahlreichen Bars stolperten. Trunken von den Versuchungen dieses gigantischen Sündenpfuhls, von Alkohol und ihrem neu besiegelten Liebesglück. Das Lachen des Pärchens wurde immer lauter und schwoll in Theresas Gehörgängen zu einem ohrenbetäubenden Donnern an. Die beiden lachten ihr ins Gesicht. Sie amüsierten sich über sie, das naive Frauchen, das brav zu Hause saß und darauf wartete, bis ihr Angebeteter wieder nach Hause kommen mochte. Wie hatte sie sich nur so dermaßen in Jakob Hansen täuschen können? Wie lange hatte er wohl schon ein Doppelleben geführt und nur darauf gewartet, sich seiner leichtgläubigen Verlobten elegant entledigen zu können? Mit gesenktem Kopf und rot unterlaufenen Augen folgte Theresa einfach dem Gehweg und überquerte Kreuzung um Kreuzung, ohne zu wissen, in welche Richtung sie marschierte. Sie war zu aufgebracht, um einen Plan zu fassen, und zu verletzt, um auch nur einen feuchten Kehricht darauf zu geben, was als Nächstes passierte. Als sie einige Meter vor sich eine Ansammlung von angetrunkenen, lärmenden Menschen wahrnahm, die offensichtlich vor einer Art Bar auf Einlass warteten, bog sie spontan in eine Seitenstraße zu ihrer Rechten ab, welche sich dann jedoch lediglich als schmale Sackgasse herausstellte. Hier war es zwar merklich ruhiger, aber das Licht der Straßenlaternen drang kaum bis in die vielen Ecken und Winkel vor, und es roch unangenehm nach Schmutz und Urin. Nach weniger als einhundert Metern stand Theresa schließlich vor einer ungefähr drei Meter hohen Wand aus rotbraunen Ziegelsteinen, auf denen sich Ruß und Schimmel zu einer zähen, schmierigen Masse vermengten. Der Gestank nach Unrat war hier noch intensiver und verschlug ihr fast den Atem. Im Zwielicht konnte sie erkennen, dass dieser abgelegene Winkel offensichtlich als Abort für die umliegenden Wohnhäuser und Etablissements diente. Eine fette, graue Ratte, die unter einem Berg von alten Lumpen und Essenresten hervorlugte und bedrohlich fauchte, veranlasste Theresa sodann endgültig dazu, sofort den Rückzug anzutreten. Als sie sich hastig umdrehte, blickte sie zu ihrem Schrecken allerdings direkt in die eng beieinanderstehenden glasigen Augen eines jungen Mannes. Dieser trug trotz der eisigen Temperaturen nur ein fleckiges Unterhemd und eine abgetragene Kniebundhose. Sein haariger Oberkörper war über und über mit grob gestochenen Tätowierungen übersäht, und er roch nach einer Mischung aus Schweiß und billigem Fusel.

»Gu'n Abend, schöne Frau«, lallte er und grinste dabei ein nahezu zahnloses Grinsen. »Bleib doch mal stehen.«

Theresa spürte augenblicklich, wie sich die feinen Härchen in ihrem Nacken aufstellten. Zum ersten Mal, seit sie aus dem Gasthof gestürmt war, fragte sie sich, wohin sie ihre ziellose abendliche Wanderung wohl geführt hatte. Jedenfalls war weder Georg noch sonst jemand in der Nähe, um ihr aus der Patsche zu helfen. Mit gesenktem Blick trat sie demonstrativ einen Schritt zurück.

»Ich habe mich wohl verlaufen«, sagte sie knapp und als der Mann sich ihr nochmals nähern wollte, schlug sie einen Haken nach links und versuchte sich schnell an ihm vorbeizuschieben. Zu Theresas Entsetzen verfügte der Trunkenbold jedoch über erstaunlich gute

Reflexe und griff nach ihrem rechten Arm. Er packte so fest zu, dass Theresa empört aufschrie.

»Na, watt denn?«, fragte der Kerl tadelnd und tat dabei gerade so, als sei Theresa diejenige, die sich nicht den Regeln des Anstands entsprechend benahm. »Nu warte doch mal'n Moment.«

Theresa zog die rechte Schulter hoch, doch der Griff der großen, haarigen Pranke hatte sich unnachgiebig in ihren Arm gegraben. Sie warf ihrem Gegenüber einen finsteren Blick zu und wollte gerade laut protestieren, als sie aus dem Augenwinkel eine Bewegung wahrnahm. Schräg hinter dem Kerl, der sie gepackt hatte, stand ein weiterer Mann. Er war wesentlich größer und trug einen Regenmantel mit Kapuze. Sein langes Haar stand in fettigen Strähnen von seinem großen Kopf ab, was ihm das Aussehen einer etwas zu gut gekleideten Vogelscheuche verlieh. Er starrte Theresa mit seinen dunklen, toten Augen an, sagte aber kein Wort.

»Lassen Sie mich los«, verlangte Theresa. Sie wollte schreien, doch ihre Kehle war vor Angst wie zugeschnürt.

»Wir wollen dir doch nix böses«, brummte der Mann, der sie festhielt, auf eine eindringliche Art und Weise, die Theresa fast das Blut in den Adern gefrieren ließ. »Nur 'n bisschen Spaß.« Seine freie Hand glitt schnell an Theresas Rücken entlang und tastete nach ihrem Hinterteil.

Sie gab vor Schreck einen erstickten Laut von sich, was den Rohling offenbar belustigte. »Bitte«, flüsterte sie und spürte, wie die aufkeimende Panik ihre Stimme endgültig versagen ließ. »Bitte tun Sie das nicht.«

Statt darauf einzugehen, zog der Angreifer sie mit einer ruppigen Geste zu sich heran und spitzte übertrieben die spröden Lippen. Sein Begleiter, der ebenfalls näher an Theresa herantrat, würdigte dieses Schauspiel mit einem kalten, krächzenden Lachen. Als der Mann schließlich versuchte, ihren Hals zu küssen, riss Theresa in einem Akt der Verzweiflung ihre linke Hand nach oben und kratze ihm so fest sie konnte übers Gesicht, was ihn überrascht aufheulen ließ. Wieder ertönte das herzlose Lachen seines Kumpans.

»Jetzt reicht's mir aber, du Schlampe«, keifte der Rüpel wütend.

In seinen kleinen, tief liegenden Augen blitzten verletzter Stolz und blanker Hass auf. »Dir werd' ich's zeigen.«

Gerade als er mit der rechten Faust ausholte, um sich mit Gewalt zu nehmen, was Theresa ihm verweigerte, erklang plötzlich lautes Hufgeklapper auf dem Pflaster. Eine kleine Kutsche war zügig in die Sackgasse eingebogen und hielt nun wenige Meter entfernt. Behände sprang ein etwas kleinerer junger Mann heraus, den Theresa jedoch nicht erkennen konnte, da er sich hinter der kleinen Kutschlampe befand, die sie selbst und ihren Peiniger anstrahlte. Dessen Komplize hatte bereits das Weite gesucht.

»Guten Abend«, sagte der Neuankömmling in einem so ruhigen und gefassten Ton, als hätte er sich gerade zu den Gastgebern einer gediegenen Dinnerparty gesellt. »Lassen Sie bitte augenblicklich die Dame los.«

»Hau ab, du Penner«, bellte der Angesprochene und kniff die Augen zusammen, da der Schein der Lampe ihn blendete. Sein Griff lockerte sich jedoch, was Theresa die Chance gab, schnell einen Schritt von ihm weg zu machen. Für einen Moment herrschte bedrückende Stille.

»Und jetzt verschwinden Sie«, forderte der Mann, von dem immer noch bloß eine Silhouette im Lichtkegel zu sehen war. Der Rohling, der Theresa angegriffen hatte, rührte sich allerdings nicht von der Stelle.

»Du hast mir überhaupt nichts …«, setzte er an, doch seine Tirade endete jäh, als der andere plötzlich blitzschnell aus der Dunkelheit trat und den Messinggriff seines eleganten, massiven Gehstocks hart auf den Schädel des widerspenstigen Trunkenbolds niederfahren ließ. Dieser gab ein atemloses Grunzen von sich und sackte bewusstlos zusammen. Ein dickes, blutiges Rinnsal verteilte sich von seiner aufgeplatzten Augenbraue aus über sein feistes Gesicht.

Theresas Retter lächelte und bot ihr galant seinen Arm an. Im Lichtschein erkannte sie nun seine stahlblauen Augen und sein markantes Gesicht, das von dichtem blondem Haar eingerahmt wurde. Noch nie zuvor war sie so froh gewesen, Franz Mayer zu sehen.

23.

Blankenfelde, 30. November 1909

Erschöpft und mit schmerzenden Füßen ließ sich Georg auf einer grob gezimmerten Holzbank nieder, die auf einer schmalen Wiese zwischen zwei Weizenfeldern stand, und wischte sich mit einem Taschentuch den Schweiß von der Stirn. Nachdem er kurz durchgeschnauft hatte, legte er langsam den Kopf in den Nacken. Die schwachen, Strahlen der Mittagssonne schafften es an diesem Tag nur an wenigen Stellen, das dichte graue Meer aus Wolken zu durchbrechen, das von einem schwachen Ostwind träge über das Land getrieben wurde. Bald schon würde der verregnete kühle Spätherbst in einen unbarmherzigen Winter übergehen, der die Felder unter seinem eisigen weißen Mantel begrub. Die frische Luft und der Anblick der Ackerflächen mit ihren langen, dicht beieinanderliegenden Furchen erinnerten Georg unweigerlich an seine Kindheit in Bergedorf. Schon seit seinem fünften Lebensjahr hatten er und seine Brüder dem Vater bei der schweren Feldarbeit helfen müssen. Während in dem wachsenden Industriegebiet des kleinen Ortes südöstlich von Hamburg bereits die Dampfmaschinen ihren heißen Atem durch die Glashütten und Fabriken pumpten, musste die Familie Albers noch jeden Handgriff selbst erledigen. In guten Jahren hatte der kleine Hof zumindest ein Pferd halten können, das statt der beiden Kühe den massigen Karrenpflug zog. Georgs Kindheit war nicht, wie bei den meisten seiner jetzigen Bekannten und Freunde, von spielerischer Neugier geprägt gewesen, sondern von strenger Disziplin, Schufterei und Entbehrung. Seine Hände waren das ganze Jahr über rau und rissig gewesen, die blanken Füße schwarz und die Tage lang und kräftezehrend. Zwar hatten sich die Umstände ungefähr ab der Mitte des letzten Jahrhunderts für die Bauern im Reich verbessert, jedoch litt Georgs Vater trotz eines eigenen Hofes im Grunde unter der gleichen Not und Armut, wie seine Vorfahren als Leibeigene der Gutsherren. Die Familie akzeptierte dieses Schicksal stumm und arbeitete Jahr um Jahr für den Erhalt des spärlichen Besitzes. Georg dagegen hatte, obwohl er zu dieser Zeit weder lesen noch schreiben konnte und nichts von der Welt kannte, als den Bauernhof und die umliegenden Felder, tief in seinem Inneren stets gespürt, dass jenseits dieses Mikrokosmos ein ganz anderes Leben auf ihn wartete. Noch heute lief ihm ein kalter Schauder über den Rücken, und er wurde von einer Mischung aus Scham und Schuldgefühlen ergriffen, wenn er an seinen Vater dachte. Eine der wenigen Erinnerungen an den Alten war der tief enttäuschte Blick in dem verhärmten Gesicht, den er ihm, seinem jüngsten Sohn, zugeworfen hatte, als er Jahre später endgültig mit seinen wenigen Habseligkeiten ausgezogen war, um in der großen Stadt zu leben. Sicher hatte der stolze Landwirt es niemals über sich bringen können, ihm diesen Verrat zu verzeihen.

Wieder ließ Georg den Blick über die weite Landschaft schweifen. Wo war Theresa bloß? Die halbe Nacht hatte er wach gelegen, in der Hoffnung, sie würde vielleicht noch einmal nach ihm sehen, um ihn zu fragen, ob er noch Schmerzen hätte. Schon bevor es richtig hell wurde, hatte er es schließlich nicht mehr ausgehalten und an ihre Tür geklopft. Als er ihr Bett leer vorgefunden hatte, war er einfach drauf los durch die Stadt marschiert. Da er keinerlei Anhaltspunkte hatte und nicht wusste, wo er suchen sollte, hatte Georgs Weg ihn immer und immer weiter nach Norden geführt, wo sich die Enge und der Lärm der Großstadt schließlich lichteten und ruhigere Vororte nach zahlreichen weiteren Kilometern in Wiesen und Weiden übergingen. Else Schukowski hatte ihm einen seltsamen Blick zugeworfen, als er nach Theresa gefragt hatte, weigerte sich jedoch strikt, irgendetwas darüber preiszugeben, was die junge Frau dazu bewogen haben könnte, sich einfach allein in Berlin herumzutreiben. Immerhin befanden sich Theresas Garderobe und ihr gesamtes, übriges Gepäck noch in dem winzigen Zimmer des Gasthauses, was Georg als Zeichen dafür wertete, dass sie irgendwann zurückkehren würde. Dennoch plagte ihn die Sorge um Theresa so sehr, dass er nicht einmal dazu in der Lage war, die beiden Brötchen zu essen, die er sich auf seinem Weg von einem der letzten Pfennige gekauft hatte, die ihm noch geblieben waren. Außerdem schmerzte sein Kiefer, seine linke Gesichtshälfte war noch immer geschwollen und der dunkelblaue Bluterguss an seiner Schläfe klang nur langsam ab. Hatte Theresa etwa vergessen, wie der brutale Schläger ihn zugerichtet hatte? War ihr denn nicht klar, dass der Narbenmann nur darauf lauern würde, ihr zu schaden? Wer auch immer in den Tod von Jakob Hansen verwickelt war und Georg aus Berlin vertreiben wollte, er würde sicherlich nicht zulassen, dass die ehemalige Verlobte des Opfers herumschnüffelte und unangenehme Fragen stellte.

Müde von seiner langen Wanderung beugte Georg sich nach vorn und lockerte die Bänder der schweren Schuhe, die auf seine Zehen und Sohlen drückten. Bald würde er den Rückweg antreten müssen, wenn er vor Einbruch der Dunkelheit zurück im Gasthaus sein wollte. Er stöhnte leise auf und griff nun doch nach dem spärlichen Proviant, der in seiner Manteltasche steckte. Als er sich von der Bank erhob, kroch ein schmerzhaftes Kratzen seine trockene Kehle empor. Mit etwas Glück würde sich in der Nähe wohl ein Hof finden lassen, bei dem er ein wenig frisches Wasser ergattern könnte. Leise murrend machte er sich gen Süden auf. So viel wie in den letzten fünf Tagen war er schon lange nicht mehr gelaufen.

Als er am späten Nachmittag den Gastraum des Hauses Schukowski betrat, fand der müde Wanderer diesen verlassen vor. Das Feuer im Ofen war so gut wie heruntergebrannt, und weder der Wirt noch seine Frau waren zu sehen. Schwerfällig ließ er sich an einem kleinen Tisch in der hinteren Ecke nieder, streckte die vor Schmerz pochenden Beine aus und schloss die Augen. Der Rückweg war Georg noch länger vorgekommen als der Hinweg, und ärgerlicherweise hatte er sich sogar in der Nähe des Nordhafens noch einmal verlaufen und so eine noch größere Wegstrecke in Kauf nehmen müssen. Während er mit beiden Händen versuchte, durch kräftiges Reiben das Brennen aus seinem linken Oberschenkel zu vertreiben, flammte in Georg ein schwacher Funke der Hoffnung auf. Vielleicht war Theresa inzwischen zurückgekehrt und wartete oben auf ihn. Gerade als er sich erheben wollte, um nachzusehen, knarrte die Holztreppe unter schweren Schritten und Otto Schukowski erschien. Als sich ihre Blicke trafen, erstarrter der Gastwirt, als hätte er ein Gespenst gesehen. Langsam und mit versteinerter Miene ging er am Tresen vorbei und griff nach etwas, das Georg nicht sehen konnte. Mitten im Raum blieb er schließlich stehen und verschränkte die muskulösen Arme vor der Brust.

»So«, sagte der Wirt, und in seiner Stimme lag etwas seltsam Bedrohliches, das Georg alarmiert aufhorchen ließ. »Ich dachte schon, sie wären bereits abgereist, Herr Albers.« Er spuckte den Namen geradezu aus, derart feindselig hatte Georg den Hausherrn noch nie erlebt.

»Nein, natürlich nicht«, entgegnete er. »Ich bin heute Morgen schon früh aufgebrochen, um nach meiner Frau zu suchen. Aber selbstverständlich bin ich zurückgekehrt. Ich … also wir beide wohnen doch schließlich hier.«

Schukowski schüttelte den Kopf, wobei Georg auffiel, dass die Muskeln in seinem bulligen Nacken angespannt waren. »Ab jetzt nicht mehr«, knurrte er. »Ziehen Sie gefälligst meinen Mantel aus, und dann hauen Sie ab, bevor ich die Polizei rufe. Ihr Gepäck behalte ich als Ausgleich für meine Verluste.«

»Wie bitte?«, rief Georg und sprang von seinem Stuhl auf. »Was in Gottes Namen hat das zu bedeuten? Sie sagten doch …«

»Ich weiß, was ich gesagt habe«, unterbrach Schukowski ihn schroff und kam einen Schritt näher auf den kleinen Tisch zu, sodass Georg wieder Platz nahm. »Dachten Sie wirklich, ich bin so blöd, Mann? Da müssen Sie schon früher aufstehen.«

Georg war nun völlig perplex. Was war in den wenigen Stunden seiner Abwesenheit nur geschehen, was den gutmütigen Wirt derart in Rage versetzte? Bevor er ein weiteres Wort hervorbringen konnte, trat Schukowski vor und knallte seine rechte Hand flach auf den Tisch. Georg schluckte. Der Mann hatte Pranken wie ein ausgewachsener Bär. Vor dem verängstigten Gast lag nun allerdings eine glänzende, silberne Münze auf der abgewetzten Tischplatte.

»Das ist doch Ihre, oder nicht?«, blaffte Schukowski. Georg nickte schwach und starrte benommen auf das Geldstück. Es trug das Stadtwappen seiner Wahlheimat, das links und rechts von zwei aufrecht stehenden Löwen eingerahmt wurde. Darüber prangten im Halbkreis die Worte *Freie und Hansestadt Hamburg.* »Na, dann haben Sie diesen kleinen Trick wahrscheinlich noch nicht gesehen«, sagte der Hüne nun. Seine Mundwinkel zuckten leicht nach oben, aber aus seinen Augen blitzten weiter Wut und kalte Entschlossenheit. Erst als er danach griff, bemerkte Georg entsetzt, dass im Hosenbund des Wirts eine Handaxt steckte. Er wollte schreien, doch der Schrecken raubte ihm den Atem. Mit ungeheurer Wucht und einem lauten Krachen ließ der riesenhafte Wirt die Axt in den klapprigen Holztisch fahren, sodass dieser fast auseinanderbrach. Georg schloss reflexartig die Augen und gab einen erstickten Laut von sich. Als er den Blick wieder auf den Wirt richtete, sah er ein triumphierendes Grinsen und zwei massige Finger, welche die Hälfte einer gespaltenen Münze hielten.

»Da drin ist bloß billiges Blei«, stellte Schukowski tonlos fest. »Ganz dünn mit Silber überzogen, aber insgesamt kaum was wert.«

Georgs Herz raste in beängstigendem Tempo und die Gedanken in seinem Kopf überschlugen sich wild. Wie konnte das sein? Er dachte an die Nacht, in der er den Umschlag mit den Münzen erhalten hatte. Außer ihnen hatte er auch noch einen Brief vorgefunden, mit der Mitteilung, dass Theresa nicht mehr zum Klavierunterricht erscheinen werde. Georg erinnerte sich genau an das Papier und die fein säuberliche Handschrift. Es war ein Brief aus dem Hause von Eiben gewesen, was er unschwer an dem besonderen Briefpapier hatte erkennen können. Steckte etwa Theresas Bruder hinter dieser Sache? War er aus Verzweiflung über die Geldsorgen, von denen Theresa berichtet hatte, am Ende zum Betrüger und Geldfälscher geworden?

»Lass es«, Else Schukowski trat aus der Küche. »Die Polizei ist schon auf dem Weg hierher. Ich hab sie eben angerufen.« Sie warf ihm einen verächtlichen Blick zu und spuckte neben sich auf den Boden. Statt an Wilhelm von Eiben musste Georg mit einem Mal an eine kalte, rattenverseuchte Gefängniszelle denken, in der vollkommen abgemagerte, lethargische Insassen bei Wasser und Brot dahinvegetierten. Wenn es solche trostlosen Löcher in Hamburg gab, gab es sie sicherlich auch hier in der Reichshauptstadt. Sehr wahrscheinlich würden weder die herbeigerufenen Beamten noch die Berliner Gerichte sonderlich Gnade walten lassen, wenn ein abgebrannter

Musiker von außerhalb gefälschte Münzen in ihre Stadt brachte, um ehrliche Berliner Bürger zu betrügen. Was hätte er auch zu seiner Verteidigung vorzubringen? Dass die Geldstücke eines Nachts einfach auf seiner Schwelle aufgetaucht waren? Georg hatte das Gefühl, dass sich auf seinem gesamten Körper plötzlich kalter Schweiß bildete. Seine Kehle war wie zugeschnürt. In einem Anflug nackter Panik sprang er erneut auf und betete dabei, dass keine von Otto Schukowskis gigantischen Händen vorschnellen und ihn brutal zu Boden drücken würde, bis die Ordnungshüter kamen, um ihn wegzuschleifen. Als dies nicht geschah, floh er, wie tags zuvor Theresa, hinaus auf die Straßen Berlins, ohne sich noch ein einziges Mal umzusehen.

24.

Potsdamer Platz, Berlin, 30. November 1909

In ihren Träumen sah Theresa immer wieder das bedrohliche Funkeln in den Augen des Angreifers. Sie konnte spüren, wie seine groben Hände nach ihr griffen, und hörte das finstere Lachen seines Begleiters wie ein nie enden wollendes Echo in der Dunkelheit. Sie wusste, dass sie laut um Hilfe rufen sollte, doch immer, wenn sie den Mund öffnete, strömte der widerliche Gestank der schmutzigen Gasse wie eine zähe Wolke hinein und erstickte jeden Laut. Theresa versuchte es dennoch zahllose Male, verausgabte sich, bis Zwerchfell und Lunge schier zerspringen wollten. Trotz alledem drang kein Ton nach außen. Stattdessen begann sich die Welt um sie herum zu drehen, und die kalten, feuchten Wände zu beiden Seiten rückten immer näher an sie heran. Theresa schnappte hektisch nach Luft, doch sie konnte nicht mehr atmen. Jetzt waren die beiden Männer über ihr und betrachteten sie aus abstrakt verzerrten Fratzen mit rot glühenden Augen und riesigen, weit aufgerissenen Mündern, in denen gelbe, spitze Zähne funkelten. Eine unbändige Hitzewelle überschwemmte Theresas gesamten Körper, und dann wurde schlagartig alles schwarz.

Zitternd und verwirrt erwachte Theresa schließlich in den frühen Morgenstunden. Das Zimmer war so dunkel, dass sie ihre eigene Hand vor Augen nicht sehen konnte, und irgendwo in der Ferne krähte ein einzelner Hahn. Wie Sie dort so lag, in einem bequemen Nachthemd, auf einer dicken, weichen Matratze und zugedeckt mit schwerer, schwach nach Lavendel duftender Daunenbettwäsche, war Theresa für einen Moment davon überzeugt, dass sie in ihrem eigenen Schlafzimmer in Harvestehude wäre. Erst als sie ein Bein aus dem Bett schwang, bemerkte sie, dass sie ein wenig höher lag als sonst. Außerdem berührten ihre Füße einen hochflorigen Teppich, obwohl sich doch in ihrem Schlafgemach seit sie denken konnte, lediglich ein kleiner Bettvorleger aus Schaffell lag. Theresa gähnte herzhaft und schob die Bettdecke von sich. Langsam fiel ihr wieder alles ein und ihr träger, müder Verstand begann, die einzelnen Bruchstücke der Nacht zusammenzusetzen. Ihr Albtraum war halb Einbildung und halb Erinnerung. Man hatte sie tatsächlich angegriffen, auch wenn sie körperlich unverletzt entkommen war. Erneut glaubte Theresa, fühlen zu können, wie die Hand ihres Peinigers nach ihr griff. Der Mann war völlig ohne Skrupel und auf eine abscheuliche Weise in ihre Privatsphäre eingedrungen. In seinem Blick hatte sie ein animalisches Verlangen gesehen, dass sie zutiefst verstörte. Theresa biss fest die Zähne zusammen und presste ihre Augenlider aufeinander. Nein, sie durfte auf keinen Fall daran denken, was hätte passieren können, durfte sich nicht vorstellen, was unweigerlich mit ihr geschehen wäre, wenn …

Mayer. Das Bild des galanten, jungen Mannes mit den wallenden blonden Haaren schlich sich unvermittelt in ihre Gedanken. *Er ist hier.*

Erschrocken hielt Theresa die Luft an und horchte in den stockdunklen Raum hinein. Nicht einmal der kleinste Laut war zu hören. Nach einigen Sekunden lehnte sie sich vorsichtig nach hinten und tastete mit der rechten Hand über die breite Matratze. Nein, sie war definitiv allein. Obwohl auf diese Erleichterung sofort eine tiefe Müdigkeit folgte, die Theresa zurück auf ihr Kissen sinken ließ, überlegte sie noch etwas weiter. Mayers Kutsche hatte die beiden, nachdem sie den niedergestreckten Sittenstrolch kurzerhand seinem Schicksal überlassen hatten, zu einem Hotel in der Nähe gebracht. Der Name wollte Theresa allerdings beim besten Willen nicht mehr einfallen. Ohnehin hatte sie die Welt um sich herum nach dem Überfall nur verschwommen wahrgenommen und war einfach froh, aus der finsteren, klammen Sackgasse in einen hellen, beheizten Raum zu gelangen. Ein spontaner Impuls ließ Theresa jetzt noch einmal aus dem Bett auffahren. Sie tastete sich vorsichtig an dessen Rahmen entlang und fand auf der gegenüberliegenden Seite des Raumes die schwere Zimmertür, in der ein kleiner metallener Schlüssel steckte. Theresa drehte diesen im Schloss und atmete erleichtert auf. Um die Außenwelt konnte sie sich auch später noch kümmern. Jetzt verlangten erst einmal sämtliche Knochen und Muskeln in ihrem Körper nach Erholung.

Als sie am späten Vormittag erwachte, schien das gleißende Sonnenlicht eines klaren, klirrend kalten Novembertages bereits kraftvoll durch die dünnen kunstvoll bestickten Vorhänge des Zimmers. Mit großem Erstaunen stellte Theresa fest, dass sie mit ihren halb wachen Eindrücken in der Morgendämmerung gar nicht so falschgelegen hatte. Zwar befand sie sich natürlich in einem Hotel in Berlin, jedoch trug sie tatsächlich eines ihrer eigenen Nachthemden, und ihr Kopf ruhte auf dem herrlich weichen, himmelblauen Kopfkissen, das sie schon seit ihrer Kindheit besaß. Franz Mayer musste die Sachen aus Hamburg hierher transportiert haben. Theresa erhob sich langsam, fuhr sich durch das lange braune Haar, das wild und ungebürstet in alle möglichen Richtung abstand. Als sie sich träge schlurfend in den Räumlichkeiten umsah, stellte sie fest, dass ihr Zimmer in Wahrheit eine Suite war. Neben dem Schlafzimmer und einem hellen Bad mit cremefarbenen Fliesen und einer großen frei stehenden Messingbadewanne gab es noch einen gemütlichen Wohnbereich, der sogar über einen kleinen Kamin verfügte, auf dessen Sims eine Vase mit frischen süß duftenden Orchideen stand. Der Geruch erinnerte Theresa schwach an Blütenhonig, was ein deutlich hörbares Grummeln in ihrem leeren Magen auslöste. Sie konnte sich kaum noch daran erinnern, wann sie zuletzt eine ordentliche Mahlzeit zu sich genommen hatte, die nicht aus Bier und Rübeneintopf bestand. Wie sehnte sie sich da nach frisch gebackenen Franzbrötchen mit Marmelade und einem heißen Kaffee. Als hätte jemand ihren Wunsch erhört, klopfte es an der Zimmertür. Theresa öffnete nur einen winzigen Spalt breit, denn sie war weder angezogen noch gewaschen oder frisiert. Davor stand ein blutjunges, etwas rundliches Zimmermädchen mit Pausbacken und einem erfrischenden Lächeln. Über seiner dunkelgrauen Uniform mit hoch geschlossenem Kragen trug es eine strahlend weiße Schürze, die etwa bis hinunter zu den Schienbeinen reichte. Das rabenschwarze Haar war hochgesteckt und halb unter einem kleinen weißen Häubchen verborgen.

»Guten Morgen, Madam«, sagte das Mädchen in perfektem Hochdeutsch und deutete mit gesenktem Kopf einen zarten Knicks an. »Ich hoffe doch, es war alles zu Ihrer Zufriedenheit und Sie haben wohl geruht?« Den perfekten Umgangsformen des Personals und der geschmackvollen Einrichtung nach zu urteilen, handelte es sich bei diesem Etablissement, an dessen Namen sich Theresa noch immer nicht erinnern konnte, wohl um eine erstklassige Adresse.

»Ja, sehr angenehm. Danke.«

»Wie schön, das zu hören«, flötete das Mädchen. »Herr Mayer lässt ausrichten, dass er die Dame zu einem gemeinsamen Frühstück in seine Suite einlädt.«

Theresa zögerte. Ihr knurrender Magen befahl ihr, das Angebot sofort anzunehmen. Dagegen waren sowohl ihr Herz als auch ihr Verstand skeptisch. Sicher, sie war dem Retter dankbar, der mutig genau zur richtigen Zeit eingeschritten war, um sie vor einem unaussprechlichen Schicksal im nächtlichen Großstadtdschungel zu bewahren. Andererseits war, nüchtern betrachtet, gerade die Flucht vor ihm und seinen beharrlichen Avancen ebenso Motivation für Theresas Abreise aus Hamburg gewesen, wie die Suche nach Jakobs Spuren. Je mehr sie nun darüber nachdachte, desto mehr Fragen warf Mayers plötzliches Erscheinen auf. Woher hatte er gewusst, dass sie in Berlin war? Sollte der Aufwand, den er nun betrieb, eine Art von Wiedergutmachung für sein kaltes, schroffes Verhalten in den letzten Wochen sein, oder würde er Theresa nach dem gemeinsamen Frühstück einfach in seine Kutsche verfrachten und sie zurück nach Harvestehude befördern?

Ich bin einfach so weggelaufen, ohne auch nur eine Nachricht zu hinterlassen, dachte Theresa. *So unverschämt und aufsässig, wie dieses Benehmen war, hätte man meinen können, ich wäre diejenige, die er seinen Stock spüren lässt, sobald er sie zu fassen bekommt.* Das war jedoch nicht passiert. Franz Mayer hatte sich tapfer für sie eingesetzt und sich dabei selbst in erhebliche Gefahr begeben. Das war Theresa rückblickend klar. Und wenn er stur auf seine Rechte als ihr Verlobter bestünde, würde sie sicherlich in diesem Augenblick schon in einem Zug oder einer Kutsche in Richtung Hamburg sitzen.

Mein Verlobter, dämmerte es Theresa plötzlich. *Ist er das denn überhaupt noch?* Welcher Mann würde solchen Ungehorsam dulden, würde eine solch offene Ablehnung seiner Person einfach hinnehmen? Theresa wusste, dass nur die Verbindung zu dem wohlhabenden Mayer noch zwischen ihr und dem finanziellen Ruin stand. Das hatte Wilhelm ihr überdeutlich klargemacht. Was würde passieren, wenn er sie einfach fallen ließ? Allein würden die beiden Geschwister weder das imposante Familienanwesen noch die zahlreichen Ländereien halten können, da ihnen schlicht das nötige Einkommen fehlte und sämtliche Ersparnisse längst aufgebraucht waren. Der Verlust des Landhauses war für Theresa in dieser Hinsicht eine schmerzvolle Ermahnung gewesen. Noch saßen sie und Wilhelm in ihrem gemütlichen Nest, doch der Fall würde, wenn er erst einmal eintrat, schnell und brutal werden. Gerade jetzt, wo Theresa wieder ein paar Stunden des süßen Luxuslebens gekostet hatte, an dass sie seit jeher gewöhnt war, wurde ihr dies schmerzlich bewusst. Nervös kaute sie auf ihrer Unterlippe und bemerkte erst nach einer langen, von betretenem Schweigen erfüllten Pause, dass das Zimmermädchen immer noch draußen vor ihrer Tür stand und auf eine Reaktion ihrerseits wartete.

»Sagen Sie ihm, dass ich mich nur noch ein wenig frisch mache«, erklärte Theresa. »Dann komme ich.«

»Sehr wohl.« Wieder senkte das Mädchen eifrig den Kopf, um zu signalisieren, dass es Theresas Anweisungen sofort entsprechen würde. »Sie finden Herrn Mayer in der Suite Nummer 1, ganz am Ende des Ganges. Bitte rufen Sie mich jederzeit, wenn Sie Hilfe benötigen.«

Damit war Theresa wieder allein. Als sie einen Blick in den großen, massiven Eichenschrank neben der Tür warf, entdeckte sie, dass sich darin auch einige ihrer Kleider sowie zwei Paar Schuhe, ein Hut und eine schwarz-weiße Hermelinstola befanden. Sie nickte anerkennend. Mayer hatte an alles gedacht. Jetzt musste sie sich nur noch in Windeseile waschen, frisieren und anziehen.

Nach ungefähr zwanzig Minuten schritt Theresa in einem schlichten blassgrünen Kleid hinaus in den Hotelflur. Ihr eilig geflochtener Zopf saß etwas schief, und das steife Korsett rutschte immer wieder nach oben, wobei es unangenehm gegen die Unterseite ihrer

Brüste rieb. Nicht nur körperlich fühlte Theresa sich unwohl und irgendwie fehl am Platz. Gedanklich ging Theresa nochmals alle Vorwürfe durch, die Mayer ihr machen konnte. Sie war einfach ausgerissen, hatte ihn und ihren Bruder in Sorge versetzt und sich am Ende selbst in Gefahr gebracht. Sicher hatte es Mayer einiges an Zeit und Nerven gekostet, ihr nach Berlin zu folgen und sie dort tagelang zu suchen. Theresa stutzte kurz. Hatte sie etwa ein schlechtes Gewissen? Bisher war sie in ihrer Vorstellung eher Opfer statt Täterin gewesen. Nein, *Opfer* war das falsche Wort. Sie sah sich mehr als Befreite, die sich aus eigener Kraft der Unterdrückung und Bevormundung zweier Männer entgegenstellte. Und doch kam es ihr jetzt so vor, als müsse sie sich nicht nur vor Franz Mayer, sondern auch vor sich selbst für die vergangene Woche rechtfertigen.

Vielleicht liegt es ja daran, dass du einen anderen Mann geküsst hast.

Die höhnische Stimme in Theresas Kopf, die sich nun seit langer Zeit zum ersten Mal wieder meldete, ließ sie innerlich zusammenzucken. Georg. Nach all der Aufregung und dem Gefühlschaos um Jakobs Affäre kam ihr die Zeit mit ihm fast vor wie ein ferner Traum. Doch das war es nicht. Auch wenn ihre Lippen nur seine Wange berührt hatten, so hatte sie durch diesen Kuss doch tiefen Gefühlen Ausdruck verliehen. Aber welchen eigentlich? War sie einfach nur dankbar? Nein, das elektrisierende Prickeln, das sie durchströmt hatte, als ihre Fingerspitzen seine nackte Haut berührt hatten, sprach eine völlig andere Sprache. Da war etwas zwischen ihr und Georg. So unwahrscheinlich Theresa das vor einigen Wochen oder sogar Tagen noch vorgekommen wäre, es ließ sich schlicht nicht leugnen. Würde Franz Mayer diese Veränderung spüren können? Wie seltsam doch die Welt der Beziehungen und der Gefühle war. Jetzt, da Franz endlich wusste, wo sie sich aufhielt, war dort draußen ein anderer Mann, der sich sicher Sorgen um ihr Wohlergehen machte. Sie musste irgendwie versuchen, Georg einen Brief zu schreiben. Aber wie lange würde er wohl allein in Berlin bleiben, wenn sie nicht mehr zurückkehrte?

Auch wenn es ihr sehr schwerfiel, schob Theresa diese Gedanken rasch beiseite, als sie nach einigen Dutzend Schritten zaghaft an die

Tür der Suite Nummer 1 klopfte. Kaum zwei Sekunden später öffnete deren Bewohner die Tür und bat sie herein.

»Ach, Theresa, meine Liebe«, rief er aus. »Wie schön, dass du endlich wieder bei mir bist.«

Bevor Theresa etwas entgegnen konnte, hatte Mayer sie fest umarmt und ihr einen zärtlichen Kuss auf die Wange gehaucht. In seinen Augen lag ein freudiges Leuchten, das sie an ein Kind erinnerte, das am Weihnachtsmorgen seine Geschenke unter dem geschmückten Baum vorfand. Er trug einen eleganten grünen Anzug, war perfekt frisiert und roch angenehm nach Seife und Rasierwasser. Mit einer weit ausholenden Geste deutete Mayer in Richtung des Wohnbereichs der Suite, der sogar noch deutlich größer war als der in Theresas Räumlichkeiten. Zu ihrer großen Freude wartete dort ein reich gedeckter Frühstückstisch auf die beiden. Es gab frische Brötchen, allerlei Wurst- und Käsesorten, Butter, Marmelade sowie Kaffee, Milch und Fruchtsäfte. Im Kamin brannte ein kleines Feuer, das wohlige Wärme verbreitete. Fürsorglich zog Mayer einen der schweren Stühle etwas vor, und nachdem Theresa Platz genommen hatte, goss er dampfend heißen Kaffee in die goldumrandete Keramiktasse vor ihr. Dabei pfiff er leise eine Melodie. Sie erinnerte Theresa an ein Stück von Chopin, in ihrer Anspannung konnte sie die Tonfolge jedoch nicht genauer zuordnen.

»Bitte«, lud Mayer sie freundlich ein. »Nimm dir, was immer du willst. Es ist mehr als genug von allem da. Ich habe dem Küchenpersonal auch noch aufgetragen, ein paar pochierte Eier zu bringen, weil ich weiß, dass du die gern isst.«

Theresa verschlug es fast die Sprache. Wer war dieser Mann und was hatte er mit dem arroganten unnahbaren Bankier gemacht, dem sie daheim in Hamburg stets aus dem Weg gegangen war?

»Danke«, brachte sie kleinlaut hervor. »Das ist sehr lieb von dir.«

»Ach was«, winkte Mayer ab. »Du musst zu Kräften kommen. Es freut mich, dass du offensichtlich einigermaßen schlafen konntest.« Sein Blick war jetzt sorgenvoll, und er legte seine rechte Hand über das weiße Tischtuch hinweg auf die ihre. »Lass dir Zeit. Ich habe beide Suiten noch für den Rest der Woche gebucht. Und dann …«, er stockte kurz, »… dann sehen wir weiter.«

Überrascht registrierte Theresa, dass er nicht von einer gemeinsamen Rückreise nach Hamburg sprach. Sicherlich hatte er diese zunächst ansprechen wollen, sich dann aber dafür entschieden, ihr etwas mehr Freiraum zu lassen. Eine seltsam feinfühlige Geste, die sie so nicht erwartet hatte. »In ein oder zwei Tagen wird es mir sicherlich schon besser gehen«, sagte Theresa und bemühte sich um einen gefassten, selbstsicheren Ton. »Ich bin ja zum Glück nicht verletzt.« Sie schluckte. Das entsprach gleich in mehrfacher Hinsicht nicht der Wahrheit. Zum einen hatte sie bei ihrer hastigen Wäsche erschreckt festgestellt, dass sich an ihrem rechten Oberarm, dort wo der Angreifer sie gepackt hatte, ein dunkler, schmerzhafter Bluterguss gebildet hatte. Zum anderen hatte die schicksalhafte Begegnung Theresas Weltbild zutiefst erschüttert. Es war ihr schlagartig klar geworden, dass sie, solange sie allein unterwegs war, nichts vor solchen Übergriffen schützen könnte. In den Augen der betrunkenen, völlig enthemmten Kerle, die nachts die Straßen unsicher machten, bestand keinerlei Unterschied zwischen einer wohlbetuchten Dame und einer armen Witwe, die für ein paar Münzen ihren Körper verkaufte, um sich und ihre Kinder zu ernähren. Sie nahmen sich, wonach ihnen der Sinn stand, und scherten sich dabei nicht um Anstand und Moral. Der immer wiederkehrende Gedanke daran, was hätte passieren können, ließ Theresa nicht los. Dieser Schrecken würde wahrscheinlich noch ihr ganzes Leben lang wie ein düsterer, bedrohlicher Schatten über ihr schweben.

»Lass dir Zeit«, wiederholte Mayer und räusperte sich dann, als es an der Tür klopfte. Eines der Dienstmädchen brachte ein großes Tablett mit pochierten Eiern herein, die dezent mit grünen Salatblättern und einer Auswahl an Wurzelgemüse garniert waren. Mayer nickte stumm und sah dem Mädchen nach, als es den Raum verließ. Es wurde still zwischen den beiden Gästen. Während Theresa langsam und bedächtig eines der köstlichen Eier aß, nippte Mayer nur an seiner Kaffeetasse und starrte auf das Tischtuch vor ihm. Schließlich durchbrach er das angespannte Schweigen.

»Warum hasst du es bloß so, in meiner Nähe zu sein, Theresa?«, fragte er leise und ohne auch nur im Geringsten den Blick zu heben. Theresa hätte vor Schreck fast ihre Gabel fallen lassen. Jetzt war es wohl doch Zeit für eine Aussprache zwischen ihnen beiden, und Mayer redete offensichtlich nicht gern um den heißen Brei herum.

»Ich … Ich …«, stammelte sie und versuchte verzweifelt, ihre Gedanken zu ordnen, um irgendwie die richtigen Worte zu finden. »Ich hasse es nicht.« Und das stimmte. Im Moment empfand Theresa immer noch tiefe Dankbarkeit für ihre Rettung und fühlte sich sogar wohl in seiner Gegenwart. Aber auch vorher hatte sich ihre Abneigung im Grunde nie gegen Franz Mayer selbst gerichtet, sondern gegen die überstürzte, fremdbestimmte Hochzeit an sich. Die Tatsache, dass Theresa sich derart schnell neu verloben musste, hatte sie den Verlust ihrer großen Liebe nur noch intensiver spüren lassen.

»Weshalb sitzen wir dann hier?«, hakte Mayer nach. Jetzt sah er Theresa zwar direkt an, sprach jedoch trotzdem absolut ruhig und beherrscht. In seinen Augen glaubte sie, eine tiefe Traurigkeit zu erkennen, und seine gebeugte Haltung ließ ihn müde und resigniert aussehen. »Herrgott, du hättest doch nur mit mir reden müssen. Glaubst du denn, ich habe nicht gemerkt, wie traurig du ständig warst? Irgendwie sind wir beide doch in diese Situation hineingeschlittert. Dein Bruder hat sich unsere Verbindung in den Kopf gesetzt, weil er dringend einen solventen Unterstützer für seine Geschäfte braucht. Natürlich hat er da auf eine schnelle Hochzeit gedrängt, aber in dieser Hinsicht habe ich wohl auch noch ein Wörtchen mitzureden. Ich hätte mich mit Wilhelm auseinandergesetzt und den Termin einfach um ein paar Monate verschoben, wenn du mich darum gebeten hättest.«

Theresa seufzte und schlug nun ihrerseits verlegen den Blick nieder. »Das wusste ich nicht«, sagte sie betreten.

»Es gibt sehr vieles, was du nicht über mich weißt«, stellte Mayer trocken fest. Langsam erhob er sich und ging dann im Raum auf und ab, während er immer wieder versonnen die Flammen in der kleinen Feuerstelle betrachtete. »Verlust ist mir keineswegs fremd, Theresa«, fuhr er fort. »Genauso wenig wie Trauer und Schmerz, auch wenn ich diese Aspekte des Lebens sicher auf eine andere Weise erfahren habe als du.« Er blieb kurz stehen und schloss die Augen, als kostete es ihn Kraft, weiterzusprechen. »Meine Mutter starb bei meiner Geburt. Ich habe sie nie kennenlernen dürfen. Es gab also von Anfang an nur meinen Vater und mich. Doch mein alter Herr wollte sich nicht um mich kümmern und hätte es wohl auch gar nicht gekonnt. Er war ein schrecklicher Mensch. Launig, jähzornig und unberechenbar. Einmal hat er mich halb totgeschlagen, nur weil er am Morgen mit einem schlimmen Kater aus der Kneipe kam und ich seiner Meinung nach zu laut war. Schließlich wurde es ihm wohl einfach lästig, mich durchzufüttern, und er hat mich in irgendein Heim gebracht. Dort erfuhr ich zwar ebenfalls niemals Liebe oder Aufmerksamkeit, aber zumindest hörten die Schläge auf. Ich lernte, mich anzupassen und erkannte, wie man Schwierigkeiten dadurch entgehen kann, dass man sich praktisch unsichtbar macht. Nichts hören, nichts sehen und nichts sagen, das war meine Kindheit. Als ich ungefähr zwölf war, riss ich aus dem Heim aus und schlug mich ein Jahr lang auf den Straßen Hamburgs durch.« Traurig betrachtete Mayer wieder die lodernden Holzscheite, welche dann und wann leise knackten. Dann straffte er die Schultern und hob das Kinn, als wolle er sich selbst Mut machen. »Ich werde niemals so werden wie mein Vater, das habe ich mir schon vor langer Zeit geschworen. Genauso wie ich mir selbst versprochen habe, dass ich irgendwann all das haben werde, was ich so lange vermissen musste. Was mein Vermögen angeht, bin ich bereits weit gekommen, möchte man meinen. Noch viel mehr wünsche ich mir jedoch, einmal wahre Liebe zu erfahren. Ich könnte mir nichts Schöneres vorstellen.« Er warf Theresa einen langen, intensiven Blick zu. »Nichts wäre schöner, als zu heiraten und eine Familie zu gründen.«

Theresa erwiderte den Blick ihres Verlobten und nickte verständnisvoll. Noch nie hatte sich ihr irgendjemand so offen mitgeteilt und dabei seine tiefsten Wünsche und Sehnsüchte offenbart. Selbst Georg schien seine Emotionen, so gut es ging, zu verbergen und verriet so wenig wie möglich über sein Leben und seine Vergangenheit. Je mehr Franz Mayer ihr diese unbekannte Seite von sich zeigte, je tiefer er sie in seine Seele blicken ließ, desto mehr spürte sie plötzlich eine gewisse Sympathie zu diesem geheimnisvollen Mann. Diese Erkenntnis brachte Theresas Gefühlswelt endgültig durcheinander. Hatte sie sich tatsächlich so in Mayer getäuscht? War es ihr wichtiger gewesen, den Spuren eines Toten zu folgen, als ihrem neuen Leben eine Chance zu geben, sie glücklich zu machen? Das Einzige, was Theresa jetzt noch wusste, war, dass sie dringend Zeit brauchte, um sich über einiges klar zu werden. Nachdenklich zog sie die Augenbrauen zusammen und biss sich auf die Unterlippe.

»Wenn du dich jetzt noch etwas zurückziehen möchtest, lasse ich abräumen«, sagte Mayer, der Theresas Mimik scheinbar perfekt zu lesen verstand.

»Ja«, entgegnete sie schnell. »Danke. Ich werde mich wohl noch etwas hinlegen.«

Nachdem Mayer sie zur Tür begleitet hatte, legte er ihr sanft eine Hand auf die rechte Schulter. »Sehen wir uns heute Abend vielleicht zum Essen?«, fragte er hoffnungsvoll.

»Gern«, sagte Theresa und meinte es zu ihrer eigenen Überraschung völlig ernst. »Ich werde um sieben Uhr dort sein.«

Damit entschwand sie schnellen Schrittes in Richtung ihres Zimmers. Obwohl sie sich nicht umdrehte, konnte sie spüren, dass Mayer ihr nachsah.

25.

Großer Tiergarten, Berlin, 30. November 1909

Diese Nacht war mit Abstand die schlimmste in Georgs gesamtem Leben. Bisher hatte er immer gedacht, dass die pechschwarzen Nächte in dem zugigen Bauernhaus seiner Eltern ihn gelehrt hätten, was ein harter Winter bedeutete. Seit seiner Kindheit war er sich sicher gewesen, dass es einem Menschen nicht kälter werden könnte, als ihm, wenn er damals zwischen Weihnachten und Neujahr um fünf Uhr morgens zum Kuhstall hinausgestapft war. Doch er hatte sich geirrt. In den vergangen Stunden, von denen ihm jede wie ein Monat vorgekommen war, hatte er so gefroren wie noch niemals zu vor. Hier, in der weitläufigen Parkanlage des Berliner Tiergartens, war er den Elementen schutzlos ausgesetzt. Sicher, von morgens bis nachmittags herrschte in diesen späten Novembertagen noch trügerische Herbststimmung. Ein harmloses Lüftchen trieb die abgeworfenen, braunen Blätter über die Wiesen und Wege. Zahlreiche Spaziergänger flanierten auf und ab, um noch die letzten spärlichen Sonnenstrahlen zu genießen, die sie wehmütig an die längst vergangenen Sommertage zurückdenken ließen. Doch in der Nacht herrschte bereits der Winter. Jetzt war alles finster und leer. Fast so, als würde er durch das schnelle Sinken der Temperaturen genährt, schwoll der Wind zu einem eisigen Brausen an, dass einem durch Mark und Bein fuhr. Wie in Trance schritt Georg immer wieder um einen kleinen ovalen Fischteich herum. Die Einsamkeit störte ihn nicht. Schließlich hatte er sich für den Tiergarten entschieden, weil er dringend sichergehen wollte, nicht in irgendeiner Seitengasse dem narbengesichtigen Schläger zu begegnen. Das Aufeinandertreffen mit ihm steckte ihm jetzt noch in den Knochen und die Schwellung in seinem Gesicht würde sicher noch Tage oder sogar Wochen brauchen, um vollständig abzuheilen. Nein, es war die stechende, unbarmherzige Kälte, die ihm mehr und mehr den Verstand raubte. Zunächst hatte Georg versucht, irgendwo einen Unterschlupf zu finden, hatte sich am Fuße einer dicken Eiche oder in einer kleinen, moosbedeckten Kuhle am Waldboden zusammengerollt. In der Nähe einer der Parkbänke hatte er eine alte zerrissene Zeitung gefunden und mit dieser sein Gesicht und seinen Oberkörper bedeckt. Aber es war aussichtslos. Der Boden schien sogar noch schneller und vollständiger auszukühlen als die Luft, die ihn umgab. Als er da so gelegen hatte, mit aller Kraft zusammengekrümmt und die Knie an die Brust gepresst, war Georg ein furchterregendes Wort in den Sinn gekommen:

Erfrieren.

Er wusste, dass es möglich war. Zwar war der erste Schnee wohl noch eine Woche oder zwei entfernt, und auch der Frost hatte noch nicht eingesetzt, aber dennoch konnte es geschehen. Mit Schrecken dachte er an einen grauen, trostlosen Wintertag auf dem Hof seines Vaters. Es war einer der wenigen, die ihm im Gedächtnis geblieben waren. Damals, es musste wohl vor mehr als fünfundzwanzig Jahre gewesen sein, war Georg auf dem Weg zu dem zugefrorenen Brunnen nahe der südlichen Hofmauer gewesen. Der Alte hatte ihn geheißen, sich mit einer schweren rostigen Hacke durch die dicke Eisschicht zu kämpfen, die den Zugang zum Brunnenwasser versperrte und die Familie am Vortag dazu gezwungen hatte, Schnee abzukochen, um sich selbst und die Tiere versorgen zu können. Als Georg damals den Brunnen erreicht hatte, lag dort, kaum zwei Meter entfernt am Fuße der Mauer, ein totes Kalb. Es musste irgendwie aus dem Stall ausgerissen sein und sich dann verlaufen haben. Jedenfalls war sein Körper schon genau so steif wie das Eis, das ihn umgab. Auch nach all den Jahren erschauderte Georg immer noch bei dem Gedanken an die weit aufgerissenen, leeren Augen des Tieres, die hinauf in den wolkenlosen zu starren schienen. Was für einen langsamen grauenhaften Tod war es sicher gestorben, als der Frost seine eisigen Klauen in den kleinen, wehrlosen Körper geschlagen hatte.

Erfrieren, dachte Georg nochmals. *Erstarren. Verenden.*

Mit letzter Kraft beschleunigte er seine Schritte. Dabei ließ er verzweifelt die Arme kreisen und versuchte, so hart wie möglich aufzutreten, um seinen schmerzerfüllten Körper irgendwie dazu zu bringen, Blut in seine Gliedmaßen zu pumpen. Sein Gesicht war mittlerweile bereits völlig gefühllos, nur seine Augen brannten vor Müdigkeit.

Erschöpfung, hallte es wie ein weit entferntes Echo in Georgs Kopf. *Taubheit, Ohnmacht, Tod.*

Nein, das durfte einfach nicht sein. In wenigen Stunden müsste der Morgen anbrechen und dann würde er irgendeine Lösung finden. Er würde es schaffen. Sich irgendwie durchkämpfen und überleben. Wie benebelt stapfte Georg immer weiter voran, während es ihm schwerer und schwerer fiel, überhaupt einen klaren Gedanken zu fassen. Selbst der schmale gepflasterte Weg, auf dem er seit Stunden marschierte, schien jetzt mehr und mehr zu verschwimmen. Sein gesamtes Empfinden konzentrierte sich nur noch auf lebenserhaltende Körperfunktionen. Irgendwie musste er seinen Leib dazu zwingen, Wärme zu produzieren.

Durchhalten. Kämpfen. Überleben.

Der Impuls blitzte tief in Georgs Innerem auf, und er spürte sofort, wie er von Kopf bis Fuß Kraft daraus schöpfte. Er hatte in seiner Zeit als einfacher Bauernjunge Jahre der Entbehrungen und des Hungers überlebt und war dennoch nie verzagt gewesen. Wieder und wieder hatte das Schicksal ihn auf die Probe gestellt, und dennoch hatte er seinen Weg nie aus den Augen verloren. Nein, so würde Georg Albers sicher nicht enden. Es gab einfach zu viel, was vor ihm lag. Er wollte noch eine ganze Menge mehr vom Leben, das war ihm gerade in den letzten Tagen bewusst geworden.

Mit einem Mal war es Georg, als hätte er in den Tiefen seiner Seele einen Punkt gefunden, der ihm Trost und Zuversicht spendete. Da war ein Funke, den Not und Kälte niemals ersticken könnten. Eine unsichtbare Hand, die ihn vorwärts zog, wenn er stehen blieb und ihn auffing, wenn er strauchelte. Es war ihre Hand. Und es war ihre Stimme, die ihm jetzt Mut zusprach.

»Theresa«, flüsterte er leise. »Ich bin unterwegs zu dir. Wo immer du auch bist, ich finde dich.«

26.

Potsdamer Platz, Berlin, 30. November 1909

Ungeduldig sah Theresa auf das große runde Ziffernblatt der goldenen Uhr, die den Kaminsims zierte. Es war nun fast eine Stunde her, seit sie das Essen bestellt hatte. Eine der Annehmlichkeiten, die sie an ihrer momentanen Unterkunft am meisten schätzte, war, dass man seine Suite praktisch überhaupt nicht verlassen musste, wenn einem nicht danach war. Das Hotelpersonal kümmerte sich um die Wäsche, brachte rund um die Uhr erlesene Speisen aus dem Restaurant direkt nach oben zu den Gästen und erledigte sogar Botengänge. Nur zu gern hätte Theresa Letzteres genutzt, um einen Brief für Georg aufzugeben. Zwar kannte sie die Adresse des Gasthauses Schukowski nicht, aber irgendein ortskundiger Bote würde die Örtlichkeit sicher finden können. Als sie am Morgen schon mit Papier und Federhalter bewaffnet an dem länglichen Esstisch im Wohnbereich saß, hatten die Worte jedoch einfach nicht fließen wollen. Mehr als zwei Stunden hatte Theresa auf das leere Blatt gestarrt und gegrübelt. Was sollte sie Georg überhaupt mitteilen? Er würde wissen wollen, warum sie weggelaufen war und was sie als Nächstes vorhatte. Sicher fragte er sich, ob sie nun die weitere Spurensuche auf eigene Faust übernehmen wollte. Vielleicht würde er ihre Worte nach Hinweisen danach absuchen, wie sie eigentlich zueinander standen. Schließlich hatte sie nach ihrer letzten Begegnung kein einziges Wort mehr mit ihm gewechselt. Je mehr Theresa über Georg nachdachte und sich selbst all diese Fragen stellte, desto mehr erkannte sie, dass sie keine Einzige davon beantworten konnte. Alles, was sie im Moment wusste, war, dass sie seit dem Gespräch mit Else Schukowski das Gefühl hatte, nirgendwo mehr hinzugehören. Hätte ihre Beziehung zu Jakob durch einen tragischen Unfall geendet, wäre die Trauer eventuell mit den Jahren verblasst, und Theresa hätte irgendwann in Liebe und Dankbarkeit an die gemeinsame Zeit zurückdenken können. Aber das war nicht der Fall. Sie erkannte jetzt, dass es bereits vorbei gewesen war, als Jakob sich in die Hauptstadt abgesetzt hatte, um ein neues Leben mit einer anderen Frau zu beginnen. Ohne zu zögern, hatte er Theresa hinter sich gelassen und sie war zu naiv und zu blind gewesen, um es zu bemerken. Nein, in Hamburg wartete nichts mehr auf sie. Sollte ihr Bruder schreien und toben, es würde sie nicht kümmern. Wenn es nach Theresa ging, konnte Wilhelm den dunklen alten Klotz von einem Anwesen, der früher einmal ihr Zuhause gewesen war, behalten und sich als Kaufmann, Gutsherr oder als was auch immer aufspielen. All das machte keinen Unterschied mehr.

Und Georg? Himmel, sie kannte den Mann ja kaum. Natürlich war es sehr ritterlich von ihm gewesen, sie zu begleiten, aber nun würde auch er langsam zu seinem geregelten Leben zurückkehren wollen. Das hatte er ihr ja bereits vor einigen Tagen eröffnet. Er war in seinem Herzen einfach ein Einzelgänger, lebte in diesem winzigen, staubigen Zimmer mit seinem Klavier und den Tausenden Notenblättern als seinen einzigen Wegbegleitern. Sicher, es war kurz etwas zwischen ihnen aufgeflammt. Theresa spürte immer noch das elektrische Kribbeln, das sie bei jeder seiner Berührungen erfasste. Es war da gewesen, als er zum ersten Mal ihre Hand nahm und noch tausendfach stärker zurückkehrt, als sie ihn geküsst hatte. In diesen Momenten hatte sich einfach alles richtig angefühlt. Das kurze Glück und die Anziehung, die sie füreinander empfanden, hatten Theresa ihre Sorgen und ihren Kummer für einen Augenblick vergessen lassen. Allerdings war ihr auch klar, dass es viel mehr für eine echte Beziehung brauchte. Außerdem hatte Georg doch sehr verhalten auf ihren Kuss und auf die Umarmung reagiert. Falls er Gefühle für sie hegte, hätte er diese Chance, den Kuss zu erwidern doch sicher nicht so einfach verstreichen lassen, oder etwa nicht? Wenn Theresa nun genauer darüber nachdachte, verbanden Georg und sie außer der Musik zudem keinerlei gemeinsamen Interessen. Sie wusste kaum etwas über ihn oder seine Familie, kannte weder seine Vergangenheit noch seine Zukunftspläne.

Theresa war nun an das große, tiefe Fenster getreten, das sich direkt in Richtung zum Potsdamer Platz hin öffnete. Schwach konnte sie ihr Spiegelbild in der Scheibe erkennen, das von dem tristen Grau eines verregneten, wolkenverhangenen Nachmittags eingerahmt wurde. Wie sie so dastand und ihre eigene Silhouette betrachtete, wurde ihr plötzlich klar, dass sie sich schon immer genau so wahrgenommen hatte. Sie war ein Schatten. Zwar anwesend, aber irgendwie transparent und ohne wirkliche Substanz. Wenn Theresa über ihr Leben nachdachte, über ihre Zukunft und das, was als Nächstes Geschehen würde, wägte sie im Grunde nur zwischen verschiedenen Männern an ihrer Seite ab. Ihr Leben lang war sie ein Anhängsel gewesen, unfähig, selbst zu entscheiden und ihr Schicksal aus eigener Kraft in die Hand zu nehmen. Wäre ihr Leben eine Oper, dann hätte sie bisher nur stumm am Bühnenrand gewartet, während andere die Hauptrollen einnahmen und den Takt bestimmten. Doch das war jetzt vorbei. Sie musste einen Weg finden, um endlich auf eigenen Beinen zu stehen. Wenn Georg ihre Zuneigung, aus welchem Grund auch immer, nicht erwiderte, dann sollte es eben so sein. Theresa brauchte niemanden, der sich um sie kümmerte, der ihr nachlief und ihre Kämpfe für sie ausfocht. Nein, sie würde sich ab jetzt allein darum kümmern, Jakobs Tod aufzuklären und seinen Mörder zu finden. Sie hatte die Geige, und sie wusste auch, wo Stella Verancini zu finden war. Diese hatte ihr noch lange nicht alles verraten, da war sie sich sicher, daher würde sie der Geigenbauerin so bald wie möglich einen weiteren Besuch abstatten. Und später, wenn alles geschafft war und sie nach Hamburg zurückkehren würde? Nun, auch dann würde sich ein Weg finden, wie Theresa selbst zu ihrem Glück kommen konnte. Frei und unabhängig.

Mit ernster Miene und vor der Brust verschränkten Armen beobachtete Theresa das Treiben auf dem weitläufigen Platz unter ihrem Fenster. Es waren so viele Menschen unterwegs. Fußgänger in dicken grauen Mänteln überquerten eilig die feucht glänzenden Straßen. Eine kleine Kutsche hielt gerade mitten auf dem Platz, um den Triebwagen der Straßenbahn vorbeizulassen, der seine Passagiere in Richtung Osten brachte. Zum größten Teil waren es natürlich Männer, die sich kreuz und quer durch die Stadt bewegten. Arbeiter,

Kaufleute oder Beamte, die mit ihren mehr oder weniger ausreichenden monatlichen Gehältern ihre Familien ernährten. Ihre Gattinnen blieben meist zu Hause, hüteten die Kinder und kümmerten sich tagein, tagaus um die immer gleichen Pflichten ihres bescheidenen Haushalts. Aber auch Frauen konnten heutzutage arbeiten. Theresa hatte gelesen, dass einige sogar darum kämpften, das Wahlrecht zu erwerben und sich für ein Studium an der Universität einschreiben zu dürfen. Diese Bewegung nahm seit Beginn des neuen Jahrhunderts immer mehr an Fahrt auf. Im letzten Winter hatte Theresa auf ihrem Weg zur Klavierstunde einmal eine junge Dame gesehen, die einige bedruckte Seiten in Händen hielt. *Zeitschrift für Frauen-Stimmrecht* stand darauf in großen Lettern geschrieben, und darunter war eine Frau abgebildet, die in einer dramatischen Geste beide Arme nach oben streckte. In den Händen hielt sie Ketten, die sie gerade zerrissen hatte. Damals war Theresa dies übertrieben vorgekommen. In ihrer kleinen, privilegierten Welt hatte sie sich relativ frei gefühlt. Mittlerweile sah sie die Dinge anders. Die Gesellschaft gestand Frauen einfach nicht das Recht zu, wirklich frei zu sein. Man zwang sie in unzählige, veraltete Konventionen hinein und schirmte sie im gleichen Atemzug so weit wie möglich vom Weltgeschehen ab. Schon in jungen Jahren wurde den Mädchen weisgemacht, es sei zu ihrem eigenen Wohl, sich nicht mit Naturwissenschaften, Philosophie oder gar Politik zu beschäftigen. Unter dem falschen Vorwand der Fürsorge hielten die Väter und Brüder sie absichtlich von jeglicher Bildung fern, damit in allen wichtigen Bereichen des Lebens weiterhin ausschließlich Männer nach Belieben schalten und walten konnten. Und mit der Heirat wurde alles nur noch schlimmer. Mit einem bitteren Lächeln musste Theresa an die vielsagenden Worte denken, die Friedrich Schiller seiner Königin Elisabeth in den Mund gelegt hatte: *Der Ring macht Ehen, und Ringe sind's die eine Kette machen.*

Ein leises Klopfen an der Tür unterbrach Theresas Gedanken. Sicher brachte das Mädchen endlich den gebackenen Seelachs mit Wurzelgemüse, den sie bestellt hatte. Ihr Magen meldete sich erneut mit einem erwartungsvollen Grummeln. Als Theresa öffnete, stand jedoch ein hagerer junger Mann in einer etwas zu großen Pagenuniform vor ihr, der ein braunes Paket in Händen hielt.

»Guten Tag, die Dame«, sagte er mit einer leichten Verbeugung. »Herr Mayer schickt Ihnen dieses Geschenk und lässt höflich ausrichten, dass er sich sehr auf das gemeinsame Abendessen freut.«

Noch bevor Theresa so recht wusste, was sie davon halten sollte, war der junge Mann verschwunden, und sie blieb mit dem Paket zurück. Keine Spur von ihrem Mittagessen. Mit einem trotzigen Schnauben schloss sie die Tür und legte das Bündel auf ihr Bett. Es war zwar recht groß, sah jedoch ansonsten unscheinbar aus. Als Theresa die dünnen Schnüre löste, die das seltsame Geschenk umgaben und in das Paket hineinsah, traute sie ihren Augen nicht. Es war die Geige. Jakobs Geige. Schnell kontrollierte sie die Inschrift im Zargenkranz: *S.V., Berlin.* Theresa hatte das geheimnisvolle Instrument seit dem Tag, an dem sie es erhalten hatte, gehütet und immer wieder studiert. Da sie gehofft hatte, vor Ort auf Hinweise bezüglich seiner Herkunft zu stoßen, war es außerdem in ihr Reisegepäck gewandert, bevor sie sich nach Berlin aufgemacht hatte. Nach dem aufwühlenden Gespräch mit der Wirtin zwei Tage zuvor hatte Theresa jedoch überstürzt all ihr Hab und Gut zurückgelassen und erst später schmerzlich realisiert, dass dies auch die Geige mit einschloss. Aber wie kam das Instrument nun in die Hände von Franz Mayer? *Tja*, dachte Theresa, während sie das Bündel sorgsam wieder verschloss und es unter dem Bett verstaute, *es gibt wohl nur einen Weg, das herauszufinden.*

»Du siehst wundervoll aus«, schmeichelte Mayer, als Theresa am Abend das Hotelrestaurant betrat. »Anscheinend geht es dir etwas besser. Wie schön.«

Er hatte für ihr gemeinsames Dinner ein Separee herrichten lassen, das sich in einem eigenen kleinen Raum nahe der Küche befand. Ein überaus fürsorglicher Hotelangestellter führte Theresa zu dem aufwendig mit Blumen und Kerzen dekorierten Bereich und verabschiedete sich dann unauffällig. Wie immer hatte Mayer es an nichts mangeln lassen. Im Gegensatz zu der Mehrzahl der Neureichen hatte er jedoch tatsächlich Geschmack und Stil, das musste man ihm lassen. Das blank polierte Silberbesteck harmonierte perfekt mit dem königsblauen Tischtuch und den perfekt gefalteten Stoffservietten. Ein ausladender Kronleuchter, der von der makellos weiß verputzten Decke hing, tauchte das edle Mobiliar in ein sanft goldenes Licht. Es war ein Empfang, der fast einer Prinzessin würdig gewesen wäre. Und auch Mayer selbst hatte sich noch ein wenig mehr herausgeputzt als zuvor. Sein modischer schwarzer Anzug sah maßgeschneidert aus und wurde durch ein seidenes rotes Einstecktuch perfekt abgerundet. Trotz seiner einfachen Herkunft hätte er so mit Leichtigkeit als Aristokrat durchgehen können.

»Der Koch hat gerade heute Morgen frischen Hummer reinbekommen«, verkündete der Gastgeber aufgeregt.

Theresa war dieses Mal allerdings nicht nach leichter Konversation zumute. »Woher hast du die Geige?«, fragte sie eisig, während sie noch dabei war, an der eleganten Tafel Platz zu nehmen.

Mayer, der gerade durch leichtes Schütteln den Inhalt eines Glasdekanters prüfte, hielt kurz in der Bewegung inne und zog eine seiner blonden Augenbrauen hoch. Langsam und mit Bedacht stellte er das Gefäß auf einen metallenen Servierwagen zu seiner Rechten. »Ich habe sie aus diesem schrecklichen Gasthaus geholt«, antwortete er dann und rümpfte dabei die Nase. »Ich wusste, dass du dort abgestiegen bist, und dachte mir daher, dass sie noch dort sein musste.«

»Weil du mich beschattet hast«, stellte Theresa nüchtern fest und sah Mayer direkt in seine Augen, um seine Reaktion zu beobachten.

Dieser blieb jedoch gefasst. Er lächelte sogar. »Beschattet«, echote er. »Das klingt sehr dramatisch, Theresa. Es hört sich an, als wäre ich einer dieser Detektive aus den Groschenromanen, die heutzutage überall herumliegen.«

»Wie würdest du es denn nennen?« Theresas Ton wurde spitzer, denn die Art und Weise, wie Mayer versuchte, ihre Sicht der Dinge ins Lächerliche zu ziehen, ging ihr gewaltig auf die Nerven.

»Nun«, Mayer rückte seine Krawatte zurecht. Dann trank er einen großen Schluck Wasser und schürzte die Lippen. »Ich habe nach dir gesucht. Man könnte auch sagen, dass ich regelrecht die

Stadt durchkämmt habe. Und wie wir wohl beide wissen, ist es mir gerade noch rechtzeitig gelungen, dich zu finden.«

Theresa biss sich auf die Unterlippe und unterdrückte ein gereiztes Stöhnen. Natürlich musste er diesen Trumpf ausspielen. Sie hatte sich selbst in Gefahr gebracht und ihm gebührte als Retter in der Not nichts als ihr ewiger Dank. »Und du hast sie dir einfach nehmen können?«, fragte sie. »Ich meine, es hat sich niemand gefragt, warum jemand anderes kommt, um mein Gepäck zu holen?«

»Vielleicht habe ich mich ja als dein Kammerdiener ausgegeben, wer weiß?« Mayer grinste breit und lehnte sich lässig auf seinem Stuhl zurück. »Oder vielleicht kann ich auch einfach nur sehr überzeugend sein, wenn es darauf ankommt.« Der übertrieben lockerere Ton, in dem er ihr seine ausweichenden Antworten servierte, regte Theresa noch mehr auf. Es musste doch möglich sein, ein paar simple Fakten aus dem Mann herauszubekommen. Sicher wusste er, ob Georg noch in dem Gasthaus wohnte oder nicht. Theresa würde wohl möglichst unauffällig noch etwas weiter bohren müssen. Doch bevor sie ihm etwas entgegnen konnte, beugte sich Mayer leicht vor. Nun konnte Theresa plötzlich das gleiche Funkeln in seinen Augen erkennen, das ihr schon bei der ersten Begegnung mit ihm aufgefallen war. »Stell mir ruhig die Frage, die du mir eigentlich stellen willst.« Seine Stimme war kaum mehr als ein Flüstern und ließ Theresa dennoch innerlich zusammenzucken. Wie verflixt noch mal machte er das nur? Es war gerade so, als er könne er ihre Gedanken lesen wie in einem offenen Buch. Betreten sah Theresa zu Boden, erwiderte jedoch nichts.

»Na gut«, fuhr Mayer leichthin fort und zuckte mit den Schultern. »Ich sage es dir trotzdem. Dieser Albers war nicht mehr dort. Er ist bereits gestern zurück nach Hamburg gereist. Scheinbar hatte er es eilig, weil ihm das Geld ausging und der Wirt ihn loshaben wollte.«

»Das dachte ich mir schon«, log Theresa und hielt den Blick starr auf die perfekt polierten Bodenfliesen aus Marmor gerichtet. In Wirklichkeit hatte sie gehofft, wenigstens noch einmal mit Georg sprechen zu können, bevor dieser Berlin verließ. Was wusste Mayer wohl noch alles? Sicher verdächtigte er sie, ihn betrogen zu haben.

»Leider war es mir nicht möglich, mein Gepäck mitzunehmen, als ich fortging«, fügte Theresa hinzu und blieb dabei bewusst vage, was die genauen Geschehnisse anging.

»Jetzt hast du die Geige jedenfalls wieder«, stellte Mayer emotionslos fest. »Und das ebenfalls noch rechtzeitig. Denn wir werden morgen nach Hamburg zurückkehren.«

»Was?«, entfuhr es Theresa. »Aber du hast doch gesagt …«

»Ich weiß, was ich gesagt habe«, antwortete Mayer bestimmt und hob die Hand, als könnte er damit jeglichen Protest gegen seine Pläne einfach abblocken. »Aber es wird Zeit. Auf mich warten daheim meine Geschäfte, da zählt jede Minute. Und du hast ebenfalls Pflichten, denen du nachkommen musst.«

Pflichten, dachte Theresa und spürte, wie ihr vor Aufregung das Blut in die Wangen schoss. Ja, das war das richtige Wort. Erst die Hochzeit, dann würde sie ein paar Kinder zur Welt bringen müssen und schließlich Tag für Tag in der immer gleichen Routine dahintreiben, bis sie alt und grau war. Am Ende würde sie aus purer Langeweile noch das Stricken anfangen wie ihre Mutter.

»Es ist ein weiter weg bis nach Hause«, wandte Theresa ein, doch sie merkte schon während sie die Worte aussprach, dass dies ein schwacher Vorwand war. »Vielleicht sollte ich mich erst noch ein klein wenig erholen.«

Mayer schüttelte leicht den Kopf, während er erneut den schmalen Dekanter anhob und prüfend hineinsah. Dann stand er auf, ging langsam einmal um die Tafel herum und schenkte sowohl Theresa als auch sich selbst ein Glas des feinen Weins ein, der nach seiner Ansicht wohl nun genug Zeit zu atmen gehabt hatte. Danach nahm er wieder Platz und benetzte seine Lippen mit einem winzigen Schluck.

»Weißt du, Theresa«, sagte er und stellte sein Weinglas vor sich ab. »Es ist im Grunde ganz einfach. Ich war noch vor nicht allzu langer Zeit sehr wütend auf dich, das kannst du mir glauben. Aber Wut führt zu nichts. Daher bin ich bereit, diese ganze Episode einfach zu vergessen. Wir beide verlassen morgen früh das Hotel, fahren nach Hamburg, und dann geht unser Leben da weiter, wo es aufgehört hat. Du wirst meine Frau, und wir sprechen niemals wieder über Berlin.«

Theresa atmete tief ein. Unterdrückte Wut, ja das war es. Sie hatte schon seit längerer Zeit gespürt, dass Franz Mayer hinter seiner ruhigen, gefassten Fassade eine gänzlich andere, wilde Seite seines Charakters verbarg. Die Erinnerung an die nächtliche Szene, bei der er dem betrunkenen Angreifer in der Seitengasse ohne eine Sekunde des Zögerns den Schädel eingeschlagen und ihn dann seinem Schicksal überlassen hatte, war ihr noch mehr als präsent. Theresa wusste instinktiv, dass sie sich davor hüten sollte, den Zorn dieses Mannes zu wecken. Aber hier ging es nicht darum, ob sie abends noch aus dem Haus gehen durfte oder welches Kleid sie zu welchem Dinner anzog. Hier ging es um ihre Zukunft. Ihr gesamtes restliches Leben stand auf dem Spiel. »Und was ist, wenn ich das nicht will?« Kaum hatte sie die Frage ausgesprochen, hätte sie diese aus Angst vor Mayers Reaktion am liebsten wieder zurückgenommen. Doch es war zu spät, die Worte hingen bereits zwischen ihnen in der Luft. Theresa hielt die Luft an. Mit jeder Sekunde, die Mayer schwieg, stieg ihre Anspannung. Ihre Hände begannen zu kribbeln, und sie konnte ihren eigenen Puls in ihren Ohren rauschen hören.

»Nun«, sagte Mayer schließlich kühl. »Dann werde ich eben allein zurück nach Hamburg fahren. Sobald ich dort ankomme, löse ich die Verlobung und verlange von deinem Bruder eine Entschädigung, die ihn seine letzten finanziellen Reserven kosten wird. Wahrscheinlich sitzt ihr dann beide bald ohne einen Pfennig Geld auf der Straße. Kein sehr würdiges Ende für die Dynastie der von Eibens.«

Theresa biss sich so fest auf die Lippe, dass sie meinte, gleich Blut schmecken zu müssen. So eine Frechheit. Was nahm sich dieser Mann heraus, der noch vor einigen Monaten als bescheidener Gast in ihr Haus gekommen war? Wie konnte er glauben, so mit ihr reden zu können? Doch das eigentlich Schlimme war nicht Mayers provokanter Ton. Nein, es war die Tatsache, dass er absolut recht mit dem hatte, was er sagte. Die Familie war am Ende. Weder Wilhelm noch Theresa wären auf Dauer in der Lage, auch nur annähernd die Kosten für ihr dekadentes Leben stemmen zu können. Und selbst wenn sie sich einschränkten, würde ihnen bei dem ganzen Personal und den Kosten für die bloße Erhaltung des Hauses das Geld nur so zwischen den Fingern zerrinnen. Es gab keinen Ausweg. Dennoch spürte Theresa, dass sie sich nicht einfach in ihr Schicksal fügen konnte. Sie hatte von der süßen Freiheit gekostet, und sie hatte auch erfahren, mit welch schmerzhaftem Preis sie teilweise bezahlt werden musste. Mittlerweile war sie schlicht zu weit gekommen, um einfach die Segel zu streichen und wieder umzukehren. Was Theresa auch in ihrem weiteren Leben als freier Mensch erwartete, sie war bereit, sich allen Hindernissen entgegenzustellen.

»Es tut mir leid«, sagte sie schließlich entschieden und erhob sich von ihrem Stuhl. »Ich kann das einfach nicht.«

Aus Angst davor, dass sie kurz vor ihrem Ziel doch noch der Mut verlassen könnte, vermied sie es, Mayer anzusehen. Stattdessen wandte sie sich eilig in Richtung Tür um und ging los, um so schnell wie möglich den Raum zu verlassen. Sie würde nur kurz ihr Zimmer aufsuchen, ein paar Kleider zusammenraffen und dann verschwinden.

»Bist du etwa schwanger von diesem Kerl?« Mayers Stimme ließ Theresa zusammenzucken. Seine Worte fühlten sich wie tausend Messerstiche in ihrem Rücken an. Als wäre sie erstarrt, stand sie da und konnte einfach nicht glauben, was sie gerade gehört hatte. »Wenn es so ist, dann sag es mir bitte. Das würde immerhin deine unglaubliche Sturheit erklären und warum du dich so dermaßen irrational benimmst.«

Theresa erwachte aus ihrer Schockstarre. Mit einem Ruck fuhr sie herum und schleuderte Mayer einen hasserfüllten Blick entgegen. »Stur?«, schnappte sie. »Irrational? Wenn du das so siehst, dann will ich dir mal ganz sachlich und rational etwas erklären: Ich bin nicht dein Eigentum. Und ich bin auch nicht das Eigentum von sonst irgendjemandem. Ich lasse mich ab jetzt nicht mehr einsperren, mundtot machen oder unterdrücken. Und vor allen Dingen lasse ich mich nicht kaufen, und zwar für kein Geld der Welt!«

Erstaunlicherweise schien dieser Vorwurf Mayer zu überraschen. Er nahm sein Glas vom Tisch, lehnte sich in seinem Stuhl zurück und trank langsam und bedächtig einen Schluck Wein. »Und du glaubst, dass es das ist, was ich hier tue?«, fragte er.

»Was denn sonst?« Theresa versuchte bewusst, trotzig und abgeklärt zu klingen, aber Mayers Frage hatte sie verunsichert.

»Was denn sonst«, wiederholte Mayer und schien dabei mehr mit sich selbst zu sprechen als mit Theresa. Dann sah er sie jedoch direkt an, erhob sich und kam mit zwei schnellen Schritten auf sie zu. »Denkst du, es macht mir Spaß, mich von dir derart vorführen zu lassen? Dass ich gern der Mann bin, dessen Verlobte vor ihm durchs halbe Reich flüchtet?« Jetzt verschränkte er die Arme vor seiner Brust und starrte frustriert zur Decke hinauf. »Habe ich dir etwa Vorwürfe gemacht, weil du einfach so mir nichts, dir nichts verschwunden bist? Habe ich dich mit Gewalt hierher verschleppt oder dich sonst zu irgendetwas gezwungen, das du nicht wolltest?«

Mayer trat noch einen Schritt auf Theresa zu, sodass er direkt vor ihr stand. In seinen eisblauen Augen flammte nun etwas völlig Neues auf. Dieser Ausdruck war viel intensiver als alles, was Theresa zuvor bei ihm beobachtet hatte. »Es gibt nur einen einzigen Grund für alles, was ich hier tue«, stellte er fest. »Ich will, dass du mit mir nach Hause kommst. Du sollst meine Frau werden und dann beginnen wir unser gemeinsames Leben.«

Theresa schluckte. Sie wusste nicht, was sie dazu sagen sollte. Mayer war tatsächlich kein winziges bisschen von seinem Plan abgerückt, sie zu heiraten. Angestrengt suchte sie seine Mimik nach Hinweisen darauf ab, was er als Nächstes tun würde, doch seine Züge waren hart und unergründlich.

»Für mich war es auch nicht einfach, Theresa«, fuhr er fort. »Ich habe versucht, es dir recht zu machen und dir zu gefallen, aber du hast dich mir entzogen. Wenn du bloß nicht so verschlossen gewesen wärst, uns beiden eine echte Chance gegeben hättest, dann wäre vielleicht einiges anders gekommen.«

Während er sprach, ließ Theresa die gemeinsamen Erlebnisse mit Franz Mayer vor ihrem geistigen Auge Revue passieren. Es stimmte, sie hatte ihn ihre Ablehnung oft spüren lassen, auch wenn diese in Wahrheit gar nicht ihm als Mensch galt, sondern vielmehr ihrer Gesamtsituation. Was hätte er schon tun sollen, wo er doch im Grunde genauso mit ihr geschlagen war wie sie mit ihm. Und doch war er aus freien Stücken gekommen, um nach ihr zu suchen, und hatte sich ihrer in einem schrecklichen Moment angenommen.

Warum nur muss das Leben so verflixt verwirrend und kompliziert sein?, dachte Theresa. Noch vor ein paar Monaten hatte sie Jakob geliebt, und nun war er tot. Dann war Georg aufgetaucht und hatte ihr seitdem immer wieder widersprüchliche Signale gesendet, was seine Haltung zu ihr anging. Und jetzt stand da dieser Mann vor ihr. Nein, nicht irgendein Mann, sondern ihr Verlobter. Wieder und wieder war Theresa nur weggerannt. Vor ihren Ängsten, vor ihrer Trauer und vor allen Menschen, die ihr auch nur im Geringsten näherkommen wollten. Doch ihre Flucht kannte nie ein Ziel. Sie verlor einfach den Kopf und stürzte sich von einem Unglück ins nächste. Dieses Mal stand jedoch jemand fest zu ihr. Und mehr, dieser jemand schien entgegen aller Wahrscheinlichkeit bereit zu sein, ihr voll und ganz zu verzeihen. Er verlangte nicht einmal die geringste Rechtfertigung.

»Nun ja«, seufzte Mayer jetzt. »Jedenfalls wollte ich dir heute Abend etwas geben.« Langsam ging er zurück zu seinem Platz und zog einen großen braunen Umschlag unter der Tischdecke hervor. Wieder bei Theresa angekommen, überreichte er ihr sein Geschenk und senkte den Blick. Ohne weitere Erklärung wartete er, bis Theresas das dicke Papier aufgerissen und mit misstrauischer Miene, einen Stapel Dokumente daraus hervorgeholt hatte. Sie begann die feinsäuberlich beschriebenen Seiten zu lesen und traute ihren Augen kaum. Hastig blätterte sie um und überflog Abschnitt für Abschnitt. Als sie am Ende das wächserne Amtssiegel des Notars entdeckte, fuhr sie langsam mit den Fingerkuppen ihrer rechten Hand darüber. Es war echt. Alles war echt, obwohl ihr Gehirn ihr wieder und wieder zu verstehen gab, es könne nur ein trügerischer Traum sein. Am liebsten wollte sie sich selbst kneifen, doch sie hatte zu viel Angst, dass sie dann tatsächlich aufwachen könnte, nur um zu erkennen, dass das kurze Glück zu schön gewesen war, um wahrhaftig zu sein. Theresa Herz klopfte jetzt derart unbändig, dass sie dachte, es müsse ihr jedem Moment aus der Brust springen. Ihr Mund fühlte sich seltsam trocken an.

»Das ist …«, presste sie hervor und ihre Zunge stolperte auf der

Suche nach den richtigen Worten. »Das Anwesen. Du hast unser Landgut zurückgekauft.« Zu Theresas Freude mischte sich nun allmählich ihr schlechtes Gewissen. Wie konnte sie zulassen, dass Mayer ihr das Landhaus zu Füßen legte, nachdem sie an der Seite eines anderen getürmt war, ohne ihm auch nur eine Nachricht zu hinterlassen? »Ich kann das Geschenk nicht annehmen«, hörte sie sich selbst sagen. »Danke, Franz, es ist überaus großzügig von dir, aber es wäre nicht recht.«

»Du musst auch überhaupt nichts annehmen«, entgegnete Mayer und nahm ihre Hand. Seine Berührung ließ Theresas Puls sich nochmals beschleunigen. »Es gehört bereits dir. Du stehst als Eigentümerin im Grundbuch und niemand sonst.«

Theresa klappte den Mund auf, war angesichts dieser Nachricht jedoch völlig sprachlos. Sie sah auf das Dokument hinunter, welches sie immer noch in ihrer freien Hand hielt. Seit dem Tag, an dem Wilhelm und dieser schreckliche Herr Dreyer sie aus dem Landhaus vertrieben hatten, war ihr Leben aus den Fugen geraten. Von diesem verflixten Tag an war alles nur noch bergab gegangen, als läge ein grausamer Fluch auf ihr. Und jetzt fühlte es sich mit einem Mal so an, als könnte sie die Uhr ein wenig zurückdrehen. Jakob war fort und hatte ein Stück ihres Herzens mit sich in die endlose Dunkelheit genommen. Dennoch bot sich ihr hier die Chance, so gut es ging wieder in ihr altes schönes Leben zurückzukehren. *Was*, dachte Theresa, *wenn das mein Schicksal ist?* Schließlich hatte jedes der Ereignisse in den letzten Wochen und Monaten sie immer wieder zu diesem einen Mann geführt. Könnte es am Ende sein, dass sie sich in Wahrheit nur immer weiter von sich selbst entfernte? Wie lange würde sie noch davonlaufen können, bis es schließlich keine Rückkehr mehr gab?

Mayer war nun so nah an Theresa herangetreten, dass ihre Nasenspitzen sich fast berührten. Er roch nach Rasierwasser und süßem Wein. »Du hast die Wahl«, flüstere er. »Du kannst meine Frau werden und all das haben. Ein ganzes Leben in Reichtum und ohne Sorgen. Oder du stößt mich jetzt weg und endest als verarmte Witwe, die nichts mehr auf der Welt hat als die Erinnerung an die fernen, vergangenen Tage, als sie einmal eine junge, wohlhabende Grafentochter war.«

Theresas Gedanken überschlugen sich. Jetzt und hier stand sie zweifellos vor einer Entscheidung, welche ihr gesamtes, weiteres Leben beeinflussen würde. Sollte sie sich wirklich auf diesen Mann einlassen, der die finanzielle Notlage ihrer Familie ausnutzte, um sie zu erpressen? Oder vielleicht musste die Frage auch lauten: Konnte sie es sich leisten, ihn abzuweisen, und war sie tatsächlich bereit, die Folgen zu tragen? Der Druck, einen Entschluss zu fassen, der mit jeder Sekunde wuchs, nahm ihr fast die Luft zum Atmen.

»Du weißt, was zu tun ist.« Mayer unterstrich seine Feststellung dadurch, dass er nun nicht mehr Theresas Hand hielt, sondern diese fest am Oberarm packte. »Sei endlich vernünftig, und triff die richtige Wahl.«

Noch zögerte Theresa. Gleichzeitig hatte sie keinen Zweifel daran, dass Mayer nicht eher ruhen würde, bis er endlich bekam, was er wollte. Welchen Sinn hatte es dann noch, sich ihm zu widersetzen? Und wäre es nicht ohnehin töricht, sich nur von Leidenschaft und von ihren Gefühlen zu Georg leiten zu lassen, statt vernünftig zu sein und ein sicheres, stabiles Leben zu wählen, das zugleich den Fortbestand der Familie von Eiben sicherte? »In Ordnung«, brachte sie schließlich hervor. »Ich komme mit dir zurück nach Hamburg.«

»Zu wenig«. Das wilde Funkeln in Franz Mayers Augen war zurückgekehrt. Sicher spürte er, dass er Theresas Widerstand endlich gebrochen hatte. »Das genügt mir nicht, Theresa. Sag, dass du mein bist.« Sein Griff um ihren Oberarm verstärkte sich derart, dass Theresa erschrocken aufstöhnte. »Sag es, los!«

»Ich bin dein«, keuchte Theresa und spürte, wie sich Verzweiflung und Furcht in ihrem Inneren ausbreiteten. Auf was ließ sie sich da nur ein?

»Brav«, lobte Mayer und zeigte seine Zähne für ein raubtierhaftes Grinsen, während er seine Augen fest auf Theresa geheftet hielt. »Ich wusste doch, dass du ein kluges Mädchen bist.« Er ließ den Blick kurz über die große Tafel schweifen, während er Theresa kurzerhand hinter sich her in Richtung Tür zog. »Das Essen lasse ich später aufs Zimmer bringen. Im Moment habe ich erst einmal eine ganz andere Art von Appetit.«

Halb ohnmächtig vor Angst folgte Theresa ihm hinaus auf den Flur. Ihr Herz raste, und ihre Beine schienen ihr kaum noch zu gehorchen. In diesem Moment traf sie tief in ihrem Inneren die schmerzliche Erkenntnis, dass sie Franz Mayer von Anfang an richtig eingeschätzt hatte: Wenn er etwas wollte, dann nahm er es sich, und niemand konnte ihn dabei aufhalten.

27.

Kemperplatz, Berlin-Tiergarten, 2. Dezember 1909

Als Georg langsam zu sich kam, konnte er nichts erkennen, außer einem alles umfassenden weißen Leuchten, das ihm in den zusammengekniffenen Augen brannte und sämtliche anderen Sinne betäubte. Es schien, als hätte dieses gleißende Licht einfach die gesamte Welt um ihn herum verschluckt. Nicht nur, dass er weder etwas sah noch hörte. Nein, er spürte auch seinen Körper überhaupt nicht mehr. Im Moment schwebte sein Bewusstsein einfach wie eine flüchtige Wolke umher. Nachdem er sich für einen Moment diesem betäubten Dämmerzustand hingegeben hatte, formte sich in seinem halb wachen Gehirn ein vager Gedanke: War er etwa tot und erlebte gerade eine Art von Fegefeuer? Er blinzelte angestrengt und versuchte, sich zu bewegen, doch keines seiner Körperteile gehorchte seinem benebelten Geist. In diesem Moment hätte er noch nicht einmal seinen eigenen Namen nennen können. Er war nicht Georg, er war einfach nur ein Teil dieses Lichts in einer körperlosen Welt. Seine Ohren waren das Erste an ihm, was sich langsam erholte. Er hörte sich selbst atmen. In tiefen Zügen sog er Luft in seine Lungen, hatte aber dennoch das Gefühl, dass sein Körper kaum mit Sauerstoff versorgt wurde. Außerdem hörte er den schwachen Puls in seinen Schläfen. Immerhin lebte er also anscheinend noch. Eine Erkenntnis, die ihn weniger erfreute, als er es eigentlich erwartet hätte.

Aber da war noch etwas. Es klang so, als wäre es direkt neben ihm, würde aber durch einen dicken unsichtbaren Vorhang gedämpft. Georg hielt kurz den Atem an. Das waren nicht einfach nur Geräusche. Nein, das waren Töne. Ganze Tonfolgen, um genau zu sein. In Georgs Hirn regte sich eine träge, vage Erinnerung an Musik. Sein Herz schlug etwas schneller. Die monotone, melancholische Melodie hatte etwas seltsam Tröstendes an sich. War das etwa ein

Xylophon, was er da hörte? Oder waren es doch die Harfen der Engel, die ihm den Weg in den Himmel zeigten? Das einförmige, wiederkehrende Thema des unbekannten Instruments weckte, ohne dass Georg etwas daran ändern konnte, immer mehr seine Lebensgeister. Leider kamen mit diesen jedoch auch die Schmerzen. Zuerst begannen seine Finger und Zehen zu pochen, als wären sie in einem Schraubstock eingespannt. Dann kam das Brennen im Gesicht und auf den Handrücken, begleitet von gnadenlos hämmernden Kopfschmerzen, die seinen Schädel zu sprengen drohten.

Der Park, dämmerte es Georg. *Dort war ich doch eben noch.* Jetzt fühlten seine Rippen sich jedoch eher so an, als läge er auf einem Boden aus Pflastersteinen. Außerdem war da irgendwas auf ihm. Mit steifen, schmerzenden Fingern tastete Georg vorsichtig an seinem Körper entlang. Er war mit einem großen Stoffmantel zugedeckt, und auf seinem Kopf saß eine grob gestrickte Wollmütze, die irgendjemand ihm fast bis über die Augen gezogen hatte. Georg stöhnte innerlich, war jedoch unfähig, einen Laut von sich zu geben. Auch der Stück für Stück wiederkehrende Geruchssinn war im Moment kein Segen, da Georg nun seinen eigenen schmutzigen und mit kaltem Schweiß bedeckten Körper riechen konnte. Sicher würde ein Fremder ihn in diesem Zustand für einen Landstreicher halten. Georg fühlte sich so hundeelend, als wäre er die ganze Nacht lang verdroschen worden.

Theresa.

Der Gedanke an sie blitzte wie ein Lichtstrahl in Georgs trägem, von Erschöpfung gebeuteltem Verstand auf. Sie war irgendwo dort draußen in der Großstadt, allein und sich selbst überlassen. Und solange das der Fall war, konnte er es sich nicht erlauben, irgendwo herumzuliegen, auch wenn er noch so ausgelaugt von der letzten Nacht war. Georg zog den rechten Arm ein kleines Stück unter seinem Oberkörper heraus. Sofort spürte er ein stechendes Ziehen, welches von seiner Schulter bis in den unteren Rücken reichte. Verdammt, was war nur los mit seinem Körper? Egal, er musste weiter. Vorsichtig stellte Georg seinen Unterarm auf den harten Boden auf und machte sich daran, seinen Oberkörper in eine sitzende Position hinaufzubefördern. Dieses Mal war der brennende Schmerz in seiner Brust und seinem gesamten Arm so stark, dass seine Muskeln nachgaben und er zitternd zu Boden sank.

Nein, dachte er. *Das darf einfach nicht sein. Ich muss weiter, und zwar sofort.* Doch Georgs Körper rebellierte. Selbst die wenigen Bewegungen, die er gerade zustande gebracht hatte, verursachten ihm nun pochende Kopfschmerzen. Gerade, als Georgs Sinne wieder schwanden und er dabei war, in einen fiebrigen, traumlosen Schlaf zurückzufallen, hörte er, wie die primitive Melodie stoppte. Ein langer Schatten schob sich vor die Sonne.

»He, du da!«, blaffte eine tiefe, unfreundliche Stimme. »Stehst du öfter hier?«

»Guten Morgen«, entgegnete eine zweite Stimme, die sowohl deutlich älter als auch um ein Vielfaches ruhiger klang und das rüpelhafte Auftreten des anderen galant überspielte. »Ja, jeden Tag. Es ist ein guter Platz, um mit meiner Drehorgel ein paar Münzen zu verdienen.«

Ein abfälliges Schnauben war die Antwort, die auf diese Erklärung folgte. »Ein paar Münzen«, wiederholte die erste Stimme dann. »Nun, ich hätte auch eine für dich. Vielleicht sogar zwei. Aber dafür will ich, dass du mir etwas erzählst.«

»Ich verstehe nicht ganz, Monsieur ...«

»Informationen«, unterbrach der jüngere der beiden Männer sein Gegenüber ungeduldig. »Ich suche jemanden.«

»Aha«, erwiderte der Mann mit der Drehorgel freundlich. »Sie sind nicht von hier, nicht wahr, Monsieur? Geht es vielleicht um einen Bekannten von Ihnen?«

Der andere gab ein abgehacktes, kratziges Lachen von sich. »Ja, sagen wir einfach mein Boss und ich sind auf der Suche nach einem alten Freund.«

Bei diesen Worten spürte Georg, wie sich sein Magen zusammenzog. Doch es lag nicht am Hunger oder an seinen stetig stärker werdenden Schmerzen. Nein, die Erkenntnis traf ihn wie ein Schlag in die Magengrube. Er kannte diese Stimme und der Mann, zu dem sie gehörte, war ihm vor Kurzem schon einmal begegnet.

Ich glaube, wir haben einen gemeinsamen Freund.

Das hatte er zu Georg gesagt, bevor seine Fäuste das Reden übernommen hatten. Genauso wie damals lag etwas Kaltes, Bedrohliches in seinem Ton, das jeden sofort erkennen ließ, dass mit diesem Mann nicht zu spaßen war. *Der narbengesichtige Fremde*, dachte Georg, und der Gedanke an dessen harten, durchdringenden Blick ließ ihn innerlich schaudern. Obwohl er die Augen geschlossen hielt, konnte er das raubtierhafte Lächeln des Schlägers förmlich vor sich sehen. Natürlich hatte er ihn beobachtet, seine Schritte verfolgt und wem auch immer darüber Bericht erstattet, wo Georg sich gerade aufhielt. *Mein Boss und ich*, hatte er gesagt. Wer auch immer dieser Boss sein mochte, Georg war sich sicher, dass er den Auftrag gegeben hatte, Jakob Hansen zu töten. Und jetzt hatte er entschieden, dass es Zeit war, diejenigen aus dem Weg zu räumen, die unangenehme Fragen zu dem vermeintlichen Unfall stellten.

»Vielleicht kann ich Ihnen helfen«, sagte der Drehorgelspieler unverbindlich. »Viele Menschen kommen hier vorbei. Sehr viele. Sie kommen zum Kemperplatz und wollen den berühmten Brunnen sehen. Den Rolandbrunnen. Er ist ein Geschenk des Kaisers an unsere schöne Stadt, ja wirklich. Haben Sie das gewusst, Monsieur?«

»Der Mann, den ich suche«, sagte der Narbenmann und ignorierte die Frage des Straßenmusikers. »Dieser Mann ist etwa Mitte oder Ende dreißig. Er hat längere, lockige Haare. Er trägt nur ein helles Hemd und eine Hose, keinen Mantel. Gestern ist er hier vorbeigekommen und war dann länger dort im Tierpark.«

Georg zuckte innerlich zusammen. Die Gestalt, die keine zwei Meter von ihm entfernt stand, war gekommen, um ihn endgültig zu beseitigen, und in seinem momentanen Zustand hätte er nicht die geringste Chance, zu entkommen. Georg biss die Zähne zusammen und stellte sich das Gesicht des Schlägers vor, der ihn erst vor Kurzem ohne Vorwarnung verprügelt hatte. Eine Mischung aus Zorn und verletztem Stolz flammte in seinem Inneren auf. Nein, was er wollte, war nicht wegzulaufen. Es war, aufzuspringen und diesen Kerl unschädlich zu machen, egal wie. Wenn er seinen geschundenen Körper nur halbwegs unter Kontrolle hätte …

»Keinen Mantel, Monsieur?« Die ältere Stimme meldete sich wieder zu Wort. »Oh, da wird sich ihr Freund aber sicher erkälten. Das ist nicht gut. Nicht gesund, nein.«

»Mag sein«, knurrte der andere. »Hast du ihn nun gesehen, oder nicht?« Georg konnte hören, wie er immer mehr die Geduld mit dem fröhlich plappernden Alten verlor. Wäre das nicht seine schwelende Wut gewesen und hätte er nicht jeden Moment fürchten müssen, dass der Narbenmann ihn entdecken und verschleppen würde, wäre das Schauspiel fast amüsant gewesen.

»Nein, Monsieur. Den hab ich nicht gesehen. Kann mich nicht an so einen Mann erinnern.«

Georg atmete auf, versuchte dabei jedoch, sich möglichst nicht zu bewegen. Entweder der Drehorgelspieler wusste tatsächlich nichts davon, dass er direkt neben ihm lag, oder er hatte sich aus irgendeinem Grund dazu entschieden, ihn zu decken. Der Narbenmann schnaubte wütend, und Georg hoffte mit aller Kraft, dass er nun einfach verschwinden würde.

»Und was ist mit dem da?«, verlangte er jedoch stattdessen zu wissen. »Kennst du den?«

Oh Gott, dachte Georg und hielt die Luft an. *Bitte lass mich einfach unsichtbar werden.* Zwar sah er nichts, da sein gesamtes Gesicht zum Glück immer noch durch den Mantel und die Wollmütze verdeckt wurde, dennoch konnte er praktisch fühlen, wie der Schläger auf ihn zeigte. Trotz der Schmerzen versuchte er, die Muskeln in seinem Oberkörper anzuspannen. Wenn der mörderische Fremde ihm zu nah kam, würde er sich wehren. Egal wie, kampflos würde er nicht untergehen.

»Ach, der«, entgegnete der Ältere ohne jede Gefühlsregung. »Der ist auch immer hier. Jeden Tag sturzbetrunken, der arme Kerl.« Er senkte die Stimme etwas und fügte dann noch hinzu: »Aber besser nicht zu nahe kommen, Monsieur. Er ist sehr krank. Wird es nicht mehr lange machen, denke ich.«

Für einige Sekunden, die Georg schier endlos vorkamen, war es still. Die Lüge war mit sicherer Stimme und ohne jedes Zögern ausgesprochen, doch der Narbenmann war mit Sicherheit ein misstrauischer Geselle.

»Na gut«, sagte er schließlich, und Georg spürte, wie sein Magen sich etwas entkrampfte. »Hier ist ein bisschen Geld für dich. Wenn du was siehst, komm zu mir. Da hast du die Adresse. Sag, du willst mit dem Mann aus Zimmer 300 sprechen. Das bin ich.«

»Sehr wohl, Monsieur. Vielen Dank.«

»Und kein Wort zu irgendjemand anderem«, raunte der Narbenmann in eindringlichem Ton, bevor er ohne jegliche Verabschiedung davonstapfte. Und schon ertönte wieder die beruhigende Melodie der Drehorgel.

Endlich konnte Georg ausatmen. Er spürte regelrecht, wie sich seine sämtlichen Muskeln entspannten. Was in aller Welt war gerade passiert? Langsam schob er den Mantel von seinem Gesicht und rückte die Mütze so zurecht, dass er etwas sehen konnte. Das grelle Licht war immer noch da. Nachdem Georgs Augen sich für einige Sekunden daran gewöhnt hatten, blickte er in das ziemlich rundliche, freundliche Gesicht des Drehorgelspielers, der direkt vor ihm stand und sich zu ihm hinunterbeugte.

»Guten Morgen«, sagte der Mann mit einem breiten, verschwörerischen Grinsen. »Ihr *Freund* ist weg.«

Wie Georg bereits anhand der Stimme vermutet hatte, war er schon älter. Er schätzte ihn auf Ende fünfzig bis Anfang sechzig. Sein faltiges Gesicht war von einem grauen, struppigen Bart eingerahmt, der nahtlos in eine ebensolche Frisur überging. Seine gelblichen Zähne und die braunen Altersflecken auf seinen Wangen ließen ihn noch älter aussehen, als er vermutlich war. Unter den wilden, schneeweißen Augenbrauen blitzten jedoch zwei äußerst wache, grüne Augen hervor. Der Drehorgelspieler trug einen auffälligen gelben Anzug mit roten Hosenträgern, was ihm vermutlich die Aufmerksamkeit potenzieller Zuschauer sichern sollte.

»Guten Morgen«, erwiderte Georg und als er fortfahren wollte, stellte er fest, dass er sich nicht zwischen den dutzenden Fragen entscheiden konnte, die in diesem Moment durch sein Hirn rasten. Er wählte kurzerhand, die Erste, die ihm in den Sinn gekommen war. »Wie bin ich hierhergekommen?«

»Nun ja«, sagte der Drehorgelspieler, und seine Stirn wurde noch faltiger. »Das weiß ich selbst nicht so genau. Als ich im Morgengrauen hier vorbeigekommen bin, lagen Sie einfach da. Verzeihen Sie mir, wenn ich das so offen sage, aber ich dachte zuerst, ich sehe eine Leiche vor mir. Wäre nicht das erste Mal. Sie waren jedenfalls kreidebleich und haben kaum noch geatmet. Schlimm sah das aus.«

Georg nickte und fühlte, wie die Schmerzen in seinem Kopf, seinen Zehen und seinen Finger sich wieder bemerkbar machten. Der Vergleich mit der Leiche war sicher nicht übertrieben, denn alle seine Sinne sagten ihm, dass er dem Tod nur knapp entronnen war.

»Auf jeden Fall hab ich Sie dann erst mal in den Mantel gepackt und ihnen die Mütze über die Ohren gezogen. Von beidem trage ich stets ein zweites Paar mit mir herum, für alle Fälle. Auf den Straßen Berlins habe ich schon die skurrilsten Sachen erlebt und bin daher lieber auf alles vorbereitet. Außerdem hatte ich heißen Tee dabei. Habe ich immer bei dem Wetter. Ungefähr eine halbe Tasse davon konnte ich Ihnen einflößen.«

»Vielen Dank«, sagte Georg und setzte sich auf. Ein Schmerz wie von tausend spitzen Stricknadeln, der ihm durch den Rücken schoss und sich seitlich über die Rippen ausbreitete, ließ ihn leise keuchen. »Sie haben mir das Leben gerettet.«

»Ach was«, rief der Alte und machte eine wegwerfende Handbewegung. »Sie sind ein zäher Bursche. Das habe ich gleich gesehen.« Er zwinkerte Georg aufmunternd zu, setzte dann jedoch eine deutlich ernstere Miene auf. »Oder reden Sie vielleicht gar nicht von der Kälte?«

In dem Dämmerzustand, aus dem sein Gehirn sich nur langsam befreite, verstand Georg diese Andeutung zuerst nicht. Dann fiel jedoch der Groschen. »Ach so«, sagte er. »Nein, nicht nur davon.« Obwohl sein Gegenüber einen sehr freundlichen und vertrauenswürdigen Eindruck machte, wägte er seine nächsten Worte einen Moment lang ab. »Dieser Mann«, fuhr er schließlich fort. »Er sucht nach mir. Und natürlich ist er alles andere als mein Freund, aber das haben Sie natürlich längst durchschaut.«

»Mehr muss ich gar nicht wissen«, erwiderte der Alte und hob zum Zeichen seiner Verschwiegenheit den rechten Zeigefinger an seine dünnen aufgesprungenen Lippen. »Bleiben Sie noch eine Stunde oder zwei liegen und trinken Sie noch einen Tee.«

Wieder nickte Georg. Er musste weiter nach Theresa suchen,

aber in seinem aktuellen Zustand würde er keine zwei Meter weit kommen. Er brauchte wirklich dringend Ruhe und etwas Warmes in seinen Magen.

»Mein Name ist übrigens Georg«, sagte er. »Georg Albers.«

»Freut mich, Herr Albers«, entgegnete der gut gelaunte Straßenmusikant. »Mein Name ist Krause. Vladimir Krause. Der beste Drehorgelspieler in Berlin. Und ich nehme an, Sie sind entweder Geheimagent oder ein gesuchter Schwerverbrecher?«

Jetzt musste Georg lachen, und es tat seiner Seele gut, obwohl seine Rippen und seine Lungen dabei vor Schmerz brannten.

»Das sollte man meinen, nicht wahr?«, scherzte er und hielt sich die Brust. »Nein, eigentlich bin ich Komponist.«

»Oh«, stieß Krause hervor und seine Augenbrauen schnellten nach oben. Vor Aufregung drehte er die Kurbel der Orgel etwas schneller, sodass die Melodie sich beschleunigte. »Ob Sie es glauben oder nicht, bevor ich angefangen habe, diesen alten Leierkasten hin und her zu schieben, war ich mal Dirigent. Aber das ist lange her.« Seine letzten Worte klangen betrübt und er machte eine Handbewegung, als wolle er sie gleich wieder wegwischen.

»Das ist ja interessant«, entgegnete Georg. »Haben Sie hier in Berlin gearbeitet?«

»Schon«, sagte Krause zögernd. »Aber auch in England. Und in Frankreich. International. Ich bin ordentlich rumgekommen in dieser Zeit. War sogar mal in Italien.« Jetzt klang er doch ein wenig stolz, und Georg merkte, dass es dem älteren Herrn guttat, von besseren Tagen zu erzählen. »In Berlin hab ich aber am meisten gearbeitet. Mit einigen ganz Großen sogar, ja. Aber die kennt heute auch keiner mehr.«

Auch Georg bereitete es Freude, endlich wieder einmal mit jemandem über Musik reden zu können. Er dachte an seine Kammer zu Hause in Hamburg und an das alte Klavier, das dort schon viel zu lange ungenutzt herumstand. Dabei war er doch aufgebrochen, um endlich seine Karriere voranzutreiben und ein bekannter Komponist zu werden. Nur zu gern wollte Georg daher noch etwas mehr über den weit gereisten Musiker herausfinden.

»Herr Krause, wie …«, wollte er gerade nachfragen, doch der alte Mann fiel ihm ins Wort.

»Still«, zischte er und schob kurzerhand Georgs Kopf nach unten. »Mist, verdammter.«

»Was?«, fragte Georg verwirrt. Er hatte auch so schon rasende Kopfschmerzen, ohne dass jemand an ihm herumdrückte. Auf dem Gesicht des Drehorgelspielers lag ein zutiefst besorgter Ausdruck, der ihn beunruhigte.

»Da hinten ist wieder dieser Kerl«, flüsterte Krause. »Der mit den Narben. Er hat sich mit jemandem getroffen. He, bleiben Sie unten, Mann!«

Doch Georg hatte sich schon wieder halb erhoben. Während er sich die Wollmütze so tief wie möglich ins Gesicht zog und den Kragen des Mantels aufstellte, suchten seine Augen das andere Ende des Platzes nach dem Narbenmann ab. Und tatsächlich, da war er und redete mit jemandem. Georg rieb sich die müden Augen und versuchte sich ganz auf die beiden Gestalten zu konzentrieren. Als er den Gesprächspartner schließlich erkannte, schlug er die Hand vor den Mund, um vor Überraschung nicht laut aufzuschreien. Dort stand Wilhelm von Eiben. Georg hatte Theresas Bruder erst ein einziges Mal aus der Nähe gesehen, aber er erkannte ihn dennoch sofort. Allein sein mürrischer, gereizter Gesichtsausdruck und seine steife Haltung waren unverwechselbar. Offensichtlich wies er gerade den Mann vor sich zurecht, denn er gestikulierte wild und hob dabei immer wieder mahnend den Zeigefinger, während er sich mit der anderen Hand an einem Gehstock festhielt. Der junge Adelige sah krank aus. Bleich und irgendwie ausgezehrt.

»Was macht der denn hier?«, flüsterte Georg mehr zu sich selbst und ließ sich langsam zurück auf den Boden sinken.

»Was denn, den kennen Sie auch?«, fragte Krause ungläubig.

»Ja, allerdings«, bestätigte Georg. »Bitte entschuldigen Sie, Herr Krause. Aber keiner der beiden darf mich sehen. Außerdem muss ich über einiges nachdenken.«

Der alte Mann gab als Antwort nur ein leises, verständnisvolles Brummen von sich und widmete sich weiter seinem Instrument. Georg schlang unterdessen den Mantel eng um seinen steifen Körper, während er sich möglichst klein machte und in die Dunkelheit seiner eigenen, kleinen Welt hinabglitt.

Wilhelm von Eiben, dachte er. *Was zum Henker hat der hier zu suchen?*

28.

Potsdamer Platz, Berlin, 2. Dezember 1909

Während Theresa die lange, hölzerne Treppe zur Hotellobby hinabging, las sie noch ein letztes Mal das Schreiben, das sie in Händen hielt.

> *Lieber Georg,*
>
> *ich hoffe, dass dieser Brief Sie – auf welchem Wege auch immer – erreichen wird. Für Ihre freundliche Unterstützung in den letzten Tagen danke ich Ihnen sehr. Zwischenzeitlich habe ich jedoch erkannt, dass es Zeit für mich wird, im Leben nach vorn zu sehen. Mein Verlobter, Herr Mayer, und ich kehren daher morgen nach Hamburg zurück.*
>
> *Alles Gute und viel Erfolg im weiteren Leben,*
> *Theresa von Eiben*

Egal, wie oft sie es versucht hatte, egal wie viele Male sie die Blätter zerknüllt und wieder von vorn begonnen hatte, etwas Besseres war Theresa einfach nicht eingefallen. Noch bevor sie ihn überhaupt abgeschickt hatte, schämte sie sich so abgrundtief für diesen Brief, dass sie fast hoffte, er würde auf dem Weg zu Georg einfach verloren gehen. So müsste er wenigstens nicht lesen, wie sie alles, was er für sie getan hatte, einschließlich seine Gesundheit und sein Leben für sie aufs Spiel zu setzen, als *freundliche Unterstützung* abtat. Was für ein Hohn.

Andererseits war doch wohl jede Erklärung besser als überhaupt keine. Daher hatte Theresa den Brief zweifach verfasst, damit sie ein Exemplar an das Gasthaus Schukowski und eines nach Hamburg an

Georgs Wohnung schicken konnte. So hatte er zumindest die Gewissheit, was die Zukunft anging. Sicher würde er die paar knappen Zeilen als Schlag ins Gesicht empfinden, bei dem, was zuvor zwischen ihnen beiden gewesen war. Wieder dachte Theresa an die Umarmung und den späteren Kuss auf Georgs Wange. Auch wenn er auf beides nur recht zaghaft reagiert hatte, so war Theresa sich dennoch sicher, dass auch er mehr als nur Freundschaft für sie empfand. In Georgs Blicken hatte sich in letzter Zeit immer ein Funke von Leidenschaft und Sehnsucht widergespiegelt, denen er, aus welchem Grund auch immer, nicht nachgab.

Nein, ermahnte sie sich selbst. *Was vorbei ist, ist vorbei.* Franz Mayer würde niemals zulassen, dass sie Georg je wiedersah, und sie wollte ihn nicht auch noch dem Zorn ihres Verlobten aussetzen.

Sollte Georg sie ruhig hassen, wenn er die kühlen, distanzierten Worte las, die sie ihm zum Abschied hinterließ. Sollte er sie für eine gefühlskalte, opportunistische Kuh halten. Vielleicht hätte er damit nicht einmal unrecht. Auf jeden Fall würde es ihm helfen, Theresa zu vergessen und sein altes Leben wieder aufzunehmen. Er würde an sein Klavier zurückkehren, Komponist werden und Karriere machen. Dann, sobald er bereit wäre, würde er eine passende Frau finden und sich in sie verlieben. Und es würde eine gute Frau sein. Eine, die weder bereits verlobt war noch einem anderen hinterhertrauerte. Währenddessen würde Theresa ebenfalls so gut es ging wieder dort anknüpfen, wo ihr Leben vor einem knappen halben Jahr aus den Fugen geraten war. Durch die Hochzeit mit Franz Mayer wären die finanziellen Sorgen der Familie von Eiben immerhin gelöst und auch ihr gesellschaftliches Ansehen könnte sich dadurch wieder erhöhen. Mit der Zeit würde Theresa sicher mit ihrem zukünftigen Ehemann zurechtkommen und sich an ihn gewöhnen. Der Rest stand in den Sternen. Ob sie je wieder wirklich glücklich sein würde, wusste Theresa nicht, bezweifelte es in ihrer momentanen Lage jedoch stark. Vielleicht spielte das aber auch überhaupt keine Rolle. Schließlich war sie kein Kind mehr, das den ganzen Tag am Klavier verträumen konnte. Nein, Theresa würde endlich ihre Rolle als erwachsene Frau einnehmen und sich auch so verhalten. Sie würde ihre Pflichten erfüllen und das Beste aus der Situation machen. Freud und Leid wollte sie ab jetzt stets mit Würde und mit erhobenem Haupt ertragen, so wie es sich für eine Dame ihres Standes geziemte.

Mittlerweile hatte Theresa die Lobby erreicht. Ein langer grauer Marmortresen, an dem die Hotelangestellten den Gästen für jegliche Wünsche und Anliegen zur Verfügung standen, zog sich durch eine Seite des gesamten Raums. Der Boden war mit einem makellos sauberen, Orientteppich ausgelegt, und ein prunkvoller Kronleuchter hing von der hohen Decke. Im angrenzenden Speisesaal wurde gerade das Frühstück abgetragen, sodass noch ein leichter Duft von Kaffee, Tee und gebratenen Eiern in der Luft hing. Sowohl vor dem Tresen als auch dahinter herrschte einige Aufregung, da eine ältere Dame offensichtlich ihren Zimmerschlüssel verlegt hatte und auch der Zweitschlüssel des Hotels nicht auffindbar war. Theresa wartete mit gebührendem Abstand, bis man sie aufrufen würde. Nach einigen Minuten ließ sie gelangweilt den Blick schweifen. Das gesamte Haus schien ausgebucht zu sein, sodass im Moment keine neuen Besucher eingecheckt werden mussten. Einige ältere Männer wanderten dennoch in der Lobby umher und unterhielten sich scheinbar angeregt. Eine elegante Dame mit einem ausladenden Hut schritt auf den Hotelausgang zu, während drei kleine Jungen aufgeregt um sie herumsprangen und ein Hotelangestellter in diesem Trubel mühevoll zwei schwere Koffer stemmte, die offenbar der Familie gehörten. Von einem Ehemann gab es weit und breit keine Spur. Theresa widmete ihre Aufmerksamkeit nun dem gemütlich eingerichteten Ruhebereich zu ihrer Rechten. Nur ein einzelner Gast saß dort in einem gepolsterten grünen Ohrensessel und las die Tageszeitung. Als Theresa zu ihm hinübersah, schob der Mann sofort die Zeitung vor sein Gesicht. Theresa stutzte, dachte sich jedoch zunächst nichts dabei. Als sie so unauffällig wie möglich erneut zu ihm hinübersah, bemerkte sie allerdings, dass dieser seine Augen auf sie geheftet hatte. Die Zeitung hielt er hierbei stets so, dass er jeglichen Blickkontakt sofort unterbrechen konnte.

Wahrscheinlich werde ich jetzt zu allem Überfluss auch noch paranoid, dachte Theresa. *Wundern würde es mich nicht, nach allem was in den letzten Tagen und Wochen geschehen ist.*

Wenige Minuten später nahm sich ein hilfsbereiter Page ihrer an und versicherte ihr, die beiden Briefe noch am selben Tag persönlich zur Post zu bringen. Theresa gab dem Burschen ein ordentliches Trinkgeld und bedankte sich. Als sie sich umdrehte, um wieder zu ihrem Zimmer hinaufzugehen, spürte sie jedoch immer noch den neugierigen Blick des Mannes hinter ihr im Sessel. Er überwachte offensichtlich jeden ihrer Schritte, das war nicht bloß Einbildung. Theresa zögerte einen Moment. Sollte sie ihn einfach ignorieren? Oder wäre es vielleicht klüger, Franz Bescheid zu geben, damit er die Sache aufklären konnte? *Nein*, dachte sie. *Das wäre das, was die alte Theresa getan hätte, einfach den Kopf einziehen und hoffen, dass man sie nicht weiter behelligt, wenn sie sich ruhig verhielt. Diese Zeiten sind vorbei. Ich lasse mich von niemandem mehr herumschubsen.*

Kurzentschlossen nahm Theresa eine betont würdevolle Haltung ein und ging direkt auf den Mann zu. Schon nach zwei Schritten beobachtete sie, wie dieser sich hinter dem *Berliner Tageblatt* verkroch, das er vor sein Gesicht hielt. »Guten Morgen«, sagte sie laut. »Kann ich Ihnen vielleicht helfen?«

Der Mann blieb völlig regungslos in seinem Sessel sitzen und gab keine Antwort.

»Mein Name ist Theresa von Eiben. Und wer sind Sie?«. Theresa hatte sich regelrecht vor dem Mann aufgebaut. Ärgerlich stemmte sie die Hände in die Hüften. Sie vernahm das erstaunte Raunen der Hotelangestellten aufgrund ihres wenig damenhaften Verhaltens, was sie allerdings nicht im Geringsten kümmerte. Der Unbekannte schwieg weiterhin. Theresa hatte jedoch keineswegs vor, ihm dieses unerhörte Verhalten einfach durchgehen zu lassen. »Stellen Sie mir nach?«, fragte sie und trat so dicht an den Mann heran, dass sich seine und ihre Schuhspitzen fast berührten. »Es ist äußerst unhöflich, einfach nicht zu antworten. Ich verlange eine Erklärung von Ihnen, und ich werde so lange hier stehen bleiben, bis ich sie bekomme. Wenn ich dafür hier mitten in der Lobby eine Szene machen muss, dann ist mir das auch gleich.«

Der Unbekannte zuckte merklich zusammen. Langsam ließ er die Zeitung sinken und starrte Theresa an. »Nein, Fräulein. Bitte nicht.«

Verwirrt trat Theresa einen Schritt zurück. Sie traute ihren Augen kaum. »Artur?«, zischte sie. »Was hat das zu bedeuten?« Der alte Kutscher war so ziemlich der letzte Mensch, von dem sie gedacht hätte, dass sie ihm einmal in einem Luxushotel in Berlin begegnen würde. Als Spion war der Mann jedenfalls nicht besonders geeignet.

»Ich ...«, entgegnete er, brach dann jedoch so schnell wieder ab, als hätte er fast ein Geheimnis verraten, dass Theresa nicht erfahren durfte. »Ich muss gehen, Fräulein. Bitte entschuldigen Sie.«

»Schickt dich mein Bruder?«, fragte Theresa streng und sah ihm direkt in die Augen. Sie wusste, dass er es nicht wagen würde, ihr ins Gesicht zu lügen. Er nickte nur und strich sich nervös über die grauen Bartstoppeln, die sich überall auf seinem massigen Hals und seinem kantigen Gesicht ausbreiteten.

»Und um was genau zu tun?«, hakte Theresa nach.

»Das hat er mir nicht gesagt, Fräulein«, murmelte Artur und zuckte mit den Schultern. »Ich weiß nur, dass ich herkommen sollte und nachsehen, ob Sie noch da sind.«

Theresa musterte den Kutscher, der seinen Blick jetzt nur noch auf den Teppichboden vor ihm richtete. Sie konnte deutlich spüren, dass er etwas vor ihr zurückhielt. »Ich denke, du weißt noch mehr, Artur.« Sie sprach deutlich leiser als zuvor, aber ihr Ton wurde eindringlicher. »Und ich verlange, dass du mir jetzt endlich die Wahrheit sagst. Die ganze Wahrheit!«

Der alte Bedienstete rutschte unsicher in dem großen Sessel hin und her. Die Situation war ihm sichtlich unangenehm. Theresa wusste, dass er der Familie schon seit mehr als zwanzig Jahren treu ergeben war. Nur galt seine Loyalität natürlich zuoberst dem männlichen Familienoberhaupt. »Ihr Bruder ist sehr aufgewühlt, Fräulein«, brachte Artur mit brüchiger Stimme hervor. »Er hat mir gesagt, dass er Sie schnell finden muss. Deshalb hat er mich zu diesem Hotel geschickt. Und er wollte unbedingt mit der Berliner Polizei sprechen.«

»Die Polizei?«, wiederholte Theresa ungläubig. »Er lässt die Polizei nach mir suchen?«

»Nein, nein«, erwiderte Artur und schüttelte ruckartig den Kopf.

Hektisch mit dem rechten Bein. Er schien unentschlossen, ob er noch mehr sagen durfte, war aber auch nicht in der Lage, Theresas strengem Blick standzuhalten. »Es geht um den Unfall«, flüsterte er schließlich. »Herrn Hansens Unfall. Ihr Bruder hat sich einen Anwalt genommen und verlangt von der Polizei, dass sie ihm alle Akten zu dem Fall überlassen. Sogar mit dem Polizeipräsidenten persönlich hat er gesprochen.«

»Aber warum?«, frage Theresa tonlos. Sie spürte, wie ihr ein kalter Schauer über den Rücken lief.

»Das weiß ich wirklich nicht, Fräulein«, erwiderte Artur und Theresa konnte sehen, dass es stimmte. Der Kutscher hockte mittlerweile wie ein Häufchen Elend auf seinem Platz. »Diese ganze Sache hat ihn von Anfang an sehr nervös gemacht. Er isst ja kaum noch etwas und bleibt meist die ganze Nacht auf, um durchs Haus zu wandern und zu grübeln. Irgendwie kann er einfach nicht damit abschließen.«

»Ich will ihn sehen«, stieß Theresa hervor. »Am besten sofort. Los, bring mich zu ihm.«

»Das wird nicht gehen«, entgegnete der Kutscher. »Ich bedauere. Herr von Eiben ist unterwegs, und ich bin erst morgen wieder mit ihm verabredet. In der Zwischenzeit hat er noch ein dringendes Treffen mit jemandem, bei dem ich jedoch auch nicht dabei sein darf.«

»Danke, Artur«, sagte Theresa und wandte ihm den Rücken zu, damit er nicht sehen konnte, wie schockiert sie war. »Du kannst jetzt gehen.«

Der alte Kutscher verstand sofort und verließ ohne ein weiteres Wort das Hotel. Als er weg war, ließ Theresa sich langsam in den Sessel sinken und schlug die Hände vors Gesicht. Das Herz hämmerte ihr derart in der Brust, dass sie kaum atmen konnte. Vor ihrem inneren Auge sah sie wieder und wieder die gleichen Bilder: das Automobil, das Jakob überfuhr, den Schläger, der Georg einschüchterte und ihren Bruder Wilhelm, der sich in Ermittlungen einmischte, die doch eigentlich schon abgeschlossen sein sollten. Warum tauchte er hier in Berlin auf und warum gerade jetzt? Scheinbar hatte er nicht gewollt, dass Theresa überhaupt wusste, dass er in der

Stadt war. Seit sie sich hierher aufgemacht hatte, hatte Theresa doch nichts anderes gewollt, als endlich die Wahrheit herauszufinden. Aber wohin sie auch schaute, fand sie nichts als Ungereimtheiten und Heimlichtuerei vor. Jetzt wo sie über alles nachsann, kamen ihr auch Margas Worte wieder in den Sinn: Ihr Bruder hatte Jakobs Geige an sich genommen und vor ihr versteckt.

Ach Wilhelm, dachte Theresa. *Wenn du wüsstest, wie sehr ich gerade jetzt jemanden bräuchte, der auf meiner Seite steht.*

29.

Schöneberger Ufer, Berlin, 3. Dezember 1909

Eilig und mit festem Schritt marschierte Georg am Ufer des Landwehrkanals entlang. An diesem frostigen Nachmittag tummelten sich nur wenige der länglichen kleinen Schiffe auf dem trüben Wasser, das sich leicht im Wind kräuselte. Dunkelgraue Wolken schirmten ganz Berlin von jeglichem Licht und von der bescheidenen Wärme ab, welche die Sonne des frühen Dezembers noch zu bieten hatte. Fast schien es so, als würde dieser düstere Schleier neben den Sonnenstrahlen auch den Lärm der Großstadt verschlucken, denn außer dem leisen Plätschern des Wassers und ein paar Raben, die krächzend ihre luftigen Runden drehten, herrschte eine nahezu bedrückende Stille. Georg schloss den obersten Knopf des langen abgetragenen Mantels und zog sich die Mütze tiefer ins Gesicht. Was für ein Segen, dass der alte Krause sich um ihn gekümmert hatte. Er hatte ihm heißen Tee zu trinken gegeben und ihn mit warmer Kleidung versorgt. Der größte Dienst des gutmütigen Drehorgelspielers war es jedoch gewesen, Georg das Stück Papier zu überlassen, auf dem der Narbenmann seine Kontaktdaten notiert hatte. Entsprechend gestärkt machte Georg sich nun auf den Weg in Richtung Potsdamer Platz. Ein ungutes Gefühl in seiner Magengegend sagte ihm, dass er dort, wo sich der narbengesichtige Schläger befand, auch Theresa antreffen würde. Es konnte kein Zufall sein, dass der Mann sich mit Wilhelm von Eiben getroffen hatte. Bei dem Gedanken an Theresas Bruder ballte er die Fäuste in den Manteltaschen und biss vor Wut die Zähne zusammen. *Ich hätte wissen müssen, dass er auch irgendwie in diese Sache verwickelt ist*, dachte er. *Aber wie?*

Auf einmal sah Georg die Ereignisse der letzten Wochen und Monate in einem völlig anderen Licht: Dass der Familie von Eiben langsam, aber sicher das Geld ausging, wusste ganz Hamburg. Diese Schmach musste an dem eitlen Wilhelm genagt haben, ebenso wie die Sorge darum, irgendwann seinen luxuriösen Lebenswandel aufgeben zu müssen. War es da nicht ein seltsamer Zufall, dass sich nach Jakob Hansens Ableben so schnell ein neuer, offenbar schwerreicher Verehrer für Theresa gefunden hatte? Sicherlich könnte dieser doch mit Leichtigkeit die finanzielle Schieflage seines künftigen Schwagers auflösen. Das Ganze konnte aber natürlich erst anlaufen, nachdem Hansen aus dem Weg geräumt war. Überfahren von einem Automobil, mitten in der Nacht, ganz ohne lästige Zeugen. Alles sehr vorteilhaft für das neue Familienoberhaupt. Georg erschauderte bei dem Gedanken daran, wie kaltherzig und skrupellos die Ausführung eines entsprechenden Plans gewesen wäre. Aber war Wilhelm von Eiben wirklich ein Mann, der zu solchen Taten fähig war, seine Schwester zu verraten und zu verkaufen und dabei noch nicht einmal vor einem Mord zurückzuschrecken? Wie weit würde der junge Graf gehen, um sein Ansehen zu retten und dem Bankrott zu entgehen?

Fahr zurück nach Hamburg, Albers. Georg konnte die kehlige, raue Stimme des Narbenmannes so deutlich hören, als würde dieser direkt neben ihm hergehen. *Vergiss die ganze Geschichte, sonst bist du der Nächste.*

Eine tiefe Sorgenfalte grub sich zwischen seine Augenbrauen. War er dabei, auf direktem Weg in die Höhle des Löwen zu marschieren? Er dachte an den Brief, den er eines Nachts in Hamburg auf seiner Schwelle gefunden hatte. Dieser hatte das Familienwappen der von Eibens getragen.

Mit ein paar Münzen hat er zuerst versucht, mich von Theresa fernzuhalten, überlegte Georg. *Und als das nicht funktioniert hat, gab es Prügel. War es nicht so? Jedenfalls sollte ich ab jetzt wohl besonders auf Automobile aufpassen, wenn ich die Straße überquere.*

Ein bitterer Geschmack breitete sich in seinem Mund aus, als er daran dachte, wie Schukowski eine der vermeintlichen Silbermünzen zerteilt hatte. *Nicht einmal für echtes Silber reicht es mehr bei dem feinen Herrn Grafen. Münzfälscherei hätte ich ihm gar nicht zugetraut. Damit bleibt ehrliche Arbeit wohl scheinbar das Einzige, vor dem er zurückschreckt, wenn es darum geht, seine Villen und seine teuren Anzüge zu finanzieren.*

Das schrille Kreischen der schwarzen Vögel über ihm ließ Georg kurz innehalten. Sorgenvoll richtete er seinen Blick gen Himmel. Konnte das alles wirklich wahr sein, oder war er gerade dabei, sich in eine abwegige Theorie zu verrennen? Schließlich gab es außer den seltsamen Andeutungen der alten Anwohnerin keinerlei Anhaltspunkte dafür, dass die Polizei bei ihren Ermittlungen etwas übersehen hatte. Bildete sich Theresa vielleicht eine Verschwörung ein, weil sie nicht akzeptieren konnte, dass der Tod ihres Verlobten nur ein grausamer, willkürlicher Streich des Schicksals gewesen war? Jedenfalls hatte es etwas mit dieser seltsamen Geige auf sich, auch wenn weder er noch Theresa bisher dahintergekommen waren, was das sein konnte. Und weshalb sollte Wilhelm von Eiben mit Georgs narbengesichtigem Verfolger sprechen?

Mit geschlossenen Augen massierte Georg für einen Moment seine Schläfen, dann schüttelte er das anstrengende Gewirr aus vagen Hypothesen und Vermutungen ab und setzte seinen Weg unbeirrt fort. *Löwenhöhle oder nicht*, machte er sich in Gedanken selbst Mut, *vielleicht kann ich noch etwas tun. Wenn ich es nur schaffe, Theresa zu finden, bevor der Narbenmann mir zuvorkommt.*

30.

Potsdamer Platz, Berlin, 3. Dezember 1909

Leise stöhnend drehte Theresa sich in dem breiten Himmelbett von einer Seite zur anderen. Nachdem sie den gesamten Vormittag von Schwindel und Kopfschmerzen geplagt worden war, hatte sie sich am späten Nachmittag noch etwas hingelegt. Zunächst tat ihr die Ruhe gut. Der frisch aufgebrühte Kamillentee, den das Zimmermädchen gebracht hatte, konnte das quälende Pochen in ihren Schläfen etwas besänftigen. Allerdings hatte das warme ausgeglichene Gefühl, dass das beruhigende Getränk hinterließ, Theresa wenig später einschlafen lassen, und nun wurde sie, wie schon seit ihrer Ankunft in diesem Hotel, von wilden, verwirrenden Träumen geplagt.

Zunächst war um sie herum alles pechschwarz. In dieser absoluten Dunkelheit konnte Theresa weder etwas sehen noch fühlen. Sie schwebte durch diese kalte, unwirkliche Leere, die sie von allen Seiten umgab. Dann drang eine leise Melodie an ihre Ohren. Sie kam ihr überaus bekannt vor, so als hätte sie die Tonfolge schon hundertfach gehört, dennoch konnte sie diese einfach nicht einordnen. Auch ihr Klang war höchst eigenartig. Das sanfte Timbre klang fast wie ein Streichinstrument, hatte jedoch zugleich auch Ähnlichkeit mit einer feinen, nahezu geisterhaften Singstimme. Theresa spürte, wie das melancholische Thema durch die lähmende Finsternis zu ihr durchdrang. Jeder einzelne Ton berührte ihre Seele und ließ ihr Herz vibrieren. Es war doch seltsam, wie Musik so unendlich viel sagen konnte, ohne ein einziges Wort zu benutzen. Während Theresa sich nun ganz auf den fremdartigen Klang einließ, erkannte sie Stück für Stück, wie sehr der Komponist, wer auch immer es sein mochte, ihr aus der Seele sprach. Seine Melodien waren nicht einfach nur traurig, sondern sie erzählten von einer großen Sinnkrise, von einer innerlichen Zerrissenheit ohne Ausweg. So wie er die Noten des Stücks gesetzt hatte, kam Theresa ihr ganzes Leben vor: Während sie durch Höhen und Tiefen, durch Licht und Schatten ging, mühte sie sich fortwährend ab, endlich den richtigen Weg zu erkennen. Doch nicht nur, dass es viel zu viele Kreuzungen und Abzweigungen gab, sie schienen auch noch alle in einem seltsamen kreisförmigen Geflecht miteinander verwoben zu sein, wodurch Theresa doch immer wieder zum selben Punkt zurückkehrte, ob sie es wollte oder nicht. In diesem Labyrinth aus Unsicherheit, Enttäuschung und Einsamkeit schien es irgendwann nur noch den einen Ausweg zu geben – das Steuer aus der Hand zu legen und sich einfach treiben zu lassen, sei es nun in die eine oder in die andere Richtung.

Bring mich nach Hause, hörte Theresa sich selbst sagen. Und als sie die Hand in die dunkle Leere ausstreckte, konnte sie plötzlich sehen, dass sie nicht allein war. Die Melodie verstummte und Theresa hörte statt ihrer nun eine ferne Stimme, die ihren Namen sagte.

Theresa. Hörst du mich?

Ja, wollte sie rufen. *Ich höre dich!* Aber ihre Stimme versagte ihr den Dienst. Stattdessen griff sie nach der Hand, die der Unbekannte ihr nun bot und zog sich selbst zu ihm heran. Zu ihrer Überraschung erkannte sie plötzlich ein Gewirr aus dunkelblonden Locken und zwei warm leuchtende braune Augen, die ihren ernsten Blick auf sie richteten. *Georg.*

Er war es. Er war gekommen, um sie endlich aus der Dunkelheit zu befreien. Und er hielt ihre Hand.

Theresa.

Seine Stimme klang seltsam verändert, und ihr ungeduldiger Ton passte nicht zu seiner gelassenen Miene.

Theresa.

Irgendetwas stimmte ganz und gar nicht. Was immer da nach Theresa griff, sah aus wie Georg, aber er konnte es unmöglich sein. Traurig und verwirrt ließ sie die Hand des Unbekannten los und spürte, wie sie zurück in die trostlose Finsternis glitt. Doch auch wenn der Körper sich scheinbar entfernte, so wurde die Stimme nur noch lauter.

Theresa, wach auf!

Als sie schließlich zu sich kam, blickte sie in das Gesicht von Franz Mayer, der vor ihrem Bett stand und sich halb über sie beugte. In seinen Augen lag Besorgnis.

»Um Himmels willen, Theresa. Du wälzt dich schon seit Minuten hin und her, als würdest du im Schlaf mit dir selbst ringen. Hast du etwa Fieber? Krämpfe?«

»Nein«, entgegnete Theresa kaum hörbar und schüttelte schwach den Kopf, während sie sich etwas aufsetzte. Ein trockenes Kratzen breitete sich in ihrem Hals aus, und sie hatte mit einem Mal schrecklichen Durst. »Es geht schon wieder.«

»Gut«, sagte Mayer, klang jedoch wenig überzeugt und musterte Theresa weiterhin mit seinem argwöhnischen Blick, während er ihr eine Haarsträhne von der schweißbedeckten Stirn strich. »Ruh dich ruhig noch ein wenig aus. Wir haben bald eine lange Reise vor uns.«

Theresa nickte stumm und fuhr sich langsam mit beiden Händen durchs Haar. Ihre Wangen waren eiskalt, obwohl sie das Gefühl hatte, innerlich zu verglühen. Die letzte Nacht … nein, sie würde auf keinen Fall daran denken. Und Theresa würde auch keine einzige Träne vergießen, denn damit würde sie Mayer eine Macht einräumen, die er niemals haben durfte. Stattdessen zog sie sich in einen entfernten abgeschirmten Winkel ihrer Seele zurück und versuchte, ihren Körper nicht mehr zu spüren.

»Falls du irgendetwas brauchst, gib bitte dem Zimmermädchen Bescheid«, fuhr Mayer fort. »Ich habe das Personal angewiesen, regelmäßig nach dir zu sehen.« Unruhig lief er vor dem Fußende des Bettes hin und her, während er weitersprach. »Ich muss leider noch kurzfristig etwas erledigen. Es ist im Grunde nur eine Kleinigkeit, aber sie duldet leider keinen Aufschub. Ich nehme gleich eine Kutsche und komme morgen gegen Mittag zurück.«

Das ließ Theresa aufhorchen, doch sie versuchte, sich ihre Verwunderung nicht anmerken zu lassen. Langsam sank sie auf das große Kopfkissen und schloss die Augen. Sollte Mayer ruhig glauben, dass er ihren Willen gebrochen hatte. Sie wusste es besser, und sie war fest entschlossen, herauszufinden, was er im Schilde führte. »Könnte diese Kleinigkeit nicht einer deiner Geschäftspartner für dich erledigen oder vielleicht ein Bediensteter?«, fragte sie möglichst beiläufig. »Wie ich gehört habe, bietet das Hotel sogar Botendienste an.«

»Nein«, gab Mayer mit einem entschiedenen Kopfschütteln zurück. »Das geht nicht. Du weißt doch, was ich immer sage: Wenn man will, dass etwas ordentlich gemacht wird, dann muss man es selbst machen.«

»Ich verstehe«, antwortet sie. »Dann werde ich so lange hier im Bett bleiben und mich erholen. Es ist nur etwas Schwindel, sonst nichts. Vielleicht eine leichte Erkältung. Ich werde bald wieder auf den Beinen sein.« *Sehr bald,* dachte Theresa. *Um genau zu sein, in der Sekunde, in der ich sicher bin, dass du verschwunden bist.* Doch sie wusste, dass sie vorsichtig sein musste. Sicher hatte ihr Verlobter den ein oder anderen seiner Schergen als Wache postiert, um sie daran zu hindern, erneut zu verschwinden.

»Gut«, entgegnete Mayer geistesabwesend und trat vor den Spiegel, um seine Krawatte zu richten. Offensichtlich würde die Kutsche jeden Moment eintreffen. Theresa konnte die Reflexion seines Gesichts sehen und spürte, dass Mayer sich nur mit halber Aufmerksamkeit seiner Garderobe widmete, während er gleichzeitig seine Blicke über ihren Körper schweifen ließ. Sie seufzte leise, drehte sich zur Seite und zog sich die Bettdecke bis über die Schultern. Sie würde ihre schmerzenden Glieder und ihren immer noch leicht vernebelten Verstand tatsächlich noch etwas ausruhen müssen, bevor sie in der Lage wäre, irgendwohin zu verschwinden. Als Theresa gerade dabei war, das Kopfkissen in eine angenehme Position zu bringen, hörte sie plötzlich wieder die Melodie aus ihrem Traum. Sofort spürte sie, wie sich eine eisige Gänsehaut auf ihren Unterarmen ausbreitete. Hatte sie vielleicht Fieber? Oder war sie dabei, verrückt zu werden? Nein, das Geräusch war real und dieses Mal hatte es einen anderen Klang angenommen. Statt einer Geisterstimme ertönte jetzt ein leises Pfeifen. Theresa öffnete die Augen und hob vorsichtig den Kopf, um durch die geöffnete Schlafzimmertür unauffällig in die Diele vor der Suite spähen zu können. Franz Mayer zog sich gerade sein elegantes braunes Jackett über. Nachdem er im Spiegel noch einmal mit kritischem Blick kontrolliert hatte, ob seine Frisur saß, machte er sich eilig auf den Weg zu seinem Termin. Die Melodie verstummte in dem Moment, indem er die massive Eichentür hinter sich ins Schloss zog.

Das Pfeifen, dachte Theresa. *Das war es, was ich in diesem seltsamen Albtraum gehört habe. Irgendwie muss ich es im Halbschlaf wahrgenommen haben.*

Schlagartig wurde ihr nun auch klar, woher die immer wiederkehrende Melodie stammte. Sie war Teil von Chopins *Cello Sonate in g-Moll.* Mayer verehrte den polnisch-französischen Komponisten und ließ in Hamburg kein Klavierkonzert aus, bei dem eines seiner Stücke gespielt wurde. Diese Sonate mochte er besonders und pfiff immer wieder die ein oder andere Melodie daraus, wenn seine Gedanken abschweiften oder wenn er nervös war. Diese Begeisterung für Musik war zu Anfang die einzige Eigenschaft an Mayer gewesen, die ihm ein klein wenig von Theresas Sympathie eingebracht hatte, was jedoch an ihrer Ablehnung im Ganzen nichts geändert hatte.

Sie setzte sich auf und erwog ihre nächsten Schritte. Sie war nun allein in der Suite, was ihr die Möglichkeit gab, sich unbemerkt anzukleiden und das Weite zu suchen. Oder hatte Mayer die Tür hinter sich abgeschlossen? Jedenfalls hatte sie kein Geräusch vernommen, das darauf hingedeutet hätte. Dennoch gab es offensichtlich gleich mehrere Personen, die Theresa aufmerksam beobachteten. Neben Franz war da auch noch ihr Bruder Wilhelm, der sich nun offenbar ebenfalls in Berlin aufhielt. Auch wenn der Kutscher sich zurückgezogen hatte, stand sie mit Sicherheit immer noch unter seiner Beobachtung. Wilhelm war irgendwo dort draußen und verfolgte einen Plan, den Theresa sich beim besten Willen noch nicht zusammenreimen konnte. Doch sie kannte ihren Bruder: Er würde seine aufsässige Schwester sicher nicht aus den Augen lassen, bevor er sein Ziel erreicht hatte. Außerdem verheimlichte Franz Mayer etwas vor ihr, so viel war sonnenklar. Angeblich war er doch nur nach Berlin geeilt, um sie zu beschützen oder etwa nicht? *Beschützen.* Dieser Gedanke klang angesichts der vergangenen Nacht wie blanker Hohn. Jedenfalls war es höchst seltsam, dass der selbst ernannte Retter nun auf einmal Geschäftstermine in dieser fremden Stadt haben wollte.

Von einem plötzlichen Impuls getrieben warf Theresa die Decke von sich und schwang die Beine über die Bettkante. Kurz wurde ihr schwindelig, und sie sah bunte Flecken vor ihren Augen tanzen, dann tapste sie barfuß zum Fenster. Als sie vorsichtig die weißen, mit einem feinen Blumenmuster bestickten Gardinen zur Seite zog und hinunter auf die Straße sah, entfuhr ihr ein erstickter Aufschrei. Dort stand die Kutsche, die Franz erwartete. Es gab jedoch scheinbar noch einen weiteren Fahrgast: Wilhelm von Eiben stieg gerade aus und trat auf ihn zu, und die beiden Männer begrüßten sich mit einem leichten Kopfnicken. Während Franz sich noch einmal nach allen Richtungen umsah und dann hastig in das wartende Gefährt kletterte, blieb Wilhelm noch für einen Moment stehen. Langsam und mit sichtlicher Anstrengung bestieg schließlich auch er die schwarze Kutsche, die sich wenig später in Bewegung setzte und hinter der nächsten Straßenecke verschwand.

Ohne weiter darüber nachzudenken, streifte Theresa ihr Nachthemd ab und begann hastig, sich anzukleiden. Die lähmende Müdigkeit in ihren Gliedern war nervöser Anspannung gewichen. Was auch immer hier vor sich ging, sie würde nicht im Bett herumliegen, während es geschah. Zwar hatte sie keine Ahnung, was sie als Nächstes unternehmen sollte, aber zumindest würde sie nicht weiter in diesem Hotel festsitzen, indem man sie offensichtlich eingesperrt sehen wollte.

Mittlerweile hatte sie ein schlichtes, dunkelgraues Wollkleid übergezogen. In Anbetracht der frostigen Temperaturen brauchte sie jedoch mehr, um sich halbwegs warmzuhalten. Als sie ihre Schuhe aus dem unteren Fach der Garderobe zog, fiel Theresas Blick auf Franz Mayers langen schwarzen Wintermantel, den dieser zurückgelassen hatte. Das Kleidungsstück verfügte sogar über eine große Kapuze, die Theresas Gesicht sowohl vor der Kälte als auch vor neugierigen Beobachtern schützen würde. Derart eingepackt und getarnt schlich sie hinaus auf den Flur. Es war niemand zu sehen. Am Tag zuvor hatte sie beobachtet, wie zwei der Zimmermädchen mit einem Berg an Bettwäsche durch eine kleine Tür neben der Treppe verschwunden waren. Sicher befand sich dort eine weitere Stiege, die das Personal nutzte, um in die internen Bereiche des Hotels, wie die

Wäscherei oder die Küche, zu gelangen. Schnellen Schrittes und mit gesenktem Kopf machte Theresa sich auf den Weg.

Als sie wenige Minuten später durch den Dienstboteneingang hinausschlüpfte, wurde sie sofort von dem eisigen Wind erfasst, der durch die schmale Gasse fegte, die vor ihr lag. Der Nieselregen, der in feinen Fäden vom Himmel fiel, hinterließ bereits eine dünne Eisschicht auf den unregelmäßigen Pflastersteinen. Sicher würde bald der erste Schnee fallen und den Einbruch des Winters endgültig besiegeln. Nervös sah Theresa sich um. Weit und breit war keine Menschenseele zu sehen. Man hörte nur die fernen Schreie der Krähen, die unaufhörlich über der Stadt kreisten. Und doch war da irgendetwas. Egal, was sie tat und wohin sie sich wandte, Theresa wurde einfach das seltsame Gefühl nicht los, dass der Blick eines stummen, unsichtbaren Beobachters auf ihr ruhte.

Unsinn, sprach sie sich selbst Mut zu. *Hier ist niemand. Franz und Wilhelm sitzen in ihrer Kutsche, Artur spioniert höchstens vor dem Haupteingang herum, und Georg sitzt längst wieder in Hamburg vor seinem Klavier.*

Bei dem Gedanken an Georg Albers spürte Theresa einen kleinen Stich in ihrer Brust. Hoffentlich war er unbeschadet und ohne weitere Zwischenfälle in der Heimat angekommen. Nachdem sie ihn so schändlich im Stich gelassen hatte, durfte sie kaum darauf hoffen, dass er ihr je verzeihen würde. Letztlich spielte es jedoch wohl auch keine Rolle, denn sie würde ihn niemals wiedersehen. Theresa wünschte dem aufstrebenden Komponisten, mit dem sie eine kurze, aber intensive Verbindung gehabt hatte, aus vollem Herzen alles Gute für seinen weiteren Lebensweg.

Konzentrier dich, Theresa, ermahnte sie sich selbst. Auf dem Weg hinaus aus dem Hotel war sie zu dem Entschluss gelangt, noch einmal bei der Polizei vorzusprechen. Sie würde stolz und selbstbewusst die ehrenwerte Gräfin von Eiben geben und verlangen, augenblicklich unter vier Augen mit dem Polizeipräsidenten zu sprechen. Wenn er ihren Bruder angehört hatte, würde er sie kaum abweisen können. Schließlich war sie zur Zeit des vermeintlichen Unfalls mit dem Verstorbenen verlobt gewesen. Außerdem würde sie darauf pochen, dass die aufmerksame ältere Anwohnerin nochmals als Zeugin vernommen werden sollte.

Mit diesem Plan setzte Theresa sich in Bewegung. Es war noch ein weiter Weg bis zur Wache, und die Sonne stand schon recht tief am Himmel. Entsprechend eilig schritt sie den Gehweg entlang, wobei sie sich die Kapuze des schwarzen Mantels noch tiefer ins Gesicht zog. Zu gern hätte sie eine Droschke genommen, aber sie wollte nicht irgendeine Form von Aufmerksamkeit auf sich ziehen. Immerhin hatte die frische Luft ihre Kopfschmerzen vertrieben. Gedankenversunken legte sie sich bereits die Ansprache zurecht, die ihr den Weg ins Büro des Polizeichefs ebnen sollte.

In dem Moment, als sie spürte, wie eine kalte Hand unsanft ihren Oberarm umschloss, erschrak Theresa so sehr, dass sie nicht einmal schreien konnte. Noch bevor sie in der Lage war, auch nur den Mund zu öffnen, wurde sie unsanft herumgerissen.

Ich hätte es wissen müssen, dachte sie, als sie endlich in das Gesicht des Mannes sah, der ihr aufgelauert hatte.

31.

Potsdamer Platz, Berlin, 3. Dezember 1909

Es verging ein schier endlos scheinender Augenblick, indem Georg und Theresa einander nur ungläubig anstarrten. Dann fiel Georg auf, dass er immer noch Theresas rechten Oberarm umklammert hielt.

»Entschuldigen Sie«, sagte er. »Ich dachte nicht, dass …«

»Schon gut«, entgegnete sie, rieb sich jedoch langsam über die Stelle, wo er sie so grob angefasst hatte. »Ich habe auch nicht mit Ihnen gerechnet. Woher wussten Sie, wo ich bin?«

Georg angelte einen faltigen Zettel mit der Adresse des Hotels aus seiner Tasche und hielt ihn Theresa entgegen. Es waren die Kontaktdaten, die der Narbenmann dem alten Drehorgelspieler übergeben hatte. Theresa nahm die Notiz, las sie und sah Georg fragend an. Ihr Blick war sorgenvoll, als überlegte sie gerade, ob er zwischenzeitlich verrückt geworden war.

»Dieser Kerl mit den Narben«, setzte er hastig zu einer Erklärung an. »Er war hinter mir her. Ich habe mich vor ihm versteckt. Er hat mich nicht gesehen, aber ich ihn und dann …« Georg brach ab. Wie sollte er Theresa nur erklären, was er in den letzten beiden Tagen erlebt hatte? Und weshalb war sie eigentlich hier und schlich sich wie eine Diebin aus dem Hotel, indem Georg Wilhelm von Eiben vermutet hatte?

»Ihr Bruder«, fragte er und legte Theresa sanft eine Hand auf ihre linke Schulter, »hat er Sie entführt?«

»Nein«, entgegnete sie tonlos und trat einen Schritt zurück. »Ich … Ich wurde angegriffen, und dann hat Franz mich hierhergebracht.«

»Franz«, echote Georg und registrierte dabei selbst erstaunt, wie ärgerlich er klang. »Franz Mayer?«

Theresa nickte und biss sich auf die Unterlippe. Ihre Mimik blieb unverändert, doch sie sah stur an Georg vorbei, als fixiere sie irgendeinen fernen Punkt.

Sie ist völlig verändert, dachte Georg. So war sie früher auch in Hamburg: schweigsam, verschlossen und misstrauisch. Was hatte dieser Mayer nur mit ihr gemacht?

»Theresa«, sagte er ernst und schob alle anderen Gedanken erst einmal beiseite. »Was ich Ihnen jetzt sage, wird Sie vielleicht schockieren, aber Sie sollten es dennoch unbedingt wissen: Ich halte es für möglich, dass Ihr Bruder hinter dem steckt, was Jakob zugestoßen ist. Wilhelm könnte derjenige sein, der uns beide hierher verfolgt und dann diesen Schläger dazu angestiftet, mich zu verprügeln.«

»Hmm«, machte Theresa nur und wich weiterhin Georgs Blick aus. »Fest steht zumindest, dass mein Bruder mir einiges verheimlicht hat. Außerdem ist er hier, in Berlin.«

»Woher wissen Sie das?«, fragte Georg. »Haben Sie sich mit ihm getroffen?«

»Nein«, entgegnete Theresa, »aber ich habe ihn gesehen. Direkt vor diesem Hotel.«

Georg seufzte und zog den Mantel ein Stück enger um sich. »Sie haben ihm verraten, wo wir sind, oder, Theresa? Haben Sie ihm einen Brief geschickt, als wir ankamen? Oder ein Telegramm?«

»Ja«, gab Theresa zu. »Herr Schukowski hat das für mich erledigt. Es war nur eine kurze Notiz.«

»Kurz oder nicht«, antwortete Georg. »Jedenfalls stellt uns jemand nach. Jemand, der uns vielleicht aufgrund genau dieser Nachricht aufspüren konnte.«

»Ja«, stöhnte Theresa auf. »*Vielleicht*, Georg. Vielleicht aber auch nicht.« Sie schüttelte langsam den Kopf und rieb sich die Augen, als sei sie plötzlich sehr müde. »Es gibt einfach noch zu viele Ungereimtheiten, um voreilige Schlüsse zu ziehen. Irgendjemand muss endlich gründlich ermitteln und alle losen Enden zusammenführen. Und genau deshalb werde ich so schnell wie möglich nochmals mit der Polizei sprechen.«

»Das hat keinen Zweck«, stellte Georg entschieden fest. »Die Polizei hat bisher überhaupt nichts zustande gebracht Und das wird sich auch nicht ändern. Wir müssen das selbst in die Hand nehmen.«

»Das müssen *wir* nicht«, sagte Theresa und betonte das vorletzte Wort auf seltsam gedehnte Weise. Dann schüttelte sie langsam den Kopf, sodass die Kapuze eine Strähne ihres haselnussbraunen Haars freigab. »Ich werde mich ab jetzt allein darum kümmern, und ich bitte Sie, das zu respektieren.«

Georg riss überrascht die Augen auf. Theresas Worte fühlten sich an, als hätte sie ihm gerade eine schallende Ohrfeige versetzt.

»Warten Sie«, brachte er dennoch hervor, als sie sich an ihm vorbeischieben wollte. »Was ist, wenn wir noch mal zur Geigenwerkstatt gehen? Sie ist nur ungefähr einen Kilometer von hier entfernt.«

Abrupt blieb Theresa stehen. An dem plötzlich aufscheinenden Glanz in ihren Augen erkannte Georg, dass sie über diese Idee nachdachte. »Nein«, sagte sie, »es geht nicht.«

»Was soll das heißen, es geht nicht?«, rief er. Langsam verstand er die Welt nicht mehr. »Sie haben doch gesagt, dass Jakob Ihnen durch die Geige eine Nachricht schicken wollte. Irgendeinen Hinweis, der Sie der Wahrheit näherbringt. Außerdem ist Stella Verancini vielleicht die letzte Person, die mit ihm gesprochen hat. Vielleicht fällt ihr doch noch irgendein wichtiges Detail ein. Wollen Sie diese Chance einfach wegwerfen?«

»Was ich will«, sagte Theresa und ihre Stimme bebte, »ist ganz allein meine Sache. Ich habe eine Entscheidung getroffen.« Erneut rieb sie sich übers Gesicht und seufzte dann. »Bitte glauben Sie mir, wenn ich Ihnen sage, dass Sie sich in Gefahr begeben, wenn Sie weiter an meiner Seite bleiben. Nicht nur Wilhelm hat seine Augen überall. Ich …« Sie warf einen nervösen Blick über die Schulter in Richtung des Hotels. »Ich muss dringend weg von hier, bevor er herausfindet, dass ich weg bin.«

»Wer?«, fragte Georg und trat einen Schritt auf Theresa zu. »Was ist hier los?«

»Gehen Sie«, antwortete sie mit tonloser Stimme. »Gehen Sie einfach.«

»Verdammt noch mal«, polterte Georg und stampfte mit dem Fuß auf. »Ich bin in dieser verdammten Stadt für Sie durch die Hölle gegangen, Theresa. Sie schulden es mir, dass wir das jetzt gemeinsam zu Ende bringen.«

Erschrocken sah sie ihn an. Ihr Mund klappte auf und wieder zu, während sie offensichtlich um die richtigen Worte für einen Widerspruch rang. Doch dieser blieb aus.

»Theresa«, setzte Georg nochmals an, sprach nun jedoch betont leise. Was war nur in ihn gefahren, sie so anzugehen? Offensichtlich hatte die junge Frau in der Zwischenzeit auch das ein oder andere erlebt, was ihr zugesetzt hatte. »Als wir vor ein paar Tagen aus der Werkstatt kamen, haben Sie doch selbst gesagt, dass wir später noch einmal hingehen sollten. *Sie* waren es, die vermutet hat, dass Stella Verancini mehr weiß, als sie uns beim ersten Besuch gesagt hat.« Theresa nickte stumm, während er weitersprach. »Ich habe es Ihnen schon einmal gesagt, Theresa: Solange diese Sache nicht erledigt ist, bleibe ich an Ihrer Seite. Daran hat sich nichts geändert. Sei es nun der Narbenmann, der hinter mir herschleicht oder sonst wer. Das nehme ich in Kauf.« Er berührte Theresa vorsichtig an der Schulter. Sie zuckte zwar leicht zusammen, sah ihm jedoch dann endlich in die Augen. »Und wenn es Dinge gibt, die Sie mir nicht erzählen wollen, dann ist das eben so.«

Theresa atmete tief ein. Georg konnte sehen, dass sie innerlich immer noch zerrissen war und mit einer Entscheidung rang. Dann sagte sie jedoch schlicht: »Einverstanden. Lassen Sie uns zur Geigenwerkstatt gehen. Es wird schon bald dunkel.«

Und so traten beide den kurzen Weg gen Osten an. Aber nicht nur die Dunkelheit schwappte über sie herein, während sie schweigend die Leipziger Straße entlangmarschierten. Mit ihr kam der Schnee. Zuerst fiel er nur in einzelnen dicken Flocken, die schmolzen, kaum dass sie auf die Erde trafen. Dann jedoch schien es, als hätten sich sämtliche Himmelspforten geöffnet, und bald sah man nur noch einen weißen Vorhang hinunterrieseln, der alles unter sich begrub.

Während Theresa ein Stück hinter ihm blieb, stapfte Georg mit gesenktem Kopf und tief in Gedanken versunken voran. Die Distanz, die seine ehemalige Begleiterin in so kurzer Zeit zu ihm aufgebaut hatte, war körperlich spürbar. Aber woher kam bloß dieser Sinneswandel? Theresa hatte die urtümliche Anziehungskraft, welche die beiden aufeinander ausübten, ebenso gespürt, dessen war Georg sich sicher. Als sie sich umarmten und Theresa ihn dann auf die Wange geküsst hatte, war endgültig ein Feuer in Georg entfacht worden. So hatte er noch nie für eine Frau empfunden. Zum ersten Mal war in ihm die Hoffnung aufgekeimt, endlich die quälende Einsamkeit hinter sich zu lassen, die ihn schon sein ganzes Leben begleitete. Und nun, gerade einmal ein paar Tage später, spürte er, wie sich mit jedem einzelnen Schritt seine Zuneigung und seine Sehnsucht in Unsicherheit und Enttäuschung verwandelten. Lag es letztlich vielleicht doch am Altersunterschied? Oder hatte Theresa in der Zwischenzeit eingesehen, dass sie als Grafentochter auf eine wesentlich bessere Partie hoffen konnte als einen Komponisten, dessen Finanzplanung höchstens von einer zur anderen Woche reichte?

»Wie weit ist es noch?«, riss Theresas Stimme Georg aus seinen Gedanken, als die beiden in eine dunkle Seitenstraße einbogen. »Die Gegend kommt mir bekannt vor.« Ihre Beine versanken bereits bis über die Knöchel im Schnee. Statt einer Antwort deutete Georg auf das schmale Häuschen, das in ungefähr hundert Metern Entfernung auf der rechten Straßenseite lag. Dort angekommen, klopfte er zwei Mal an die Eingangstür. Es gab keine Reaktion. Wie bei ihrem ersten Besuch lag das Innere der Werkstatt im Dunkeln. »Großartig«, sagte Georg. »Das hat uns gerade noch gefehlt.«

32.

Geigenmanufaktur S.V. Berlin, 3. Dezember 1909

Georg drängte sich so nah wie möglich an das Gebäude heran. Anscheinend hoffte er, unter dem schmalen, halbrunden Vordach, das den Eingangsbereich überragte, wenigstens etwas Schutz vor dem Schneegestöber zu finden. Theresa konnte seine Enttäuschung förmlich spüren. Sie war von seinem heftigen Protest bei ihrem unverhofften Wiedersehen geschockt, konnte es ihm aber nicht verdenken, dass er aufgebracht und verwirrt reagiert hatte. Gerade deswegen beabsichtigte sie auch nicht, es ihm noch schwerer zu machen, indem sie nochmals irgendeine Form von Nähe zwischen ihnen zuließ. Er hatte sich ihr angeschlossen, um herauszufinden, was Jakob Hansen zugestoßen war und sobald diese Mission erfüllt wäre, würden sich ihre Wege trennen. Sicher wusste Georg, dass sie ihm für seine Hilfe ewig dankbar sein würde, ob sie nun im Guten auseinandergingen oder nicht. Plötzlich dachte Theresa an den kurzen, unpersönlichen Brief, den sie am Vortag abgeschickt hatte und wünschte sich einmal mehr, dass dieser unterwegs einfach verloren gehen und Georg niemals erreichen würde. Nur widerwillig gesellte sie sich nach einigen Sekunden zu ihm unter das spärliche Vordach und versuchte trotz der äußerst beengten Lage, keinen Zentimeter zu nah an ihn heranzurücken. Stattdessen schlang sie ihre Arme um ihren Körper und zitterte stumm vor sich hin. Sie konnte nur hoffen, dass Stella Verancini bald die Tür öffnen würde, bevor sich ihre Finger und Zehen endgültig in Eisklumpen verwandelten.

Georg sprach kein Wort, sondern starrte nur auf die dunkelbraunen Bretter vor seinem Gesicht, als könne er diese durch bloße Willenskraft zum Bersten bringen. Während weiterhin endlose Massen an dicken schweren Flocken vom Himmel fielen, die sich höher und höher in eisigen Schichten übereinanderwarfen, herrschte zwischen den beiden Weggefährten angespanntes Schweigen. Das leise Heulen des Windes und fernes Hundegebell waren weit und breit die einzigen Geräusche, welche in der schlecht beleuchteten Seitenstraße zu hören waren. Die Nacht kam unaufhaltsam näher.

»Na gut, Theresa«, seufzte Georg schließlich. »Es sieht so aus, als wären wir umsonst hergekommen.« Er sah ihr in die Augen. »Wie wäre es also, wenn Sie mir jetzt wenigstens sagen, was plötzlich in Sie gefahren ist? Habe ich Ihnen vielleicht irgendetwas getan?«

Theresa schluckte. Sie hatte inständig gehofft, diesem Gespräch irgendwie aus dem Weg gehen zu können. Das würde Georg jedoch offensichtlich nicht zulassen. »Nichts ist in mich gefahren«, sagte sie schließlich leise und biss sich verlegen auf die Unterlippe. »Überhaupt nichts.« Georgs versteinerte Miene verriet ihr jedoch, dass dieser sich mit einer derart knappen Antwort keineswegs zufriedengeben würde, und daher sprach sie stockend und mit belegter Stimme weiter. »Ich bin … überrascht, weil ich nicht wusste, dass Sie nach mir suchen.«

»Wie bitte?«, brauste Georg auf. Die grobe wollene Mütze auf seinem Kopf verrutschte durch seine leidenschaftliche Reaktion derart, dass er sie wieder zurechtrücken musste, damit seine Ohren nicht dem unbarmherzigen Wetter ausgesetzt wurden. Dann atmete er tief ein und steckte die geballten Fäuste in die Manteltaschen. »Was ist denn daran überraschend, Theresa? Nach allem, was zwischen uns gewesen ist, stelle ich auf einmal fest, dass Sie einfach so verschwunden sind. Ohne Vorwarnung und ohne eine Nachricht zu hinterlassen, wie vom Erdboden verschluckt. Und das nach dem, was mir passiert ist. Obwohl Sie genau wissen, dass *er* da draußen sein Unwesen treibt und mit allen Mitteln verhindern will, dass irgendjemand weitere unangenehme Fragen zum Mord an Jakob Hansen stellt. Himmel, Theresa, ich hatte schrecklich Angst davor, dass jemand Sie entführt haben könnte.«

»Ich weiß«, entgegnete Theresa kleinlaut. Warum konnte er es nicht gut sein lassen, obwohl er doch spüren musste, dass es vorbei war? »Ich habe überlegt, wie ich Kontakt zu Ihnen aufnehmen kann, aber es war nicht so einfach. Natürlich dachte ich mir, dass Sie sich um mich sorgen würden.«

»Um Sie sorgen …«, wiederholte Georg, schloss die Augen, und lehnte seinen Kopf nach hinten an die schmutzige Hauswand. »Ich habe mich in meinem Leben schon um viele Dinge gesorgt, Theresa. Und zwar schon länger, als ich überhaupt denken kann. Damit komme ich zurecht, das können Sie mir ruhig glauben.« Jetzt sah er sie wieder an. In seinem durchdringenden Blick lag ein unergründlicher Ausdruck, der Theresa eine Gänsehaut am ganzen Körper bescherte. »Du bist der einzige Mensch, der mir auf dieser Welt etwas bedeutet«, flüsterte er. »Ich liebe dich.«

Theresa hielt den Atem an. Sie hatte nicht damit gerechnet, dass Georg so fühlte und erst recht nicht damit, dass er diese Tatsache einfach unverblümt aussprechen würde. Bis vor Kurzem war Jakob der einzige Mann in ihrem Leben gewesen, der ihr die drei besonderen Worte je gesagt hatte. Was sollte sie bloß erwidern? Wie könnte sie ihrerseits ihren Gefühlen Ausdruck verleihen? Theresa sah, dass Georgs ernste dunkle Augen immer noch auf sie gerichtet waren, doch sie brachte einfach nichts über die Lippen. Noch vor ein paar Tagen waren er und sie sich so nah gewesen, hatten sich zu zweit gegen alle Gefahren und Widrigkeiten gestellt und sich gegenseitig Halt gegeben. Und doch fühlte es sich jetzt an, als wäre eine kilometerbreite Kluft zwischen ihnen. Eine unsichtbare Barriere, die Theresa nicht überwinden konnte.

»So ist das also«, raunte Georg und interpretierte damit Theresas Schweigen. »Ich wünschte, ich hätte den Mund gehalten.«

»Georg«, setzte Theresa zu einer Erklärung an. »Ich … es ist alles ziemlich schwierig. Gerade war ich noch Ihre Schülerin, dann sind wir auf einmal zusammen in dieser riesigen, gottverlassenen Stadt und wir …« Sie seufzte und machte einen kleinen Schritt auf ihn zu. »Unsere gemeinsame Zeit war unglaublich. Trotz des traurigen Anlasses der Reise waren die Tage mit Ihnen einfach unvergesslich, und vielleicht fällt es mir gerade deshalb so schwer zu glauben, dass das, was geschehen ist, ein Teil der Wirklichkeit ist. Mein Leben wurde in diesem einen Jahr jetzt schon so oft durcheinandergewirbelt, dass ich aufgehört habe zu zählen.« Müde und resigniert fasste Theresa sich an die Stirn. Ihre Augen brannten mit einem Mal vor

Erschöpfung. »Was hier passiert, ist alles andere als einfach für mich.«

»Denken Sie wirklich, das weiß ich nicht, Theresa?«, fragte Georg und hob die Hände. »Das Leben ist kein Märchen aus irgendeinem goldenen, kleinen Büchlein, indem der Prinz am Ende die Prinzessin heiratet. Was haben Sie denn erwartet?«

»Was ich erwartet habe? Was haben *Sie* denn erwartet, Georg?« Jetzt war es Theresa, die laut wurde. »Was dachten Sie, würde geschehen, wenn Sie sich auf eine Frau einlassen, der kaum erlaubt wurde, um ihre erste große Liebe zu trauern, bevor man sie schon wieder an den Nächstbesten weiterverhökert? Und ob glücklich oder nicht, immerhin war ich verlobt und bin es immer noch. Wenn hier also irgendjemand die Geschichte vom Ritter in strahlender Rüstung nachspielt, dann doch wohl *Sie!*«

Theresa war außer sich. Während sie sich so ereiferte, konnte sie spüren, wie ihr ein paar heiße Tränen über ihre eiskalten Wangen liefen. Tief in ihrem Inneren wusste sie, dass Georg recht hatte. Sie liebte ihn genauso, wie er sie. Es war so einfach und doch so unendlich kompliziert. Alles, was sie hätte tun müssen, wäre gewesen, einen Schritt auf ihn zuzugehen und ihm zu erlauben, sie für immer in seine Arme zu schließen. Aber das würde nicht so sein. Es durfte nicht so sein. Sie war durch die Verlobung an Franz Mayer gebunden. Wahrlich, es war keine Verbindung aus Liebe, und Theresa war alles andere als glücklich damit. Dennoch stand die Sache ein für alle Mal fest, und jedes weitere Rütteln daran würde nichts als unnötiges Leiden verursachen.

»Verlobt«, schnaubte Georg. »Ist es das, was Sie wollen, Theresa? Ihr restliches Leben mit diesem Mayer zu verbringen? Wirklich?« Er kam noch einen winzigen Schritt auf Sie zu, sodass sie seinen heißen Atem auf ihrem Gesicht spüren konnte. »Sehen Sie mir in die Augen und sagen Sie mir, dass Sie das möchten«, verlangte er. »Sprechen Sie es nur einmal laut aus, und ich lasse Sie für immer in Ruhe.«

Natürlich nicht, schrie Theresa innerlich, während sie Georg stumm ansah. Wieder stiegen ihr die Tränen in die Augen. *Ich will dich, du verflixter Sturkopf, aber wir werden niemals zusammen sein können. Warum musst du mich also immer weiter quälen?*

Es half alles nichts. Mit letzter Kraft richtete Theresa sich kerzengerade auf und wischte sich hastig die Tränen aus dem Gesicht. Jetzt war die Zeit gekommen, das Band endgültig und für alle Zeit zu durchtrennen. Sie holte tief Luft und nahm sich vor, ruhig und mit fester Stimme zu sprechen.

In diesem Moment öffnete sich die schwere Holztür vor ihnen einen Spalt breit, und Stella Verancinis erstauntes Gesicht erschien. »Sie beide?«, in ihrer Stimme lag unverhohlenes Misstrauen. »Was wollen Sie denn schon wieder hier?«

33.

Geigenmanufaktur S.V., Berlin, 03. Dezember 1909

Frau Verancini hatte die unerwarteten Besucher zwar hineingebeten, aber Theresa konnte deutlich sehen, dass sie alles andere als begeistert von dem erneuten Zusammentreffen war. Die Dame des Hauses versuchte offenbar, ruhig zu wirken, indem sie sich locker gegen den Tresen der Werkstatt lehnte, dennoch wippte sie ständig mit dem rechten Bein auf und ab und ließ ihren Blick in Richtung Haustür schweifen, als befürchte sie jeden Moment eine weitere Störung.

»Frau Verancini«, begann Theresa, »es tut uns sehr leid, dass wir zu später Stunde einfach so bei Ihnen vorbeischauen, aber es ging leider nicht anders.«

Die Geigenbauerin warf sowohl Georg als auch Theresa einen prüfenden Blick zu, sagte jedoch nichts.

»Es haben sich zwischenzeitlich weitere Anhaltspunkte dafür ergeben, dass der Tod meines Verlobten kein Unfall war. Er … ich denke, dass irgendjemand hinter ihm her war. Bitte, können Sie uns helfen, die Sache aufzuklären? Fällt Ihnen noch irgendetwas ein, was Jakob gesagt oder getan hat, als er hier war, um die Geige zu kaufen, irgendein ein kleines Detail vielleicht?«

»Ich habe Ihnen schon alles erzählt.« Ihre Stimme klang angespannt, und Frau Verancini sah nochmals an Theresa vorbei zur Eingangstür.

»Bitte«, flüsterte Theresa und faltete die Hände vor ihrer Brust. »Ich *muss* einfach herausfinden, was Jakob wirklich zugestoßen ist.«

»Und ich wünsche Ihnen ehrlich, dass Ihnen das gelingt, aber ich kann nicht mehr für sie tun, als ich schon getan habe«, entgegnete Frau Verancini. Ihr Ton war nun etwas weicher, aber dennoch ließ sie keinen Zweifel daran, dass die Sache für sie abgeschlossen war.

»Ich wurde erst vor Kurzem von einem Mann angegriffen«, schaltete sich Georg nun ein. »Er ist ziemlich groß und hat ein markantes Gesicht, das über und über mit Narben übersäht ist. Haben Sie diesen Mann schon mal gesehen, Frau Verancini?«

»Nein«, antwortete diese. »Daran würde ich mich erinnern.« Ihre Antwort kam blitzschnell. Etwas *zu* schnell für Theresas Geschmack.

»Irgendjemand hat Jakob etwas angetan«, mischte sich Theresa wieder ein. »Ich weiß es einfach.« Sie legte die rechte Hand auf ihre Brust und spürte ihr pochendes Herz. »Bitte, Frau Verancini. Es wäre gut möglich, dass Sie die letzte Person sind, die mit meinem verstorbenen Mann gesprochen hat. Und falls das so ist, sind Sie meine einzige Chance, um seinen Mörder doch noch zur Rechenschaft zu ziehen.«

Die Mundwinkel der Geigenbauerin zuckten für einen winzigen Moment, und Theresa glaubte, in derselben Sekunde einen Hauch von Angst in ihren Augen aufblitzen zu sehen. »Wie ich bereits sagte: Ich kann nichts mehr für Sie tun.«

»*Können* Sie das nicht oder *wollen* Sie nicht?«, rief Theresa. Sie fühlte, wie ihre Wangen vor Aufregung glühten und ihr Puls in ihren Schläfe hämmerte. »Ich flehe Sie an, Frau Verancini.« Sie ging einen Schritt auf die Dame zu und ergriff verzweifelt ihre rechte Hand. »Wenn Sie mir nur …« Theresas Stimme versagte plötzlich, als sie sah, dass Stella Verancini einen goldenen Ring trug. Das Schmuckstück war äußerst fein gearbeitet und mit einem kunstvoll geschliffenen Rubin versehen. Ein starker Kontrast zu der einfachen, teils etwas abgetragenen Kleidung, in die sich die Dame ansonsten hüllte. Auch ihrer Behausung nach zu urteilen, konnte diese sich eher gerade so über Wasser halten, als dass sie besonders viel mit ihrem Handwerk verdiente. Seltsam, dass sie dennoch einen derart schönen und offensichtlich überaus wertvollen Ring trug. Während Sie darüber nachdachte, fiel Theresa ein, dass Frau Verancini diesen beim letzten Besuch noch nicht am Finger gehabt hatte.

Bevor Theresa die Kostbarkeit noch weiter betrachten konnte, entriss Stella Verancini ihr unsanft ihre Hand. Als sie weitersprach, klang ihre Stimme wieder hart und abweisend. »Sie steigern sich da in etwas hinein, Frau Hansen. Ihr Mann hat mir gar nichts anvertraut. Wir waren ja kaum miteinander bekannt.«

Theresa sah ihrem Gegenüber lange in die Augen. Diese Frau verschwieg ihr etwas. Sie war zwar gut darin, ihre Gefühlsregungen zu verbergen, aber Theresa merkte es trotzdem. Aber was? Was wusste sie, das sie Theresa gegenüber einfach nicht preisgeben wollte? Und was sollte das eigentlich heißen: *Kaum miteinander bekannt?* Hatte Frau Verancini nicht vorher gesagt, sie hätte Jakob nur ein einziges Mal gesehen? Wieder fiel Theresas Blick auf den goldenen Ring. Der rote Stein funkelte zart im Kerzenlicht, das die ansonsten düstere Werkstatt erhellte. Plötzlich kam Theresa ihr Gespräch mit Else Schukowski in den Sinn, und es war ihr, als hätte ihr Herzschlag mit einem Mal ausgesetzt.

Ich hab' auch so den ein oder anderen Bekannten, hatte die Wirtin in vielsagendem Ton festgestellt, als sie von Jakob und der Frau berichtet hatte, mit der er in der Hotelbar gefeiert hatte. Eine unbekannte, aber sehr attraktive Frau. Eine Frau, zu der Jakob offensichtlich eine Verbindung hatte. *Er hat ihr einen Ring geschenkt*, hatte sich Elsa Schukowski erinnert, *einen richtig schönen, mit Gold und 'nem Edelstein und so.*

Natürlich. Plötzlich drängte sich der Gedanke Theresa so heftig auf, dass sie sich fragte, warum er ihr nicht schon viel früher gekommen war. Jakob und Stella Verancini hatten einander sehr wohl gekannt. Und das war noch nicht alles. Theresa kam es nun so vor, als wäre die Temperatur des Raumes von einer Sekunde zur anderen rasant angestiegen. Statt der Kälte in ihren Fingern und Zehen, die ihr auf dem Weg zur Werkstatt zugesetzt hatten, nahm sie jetzt nur noch die sengende Hitze wahr, die sich wie ein Tuch über ihr Gesicht und ihren Hals legte. Ihre Miene verhärtete sich.

»Dieser Ring, wo haben Sie den her?«, fragte sie die Geigenbauerin ganz ohne Umschweife.

Diese war von der Frage offensichtlich überrascht. »Wie bitte?«, entgegnete sie verständnislos.

»Sie kannten Jakob sehr wohl. Und zwar besser, als Sie zugeben wollen.« Theresa merkte, dass ihre Stimme etwas zu zittern begann.

»Hat er Ihnen erzählt, dass wir verlobt waren?«, fragte sie weiter. »Unsere Hochzeit stand kurz bevor, wussten Sie das?«

»Ja«, antwortete Frau Verancini. »Ich erinnere mich daran, dass er auch davon gesprochen hat, aber warum …«

»Interessant«, bohrte Theresa weiter, und obwohl ihre Stimme leiser wurde, nahm sie auf einmal einen ungewöhnlich scharfen Klang an. »Und weshalb war er dann mit Ihnen in einer Hotelbar? Es gab wohl etwas zu feiern, wie?«

»Ganz recht«, erwiderte Stella Verancini und hob leicht ihr Kinn an. An dem Zucken ihrer Mundwinkel konnte Theresa sehen, dass sie nicht mit dieser Frage gerechnet hatte. *Erwischt.* »Sie wissen anscheinend sehr gut Bescheid. Allerdings werde ich das Gefühl nicht los, dass Sie mir etwas unterstellen wollen, und das passt mir überhaupt nicht.«

»Unterstellen?«, fuhr Theresa auf. »Ich brauche überhaupt nichts zu unterstellen. Man hat sie beide schließlich zusammen gesehen. Und dieser Ring …«

»Fräulein von Eiben«, entgegnete die Geigenbauerin ruhig, aber streng. »Theresa. Bitte glauben Sie mir, wenn ich Ihnen sage, dass Sie hier gehörig auf dem Holzweg sind.« Sie betrachtete nun selbst ihr rechte Hand und drehte diese so, dass der Stein den Kerzenschein reflektierte. »Der Ring ist ein Erbstück. Seit vier Generationen im Familienbesitz. Keine Ahnung, warum Sie das so dringend wissen wollen, aber es ist die Wahrheit.« Sie seufzte und sah Theresa fest in die Augen. »Und den Rest der Geschichte werde ich Ihnen auch erzählen. Aber zuerst müssen Sie sich beruhigen."

»Geben Sie es zu«, forderte Theresa, wobei sie Stella Verancinis Einwand völlig ignorierte. »Sagen Sie es mir wenigstens ins Gesicht, dass sie mir meinen Verlobten gestohlen haben!« Sie bebte jetzt am ganzen Körper vor Zorn und vor Aufregung. Um die aufsteigenden Tränen zu unterdrücken, die sich in ihren Augenwinkeln sammelten, biss Theresa sich fest in das Innere ihrer Wange und atmete stoßweise.

Stella Verancini warf ihr einen langen Blick zu, indem sowohl Ärger als auch eine Spur von Mitgefühl lag. »Sie beide gehen jetzt besser«, sagte sie und machte kaum merklich einen kleinen Schritt in Richtung ihres Gewehrs, das hinter ihr im Regal lehnte.

»Vielleicht ist das wirklich besser«, knurrte Theresa.

»Nein«, sagte Georg so laut, dass beide Frauen ihn erstaunt ansahen. Bisher hatte er sich völlig aus der Unterhaltung herausgehalten. »Das ist es ganz sicher nicht. Draußen braut sich ein handfester Schneesturm zusammen und ich will verdammt sein, wenn ich mit dem heute noch Bekanntschaft machen muss.« Er seufzte und rieb sich müde mit beiden Händen über seine stoppeligen Wangen. »Theresa«, sagte er schließlich. »Ich habe keine Ahnung, was es mit diesem Ring auf sich hat oder von welcher Hotelbar Sie sprechen, aber bitte ziehen Sie keine voreiligen Schlüsse und hören Sie sich an, was Frau Verancini uns zu sagen hat.«

»Nicht nötig«, schnappte Theresa verächtlich. »Ich kann auch so eins und eins zusammenzählen, schließlich bin ich nicht naiv.«

»Nun gut«, entgegnete Georg und zuckte gleichgültig mit den Schultern, bevor er sich der Geigenbauerin zuwandte. »Würden Sie *mir* dann vielleicht erzählen, was sich wirklich ereignet hat?«

Mit ärgerlichem Blick und fest verschränkten Armen stand die Inhaberin der Werkstatt da und haderte scheinbar mit einer Entscheidung, wobei sie abwechselnd zwischen Theresa und Georg hin und her sah. Schließlich verschwand sie ohne ein weiteres Wort durch die schmale Tür hinter ihr, welche in den hinteren Teil der Geigenmanufaktur führte. Lediglich mit einem schwachen Kopfnicken bedeutete sie den beiden Besuchern, ihr zu folgen. Sie führte diese in eine kleine, kärglich möblierte Kammer mit niedriger Decke und ohne ein einziges Fenster, die lediglich von einer krummen Kerze aus gelblich-weißem Talg erhellt wurde. Dort setzten sie sich an einen klapprigen abgewetzten Holztisch. Nach einigen Sekunden zog Stella Verancini plötzlich irgendwo aus dem Dunkel hinter ihr eine bauchige Korbflasche mit einer klaren Flüssigkeit hervor und goss geschickt drei Gläschen davon aus.

»Wohlsein«, sagte sie und trank, ohne eine Reaktion der beiden Gäste abzuwarten, in einem Zug aus. »Wenn Ihr mit mir trinkt, sagen wir ab jetzt Du zueinander und schwören uns, dass es an diesem Tisch keinerlei Lügen und keine Geheimnisse gibt.«

Georg und Theresa warfen sich einen kurzen, irritierten Blick zu, leerten dann jedoch ihre Gläser. Zu Theresas Überraschung brannte der Schnaps nur wenig und hatte im Abgang eine leichte süßliche Himbeernote.

»Brav«, lobte Stella und zwinkerte Theresa so vertraulich zu, als bestünde zwischen ihnen eine lang gehegte Freundschaft. Als sie jedoch weitersprach, hatte Letztere den Eindruck, als sei die forsche und zugleich so ungezwungene Art der jungen Italienerin ihre ganz eigene Methode, gegenüber Fremden eine Art unsichtbaren Schutzschild zu erschaffen, welche diese auf Distanz hielt. Ihr banger Blick und ihre angespannte Nackenmuskulatur sprachen eine gänzlich andere Sprache. Theresa fühlte immer noch eine nagende Wut in ihrem Bauch, zwang sich jedoch, diese erst einmal hinunterzuschlucken, damit sie sich anhören konnte, was die Geigenbauerin zu sagen hatte. Und so fuhr Stella in einem deutlich ruhigeren und ernsteren Ton fort, als sie ihren beiden Besuchern ihre Geschichte erzählte:

»Dass ich Jakob Hansen überhaupt begegnet bin, war purer Zufall. Er war gerade in Berlin angekommen und traf sich mit einigen Instrumentenhändlern, mit denen er in Kontakt stand. Mit einem dieser Händler, Herrn Kozak, war ich wiederum zum Mittagessen verabredet, in einem kleinen italienischen Restaurant direkt an der Spree. Ein wundervoller Laden. Wenn ihr irgendwann einmal im Sommer in Berlin seid, nehme ich euch dorthin mit und ihr werdet die besten Panzerotti eures Lebens essen. Jedenfalls ist dieser Bursche, dieser Kozak, zwar ein vortrefflicher Geigenhändler, aber mit einem Kalender kann er scheinbar nicht umgehen. Und so erschienen sowohl Jakob als auch ich zu einer Verabredung mit ihm, er selbst tauchte aber nicht auf. Sein Pech, denn ich habe mir die Gelegenheit nicht entgehen lassen, gleich ein exzellentes Geschäft einzufädeln. Nachdem ich ihm von meiner Werkstatt erzählt hatte, meldete Jakob als angehender Musikhausbetreiber gleich Interesse an einer Zusammenarbeit an. Man könnte sagen, wir waren uns fast schon handelseinig.«

Stella bemerkte Theresas bohrenden Blick, der auf ihr ruhte, und hielt kurz inne.

»Und ja, das haben wir dann kurze Zeit später in dieser Hotelbar gefeiert. Ich wollte eigentlich schnell wieder gehen, aber Jakob hat in seinem Überschwang gleich eine ganze Flasche von diesem sprudelnden Zeug bestellt.«

»Ach was!«, echauffierte sich Theresa. »Ich kann mir ja richtig vorstellen, wie du dich dagegen gewehrt hast. Jetzt soll dann wahrscheinlich Jakob an allem schuld sein, wie? Ich weiß, dass er dir einen Ring gegeben hat.«

»Wie gesagt«, fuhr Stella fort und sah elegant über Theresas Tonfall hinweg, »es ist nichts passiert, an dem der eine oder die andere schuld zu sein braucht. Das schwöre ich.«

Theresa schnaubte laut hörbar, verkniff sich jedoch einen weiteren Kommentar dazu. Sollte diese Frau doch erzählen, was sie wollte.

»Im Nachhinein ist mir klar, dass es dennoch nicht richtig war«, fügte Stella leise hinzu und wagte Theresa dabei lediglich aus dem Augenwinkel anzusehen. »Man trifft sich nicht allein mit einem verlobten Mann. Es gehört sich nicht. An diesem Tag, in diesem Moment, habe ich das einfach nicht erkannt. Ich hatte ja keinerlei Absichten in dieser Richtung, und sowieso verstehe ich nichts von … solchen Dingen.« Stella drehte den goldenen Ring an ihrem Finger ein paarmal hin und her und streifte ihn dann vorsichtig ab. »Den hier trage ich manchmal, wenn ich traurig bin«, sagte sie versonnen. »Er erinnert mich an meine Großmutter. Und an meine Heimat.« Sie legte das Kleinod vor sich auf den Tisch und sah es kopfschüttelnd an. »Der Ring, den Jakob mir gezeigt hat, hatte einen kleinen, aber wunderschön geschliffenen Diamanten, weißt du? Er war sich unsicher damit, weil er insgesamt recht schlicht aussah. Schließlich sollte er ein Geschenk für dich sein. Zur Hochzeit.«

Theresas Augen verengten sich, während sie das Gesicht der Italienerin eindringlich nach irgendwelchen Anzeichen für eine Lüge absuchte, doch diese erwiderte ihren Blick mit völliger Gelassenheit.

»Aber was hat es mit der Geige auf sich?«, fragte Georg. Die angespannte Stimmung zwischen den beiden Frauen war ihm sichtlich unangenehm, so wie er ständig von einer zur anderen sah. »Hat Jakob die auch bei Ihnen, ich meine bei dir, gekauft? Als Geschenk für Theresa?«

»Nein«, antwortete Stella und schüttelte heftig ihre schwarze Lockenpracht, in deren Glanz sich das schwache Licht der Kerze brach. »Und das war auch alles viel später. Zuerst habe ich ihn ein paar Tage nicht mehr gesehen. Er hatte ja dieses Treffen mit seinem Investor. Das kam mir gleich seltsam vor. Ein fremder Mann will einem anderen einfach so einen Haufen Geld geben? Was für eine Sicherheit hätte Jakob schon bieten können? *Da kann doch irgendetwas nicht stimmen*, dachte ich.«

Theresa biss sich nervös auf die Unterlippe. Genau diese Befürchtungen hatte sie auch gehabt. Vielleicht war das weibliche Intuition. Ob Stella im Gegensatz zu ihr wohl den Mut gehabt hatte, Jakob damit zu konfrontieren?

»Und als er dann zurückkam von dem Treffen, klopfte er einfach mitten in der Nacht an meine Tür. Ich hatte ihm ja die Adresse gegeben, weil er versprochen hatte, sich die Werkstatt anzuschauen. Meine Güte, der Mann sah aus, als hätte er ein Gespenst gesehen. Aufgewühlt war er, richtig fahrig und gezittert hat er auch.« An dieser Stelle unterbrach sich Stella und holte erneut die Schnapsflasche hervor. Sie goss jedem noch ein halbes Glas ein, sprach jedoch dann schnell weiter, ohne von ihrem zu trinken. »Der Investor war überhaupt keiner. Irgendeine ganz üble Type war das. Hat Jakob zuerst viel Geld geboten, damit er verschwindet und als er das nicht annehmen wollte, hat er ihm mit allerlei Bösartigkeiten gedroht. Das hat ihm schlimm zugesetzt.«

»Moment«, hakte Georg nach. »Was heißt das, er sollte verschwinden? Aus Berlin etwa?«

»Nein«, sagte Stella. »Aus dem Land. So weit wie möglich weg von hier. Der Kerl wollte Jakob dazu überreden, nach Amerika zu gehen. Hat in Aussicht gestellt, dass er ihm da eine hübsche Anstellung und einen Haufen Geld besorgen würde. Das Blaue vom Himmel hätte er ihm versprochen, wenn er nur so schnell wie möglich seine Sachen gepackt und das nächste Schiff bestiegen hätte.«

»Wie sah dieser Mann aus?« Dieses Mal meldete Theresa sich zu Wort.

Stella überlegte kurz und schürzte dabei die Lippen. »Groß, hat Jakob gesagt. Und dass er ein paar wirklich hässliche Narben im Gesicht trug.«

Theresa hielt den Atem an. Mit einem Mal breitete sich eine eiskalte Gänsehaut über ihren ganzen Körper aus. Georg warf ihr einen besorgten Blick zu und nickte kaum merklich. Damit hatten sich ihre schlimmsten Befürchtungen wohl bewahrheitet. Jakob war dem Narbenmann begegnet, und dieser hatte dem Leben des jungen Mannes ein Ende gesetzt. Aber warum? Woher kamen diese ganze Gewalt, die Drohungen und die Brutalität und was hatten sie nur für einen Zweck?

»Und als er starb?«, fragte Theresa sehr leise. »Wie war das? Was ist passiert?« Sie schaffte es kaum, die Worte auszusprechen, denn plötzlich fühlte sie, wie die Trauer um ihren verstorbenen Verlobten mit aller Macht zurückkehrte. Und sie war nicht allein: In Theresas Gefühlswelt herrschten gleichzeitig auch Wut und Angst. Wut darüber, dass jemand es gewagt hatte, ihr Jakob wegzunehmen. Eine Tat, die ihr vormals schönes Leben völlig zerstört hatte. Und gleichzeitig Angst davor, dass bald noch mehr Unheil über sie hereinbrechen könnte. Wer konnte schon wissen, wie knapp Georg oder sie bisher dem Tod durch die Hand des narbengesichtigen Mörders entkommen waren. Wie lange würde das noch so bleiben?

»Es war schon spät abends«, sagte Stella und ihre Stimme zitterte. Jetzt trank sie den Schnaps, der vor ihr stand, doch aus. »Jakob war nach dem Treffen völlig außer sich und hatte Angst, irgendjemand könne ihm gefolgt sein. Ich habe ihn dann ein paar Tage lang hier unten auf einem alten Diwan übernachten lassen, den ich ohnehin nicht mehr nutze. Mein Schlafzimmer ist oben, am anderen Ende des Hauses.« Sie fügte den letzten Satz eilig ihren Schilderungen hinzu, aber Theresa hatte ohnehin keinerlei Sinn mehr für irgendwelche Eifersüchteleien. Jakob war ihr nicht untreu gewesen, dessen war sie sich jetzt sicher. Ganz tief in ihrem Herzen hatte sie es ohnehin die ganze Zeit gewusst. »Aus Furcht, irgendjemand könnte herausfinden, wo er ist, wollte Jakob dir nicht einfach schreiben. So kamen wir dann beide auf die Idee, die Geige nach Hamburg zu schicken, und ich habe sie zur Post gebracht. Jakob war sich sicher, dass du im Stande wärst, herauszufinden, woher sie kommt.« Stella legte Theresa anerkennend eine Hand auf die Schulter. »Damit hatte er völlig recht, wie man sieht.«

»Was ist dann geschehen?«, fragte Georg, der offensichtlich mehr an den nackten Fakten interessiert war als an den Anekdoten, mit denen die Geigenbauerin diese hier und da etwas ausschmückte. Stella goss zum dritten Mal die Gläser voll. Als sie die Flasche anhob, verstand Georg das Signal und trank schnell seine zweite Ration aus, die bisher noch unangetastet geblieben war.

»Dann«, sagte Stella und atmete tief ein, »kam dieser Abend. Dieser verdammte Abend. Es war der 21. August, das weiß ich noch, und Jakob hielt es einfach nicht mehr aus. Er sagte, er wolle endlich zurück nach Hamburg. Zurück zu seiner Verlobten, koste es, was es wolle. Eine Woche später sollte ja die Hochzeit stattfinden, nicht wahr, Theresa?«

»Nicht ganz eine Woche«, korrigierte diese. »Wir sollten am 27. August heiraten. Das war ein Freitag.«

»Dann also sechs Tage. Jedenfalls hat dein Jakob immer wieder gesagt, dass er dir versprochen hätte, rechtzeitig heimzukommen. Und so, wie er es sich ausgerechnet hatte, war der 21. August wohl der späteste Termin, um noch alle Vorbereitungen zu schaffen und die Trauung wie geplant zu feiern. Ich wollte ihn überreden, wenigstens bis zum nächsten Morgen zu warten. Zu dieser späten Stunde wäre ohnehin kein Zug mehr gefahren, aber er war nicht zu bremsen.« Zum dritten Mal leerte Stella ihr Glas. Mit geschlossenen Augen warf sie den Kopf in den Nacken und goss sich den Alkohol förmlich direkt in die Kehle. »Ich war vorn in der Werkstatt und habe ihm nachgesehen, wie er über die Straße ging, direkt hier vor dem Haus. Plötzlich sah ich zwei Lichter, ein Motor heulte auf, und bevor ich auch nur einen klaren Gedanken fassen konnte, war es passiert. Ein Automobil kam angerast. Es hat Jakob erfasst und ihn regelrecht durch die Luft geschleudert. Ich denke, als er auf dem Pflaster aufschlug, war er bereits tot.«

»Oh Gott«, presste Theresa hervor. »Oh Gott.« Sie wiederholte es immer wieder. Unfähig, etwas anderes zu sagen oder zu denken.

Sie nahm Stellas Hand, und beiden Frauen standen Tränen in den Augen.

»Es tut mir so leid, dass ich dir jetzt erst die ganze Geschichte erzähle«, flüsterte Stella. »Bitte verzeih mir. Seit diesem Abend bin ich …« Sie schlug die Hände vor ihr Gesicht und stöhnte leise. »Ich fühle mich ständig beobachtet. Nachts liege ich wach und denke daran, dass der Fahrer noch irgendwo dort draußen ist. Was, wenn er mich gesehen hat? Was, wenn er zurückkommt oder jemanden hierherschickt, um …«

»Ich verstehe«, versicherte Theresa und drückte sanft Stellas Hand. »Du musst dich nicht rechtfertigen. Jetzt weiß ich ja Bescheid. Das ist alles, was zählt.«

»Theresa«, sagte Georg, nachdem er sich geräuspert hatte. Die Sorgenfalten in seinem Gesicht erschienen im Schein des Kerzenlichts noch tiefer. »Jakobs Tod war sicher kein Zufall. Und dann diese Sache mit der Geige. Warum wollte er dir wohl keinen Brief schreiben? Ich denke, ich weiß, warum: weil dieser Brief direkt bei demjenigen gelandet wäre, der deinen Verlobten am dringendsten loswerden wollte und das …«

Bevor Georg seinen Satz beenden konnte, hämmerte jemand derart brutal von außen gegen die Eingangstür des Hauses, dass alle Anwesenden erschreckt zusammenzuckten. Offensichtlich war das traute Zusammensein nun erst einmal vorbei.

34.

Geigenmanufaktur S.V., Berlin, 3. Dezember 1909

Ein Moment völliger Stille, dann wieder das Hämmern.

»Theresa!«, die Stimme klang so heiser, als er würde der Rufer seine Worte mit aller Kraft herauspressen müssen, um sich Gehör zu verschaffen. »Theresa, ich weiß, dass du da drin bist. Lass mich rein!«

»Wer zum Teufel ist das?«, zischte Stella und warf dabei Theresa und Georg abwechselnd alarmierte Blicke zu. Als keiner der beiden die Frage beantworten konnte, sprang die resolute junge Frau von ihrem Stuhl und huschte in die Werkstatt.

Theresa packte sofort ein schlechtes Gewissen. War Franz Mayer etwa früher von seinem Termin zurückgekehrt als erwartet? Sicher wäre er sehr wütend, wenn er wüsste, dass Theresa sich nochmals einfach so davongemacht hatte, ohne ihm Bescheid zu geben. Schließlich hatten beide vereinbart, dass Theresa im Hotel auf seine Rückkehr warten würde. Schon morgen sollte es für die beiden endlich zurück nach Hamburg gehen. Zurück in ihr altes Leben oder jedenfalls in das, was davon noch übrig war. Theresas Gedankenfluss stockte für einen Moment. Konnte Sie diesen Plan immer noch durchziehen? Oder hatten Stellas Enthüllungen über Jakobs letzte Tage etwas daran geändert? Theresa konnte sich selbst noch nicht erklären, was es war, aber irgendwie hatte sich ihr innerliches Gleichgewicht nochmals verschoben. Einerseits fühlte sie eine große Erleichterung darüber, dass ihre große Liebe nun doch keine Einbildung gewesen zu sein schien. Jakob war nicht mit einer anderen durchgebrannt, und er hatte Theresa auch nicht einfach sitzen lassen. Das Bild ihres verstorbenen Geliebten, dieses warmherzigen, aufrichtigen und durch und durch liebenswerten Mannes, war vollständig wiederhergestellt. Die Risse, die ihre Zweifel und ihre Eifersucht darin hinterlassen hatten, waren verschwunden, sodass die Erinnerung an ihn nur noch heller erstrahlte als zuvor. Und es war eben dieser Glanz, dieses Leuchten, das ihr Kraft gab, um sich einem Leben zu stellen, welches sie für immer ohne Jakob würde fristen müssen. Andererseits warf diese Version der Ereignisse an einer gänzlich anderen Stelle eine überaus beunruhigende Frage auf: Wenn Jakobs Tod kein Unfall gewesen war, wer hatte ihn dann ermordet?

Bevor Theresa diesen Gedanken weiterverfolgen konnte, spürte sie auf einmal einen kalten Luftzug, der durch die Werkstatträume bis in das Halbdunkel des beengten Hinterzimmers fuhr. Stella, die nun wieder ihr Gewehr im Anschlag hielt, hatte mit einem Ruck die Haustür geöffnet und zielte ebenso unbarmherzig auf den neuerlichen Störenfried, wie sie es einige Tage zuvor bei Theresa und Georg getan hatte.

»Wer sind Sie, und was wollen Sie hier?«, blaffte sie und trat offensiv einen halben Schritt vorwärts, wobei sie die Waffe auf ihn richtete. Man konnte sehen, dass sie durchaus geübt im Umgang mit dem eisernen Ungetüm war. Der Mann, der dort draußen in der Eiseskälte stand und von dem Theresa bisher nicht mehr als eine schwache Silhouette sehen konnte, hustete zunächst derart heftig, dass sein gesamter Körper erzitterte. Als er endlich seine Sprache wiederfand, traute Theresa ihren Ohren kaum.

»Bitte«, krächzte er heiser. »Mein Name ist Wilhelm von Eiben, und ich möchte nur einen Moment lang mit meiner Schwester sprechen.«

»Mir scheint, dass sie sich in der Hausnummer geirrt haben«, erwiderte Stella etwas weniger aggressiv, aber immer noch sehr abweisend. »Und nun wünsche ich, dass sie verschwinden.« Sie wollte die Tür ebenso schwungvoll zuschlagen, wie sie diese geöffnet hatte, aber Wilhelm hatte bereits einen seiner schweren Stiefel auf der Schwelle platziert.

»Oh nein«, sagte er in dem typischen Ton eines Aristokraten, der zwar oberflächlich ruhig war, aber dennoch keinerlei Widerspruch zuließ. »Ich *muss* mit meiner Schwester sprechen, bevor ich gehen kann.«

Stella warf Theresa über die Schulter hinweg einen fragenden Blick zu. Als Letztere zögerlich nickte, senkte sie das Gewehr etwas.

»Theresa, was …«, flüsterte Georg und wollte ihr die Hand auf die Schulter legen, aber sie war schon unterwegs in Richtung der Eingangstür. Als sie ihren Bruder zum ersten Mal seit Wochen wieder sah, schlug sie erschrocken die Hände vors Gesicht. Dabei entfuhr ihr ein halb erstickter Aufschrei. Wilhelm von Eiben sah wahrhaft schrecklich aus. Seine Haltung war gebückt, und es schien, als hätte er Mühe, sich überhaupt auf den Beinen zu halten. Der Mann bestand quasi nur noch aus Haut und Knochen. Sein Gesicht wirkte zugleich müde und schlaff und doch angespannt. Sein Teint war am ehesten als blassgelb zu beschreiben und obwohl er noch nicht einmal dreißig Lenze zählte, hatte er nun schütteres Haar und den trüben, verklärten Blick eines Greises. Wäre Theresa ihm zufällig auf der Straße begegnet, sie hätte ihn nicht einmal erkannt.

»Theresa«, keuchte Wilhelm noch einmal. »Bitte hör mich an. Ich muss dir einige wichtige Dinge erklären.«

Als er einen wackligen Schritt nach vorn tat, erhob Stella energisch ihre rechte Hand, während sie das Gewehr in der linken Richtung Boden sinken ließ. Offenbar war sie zu dem Schluss gekommen, dass sie notfalls auch ohne Waffengewalt mit Theresas Bruder fertig würde.

»Keinen Schritt weiter«, bestimmte sie. »Was Sie zu sagen haben, können Sie hier sagen. Mein Haus werden Sie nicht betreten.«

»Stella …«, wollte Theresa einwenden, aber deren strenger Blick ließ sie verstummen. Wilhelm wurde derweil von einem neuerlichen Hustenanfall geschüttelt. Es klang furchtbar, so als könne man regelrecht hören, wie es ihm innerlich die Lungen zerriss.

»Nun gut«, sagte er, nachdem klar war, dass selbst von der eigenen Schwester kein Protest gegen Stellas abweisende Haltung zu erwarten war, und trat einen großen Schritt zurück. »Ich verstehe«. Ungelenk und mit zitternden bloßen Händen zog Wilhelm einen zerknitterten Brief aus der Innentasche seines Mantels und hielt ihn in Theresas Richtung. »Bitte lies das so schnell es geht«, bat er. »Und versteck dich weiterhin hier. Geh bloß nicht zurück in dieses Hotel bis …« Wieder kam ein erbarmungsloser bellender Husten über

Wilhelm. Dieses Mal versagten seine Beine, und er sank auf die Knie. Ein zähes, rotes Rinnsal lief ihm aus dem Mundwinkel auf das weiße Bett aus frisch gefallenem Schnee. Hektisch drängte Theresa sich an Georg und Stella vorbei und hockte sich neben ihren Bruder.

»Wilhelm«, flüsterte sie ängstlich. »Was ist mit dir?«

»Das ist die Schwindsucht«, stellte Stella nüchtern fest, bevor er etwas erwidern konnte. »*La tisi.* Ich habe sie in meiner Heimat schon bei vielen Menschen mit ansehen müssen.«

»Ist das wahr?«, fragte Theresa Wilhelm, der versuchte, seinen Oberkörper langsam wieder aufzurichten. Er nickte nur schwach. Sein hageres Gesicht war schmerzverzerrt. Theresa starrte ihn aus großen Augen an und schien in diesem Moment überhaupt nichts anderes um sie herum wahrzunehmen.

»Bitte lies den Brief.« Wilhelms Stimme war nicht mehr als ein leises Stöhnen. »Es … es tut mir so leid, Theresa. So leid.« Mit einem Mal verschwamm der Blick des Kranken und sein Kopf rutschte in eine unnatürlich schiefe Position, so als hätte sein Hals einfach plötzlich nachgegeben. Für eine Sekunde hätte man meinen können, er würde seinen Blick gen Himmel richten. Dann war nur noch das Weiße in seinen Augen zu sehen und er fiel regelrecht in sich zusammen. Nur Wilhelms Kopf und sein Hals zuckten noch schwach, während sich das blutige Rinnsal, das aus seinem geöffneten Mund drang, zu einer schnell wachsenden Pfütze ausbreitete, die sich über seine rechte Gesichtshälfte legte. Georg schob eine Hand unter Wilhelms leblosen Körper. »Dein Bruder muss sofort zu einem Arzt«, keuchte er. »Irgendwie müssen wir ihn von hier wegbringen.«

»Da vorn«, Theresa deutet die Straße hinab, während ihre Augen sich mit Tränen füllten. »Das könnte seine Kutsche sein. Bei dem ganzen Schnee ist es schwer zu erkennen, aber sie stand noch nicht da, als wir hergekommen sind.«

Wie aufs Stichwort öffnete sich die Tür des Gefährts und Artur, der Kutscher, der offensichtlich im Inneren auf seinen Herrn gewartet hatte, sprang heraus. Mit schnellen Schritten, die den frischgefallenen Schnee aufwirbeln ließen, kam er auf die Gruppe zu.

»In Ordnung«, sagte Georg, umklammerte Wilhelms Beine mit einer Hand, während er mit der anderen weiter dessen Oberkörper stützte und den bewusstlosen Grafen kurzerhand hochhob. »Ich bringe ihn zur Kutsche. Dann bin ich sofort wieder da.«

Theresa verharrte völlig regungslos. Mit weit aufgerissenen Augen sah sie auf den blutroten Fleck vor ihr hinab, der ganz langsam, Flocke für Flocke, von Schnee bedeckt wurde, als breite jemand eine eiskalte weiße Decke darüber. Hier, vor der Geigenwerkstatt, hatte Jakobs Leben geendet. Auch sein Blut klebte an dieser Straße. Welch seltsame Wendungen das Schicksal doch oft bereithielt.

35.

Geigenmanufaktur S.V., Berlin, 3. Dezember 1909

Stella und Georg saßen nun seit ungefähr einer halben Stunde wieder an dem hölzernen Tisch in der hinteren Stube. Zuvor hatten sie Theresa nach oben in das einzige Schlafzimmer des karg eingerichteten kleinen Hauses gebracht. Die junge Frau stand völlig unter Schock. Georg konnte sich kaum ausmalen, wie es für sie sein musste, nun auch noch um das Leben des letzten Mitglieds ihrer engeren Familie bangen zu müssen. Er selbst hatte nicht mehr für Theresa tun können, als den bewusstlosen Wilhelm in dessen Kutsche zu schaffen und Artur das Versprechen abzunehmen, sofort das nächstgelegene Krankenhaus aufzusuchen. Stella hatte den ganzen Vorgang mit versteinerter Miene verfolgt und dabei ein paar Worte vor sich hingemurmelt, die Georg für Latein hielt. Vielleicht war es aber auch ein Gebet in ihrer Muttersprache gewesen. Nun hockten sie einander gegenüber und versuchten, möglichst nicht daran zu denken, dass sie inmitten eines Schneesturms in diesem Haus festsaßen, unfähig, irgendetwas zur Verbesserung ihrer Lage zu unternehmen.

»Ich verstehe das alles einfach nicht«, sagte Georg, schenkte sich noch ein Glas Schnaps ein und leerte es, während er vor sich hinstarrte. »Jakobs Leiche wurde gar nicht hier gefunden, sondern in der Hollmannstraße. Das ist ein ganzes Stück entfernt.«

»Ja«, bestätigte Stella. »Ich weiß. Das habe ich mir auch gedacht, nachdem ich den Zeitungsartikel entdeckt hatte. Und ab da habe ich es dann erst richtig mit der Angst bekommen.« Nervös rieb sie immer wieder über ihre Handrücken und wippte auf ihrem Stuhl vor und zurück. »Das war ganz sicher kein Unfall. Wer auch immer der Fahrer war, er hat Jakob aufgesammelt. Das habe ich gesehen. Naiv, wie ich war, habe ich mich da noch an die Hoffnung geklammert, dass er ihn vielleicht zu einem Arzt bringen wollte. Aber nein, er hat die Leiche nur an einem anderen Ort abgelegt, um seine Spuren zu verwischen.«

»Das alles war mit Sicherheit kein Zufall«, sagte Georg mit finsterer Miene.

»Wenn ich in diesem Moment doch nur nachgedacht hätte«, klagte Stella. »Wäre ich doch mit ihm hinausgegangen oder hätte wenigstens nach ihm gesehen, als er dort lag. Aber da war dieser Mann, der Fahrer des Wagens, und ich war wie gelähmt vor Angst«.

»Das hätte nichts geändert«, entgegnete Georg, »außer, dass du dich selbst in Gefahr gebracht hättest. Jakob Hansen hatte sich Feinde gemacht. Ich glaube, dass er in dem Moment sein Todesurteil unterzeichnete, indem er sich weigerte, fortzugehen.«

»Aber warum?«, rief Stella, und ihre Stimme überschlug sich. »Er war völlig harmlos. Alles, was er wollte, war, sein Musikhaus zu eröffnen. Er schien wie besessen von dieser Idee, und seine Augen glühten förmlich vor Eifer und Tatendrang, wenn er nur davon erzählte. Mit seiner Energie und seiner Lebensfreude strahlte er so viel Positives aus. Wer sollte so jemanden umbringen wollen?«

»Das wissen wir nicht genau«, gab Georg zu und trommelte mit den Fingern unruhig auf die Tischplatte. »Ich denke, es hatte vielleicht nicht einmal mit Jakob selbst zu tun. Mit seiner Person, meine ich. Vielleicht war er schlicht zur falschen Zeit am falschen Ort. Es könnte sein, dass er einfach nur jemandem im Weg war.«

»Wie meinst du das?«, fragte Stella und kaute gedankenverloren auf einer ihrer kräftigen, schwarzen Haarsträhnen herum, die ihr wild ins Gesicht hing.

»Ich meine«, sagte Georg, »man muss sich hier auf den alten Römer Cicero besinnen und sich die Frage stellen: *Cui bono?* Wer profitierte von Jakobs Tod? Nachdem er aus dem Weg geräumt war, erschien doch sofort wie von Zauberhand ein neuer Verlobter für Theresa. Ihr Bruder ließ nichts anbrennen und vergab die Stellung kurzerhand an einen seiner Geschäftspartner. Und das zu einer Zeit, wo es den von Eibens wirtschaftlich miserabel ging, sodass Wilhelm nach jedem sich bietenden Strohhalm greifen musste. Durch eine Ehe mit einem stinkreichen Kaufmann wären seine Schwester und mittelbar auch er selbst abgesichert gewesen. Das ist doch allemal besser als der jüngste Sohn eines Klavierbauers, der niemals auch nur den Hauch eines Erbes sehen wird. Jakobs Träume und Pläne in allen Ehren, aber viel mehr hatte er, zumindest was materielle Güter angeht, nicht zu bieten. Und genau deshalb war es auch so einfach, ihn mit fadenscheinigen Versprechungen eines angeblichen Investors in die Falle zu locken.«

»Moment, Georg«, warf Stella ein. »Jetzt komme ich nicht mehr mit. Was willst du nun genau damit sagen?«

Georg zögerte. Bisher hatte er sich davor gescheut, seinen Verdacht laut auszusprechen, und im Licht der Ereignisse des Abends kam es ihm nun fast unanständig vor, es endlich zu tun. Einmal gesagt, wären die Worte nicht mehr zurückzunehmen. *Sei's drum*, dachte er dann bei sich. *Ich habe schon viel zu lange geschwiegen und dadurch sowohl Theresa als auch mich selbst nur immer noch mehr in Gefahr gebracht.*

»Also«, sagte er und bemühte sich, der Sache einen möglichst nüchternen und neutralen Anstrich zu geben, »wenn man alle Fakten zusammennimmt, dann ergibt sich ein ganz klares Bild.« Er räusperte sich nervös. »Wilhelm von Eiben hat Jakob getötet. Er steckt hinter dem vermeintlichen Unfall.«

»Nein. Das tut er ganz sicher nicht.« Ohne dass Stella oder Georg es bemerkt hatten, war Theresa die Stufen der langen hölzernen Treppe zwischen Ober- und Untergeschoss hinabgestiegen und stand nun mit verschränkten Armen und wild entschlossenem Blick auf der Schwelle des beengten Hinterzimmers. Ihr nussbraunes Haar hatte sie zu einem schlichten Pferdeschwanz nach hinten gebunden, und ihren geröteten Augen war anzusehen, dass sie viele Tränen um ihren todkranken Bruder vergossen hatte. »Wilhelm hat mir geschrieben, dass Jakobs Tod ihn völlig unvorbereitet getroffen habe und dass er zutiefst geschockt darüber wäre«, sagte Theresa mit belegter Stimme. »Und ich glaube ihm.« Jetzt fiel Georg auf, dass sie einige zerknüllte Blätter in der Hand hielt. »Er ist weiß Gott kein Heiliger, aber er hätte niemals einen Menschen getötet. Und schon gar nicht den Verlobten seiner Schwester.«

Georg konnte gerade eben noch ein abfälliges Schnauben unterdrücken. Dass jemand, der eine solch abscheuliche Tat beging, im Nachhinein alles abstritt, war wohl wirklich nichts Außergewöhnliches. Genauso natürlich war es, dass Theresa der Aussage ihres Bruders Glauben schenken wollte. Schließlich wäre sonst das gesamte Erbe ihrer Familie, der stolzen Grafen und Gräfinnen von Eiben, für alle Zeiten beschmutzt worden. Außerdem hatte sie nicht das gesehen, was er gesehen hatte. Er hatte Wilhelms Treffen mit dem Narbenmann beobachtet, dem Mann, der ihm erst kürzlich die eindringliche Warnung seines Herrn überbracht hatte, die seine linke Gesichtshälfte immer noch schmerzen ließ. Andererseits waren das, was Theresa so fest umklammert hielt, vielleicht Wilhelms letzte Worte, also fast so etwas wie sein Testament. Sicher hatte er aufgrund des Krankheitsverlaufs geahnt, dass sein Körper bald zusammenbrechen würde. Die Schwindsucht hatte ihn ja fast schon vollständig aufgefressen, als er an die Tür der Geigenwerkstatt geklopft hatte. Pflegten denn Todgeweihte nicht für gewöhnlich, vor ihrem Ableben noch ihr Gewissen zu erleichtern, indem sie ihre Sünden eingestanden? Wilhelms Brief würde sich vielleicht als letzte Gelegenheit dazu erweisen, seine Schwester wenigstens um Vergebung für seine Untat zu bitten. Dennoch wies er scheinbar bis zuletzt die Schuld von sich.

»Stella«, fuhr Theresa fort und trat einen Schritt auf die Geigenbauerin zu. »Gibt es noch irgendetwas, an das du dich bezüglich des Fahrers erinnerst? Irgendein Detail, das du uns noch nicht erzählt hast? Vielleicht seine Größe oder seine Statur? Was ist mit der Haarfarbe? Irgendetwas Auffälliges?«

Erneut widerstand Georg nur mühsam dem Drang, sich einzumischen. Was spielte es für eine Rolle, wer das Automobil gelenkt hatte? Bei Wilhelm von Eiben liefen unbestreitbar die Fäden dieses ganzen Komplotts zusammen. Er hatte die Mittel und das Motiv für die brutale, feige Tat. Ob er nun selbst gefahren war oder einen seiner Handlanger vorgeschickt hatte, weil er sich nicht die Hände schmutzig machen wollte, war letztlich nicht von Bedeutung. Georg behielt diese Einschätzung jedoch für sich. Zwar hegte er nach dessen Treffen mit dem Narbenmann ein tiefes Misstrauen gegenüber Wilhelm, aber dieses wurde von seiner Sorge um Theresas Wohlergehen bei Weitem überwogen. Das Letzte, was er wollte, war daher, den Kummer der jungen Frau noch zu verstärken.

»Leider nicht«, gab Stella zur Antwort, runzelte jedoch nachdenklich die Stirn. Statt darauf herumzukauen, zwirbelte und drehte sie ihre Haarsträhne jetzt mit ihren langen Fingern. »Es war, wie gesagt, dunkel und alles ging sehr, sehr schnell.«

»Verstehe«, seufzte Theresa und ließ den Kopf hängen. Sie sah kraftlos zu Boden und sprach mehr mit sich selbst als mit Stella und Georg. »Zumindest habe ich Wilhelm noch einmal wiedergesehen. Es zerreißt mir das Herz, dass er nun vielleicht sterben wird, ohne dass wir uns richtig versöhnen konnten. Seit meiner Verlobung mit Jakob hat er mich schrecklich ungerecht behandelt. So herrisch und missgelaunt, wie er ständig war, habe ich meinen Bruder all die Jahre vorher nicht gekannt.«

»Theresa.« Jetzt meldete sich Georg behutsam zu Wort. »Was steht in diesem Brief?«

»Das spielt keine Rolle mehr«, gab sie zurück und zuckte resigniert mit den Schultern. »Wilhelm hat mir so viel verschwiegen und mich so oft angelogen, dass ich seinen Worten einfach keinen Glauben mehr schenken kann.«

»Aber wie soll es jetzt weitergehen? Ich meine, was willst du denn jetzt tun?«

Theresa atmete tief ein. »Ich werde das tun, was ich von Anfang an hätte tun sollen: Ich füge mich meinem Schicksal. Morgen früh fahre ich mit Franz Mayer zurück nach Hamburg. Falls Wilhelm nicht überleben sollte, werden wir eine angemessene Zeit nach seiner Beerdigung abwarten und dann heiraten. Ich habe keine Ahnung, was danach aus mir wird, aber ich werde versuchen, irgendwie mein Leben weiterzuleben. Und das ist alles.«

Georg traute seinen Ohren nicht. Nach allem, was geschehen war, konnte sie unmöglich einfach aufgeben. Doch als er sah, wie sie jetzt dort stand, mit gesenktem Blick und hängenden Schultern, erkannte er, dass jeglicher Mut sie verlassen hatte. Wilhelms schockierender Zustand hatte ihr den letzten Funken Hoffnung geraubt, und so war Theresa am Tiefpunkt ihres bisherigen Lebens angekommen. Innerhalb weniger Monate hatte sie alles verloren, was ihr jemals lieb und teuer gewesen war. Und nun war sie das ständige Kämpfen gegen die widrigen Umstände ihres Daseins nur noch leid. Georg konnte es ihr nachfühlen. Auch er war am Ende seiner Kräfte. Aus Liebe zu Theresa war er durch die Hölle gegangen, war bedroht und verprügelt worden und wäre fast erfroren. Dennoch musste er einsehen, dass sie seine Gefühle nicht erwiderte. Sie hatte sich für ein Leben entschieden, in dem es für ihn keinen Platz mehr gab. Und so hatte auch Georg nun endgültig alles verloren. Es war vorbei.

»Ich glaube nicht, dass der Sturm heute noch nachlassen wird«, sagte er mechanisch. »Aber morgen früh bringe ich dich sicher zurück zum Hotel.«

»Danke«, erwiderte Theresa, ohne aufzusehen.

Danach erfüllte eine bleierne Stille den Raum. Nur das Pfeifen des Windes und das Knarren des alten Gebälks um sie herum waren zu hören. Vor dem Fenster fielen unaufhörlich dicke schwere Schneeflocken vom Himmel und ließen Häuser, Straßen und Wege mehr und mehr zu einem einzigen weißen Meer verschwimmen.

»Ich werde jetzt zu Bett gehen«, durchbrach Theresa schließlich das Schweigen. Langsam drehte sie sich um und machte sich auf den Weg zurück zum Schlafzimmer. Sie fühlte sich kraftlos und niedergeschlagen. Dieser Zustand erinnerte sie an die Tage und Wochen, die vergangen waren, nachdem sie im Spätsommer von Jakobs Tod erfahren hatte. In dieser Zeit hatte sie oft eine lähmende Müdigkeit verspürt, die es ihr nicht einmal erlaubte, aufzustehen. Genau wie damals sehnte sie sich danach, bei zugezogenen Vorhängen und mit geschlossenen Augen in der Dunkelheit zu liegen und rein gar nichts mehr zu fühlen.

»Moment.« Stella sprach ebenso behutsam wie Georg zuvor, dennoch lagen Autorität und Entschlossenheit in ihrer Stimme. »Ich weiß, du willst nichts mehr davon hören, Theresa, aber ich kann diese Sache so nicht auf sich beruhen lassen.« Die beiden Gäste warfen der Geigenbauerin überraschte Blicke zu, doch diese fuhr ganz ruhig fort. »Direkt vor meinem Haus wurde ein Mensch getötet. Und damit nicht genug, ich war auch noch gezwungen, das Ganze mit anzusehen. Seitdem habe ich in jeder wachen Sekunde meine Flinte zur Hand. Jede winzige Bewegung, jedes noch so kleine Geräusch lässt mich nervös zusammenzucken. Wenn ich also noch eine einzige Nacht in meinem Leben ruhig schlafen will, muss ich wissen, ob der Mörder dort draußen noch frei herumläuft oder nicht.« Ihren dunklen Augen fixierten Theresa eindringlich. »Bist du dir sicher, und ich meine wirklich *sicher*, dass es nicht Wilhelm war?«

Theresa stieg die beiden Stufen, die sie bereits hinter sich gebracht hatte, wieder hinunter. Mit schleppenden Schritten betrat sie die kleine Stube und ließ sich schwerfällig neben Stella nieder, die mitfühlend ihre Hand ergriff.

»Ich habe meinen Bruder ein Leben lang gekannt«, antwortete sie, und ihre Stimme war kaum mehr als ein Flüstern. »Und daher weiß ich tief in meinem Herzen, dass er niemals jemanden umbringen würde.« Sie wischte sich mit dem Handrücken eine Träne aus dem Augenwinkel. »Ansonsten werde ich niemals mit Sicherheit wissen, was wirklich geschehen ist. Gewiss ist nur, dass Wilhelm seit dem Tod unserer Eltern immer tiefer in eine finanzielle Notlage geschlittert ist. Stolz wie er war, konnte er das natürlich nicht zugeben, sondern begab sich lieber in einen Sumpf aus Lügen, Korruption und immer neuen Schulden. Er hatte bereits vor Monaten alles gesetzt und alles verloren. Also klammerte er sich an vermeintliche Gönner wie Franz Mayer. Falsche Freunde, die ihm auch noch den letzten Groschen aus der Tasche ziehen wollten, während sie sich hinter seinem Rücken über den Niedergang unserer Familie amüsierten.« Theresa hielt die dicht beschriebenen Seiten des Briefes vor sich. Das feine Papier mit dem eingeprägten Familienwappen zu berühren, gab ihr auf seltsame Weise das Gefühl, ihrem Bruder nahe zu sein. Ihre Augen waren jedoch geschlossen, während sie mit gepresster Stimme weitersprach. »Wilhelms Erklärungen sind voller Vorwürfe und Schuldzuweisungen, auch an Mayer und seine Schergen, was den Mord an Jakob angeht. Aber wer könnte jetzt noch sagen, was davon der Wahrheit entspricht? Schließlich hat er ebenso viele Feinde, die ihn wegen seiner Schulden bedrängen, wie vermeintliche Freunde, denen er nach dem Mund redet, um sich ihr Wohlgefallen zu sichern. Mein Bruder muss derart viele Abhängigkeiten bedienen, dass er sich selbst zuletzt ganz und gar verraten und verkauft hat. Und eben das ist der Grund, warum man dem, was er hier schreibt, einfach nicht trauen kann. Seine Gläubiger haben ihn von vorn bis hinten in der Hand. Gleichzeitig führt er selbst zahlreiche angebliche Zeugen ins Feld, die aber allesamt in seinen Diensten stehen und ihm daher kaum widersprechen würden. Wie sagte schon mein Vater dazu immer: *Wes Brot ich ess, des Lied ich sing.*«

»Ein Lied!« Stella war derart ruckartig von ihrem Stuhl aufgesprungen, dass dieser mit einem Knall zu Boden fiel. Sowohl Georg als auch Theresa zuckten zusammen und sahen die Geigenbauerin verwirrt an.

»Ein Lied«, wiederholte diese. »Dieser Schweinehund, der Jakob überfahren hat, als er aus seinem Automobil stieg, hat er ganz leise vor sich hin gepfiffen. Es war so unwirklich, dass ich mir später nicht sicher war, ob ich es mir vielleicht doch nur eingebildet hatte. Aber nein, ich konnte es hören. Im Grunde war es kein Lied, sondern immer nur diese eine Melodie, die sich ständig wiederholte.«

»Welche?«, fragte Theresa unvermittelt. »Welche Melodie, Stella?« Erneut fühlte sie sich zu jenem Spätsommertag zurückversetzt, als ihr die alte Hausdienerin Marga die schrecklichste Nachricht ihres Lebens überbracht hatte. Stellas Worte hatten eine glühende Hitze in ihr ausgelöst, die sich schwer auf Theresas Magen legte und ihre flammenden Finger bis hinauf zu ihrem Herzen streckte. Sie hatte eine furchtbare Vorahnung.

Stella war bereits aufgestanden und hatte in ihrer Werkstatt kurzerhand eine große Viola von der Wand genommen. »Das ist alles schon so lange her …«, murmelte sie, während sie das Instrument mit geübter Hand auf ihre linke Schulter setzte und ihren Unterkiefer sanft auf dessen Kinnhalter auflegte. Als sie dann den Bogen über die Saiten gleiten ließ, erklang eine Melodie, die Theresa bis in ihr Innerstes erschauern ließ. Erst am Morgen desselben Tages hatte sie dieser gelauscht, während sie sich, halb wach und halb in einem dunklen Albtraum gefangen, im Bett wälzte. In Stellas Interpretation waren sämtliche Töne gegenüber dem Original um eine Oktave nach oben gerutscht, was dem Wiedererkennungswert jedoch keinerlei Abbruch tat. Theresa zweifelte nicht eine Sekunde lang: Dies war ein Teil des *Allegro moderato* aus Chopins *Cello Sonate in g-Moll* und sie kannte nur einen einzigen Menschen, der diesen zu Pfeifen pflegte.

»Es ist wahr«, brachte sie mit zitternder Stimme hervor. »Oh Gott, es ist alles wahr, was Wilhelm geschrieben hat.«

36.

Geigenmanufaktur S.V., Berlin, 3. Dezember 1909

Gebannt betrachtete Georg den flachen Stapel aus zerknittertem Briefpapier, der auf dem Tisch vor ihm lag. Konnte es wirklich sein, dass Wilhelm von Eiben nicht hinter dem Mord an Jakob Hansen steckte? Stella hatte Theresa nach oben in das Schlafzimmer begleitet, wo Letztere sich ausruhen und von dem Schock der tragischen Ereignisse des Tages erholen sollte. So saß Georg seit ungefähr einer Viertelstunde allein in dem bescheidenen, spärlich beleuchteten Hinterzimmer der Geigenwerkstatt und rutschte nervös auf seinem Stuhl hin und her. Sollte er es wagen, Wilhelms Brief zu lesen? Einerseits wäre dies ein erheblicher Eingriff in Theresas Privatsphäre, wo das Schreiben doch ausdrücklich an sie gerichtet war. Die Tatsache, dass ihr gesundheitlich zutiefst geschwächter Bruder zuletzt zu ihr geeilt war, zeigte zudem klar, dass die familiären Bande zwischen den Geschwistern zwar strapaziert, aber dennoch ungebrochen waren. Sicher hätte Wilhelm von Eiben nicht gewollt, dass jemandem außer Theresa dieses prekäre Dokument in die Hände fiel. Andererseits steckte Georg, teils freiwillig und teils gezwungenermaßen, tief mit drinnen in den Irren und Wirren des Hauses von Eiben. Hatte er nach allem, was passiert war, nach den körperlichen und seelischen Strapazen, die er durchlebt hatte, nicht auch ein Anrecht darauf, zumindest zu wissen, wer oder was diese ganze Tragödie um Theresa ins Rollen gebracht hatte? Wieder und wieder kratzte er sich angespannt an seinem stoppeligen Kinn, während er mit dem rechten Bein auf und ab wippte. Schließlich siegte die schiere Neugier über alle moralischen Bedenken, und Georg zog den Papierstapel mit einer schnellen Handbewegung zu sich heran. Für einen Moment lauschte er, ob sich im Obergeschoss nicht doch noch etwas regte oder Schritte auf der Treppe zu hören wären, dann begann er eifrig zu lesen, wobei er sich die eng beschriebenen Seiten dicht vors Gesicht hielt. Zeile für Zeile erfuhr er schließlich die Wahrheit über die Geschehnisse rund um die Adelsfamilie, deren Schicksal sich durch Theresa untrennbar mit dem seinen verbunden hatte. Seite für Seite las er so gespannt Wilhelms Ausführungen, dass er zwischendurch den Atem dabei anhielt.

Fast genau vor einem Jahr hatte alles mit einem Termin bei Wilhelms Hausbank in Hamburg begonnen. Dort hatte sich ihm ein gewisser Franz Mayer vorgestellt, ein aufstrebender Bankangestellter, der sich vortrefflich darauf verstand, durch sein überaus freundliches und zugleich verbindliches Auftreten schnell Vertrauensbeziehungen zu gut betuchten Kunden aufzubauen. Wilhelm von Eiben, von Haus aus eigentlich ein Gewohnheitstier, das neuen Bekanntschaften stets äußerst skeptisch gegenüberstand, war von dem intelligenten, charismatischen Mann mit den honigblonden Haaren sofort fasziniert gewesen. Mayer zeigte auch gleich Verständnis für die äußerst angespannte finanzielle Lage der Familie und versprach, mit allerlei kreativen, aber dennoch bodenständigen Lösungen hierfür aufzuwarten. So setzte Wilhelm nach kurzem Zögern tatsächlich seine gesamten Hoffnungen in Franz Mayer, damit dieser das sprichwörtliche Ruder im Sturm der sich immer schneller aufhäufenden Schulden und Verbindlichkeiten noch herumreißen möge. Teils geschah dies aufgrund Mayers fortwährender Beteuerungen bezüglich seiner Expertise, teils aber auch aus Wilhelms Verzweiflung angesichts des drohenden Bankrotts. Zunächst sah es so aus, als würde Wilhelms Vertrauen belohnt, denn die Vermögensverhältnisse besserten sich kurzfristig etwas. Doch schon bald verlangte Mayer ständig mehr Einfluss, um die angebliche Sanierung fortführen zu können. Immer neue Vollmachten wurden erteilt, und so verlor Wilhelm Stück für Stück nicht nur die Kontrolle über die von Eiben'schen Geldreserven, sondern auch über die zahlreichen Ländereien. Anfang des Sommers war die Lage schließlich dermaßen ausgeufert, dass Mayer den gutgläubigen Adligen vollkommen in der Hand hatte. Ehe Wilhelm sich versah, waren die Rollen in der Weise vertauscht, dass er selbst zum demütigen Bittsteller degradiert war, während der Bankangestellte die Zügel in der Hand hielt und letztendlich zum Herrn über sämtliche Güter avancierte. Doch auch das genügte Franz Mayer nicht. Aber Wilhelm hätte noch die Möglichkeit gehabt, die erteilten Vollmachten aufzukündigen. Also war Mayer auf eine ebenso geniale wie bösartige Idee gekommen, die ihm unwiderruflichen Einfluss auf die Finanzen der Familie sichern würde: Er müsste nur Wilhelms Schwester Theresa heiraten. Ganz nebenbei wäre dies wohl auch seinem narzisstischen Geltungsdrang zugutegekommen, hätte der Sohn eines einfachen Arbeiters aus der Hamburger Unterschicht sich dadurch fast zum Adligen gemausert. Das Problem bestand natürlich darin, dass Theresa zu diesem Zeitpunkt bereits mit Jakob Hansen verlobt war, weshalb ihr Bruder Mayers Ambitionen zunächst eine klare Absage erteilt hatte. Je mehr sich jedoch die unerbittlichen Finger der wartenden Gläubiger nach ihm ausstreckten, desto mehr schwand sein Widerstand, bis er sich notgedrungen auf einen Plan einließ, um den störenden Verlobten elegant aus dem Weg zu räumen. Mayer würde diesem durch einen Strohmann eine unverschämt hohe Geldsumme bieten, die angeblich zur Finanzierung des von Jakob erträumten Musikhauses dienen sollte, jedoch gleichzeitig an die Bedingung gekoppelt war, dass er es in Amerika gründen würde, wohin sich Jakob sofort und allein aufmachen müsse. Wilhelm würde im Anschluss jegliche Briefe abfangen und öffentlich erklären, Jakob Hansen sei spurlos verschwunden, sodass Theresas Verlobter mithilfe einiger weiterer Schmiergelder amtlich für tot erklärt werden könnte. Beide Männer waren sich sicher, dass das Vorhaben gelingen würde, aber zu ihrer Überraschung war Jakob Hansen durch kein Geld der Welt zu einem Weggang aus der Heimat zu bewegen. Hätte Wilhelm, so schrieb er, an diesem Punkt von dem Scheitern des Plans erfahren, so hätte er die Sache wohl auf sich beruhen lassen, Gläubiger hin oder her. Aber Franz Mayer war aus gänzlich anderem Holz geschnitzt. Wilhelm ließ daran keinerlei Zweifel. Mayer kannte die Not und das Elend der Ärmsten Hamburgs, hatte Hunger und Kälte am eigenen Leib erfahren und sich, sobald er alt genug war, aus eigener Kraft Stück für Stück unter Anwendung aller erforderlichen Mittel aus diesem erbärmlichen Dasein herausgekämpft. Einer wie er wich nicht zurück, wenn er auf Gegenwehr stieß, er gab nicht auf, wenn sich ihm Hürden in den Weg stellten. Und so hatte er Jakob Hansen schließlich in Berlin ausfindig gemacht, ihm aufgelauert und ihn bei der ersten sich bietenden Gelegenheit getötet. Verschlagen wie er war, hatte Mayer es tatsächlich geschafft, das Ganze wie einen Unfall aussehen zu lassen. Vielleicht hatte er hierbei auch den einen oder anderen korrupten Polizisten bestechen müssen, aber auch dies stellte kein Problem für ihn dar. Und noch etwas hatte Wilhelm herausgefunden: Die Hauptquellen, aus der Mayers beträchtliches Privatvermögen stammte, waren Schmuggel und Geldfälschung. Mit säuerlicher Miene dachte Georg an die falschen Silbermünzen, die ihm den Zorn des Wirts im Gasthaus Schukowski eingebrockt hatten. Also war auch das Geld, das er selbst erhalten hatte, aus Mayers Tasche gekommen. Das knappe Schreiben, mit dem Georg als Theresas Klavierlehrer entlassen worden war, hatte er sicherlich ebenfalls verfasst. Ein Puzzleteil passte zum anderen.

Georg seufzte. Er hatte Wilhelm von Eiben tatsächlich unrecht getan. Auch wenn dieser wahrlich nicht unschuldig an all dem Unheil war, das seine Schwester ereilte, so hatte er zuletzt doch versucht, sie zu schützen.

Wenn ich jetzt noch wüsste, wo dieser Mayer ist, dachte Georg und biss die Zähne zusammen, dann könnte ich heute Nacht vielleicht auch ohne Flinte in der Hand einschlafen.

37.

Geigenmanufaktur S.V., Berlin, 04. Dezember 1909

Fasziniert beobachtete Theresa, wie Stella es sich auf dem in die Jahre gekommenen blassgelben Diwan in der Ecke des Schlafzimmers gemütlich machte. Sie trug keine Schuhe, und ihr langes rabenschwarzes Haar wallte offen über das Kopfteil des Möbelstücks. Auch schien sie nichts von Korsetts zu halten, denn die natürliche Form ihrer Figur zeichnete sich deutlich unter ihrem schlichten Nachtkleid ab. Gerade hatte sie sich eine große braun glänzende Pfeife gestopft, die sie nun mit einem Streichholz anzündete, während sie ein paar kurze Züge daraus paffte. Dann zog sie genüsslich den Rauch ein und blies in langsam wieder in die Luft über sich. Ein würziger, leicht süßlicher Geruch mit einer subtilen Vanillenote erfüllte die Luft. Theresa hatte in ihrem ganzen Leben noch nie eine Frau rauchen sehen und war sich instinktiv sicher, dass dies höchst unschicklich war. Dennoch tat Stella es, so wie viele andere Dinge, mit völliger Ruhe und Selbstverständlichkeit. War es denn wirklich derart einfach, sich über sämtliche gesellschaftlichen Konventionen hinwegzusetzen? War das, was Theresa ihr Leben lang als unumstößliches Regelwerk, ja geradezu als die Grundfeste der Zivilisation angesehen hatte, in Wahrheit so fragil? Einerseits gefiel ihr dieser Gedanke, da er so viele ungeahnte Möglichkeiten eröffnete. Sie zweifelte keine Sekunde daran, dass Frauen in Zukunft wunderbare Dinge erreichen könnten, wenn sie sich endlich aus den längst überkommenen Zwängen befreiten. Andererseits machten ihr diese neuen Gedanken auch Angst. Hatte Stella für ihre Freiheit nicht alles opfern müssen? Sie lebte völlig zurückgezogen und mutterseelenallein. Sicher würden die meisten Ehemänner es nicht einfach hinnehmen, wenn ihre Frauen sich von heute auf morgen dieselben Rechte herausnähmen wie sie selbst.

»Stört es dich?«, fragte Stella, die offenbar bemerkt hatte, dass Theresa sie seit einigen Sekunden anstarrte. »Das Rauchen, meine ich. Dann mache ich die Pfeife wieder aus.«

»Nein«, entgegnete Theresa und wandte den Blick ab. »Es macht mir nichts aus. Danke.«

»Gut.« Stella nahm noch einen tiefen Zug und schloss kurz die Augen. »Der Tabak hilft mir, mich zu entspannen. Oft erleichtert er auch das Einschlafen. Nach so einem Tag wie heute nehme ich da jede Unterstützung, die ich bekommen kann.«

Theresa warf einen kurzen Blick auf die Wanduhr, die an der Stirnseite des sparsam möblierten Schlafzimmers hing. Es war bereits nach Mitternacht. Und doch wollte sich auch bei ihr trotz der erdrückenden Müdigkeit der erlösende Schlummer einfach nicht einstellen. Unaufhörlich kreisten ihre Gedanken um ihren schwer kranken Bruder und dessen bedrückendes, schmerzerfülltes Leben. Welch hässliche Ironie des Schicksals war es doch, dass die Geschwister sich erst in höchster Not wieder angenähert hatten, nur um dann durch Wilhelms plötzlichen Anfall wieder getrennt zu werden. Hatte er geahnt, dass so etwas passieren würde? Wie viel Schmach und Scham musste er gefühlt haben, als ihm klar wurde, dass er es aufgrund seines Zustands nicht mehr schaffen würde, den finanziellen und gesellschaftlichen Niedergang der Familie von Eiben abzuwenden?

»Du solltest jetzt lieber etwas schlafen, als dir noch weiter deinen hübschen Kopf zu zermartern, Theresa.« Stella hatte die Augen geschlossen und blies ein kleines, bläulich weißes Wölkchen in die Luft. »Ich weiß, der Spruch ist abgedroschen, aber er entspricht eben der Wahrheit: Morgen ist auch noch ein Tag.«

Theresa setzte sich ein wenig auf und rieb sich die brennenden Augen. »Wie machst du das nur, Stella?«, fragte sie.

»Was meinst du?«, erwiderte die Geigenbauerin, ohne ihre Augen zu öffnen.

»Das alles«, sagte Theresa und machte eine ausholende Armbewegung. »Dein Haus, deine Arbeit, dein Leben. Wie hast du das nur alles ganz allein aufbauen können? Und wie schaffst du es, so unerschrocken durchs Leben zu gehen?«

»Unerschrocken?«, wiederholte Stella, und ein bitteres Lächeln umspielte ihre Lippen. »Ich war in meinem ganzen Leben nie unerschrocken. Im Gegenteil, bei so gut wie allem, was ich getan habe, hatte ich furchtbare Angst davor, dass jeden Moment alles schiefgehen könnte.«

»Aber wie hast du es dann trotzdem tun können?«

»Einfach Schritt für Schritt«, sagte Stella und zuckte mit den Schultern. Nun setzte auch sie sich auf und legte die Pfeife beiseite. Sie warf Theresa einen warmen, aber durchdringenden Blick zu. »Und du könntest das auch.«

»Was?«, fragte diese. Die simple Feststellung traf sie völlig unvorbereitet.

»Alles«, gab Stella zurück. Sie war aufgestanden und lief durch den Raum. Theresa hatte den Eindruck, als sei mit einem Mal jegliche Müdigkeit von ihr abgefallen. »Einfach alles, was du dir in den Kopf setzt, verdammt noch mal.«

»Was …«, setzte Theresa wieder an, doch Stella sprach bereits eifrig weiter.

»Beantworte mir eine Frage, Theresa. Nur eine einzige«, forderte sie und geriet dabei immer mehr in Aufregung. »Was *willst* du?«

Theresa sah schüchtern auf ihre Hände und biss sich auf die Oberlippe, während sie angestrengt überlegte, wohin dieses Gespräch führen sollte. Schließlich schüttelte sie zaghaft den Kopf und seufzte. »Ich weiß es nicht.«

»Siehst du?«, rief Stella fast triumphierend. »Und genau da liegt das Problem. Das ist des Pudels Kern, wenn du so willst. Von einem Mann wirst du auf diese Frage prompt eine Antwort bekommen. Männer *wollen* alles Mögliche. Sie wollen erfinden, planen, konstruieren, bauen, kaufen, verkaufen und das von früh bis spät. Und warum? Weil sie in dem Bewusstsein aufwachsen, dass sie es können. Weil man sie ermutigt, statt ihnen unentwegt Steine in den Weg zu legen. Uns Frauen schränkt man dagegen schon in frühster Kindheit ein. Wir sollen brav sein, still und hübsch anzusehen. Die meisten sind schon deshalb nicht in der Lage, sich ihre Freiheit zu nehmen, weil sie gar nicht wissen, dass sie existiert!«

Theresa nickte. Stellas Worte gaben ihr Kraft. Zugleich fühlte sie sich jedoch auch auf seltsame Weise ertappt. Es stimmte ganz eindeutig: Obwohl sie im Allgemeinen recht viel Durchsetzungsvermögen besaß, hatte sie dennoch so vieles nie infrage gestellt, was die Gesellschaft ihr diktiert hatte. Es war fast so, als müsse sie sich jetzt erst einmal selbst neu kennenlernen. Und da war noch etwas: Theresa hatte den Willen, von dem Stella sprach, das konnte sie ganz deutlich fühlen. Sie wollte etwas aus ihrem Leben machen. Die Kraft dazu schlummerte tief in ihr und wartete darauf, endlich einem Zweck zugeführt zu werden. Jetzt musste sie nur noch herausfinden, wo sie anfangen sollte.

»Ich habe wirklich keine Ahnung von geschäftlichen Dingen«, warf Theresa ein. »Wie soll ich denn je selbstständig und unabhängig werden, wenn ich nicht weiß, wie man überhaupt Geld verdient? Leider verstehe ich nun einmal nichts von Rechnungen, Bilanzen und alldem.«

»Ja, glaubst du denn, das wird einem einfach so in die Wiege gelegt?«, konterte Stella. »Schritt für Schritt, Theresa. Das haben schon ganz andere gemeistert. Du hast einen klugen Kopf und die richtige Prise Sturheit, das habe ich gleich gemerkt«, stellte sie mit einem neckischen Zwinkern fest. »Außerdem lenkst du vom Thema ab. Es geht nicht um *Können*, sondern um *Wollen.*«

»Ich will ein Musikhaus eröffnen.« Die Worte hatten Theresas Lippen verlassen, noch bevor sie richtig darüber nachdenken konnte, und sie war selbst erstaunt über ihre Klarheit.

»Aber ...«, wollte Stella mit einem skeptischen Stirnrunzeln einhaken, doch dieses Mal war es Theresa, die sich erhob und leidenschaftlich ihren Standpunkt darlegte.

»Ja, ich weiß, dass das auch Jakobs Plan war«, kam sie Stellas Kritik zuvor. »Natürlich stammt die Idee ursprünglich von ihm. Aber ich übernehme sie nicht einfach. Im Gegenteil, ich habe eine ganz andere Vision als er.«

Stella setzte sich auf den Diwan und lauschte gespannt, während sie ihre Pfeife wieder zur Hand nahm. Mit einem freundlichen Lächeln und einem leichten Zucken ihrer Augenbrauen ermutigte sie Theresa fortzufahren.

»Ich will nicht nur irgendeinen grauen Kasten bauen, indem

man Instrumente kauft, als wären es gewöhnliche Waren. Ich möchte …« Theresa merkte, wie ihre Idee mehr und mehr Form annahm, während sie sprach, doch es war nicht so leicht, die richtigen Worte zu finden. »Ich möchte Musik für die Menschen erlebbar machen. Mein Musikhaus soll der Ort sein, wo das kleine Mädchen von nebenan zum ersten Mal in ihrem Leben Klavier spielt. Es soll ein Treffpunkt sowohl für Musiker als auch für deren Zuhörer sein, eine Brutstätte der Kreativität.«

»Was noch?«, fragte Stella, und ihre Augen leuchteten vor freudiger Erregung. »Erzähl mir mehr davon, Theresa.«

»Es soll außerdem mein neues Zuhause werden. Ein richtiges Zuhause, wo niemand anderes über mich bestimmen kann als ich selbst. Und weil ich das Wasser und die See liebe, soll es direkt am Ufer der Alster stehen. *Das Musikhaus an der Alster*, so werden es die Leute später nennen.«

»Das gefällt mir sehr gut«, sagte Stella. »Obwohl du bisher vergessen hast zu erwähnen, dass es ein eigenes Stockwerk für exquisite Streichinstrumente geben wird.«

»Natürlich«, antwortete Theresa, worauf beide kichern mussten. Spontan stand Stella auf und umarmte ihre neue Freundin.

»Ernsthaft, Theresa«, flüsterte sie. »Du kannst das alles schaffen. Und ich werde dir dabei helfen, wenn du es willst.«

Langsam ging sie ein paar Schritte und blieb unter einer kleinen Dachluke stehen, durch die sie einen langen Blick in den nun sternklaren Himmel warf.

»Du weißt, dass unten ein Mann sitzt, der wahnsinnig in dich verliebt ist, oder?«

Theresa schloss die Augen. Obwohl sie lächelte, rollte eine einzelne kleine Träne über ihre Wange. Nun, da sie ihren Lebenstraum endlich laut ausgesprochen hatte, überkam sie ein Gefühl der Freiheit, dessen Prickeln sie bis in ihre Fingerspitzen spüren konnte. Es war Theresa, als wäre mit einem Mal ein erdrückendes Gewicht von ihren Schultern abgefallen. Die Nebel des Zweifels und der Unsicherheit lösten sich und gaben endlich den Blick auf eine glückliche Zukunft frei. Sie allein würde von nun an über ihr Leben bestimmen.

»Ja«, gab sie schließlich zurück. »Das weiß ich. Und ich liebe ihn auch.«

38.

Geigenmanufaktur S.V., Berlin, 4. Dezember 1909

Georg erwachte fröstelnd und desorientiert in der finsteren Kammer. Nachdem er Wilhelms Brief noch ein zweites Mal gelesen, ihn dann sorgsam auf dessen ursprünglichen Platz zurückgelegt und sich zum Abschluss noch ein letztes Glas von Stellas Schnaps genehmigt hatte, war er im Sitzen eingeschlafen. Als er nun träge die Augen öffnete, erblickte er nichts als die Schwärze der Nacht. Die Talgkerze, die abends den Raum erhellt hatte, war erloschen, sodass lediglich noch ein wenig kalter Rauch in der kühlen Luft hing. Wie spät es wohl sein mochte? Georg fühlte sich steif und streckte die Beine aus, während er die Muskeln in seinem Nacken abtastete. Auf einem groben ungepolsterten Holzstuhl einzuschlafen war wirklich das Letzte, was er im Moment brauchen konnte. Gerade, als er aufstehen wollte, um Ausschau nach einem bequemeren Schlafplatz zu halten, hörte Georg ein leises Knacken. Instinktiv verharrte er in seiner Position. Schlaftrunken erinnerte er sich an so manche Nacht, die er als Kind auf dem Hof seines Vaters verbracht hatte. Da Georg von Natur aus einen leichten Schlaf hatte, war er des Öfteren lange vor Sonnenaufgang aufgewacht und hatte in das Dunkel seiner Umgebung hineingehorcht. Seit diesen Tagen wusste er, dass das Gebälk eines alten Hauses stets in Bewegung war. Wenn man die Ohren spitzte, konnte man hören, wie es ächzte und knarrte, wenn es sich unter den schwankenden Temperaturen immer wieder ausdehnte und zusammenzog, während Wind und Wetter an ihm rüttelten. Wieder ein Knacken. Dieses Geräusch klang anders, so als würde sich jemand sehr langsam über den trockenen Dielenboden in der Werkstatt bewegen. Es brannte allerdings nirgendwo Licht. Vielleicht war es Stella oder Theresa? Nein. Für keine von beiden gab es einen Grund, im Haus umherzuwandern, ohne wenigstens eine Kerze anzuzünden. Konnte das, was Georg da hörte, das Knistern des Kaminfeuers sein? Sicher nicht, denn dafür war es zu unregelmäßig. Außerdem mussten die letzten Scheite mittlerweile heruntergebrannt sein, sodass allenfalls noch ein wenig wärmende Glut übrig war, die geräuschlos vor sich hin glomm. Georg spürte, wie ihm ein eiskalter Schauer über den Rücken lief und sich seine Nackenhaare aufstellten. Es gab nur eine vernünftige Erklärung: Drüben war jemand.

Und wieder knackte es. Georg überlegte fieberhaft, was er als Nächstes tun sollte, während sein Herz zu rasen begann. Das kleine Zimmer, in dem er sich befand, hatte kein Fenster und nur eine einzige Tür, welche in den vorderen Hauptraum der Werkstatt führte. Falls der Eindringling auf der Suche nach ihm wäre und sich von dort aus auf ihn zu bewegte, säße er schon sehr bald in der Falle. Ob Stella wohl das alte Jagdgewehr mit nach oben in ihr Schlafzimmer genommen hatte? Sicher könnte sie damit jeden Einbrecher in die Flucht schlagen, wenn sie es denn schnell genug zur Hand hätte. Georg spürte, wie sich die enorme Anspannung langsam in seinen hektischen Gedanken breitmachte. Vorsichtig stand er auf, hob den Stuhl, auf dem er gesessen hatte, leicht an und stellte ihn lautlos beiseite. Er hielt die Luft an und lauschte in die Finsternis. Zwei weitere Schritte waren zu hören. Der Eindringling bewegte sich mittlerweile sicherer und hielt auf die Treppe in Richtung des Obergeschosses zu. Sämtliche Muskeln und Sehnen in Georgs Körper waren zum Zerreißen gespannt. Sein Puls hämmerte so laut, dass es ihm schwerer und schwerer fiel, einen klaren Gedanken zu fassen. Sicher würde Franz Mayer mit allen Mitteln versuchen, seine Verlobte wieder in seine Gewalt zu bringen, und wenn er irgendwie herausgefunden hatte, dass sie hier war, wenn er oder einer seiner Schergen sie hierher verfolgt hatte …

Vor seinen Augen sah Georg Theresa, wie sie friedlich schlief. Ihre zarten Gesichtszüge waren entspannt, und ein dünner Streifen des bleichen Mondlichts fiel auf ihren Körper. Arglos lag sie da, während sich ganz langsam die Tür öffnete und eine schwarze Gestalt eintrat.

Nein, dachte er. *Das wird ganz sicher nicht passieren. Jedenfalls nicht, solange noch ein Funken Leben in mir steckt.*

Er atmete tief durch und schätzte in Gedanken die Entfernung bis zur Treppe ab. Der Unbekannte durfte auf keinen Fall vor ihm das obere Stockwerk erreichen. Mit angespannten Schultern und gesenktem Kopf rannte er los.

Vielleicht war es ja doch nur der Sturm, der an den verdorrten Dachbalken zerrt, dachte er, während er den Türrahmen des Hinterzimmers passierte. Dann kollidierte er unsanft mit einem Körper, dessen Besitzer ein dumpfes, überraschtes Grunzen entfuhr. Georg ergriff das Treppengeländer und wollte nach oben stürmen, doch der andere riss ihn mit so großer Wucht herum, dass er zu Boden fiel und sein Oberkörper auf dem harten Holzstufen aufschlug. Halb vor Schreck und halb durch die Wucht des Aufpralls entwich mit einem Schlag sämtliche Luft aus seinen Lungen. Dennoch rappelte er sich halb auf, indem er sich mit beiden Händen nach oben drückte. Noch bevor es ihm jedoch gelang, sich aufzurichten, traf ihn auch schon ein heftiger Faustschlag ins Gesicht, der bunte Blitze vor seinen Augen tanzen ließ. In Erwartung eines zweiten Hiebs hob Georg schützend seinen linken Arm. Als er in der Dunkelheit über ihm eine Bewegung wahrnahm, drosch er blindlings mit seiner rechten Faust auf die Gestalt ein. Hierauf folgten ein lautes Knacken sowie ein tiefes, fast animalisches Grollen. Georg hätte schwören können, dass er seinem Kontrahenten soeben die Nase gebrochen hatte, aber dieser schien nur noch wilder zu werden und stürzte sich nun in rasender Wut auf ihn. Zu Georgs Entsetzen begnügte sich der nächtliche Eindringling jedoch nicht mit einem weiteren Hieb, sondern schloss beide Hände um seinen Hals. Nun hatte er ihn in seinem eisernen Griff und drückte ihm brutal die Luft ab. Verzweifelt versuchte Georg, sich zu befreien, doch sein Gegner war über ihm und presste ihn mit seinem gesamten Körpergewicht nach unten.

Theresa, schoss es Georg durch den Kopf, während er vergeblich nach Luft schnappte. *Ich muss irgendwie verhindern, dass dieser Kerl das Schlafzimmer erreicht.*

In seiner Not versuchte er, seinen Peiniger durch Schläge zu treffen, was jedoch misslang, da er nicht das Geringste sehen konnte und dieser sich geschickt außer Reichweite hielt. Georgs Hände tasteten wild zuckend in der Dunkelheit umher und versuchten, irgendetwas zu greifen zu bekommen, was als Waffe dienen könnte. Zu seinem Leidwesen fand er jedoch nichts als Staub und Hobelspäne.

Nein, so darf es nicht zu Ende gehen, dachte er, während er fühlte, dass er kurz davor war, sein Leben zu verlieren. Noch einmal bäumte er sich auf, doch der Eindringling drückte ihn erbarmungslos zu Boden. Die Tage seiner Kindheit liefen vor seinem inneren Auge ab. Auch wenn diese Zeit karg und entbehrungsreich gewesen war, so vermisste er sie in diesem Moment dennoch. Zumindest hatte er sich auf dem Hof stets auf den Rückhalt der Seinen verlassen können. Die Familie hatte in guten wie in schlechten Zeiten zusammengehalten und den Widrigkeiten des irdischen Daseins als geschlossene Front getrotzt. Wie schmerzhaft war es da, dass seine letzte Stunde nun in völliger Einsamkeit und fern der Heimat über ihn kommen sollte.

Plötzlich hallte ein gellender Schrei durch den finsteren Raum, und Georg spürte, wie der Körper über ihm ruckartig herumfuhr. Am gesamten Leib zitternd und mit letzter Kraft setzte er sich auf. Dabei stieß seine linke Hand gegen einen harten, schweren Gegenstand, den er zuvor nicht ertastet hatte. Instinktiv wusste er, dass er nur noch diese eine Chance haben würde.

Barfuß und im Halbschlaf eilte Theresa die schmalen Treppenstufen hinab. Ein schrecklicher Lärm aus dem unteren Bereich des Hauses, in dem sich dumpfes Poltern mit einem markerschütternden Kreischen mischte, hatte sie unsanft geweckt. Als sie dann noch feststellte, dass Stella verschwunden war, wusste Theresa, dass das nichts Gutes bedeuten konnte. Mittlerweile hatte sie, indem sie ihren Weg notdürftig mit einer kleinen Kerze ausleuchtete, die Hälfte der Treppe hinter sich gebracht. Da Theresa zum Schlafen sämtliche Kleidung bis auf ihren Unterrock abgelegt hatte, fror sie entsetzlich.

Mindestens ebenso wie die Temperatur setzte ihr die quälende Müdigkeit zu, die sich bis in ihr Innerstes ausgebreitete hatte. Nach all den Strapazen der vergangenen Tage und Wochen verlangte ihr Körper so stark nach ein paar Stunden Ruhe und Frieden, wie sie es vorher nie für möglich gehalten hätte.

Apropos Ruhe, dachte Theresa. Wie kann es eigentlich sein, dass hier eben noch infernalischer Lärm herrschte und jetzt plötzlich kein einziger Ton mehr zu hören ist?

»Hallo?«, rief sie halblaut in die Dunkelheit hinein. »Georg? Stella?«

Keine Antwort. Wie schon am Abend war weit und breit nichts zu hören als das Brausen des Windes, der durch die Straßen fegte. In Theresas Unterbewusstsein regte sich ein kleiner Teil ihres Selbst, der versuchte, ihr klarzumachen, dass sie allein in diesem finsteren fremden Haus eigentlich Angst verspüren sollte. Doch dieser dumpfe Instinkt konnte rein gar nichts gegen die Gleichgültigkeit ausrichten, die sich durch pure Erschöpfung wie ein undurchdringlicher Panzer über ihre Nerven gelegt hatte. Und so tastete sie auf dem Tresen der Werkstatt nach der großen Petroleumlampe, die sie dort zuvor gesehen hatte und zündete diese an. Als der niedrige Raum kurze Zeit später von einem fahlen gelblichen Schein erleuchtete wurde, bot sich ihr ein Bild des Schreckens, das sie sofort aus ihrem halb wachen Zustand riss und ängstlich nach Luft schnappen ließ. In der Mitte des Raums lag, mit dem Gesicht nach unten, ein großer hagerer Mann. Er rührte sich nicht und unter ihm bildete sich eine dunkelrote Blutlache. Augenscheinlich hatte das schmale längliche Objekt, das in seinem Rücken steckte, seinem Leben ein Ende gesetzt. Halb an die hintere Seite des Tresens lehnte Stellas Körper. Die Geigenbauerin bewegte sich ebenfalls nicht, und sowohl ihr Haar als auch ihr bleiches Gesicht waren blutüberströmt. Es schien, als wäre ihr Kopf mit großer Wucht gegen die Holzbalken geschleudert worden. Während Theresa noch verzweifelt versuchte, diese schreckliche Szene zu verarbeiten, hörte sie auf einmal ein leises Stöhnen ganz in ihrer Nähe. Als sie erschrocken herumfuhr, sah sie, dass Georg kaum zwei Schritte entfernt von ihr auf dem Boden lag. An seinem Hals prangten mehrere große rote Striemen, doch er atmete und war bei Bewusstsein.

»Theresa«, keuchte er schließlich und öffnete halb seine geröteten Augen. »Gott sei Dank. Du bist wohlauf.«

»Georg«, sagte Theresa und kniete sich neben ihn. »Was ist hier nur passiert? Bist du verletzt?«

»Es geht schon wieder.« Seine Stimme klang, als hätte man seine Stimmbänder gegen ein paar rostige Scharniere ausgetauscht. »Hier war jemand. Ich wollte zu dir in den ersten Stock kommen, und auf einmal hat er mich gepackt und dann …« Georg verstummte abrupt, als er die beiden Körper sah. »Stella«, stammelte er. »Ist sie …«

»Ja, ich glaube schon«, erwiderte Theresa tonlos. Die Geigenbauerin saß immer noch schlaff und völlig bewegungslos da. Theresa ging zu ihr hinüber, horchte an ihrer Brust und schüttelte dann den Kopf. Dann ließ sie sich wieder neben Georg nieder und starrte stumm vor sich hin. Dass nun auch noch Stellas Leben ausgelöscht worden sein sollte, war mehr, als Theresa ertragen konnte. Wie hatten in so kurzer Zeit nur so viel Leid und Zerstörung über ihr Leben kommen können? Da sie zu bestürzt war, um zu weinen, zu überwältigt von der Situation, um sich aus der Schockstarre zu lösen, die sie fest im Griff hielt, gab sie nur leise, erstickte Laute von sich, während sie ihren Oberkörper vor und zurück wiegte.

Langsam rappelte Georg sich auf, hinkte zu der Leiche des unbekannten Einbrechers hinüber und drehte den leblosen Körper zur Seite. »Ich wusste es«, raunte er schließlich. »Dieser narbengesichtige Bastard. Er ist gekommen, um das zu beenden, was er angefangen hatte. Sicher hat sein Herr ihn hierhergeschickt, um dich zurück zu ihm zu bringen.« Georgs Blick fiel auf den Rücken des Mannes, und er berührte vorsichtig den Gegenstand, der darin steckte. »Eine Feile. Plötzlich war sie in meiner Hand, und ich habe einfach zugestochen.« Er schluckte und atmete tief ein. »Ich hatte fast keine Chance mehr gegen ihn, doch dann hat er mich plötzlich losgelassen.« Georg drehte sich in Richtung des Tresens um. »Stella. Sie muss sich auf ihn gestürzt haben. Das hat mir das Leben gerettet. Und jetzt ist sie tot.«

Theresa erwiderte nichts. Ihr Kopf war leer. Und doch fühlte es sich gleichzeitig so an, als würden tausend verschiedene Stimmen auf sie einprasseln. »Was sollen wir denn jetzt nur tun?«, sagte sie mehr zu sich selbst. »Was machen wir jetzt, Georg?«

Georg schüttelte stumm den Kopf. An den tiefen Falten auf seiner Stirn konnte Theresa erkennen, dass er fieberhaft nachdachte. »Ich weiß nur eines«, stellte er dann fest. »Und zwar, dass ich keine Sekunde länger hierbleiben werde, um auf den nächsten Söldner zu warten, den Mayer zu uns schickt. Vielleicht weiß er mittlerweile sogar, dass Wilhelm seine dunklen Geheimnisse preisgegeben hat.«

»Du hast den Brief also gelesen?«, fragte Theresa.

»Ja«, antwortete Georg. »Es tut mir leid, wenn ich damit zu weit gegangen bin. Ich musste wissen, was dein Bruder zu sagen hatte, und ich glaube ihm. Mayer ist zu allem fähig. Er wird nicht aufgeben, bis er sein Ziel erreicht hat. Und da ist noch etwas: Falls Wilhelm stirbt, wirst du Alleinerbin, Theresa, vergiss das nicht. Und wenn Franz Mayer dich dann zur Frau nimmt, erlangt er damit die Kontrolle über das gesamte Familienvermögen.«

»Das wird ganz sicher nicht passieren«, schnaubte Theresa. »Dieser Betrüger wird nie auch nur einen einzigen Heller davon in seine schmierigen Hände bekommen.«

»Gut«, sagte Georg schlicht. »Wie kommen wir von hier weg?«

Theresa sah sich nochmals in der Werkstatt um. Erst jetzt bemerkte sie, wie sehr ihre Hände zitterten. Die gesamte Situation kam ihr immer noch vor wie ein furchtbarer Albtraum. »Können wir denn wirklich einfach so verschwinden? Ich meine … Stella …«

»Ich weiß«, sagte Georg. »Es ist furchtbar. Aber mein Instinkt sagt mir, dass wir beide immer noch in Gefahr sind, und ich habe einfach keine bessere Idee«. Er atmete geräuschvoll aus und rieb sich mit den Händen über sein müdes, bleiches Gesicht. »Für Stella können wir nichts mehr tun. Sie hat ihr Leben gegeben, um dich und mich zu retten, Theresa. Das werde ich ihr niemals vergessen. Aber so schlimm das auch klingt: Es kommt jetzt nur noch darauf an, dass wir uns selbst retten.«

Theresa holte tief Luft und schluckte die Schwermut und Hoffnungslosigkeit, die sie am liebsten laut herausgeschrien hätte, hinunter. Ob es ihr nun gefiel oder nicht, Georg hatte recht, sie konnten nichts mehr tun. Stella war für immer fort. Und obwohl sie einander nur so kurz gekannt hatten, fühlte sie doch eine tiefe Verbindung zu der ungewöhnlichen Frau, die ihr in einer der dunkelsten Stunden ihres jungen Lebens beigestanden hatte.

Danke, Stella Verancini, du unverbesserlicher Freigeist, sprach Theresa in Gedanken zu der Verstorbenen. *Danke dafür, dass du mir die Augen geöffnet hast. Du hast diejenige Theresa gesehen, die ich nie sehen konnte. Die* Theresa, *die ich immer sein wollte, aber zu feige war, sie endlich zu entfesseln. Das wird sich ab jetzt ändern, du wirst schon sehen.*

Stella, dachte Theresa, *was für ein passender Name für diese bemerkenswerte Frau, die tatsächlich wie ein Stern der Hoffnung in ihr Leben getreten war.* Wie sehr schmerzte es da, das warme, Trost spendende Licht so früh verlöschen sehen zu müssen. Viel zu früh. Trotzdem wusste Theresa, dass ein Stück von Stella Verancini sie immer begleiten würde, wenn sie von nun an hinauf in die mit Sternen verzierte Nacht sah.

So, als wollte sie einen stummen Gruß gen Himmel senden, hob Theresa den Kopf und schloss die Augen. Dann richtete sie ihren Unterrock und straffte die Schultern. Jetzt war es an der Zeit, dass Georg und sie an sich selbst dachten und endlich diese schreckliche Stadt verließen. Plötzlich kam Theresa jedoch noch ein anderer Gedanke. »Mein Bruder«, sagte sie. »Wir müssen ihn mit nach Hamburg nehmen.«

»Ich wüsste nicht, wie das gehen sollte«, erwiderte Georg. »Außerdem bin ich mir sicher, dass der Kutscher Wilhelm sofort in ein Krankenhaus gebracht hat. Wenn ihm in seinem Zustand noch irgendjemand helfen kann, dann ein Arzt. Bitte Theresa, lass uns sofort von hier verschwinden.«

Ratlos wanderte Theresa in der Werkstatt auf und ab. Gerade zeigte sich das erste schwache Leuchten der Morgenröte und verschmolz mit dem honigfarbenen Schein der Lampe. Einer plötzlichen Eingebung folgend, ging sie zu dem schmalen Fenster an der Vorderseite des Raumes und spähte hinaus. »Da draußen steht ein Automobil«, stellte sie nüchtern fest. »Sicher ist dieser Einbrecher damit hergekommen.«

Georg warf ihr einen verständnislosen Blick zu.

»Weißt du, wie man so ein Ding fährt?«, fragte Theresa.

»Nun ja.« Unsicher wiegte er seinen dunkelblonden Lockenschopf hin und her. »Das kommt drauf an.«

»Was soll das denn heißen? Kannst du es nun oder nicht?« Theresa bemerkte selbst, wie sie sich gegenüber Georg im Ton vergriff, aber der Schlafmangel und die anhaltende nervliche Belastung ließen sie gereizt werden.

»Das heißt«, entgegnete Georg ruhig, »dass ich theoretisch weiß, wie ein Automobil funktioniert und wie man es steuert. Im Grunde kommt es nur auf die Pedale an, die Schaltung und das Lenkrad. Das ist kein Hexenwerk. Ein ehemaliger Klavierschüler von mir ist ganz besessen von solchen Dingen. Ich habe sogar ein paar Ausfahrten mit ihm gemacht, allerdings nur auf dem Beifahrersitz.«

»Na gut«, sagte Theresa. »Lass es uns versuchen. Ich will einfach nur noch hier weg und endlich zurück nach Hamburg.«

Georg machte noch größere Augen als vorher und warf nun auch einen Blick aus dem Fenster. »Wie stellst du dir das vor? Soweit ich weiß, braucht man dafür eine Art Erlaubnis. Ich glaube, man muss sogar eine amtliche Prüfung ablegen. Wenn uns nun die Polizei anhält? Ich kann doch nicht einfach …«

»Doch, du kannst«, entgegnete Theresa mit fester Stimme. »Bitte tu es. Und nochmals: Wir *müssen* Wilhelm mitnehmen. Ich kann ihn nicht hier in dieser fremden Stadt zurücklassen. Und Artur allein wird es auch nicht schaffen, ihn in einer Pferdekutsche bis nach Hamburg zu transportieren. Wir klappern alle Krankenhäuser ab, holen meinen Bruder aus seinem Bett und bringen ihn heim.«

»In Ordnung«, sagte Georg, obwohl die sorgenvolle Miene, die er aufsetzte, während er einen letzten Blick durch den Raum schweifen ließ, ihn Lügen strafte. »Lass uns keine Zeit mehr verlieren.«

Und so machten Theresa und Georg sich endlich auf den Weg. Während sie schweigend gen Westen fuhren, die aufgehende Sonne im Rücken, nahm Georg sanft Theresas Hand, und sie lehnte ihren Kopf an seine Schulter. Mit jedem zurückgelegten Kilometer wurde ihnen auf schmerzhafte Weise klarer, dass sie niemals mehr diejenigen Menschen sein würden, die kaum eine Woche vorher diese schicksalhafte Reise angetreten hatten.

39.

Hamburg-Hamm, 17. Januar 1910

»Und Sie sind sich wirklich sicher, Fräulein von Eiben?« Bruno Dreyer warf Theresa einen misstrauischen Blick zu, während er nervös an seinem Hemdkragen zupfte. »Ich meine, beim letzten Mal, als wir uns hier begegnet sind, nun …« Er stockte, da ihm wohl die richtigen Worte für eine höfliche Umschreibung fehlten.

»Beim letzten Mal habe ich mich wie eine Furie aufgeführt, Herr Dreyer. Das ist mir bewusst, und ich möchte mich nochmals ausdrücklich dafür entschuldigen.« Theresa konnte ein Lächeln nicht unterdrücken. Es war wirklich zu drollig, wie ihr Gegenüber versuchte, dieses heikle Gespräch taktvoll hinter sich zu bringen. »Aber es hat sich sehr viel in meinem Leben verändert, und deshalb würden Sie mir einen persönlichen Gefallen tun, wenn Sie mir das Objekt abkaufen.«

»Einverstanden«, sagte Dreyer, und seine Miene entspannte sich. »Ich muss gestehen, dass ich mich inzwischen ohnehin bereits häuslich eingerichtet habe. Meine Enkelkinder lieben die gemeinsamen Sonntagnachmittage hier draußen auf dem Land. Daher fiele es mir schwer, es wieder zu verlieren.«

Theresa nickte pflichtbewusst, doch sowohl ihr Blick als auch ihre Gedanken waren längst abgeschweift. Sehnsüchtig betrachtete sie die hohe schneeweiß gestrichene Front des alten Landhauses. Auch sie hatte hier schöne Kindheitstage verbracht. Wie unbeschwert und frei Wilhelm und sie auf dem Rasen und in dem kleinen dicht bewachsenen Wäldchen herumgetollt waren. Damals hatten sie noch keine Vorstellung von den Sorgen und Nöten des Erwachsenseins. Später, als Wilhelm die Lust am Landleben verloren und sich immer weiter in die Abgeschiedenheit seiner privaten Räume zurückgezogen hatte, war das abgeschiedene Gut dann zu Theresas persönlichem Refugium geworden. Hinter diesen Mauern hatte sie zahllose Stunden am Klavier verbracht und dabei die Seele baumeln lassen. Sie hatte gespielt, gelacht oder einfach in den Tag hineingeträumt. Gerade nach dem Tod ihrer Eltern hatte sich das Landhaus für Theresa zu einer unverzichtbaren Oase der Ruhe und des Ausgleichs entwickelt, in der diese dann und wann ihre Gedanken ordnen konnte. Noch nicht einmal Jakob hatte sie erlaubt, sie hierher zu begleiten.

Theresa schloss für einen kurzen Moment die Augen und sog die frische, leicht nach Tannen duftende Luft ein. So befriedigend es auch war, in Erinnerungen zu schwelgen, jetzt kam für sie die Zeit, endlich ihre Zukunft zu gestalten. »Haben Sie etwas dagegen, wenn ich mich noch ein letztes Mal drinnen umsehe, Herr Dreyer?«, fragte sie. »Danach gehört das Anwesen natürlich ganz Ihnen.«

»Aber nein«, erwiderte der ältere Herr prompt und machte eine einladende, fast unterwürfige Handbewegung in Richtung des Eingangsbereichs. »Nehmen Sie sich alle Zeit, die Sie brauchen.«

»Vielen Dank«, sagte Theresa, erklomm die steinernen Stufen und öffnete langsam die schwere Haustür aus dunklem Holz. Sofort überkam sie das vertraute Gefühl, in ihrer eigenen kleinen Welt anzukommen. Die hellen Stoffvorhänge, die geblümte Tapete in der Diele, ja sogar die Bilder an den Wänden waren noch genau so, wie Theresa sie zurückgelassen hatte. Doch dies war nicht mehr ihre Welt. Die wohltuenden Stunden in dem kleinen Klavierzimmer und die ruhigen, einsamen Abende am Kamin gehörten endgültig der Vergangenheit an. Dennoch konnte Theresa das Haus nicht aufgeben, ohne noch einmal ihr Klavier zu berühren. Mit schwerem Herzen und voller Sehnsucht schritt sie den langen Flur im Erdgeschoss entlang. Wie immer herrschte in den weitläufigen Räumlichkeiten, die hinter dicken, über hundert Jahre alten Backsteinmauern lagen, völlige Ruhe. Theresa konnte lediglich ihre eigenen Schritte hören, die über den Marmorboden hallten. Als sie in dem kleinen Raum ankam, fand sie ihn unverändert vor. Nachdem sie die Zimmertür hinter sich verschlossen hatte, öffnete Theresa die leicht verstaubte Tastenklappe und besah sich die elfenbeinerne Klaviatur. Fast fühlte sich alles so an wie früher. Und dennoch konnte es nie wieder so sein. Nie wieder würde sie nach ihrem Klavierspiel zu Wilhelm in das altertümliche Stadthaus in Hamburg zurückkehren oder Jakob für einen Spaziergang am Alsterufer treffen. Mit den beiden Männern war der Rest ihrer einstigen kleinen Familie endgültig ausgelöscht worden.

Bei dem Gedanken an die Beerdigung ihres Bruders spürte Theresa einen schmerzhaften Stich in ihrem Herzen. Zwar hatten Georg und sie es geschafft, ihn aus dem Krankenhaus abzuholen und heimzubringen, aber dennoch war ihr Bruder vier Tage später seiner schweren Krankheit erlegen. Nach dem rasanten, finanziellen und gesellschaftlichen Abstieg der Familie war kaum eine Handvoll der sogenannten Hamburger Elite gekommen, um ihm die letzte Ehre zu erweisen. Ebenso grau und eiskalt wie der Dezembernachmittag, an dem der schmucklose Sarg in die gefrorene Erde hinuntergelassen worden war, fielen auch die halbherzigen Beileidsbekundungen der Trauergäste aus. Zumindest konnte sich von den Gästen, welche alle gleich nach der bescheidenen Zeremonie das Weite suchten, keiner über den fehlenden Leichenschmaus beschweren. Nur Georg war an Theresas Seite geblieben, so wie er auch vorher getan hatte. Schweigend hatte er ihre Hand gehalten und sie umarmt, als sie ihre Tränen nicht mehr zurückhalten konnte. Überdies hatte Wilhelms Beerdigung Theresa noch eine weitere, schmerzhafte Wahrheit aufgezeigt: Was Jakob anging, würde ihr nie ein solcher Abschied vergönnt sein. Er war bereits vor langer Zeit irgendwo in der Fremde in einem namenlosen Grab beigesetzt worden. Theresa würde wohl nie wissen, wo seine letzte Ruhestätte lag. Sie würde dort nie Blumen niederlegen oder für Jakobs Seelenfrieden beten können. Dieser Gedanke schmerzte sie in diesem Moment am allermeisten. Ohne dass Theresa es recht bemerkte, fiel eine einzelne Träne auf die Tastatur des Klaviers.

»Fräulein von Eiben«, Bruno Dreyers Stimme riss sie aus ihren düsteren Gedanken. Er war ihr wohl doch ins Innere des Hauses gefolgt. »Es wäre für mich wirklich in Ordnung, wenn wir den Kauf noch um ein paar Tage verschieben. Vielleicht auch um ein paar Wochen. Es hat schließlich keine Eile.« Vorsichtig nahm Dreyer seine schmale Brille ab und verstaute sie in einem schwarzen Etui, das er in die Brusttasche seines altmodischen Hemdes steckte. Zaghaft näherte er sich Theresa einen Schritt, bevor er mit gesenkter Stimme weitersprach. »Ich sehe doch, dass Sie leiden. Wer würde das nicht? Wollen Sie sich nicht selbst noch ein wenig Zeit geben, um das Ganze zu verarbeiten? Manchmal braucht man erst ein wenig Abstand, bevor die Trauer beginnen kann.«

Die sanften Worte des alten Mannes rührten Theresa. Sie wusste, dass er erst vor zwei Jahren seine Gattin verloren hatte. Frau Dreyer war mitten im Sommer einem rätselhaften Fieber erlegen, von dem sie sich nicht mehr erholt hatte. Dennoch schüttelte Theresa energisch den Kopf und wischte sich eine weitere kleine Träne aus dem Augenwinkel. Dann schloss sie die Tastenklappe des Klaviers und verabschiedete sich in Gedanken von dem geliebten Instrument. Draußen setzte langsam die Abenddämmerung ein, und irgendwo in der Ferne riefen die Zugvögel, die gerade aus ihrem Winterquartier heimkehrten, einander zu.

»Ich danke Ihnen für Ihr Mitgefühl, Herr Dreyer. Aber getrauert habe ich wahrlich genug. Mehr als so manch anderer in einem ganzen Leben«, sagte Theresa fest. »Nun ist es an der Zeit, ein Musikhaus zu gründen.«

40.

Hamburg-Karolinenviertel, 22. Januar 1910

Mit flinken Bewegungen und einem fröhlichen Lied auf den Lippen räumte Georg Kiste für Kiste ein. Es kam ihm so vor, als hätte er seit Jahren nicht mehr so eine enorme Motivation verspürt wie an diesem Morgen. Obwohl er samstags normalerweise etwas länger schlief, war er heute schon vor Sonnenaufgang erwacht und hatte sofort mit seiner Arbeit begonnen. Überhaupt war Georg schon seit längerer Zeit bei bester Laune. Und das nicht ohne Grund: Die Zusammenarbeit mit dem Musikverlag aus Lübeck verlief glänzend. Bereits in wenigen Wochen würde der erste Band mit seinen Kompositionen veröffentlicht werden. Selbst dafür, dass er das erste geplante Treffen mit dem Verlagschef aufgrund der spontanen Reise nach Berlin hatte platzen lassen, zeigte dieser Verständnis, nachdem Georg ihm versichert hatte, dass eine dringliche Familienangelegenheit dazwischengekommen wäre. Diese etwas vage Erklärung konnte er ohne Probleme mit seinem Gewissen vereinbaren, wo er doch mittlerweile zu einer unverzichtbaren Stütze für die vom Schicksal gebeutelte Theresa geworden war. Während sie sich langsam, aber stetig zu erholen schien, hatte Georg regelrecht Kraft aus den nervenaufreibenden Ereignissen in Berlin geschöpft. Dort war ihm schmerzhaft bewusst geworden, dass das Leben einfach zu kurz war für Unentschiedenheit und Selbstzweifel. Er hatte das Werk des Schnitters gesehen und seinen kalten Atem direkt neben sich gespürt, während gleich mehrere junge Menschen in Georgs Umfeld viel zu früh gestorben waren. Vor allem bei dem Gedanken an die überaus talentierte, lebensfrohe Stella Verancini wurde dem Musiker jedes Mal das Herz schwer. Zweifellos hatte sie ihm das Leben gerettet, indem sie sich furchtlos auf den mörderischen Eindringling gestürzt hatte. So sehr Georg das alles jedoch belastete, so wenig lag es in seiner Natur, sich einfach grübelnd und seufzend der Trauer und der Schwermut hinzugeben. Er hatte stattdessen beschlossen, sich Stellas Opfer würdig zu erweisen, indem er ihr Andenken ehrte. Georg würde jeden einzelnen Tag seines Lebens, jeden Atemzug, mit Musik füllen und unermüdlich weiterarbeiten, bis ihm die Finger lahm wurden. Seine Kompositionen waren hierbei erst der Anfang.

Gerade als er nach einer weiteren Kiste greifen wollte, um die Berge an Notenblättern und Notizen in seiner kleinen, bescheidenen Kammer endlich zu sortieren, hielt er kurz inne. Direkt vor ihm lag ein großes Paket, das er am Tag zuvor per Post erhalten, aber noch nicht geöffnet hatte. Die Absender waren Otto und Else Schukowski. Bei dem Gedanken an den Nachmittag in dem Berliner Gasthof, der damit geendet hatte, dass der hünenhafte Wirt mit seiner Axt zugeschlagen hatte, musste Georg unweigerlich lächeln. Vor etwa drei Wochen hatte er den ersten Vorschuss, den er für das Liederbuch vom Verlag erhalten hatte, gleich dazu genutzt, um etwas von seinen Schulden bei dem ehemaligen Gastgeber zurückzuzahlen. In dem Brief, den Georg zusammen mit dem Geld an die Adresse *Gasthaus Schukowski, Berlin* gesendet hatte, hatte er die damalige Situation knapp erläutert und Franz Mayer als den Geldfälscher entlarvt, der die prekäre Situation letztlich verschuldet hatte. Erfreulicherweise zeigte Schukowski Verständnis und rechnete es Georg hoch an, dass er sich überhaupt noch einmal meldete, um die Sache aus der Welt zu schaffen. Da es nun keinerlei Groll mehr zu überwinden gab, zeigte der Gastwirt sich sogar bereit, Georg einen speziellen Gefallen zu tun, der darin bestand, diesem in regelmäßigen Abständen eine Auswahl an Berliner Tageszeitungen zu übersenden. Deshalb konnte Georg nun einen ganzen Stapel dünnen, eng bedruckten Papiers aus der Kiste ziehen. Eigentlich hatte er sich diese Lektüre für den Nachmittag aufheben wollen, wenn seine Unterlagen sortiert wären, aber ein seltsames Kribbeln in den Fingerspitzen ließ ihn sofort Artikel für Artikel überfliegen. Momentan wussten die Schreiberlinge in Berlin, so wie im gesamten Reich, jede Woche von scheinbar revolutionären und weltveränderten Ereignissen zu berichten: In Großbritannien zum Beispiel musste die liberale Regierung heftig Prügel einstecken, weil sie doch tatsächlich versuchte, das Vermögen der

Reichen stärker zu besteuern, um Sozialprogramme zu finanzieren. Französische Luftfahrtpioniere hatten es derweil geschafft, Flugzeuge zu konstruieren, die mehrere Hundert Kilometer weit fliegen konnten. Bereits im Sommer hatte ein solches fliegendes Ungetüm den Ärmelkanal überquert. Sicherlich ist das eine nette technische Spielerei, dachte Georg, gewöhnlichen Leuten wie ihm würde jedoch sicher nie die Annehmlichkeit zuteilwerden, einfach so von hier nach da zu fliegen. Wesentlich interessanter war da doch die erste Übertragung einer Oper per Hörfunk, die kürzlich den Amerikanern in New York geglückt war. Der Gedanke daran, dass in Zukunft solche musikalischen Ereignisse nicht nur für das Publikum vor Ort, sondern auch für Tausende Hörer an deren heimischen Geräten verfügbar sein würden, versetzte Georg in Aufregung. Allein die Vorstellung, welche ungeahnten Möglichkeiten dies vielleicht auch einmal für ihn selbst eröffnen würde, ließ ihn als Pianisten kaum noch los. Während Georg sich gerade erträumte, in Hamburg ein Klavierkonzert zu geben, das bis über die Grenzen des Reichs hinaus in alle Welt übertragen wurde, fiel sein Blick auf einen anderen Artikel, der sich am unteren rechten Ende der Titelseite befand. *Tatsächlich*, schoss es ihm durch den Kopf, und sein Puls beschleunigte sich, *genau das, was ich gesucht habe.*

In drei kurzen Absätzen und recht knappen Worten wurde die Verhaftung und Verurteilung eines Hamburger Geschäftsmanns in Berlin beschrieben. Nach Informationen der Zeitung sollte dieser für gefälschte Münzen und Wertpapiere verantwortlich sein, die gegen Ende des vergangenen Jahres in ganz Berlin in Umlauf gelangt waren. Weiterhin hätten seine Komplizen und er aus Profitgier mehrere Menschen ermordet, darunter die Inhaberin einer Instrumentenwerkstatt, deren Verbindung zum Täter bis dato immer noch ungeklärt war. Obwohl der Mann alles abgestritten habe, sei er aufgrund der erdrückenden Beweislage schon nach drei Prozesstagen verurteilt worden. Beim Lesen des letzten Absatzes spürte Georg, wie sich ihm die Nackenhaare aufstellten. Das Urteil, das noch in diesem Monat vollstreckt werden sollte, lautete auf Tod durch das Fallbeil. Ein wahrhaft brachiales Ende, das sich Franz Mayer durch seine Taten in Georgs Augen jedoch redlich verdient hatte. Ob Theresa schon davon wusste? Wie würde sie eine solche Nachricht aufnehmen? Kurzerhand beschloss Georg, ihr die grausamen Details zu ersparen, sollte sie ihn danach fragen. Mit einer seltsamen Mischung aus Erleichterung und Aufgewühltheit stand er auf, trat vor die kleine Schüssel auf der gegenüberliegenden Seite des Zimmers und wusch sich mit eiligen Handbewegungen das Gesicht, während er über die Geschehnisse seit der Abreise aus Berlin nachdachte. Obwohl Theresa und er sich nichts zuschulden hatten kommen lassen, war Georg angesichts der Ereignisse doch überrascht, dass die Polizei sie überhaupt nicht behelligt hatte. Teilweise mochte dies wohl an einigen Vorkehrungen liegen, die er in der Eile noch getroffen hatte. Zum Beispiel befand sich beim Eintreffen der Beamten in der Geigenwerkstatt zwar nicht, wie ursprünglich geplant, Wilhelms Brief auf dem Tresen, da dieser zwar Franz Mayer belastet, aber auch Theresa als potenzielle Zeugin mit ins Spiel gebracht hätte. Stattdessen hatte er dem Narbenmann jedoch das Stück Papier zugesteckt, auf welchem Mayers Hotel vermerkt war. Sicher hatten die Polizisten dort die Fälschungen des vermeintlichen Geschäftsmanns entdeckt, und so hatte eins zum anderen geführt, was letztlich den Einsturz des verbrecherischen Kartenhauses aus Lügen und Betrügereien verursachte. Der Wagen, der Theresa, Georg und Wilhelm dank Georgs mangelhaften Fahrkünsten nur schleichend zurück in die Heimat befördert hatte, war in einem kleinen Waldstück nahe der Glinder Au, an der Hamburger Ostgrenze, abgestellt und notdürftig mit Zweigen zugedeckt worden, wo er sich hoffentlich noch immer befand. Aber auch Theresas Wortgewandtheit und der Loyalität ihrer zahlreichen Verbündeten war es zu verdanken, dass die Heimkehr alles in allem reibungslos verlaufen war. Keiner der Hausangestellten hatte irgendwelche unangenehmen Fragen gestellt. Selbst als Theresa dem herbeigerufen Hausarzt erklärt hatte, ihr Bruder habe bis vor wenigen Stunden noch keinerlei Anzeichen der Krankheit gezeigt, zog der Mediziner nur kurz die Stirn kraus, sagte jedoch nichts weiter dazu. Stattdessen übergab er Theresa, als er wenige Tage später anlässlich Wilhelms Tod zurückkehrte, unter zahlreichen Beileidsbekundungen den Totenschein und verabschiedetet sich zügig. So war Wilhelm von Eiben dann auch in aller Stille und ohne großes Aufsehen in der Familiengruft beigesetzt worden.

Nachdenklich verstaute Georg die Zeitungen wieder in dem großen braunen Paket und schob dieses unter sein Bett. Mit dem Aufräumen würde er es für heute gut sein lassen. Schließlich stand ihm morgen eine weitaus wichtigere Mission bevor, die noch umfangreiche Vorbereitungen und einen Besuch in der Innenstadt erforderte. Während er sich erst einmal eine kleine Verschnaufpause auf der durchgelegenen Matratze gönnte, fragte sich Georg, wo Theresa an diesem Tag wohl sein würde.

41.

Hamburg-Uhlenhorst, 23. Januar 1910

Andächtig blieb Theresa mitten auf dem lang gezogenen Pfad am östlichen Ufer der Außenalster stehen, sobald das altehrwürdige, hochaufragende Gebäude in Sicht kam. An dem rustikalen Charme, den dessen rot-braune, vollständig verklinkerte Front ausstrahlte, würde sie sich wohl nie sattsehen können.

»*Das* ist es?«, fragte Marga hinter ihr und bemühte sich nicht, ihr offensichtliches Missfallen zu verbergen.

»Das ist es«, bestätigte Theresa, ohne sich umzusehen, und betrachtete stattdessen weiter das zweistöckige ehemalige Wohnhaus. Sicher, hier und da zeigten sich ein paar Risse in der Fassade, der Vorgarten war verwildert und mitten aus diesem Gestrüpp erhob sich eine Efeuranke, die bereits dabei war, den ausladenden Balkon zu erobern. Aber als angehende Geschäftsfrau musste Theresa eben ein Auge für das zukünftige Potenzial der Dinge haben. Dabei galt es, gerade nach den ungeschliffenen Diamanten zu suchen, die man erst von Staub und Dreck befreien musste, bevor die anderen ihren wahren Wert erkannten. Und hier, direkt vor sich, sah Theresa alles, was sie sich je erträumt und erhofft hatte. Seit sie vor ein paar Wochen zum ersten Mal hergekommen war, wusste sie einfach tief in ihrem Herzen, dass sie genau dieses Haus und kein anderes kaufen würde. Hier, direkt am Flussufer, würde schon bald ihr Musikhaus seine Pforten öffnen. Das Musikhaus an der Alster. Nicht nur das Gebäude an sich, sondern die gesamte Umgebung war eine greifbare Verkörperung der Vision, die sich Theresa seit Monaten ausmalte. Mit dem leichten Wind, der den urigen Geruch der See mit sich trug, während er einem kühl über den Nacken strich, den fernen Rufen der Möwen und dem sanften, gleichmäßigen Plätschern des Flusses am Ufer, nahm Theresas Fantasie unweigerlich Gestalt an.

Wenn sie nur kurz die Augen schloss, konnte sie die leuchtenden Augen der Kinder sehen, die zum ersten Mal die bunte Vielfalt der Musikinstrumente entdeckten. Gleichzeitig sah sie die strengen, aber ebenso stolzen Gesichter der Mütter und Väter vor sich, die mit konzentriertem Gesichtsausdruck ein Klavier oder eine Geige betrachteten, um zu prüfen, ob dieses oder jenes Stück für ihren Sprössling infrage kam. Auch heutzutage gehörte es in Familien, die etwas auf sich hielten, immer noch zum guten Ton, dass Kinder irgendeine Form von musikalischer Bildung genossen. Das Erlernen und spätere Beherrschen eines Instruments schärften den Geist, stärkten die Disziplin und waren außerdem ein willkommenes, politisch und religiös gesehen neutrales Gesprächsthema bei jedwedem gesellschaftlichen Anlass. Obwohl dieser Umstand Theresa sicherlich helfen würde und sie auch beabsichtigte, genau dieses Bild zu kultivieren, reichte ihre Vision doch noch weit darüber hinaus. Ihr Musikhaus würde, im Gegensatz zu dem, was sie bei der Konkurrenz in ganz Hamburg und Umgebung gesehen hatte, kein dunkler stickiger Kasten werden, den man, so schnell es ging, wieder verließ, sobald Kauf oder Reparatur des geliebten Instruments abgeschlossen waren. Nein, bei ihr sollte es stets sowohl hell als auch heiter sein. Im Winter würden die wohlgeheizten Räume nach Tee und Glühwein duften, während sie im Sommer der Geruch von selbst gemachter Limonade und spontanen Grillfesten erfüllte. Die Kunden sollten sich wie zu Hause fühlen. Nicht mehr und nicht weniger war Theresas Ziel. Was eignete sich da hinsichtlich der Geschäftsräume besser als ein ehemaliges Wohnhaus?

»Das ist ja eine Ruine!« Marga war regelrecht empört. Dass Theresa und die alte Dame sich dem Anwesen inzwischen bis auf wenige Schritte genähert hatten, trug ganz offensichtlich nicht zur Verbesserung des ersten Eindrucks bei. »Man hat dich betrogen, Theresa. Betrogen, jawohl!«

»Das wäre schwer möglich, denn ich habe ja noch nicht einmal den Kaufvertrag unterzeichnet«, entgegnete Theresa gelassen.

»Und das solltest du auch dringend bleiben lassen, wenn du mich fragst.« Marga zog ihre leicht nach unten gebogene Nase kraus, und ihre Augen, die von zahllosen, tiefen Falten umgeben waren, verengten sich zu winzigen Schlitzen. Der schiere Anblick des ungepflegten Vorgartens schien der Haushälterin, die schon seit bald vier Jahrzehnten über Sauberkeit und Ordnung im Hause von Eiben wachte, fast körperliche Schmerzen zu bereiten.

Theresa nahm nicht weiter Notiz von den zahlreichen Einwänden ihrer Begleiterin, sondern stieg die steinerne Treppe zur Eingangstür empor. Nach allem, was sie in den letzten Monaten erlebt hatte, war sie einfach nur froh, nicht allein unterwegs sein zu müssen. Zwar hatten sich ihre Stimmung und ihr Wohlbefinden hier in der Heimat merklich verbessert, die Schatten, die das nächtliche Erlebnis in der Dunkelheit der Berliner Gassen auf ihrer Seele hinterlassen hatten, würden sich so schnell jedoch nicht verziehen. Ebenso wenig wie die Erinnerung an Franz Mayer und seine unaussprechlichen Taten. Theresa konnte sich nur damit trösten, dass sie diesem Mann niemals wieder begegnen würde.

»Nun komm schon rein, und sieh dir das Schätzchen auch mal von innen an«, rief Theresa Marga zu und schüttelte ihre dunklen Gedanken damit erst einmal ab. Nachdem die alte Haushälterin es umständlich und unter einigen Seufzern und Flüchen bis zur Haustür hatte, drehte Theresa den großen Schlüssel im Schloss und ließ die beiden Flügeltüren mit einem leisen Knacken aufspringen. Schon standen die beiden Frauen im Eingangsbereich des geräumigen Hauses.

»Na, was sagst du jetzt?«

»Wunderschön. Kann ich jetzt gehen?« Margas Stimme klang müde und gereizt. Theresa hatte sie selten so durch und durch mürrisch und abweisend erlebt und machte sich Sorgen. Quälten die betagte Dame, die ständig über steife Knochen und brennende Gelenke klagte, am Ende noch größere Schmerzen als sonst?

»Ist es denn wirklich so scheußlich, Marga?«, fragte sie leise und nahm die raue, faltige Hand der Hausangestellten. Diese blickte zunächst nur mit tief gerunzelter Stirn zu Boden, schüttelte dann aber den Kopf.

»Es ist nicht das Haus, Theresa«, sagte sie schließlich. »Es ist … es ist das alles hier. Diese ganze Situation.« Theresa wollte gerade nachfragen, was Marga meinte, als diese schließlich langsam und bedächtig weitersprach. »Ich bin alt, Kind. Sehr alt. Ich war schon alt und grauhaarig, als du auf die Welt kamst, und heutzutage bin ich schon froh, wenn mir einmal fünf Minuten lang nichts wehtut und wenn ich morgens noch weiß, was ich am Abend davor zum Frühstück aufgeschrieben habe.« Wie um sich selbst zu bestätigen, dass sie dennoch vollauf diensttauglich war, strich die alte Dame ihr graues schlichtes Kleid glatt und zupfte ihre Haube zurecht. »Nun, da uns sowohl deine lieben Eltern als auch dein Bruder vorzeitig verlassen haben, wer bleibt dir da noch, Theresa? Wen hast du noch auf der Welt, außer mir?«

Theresa fand die Frage seltsam. Noch verwirrender war allerdings der plötzliche Themenwechsel. Da sie keine Ahnung hatte, was Marga ihr eigentlich sagen wollte, entschied sie sich zunächst für eine möglichst unverbindliche Antwort. »Ich hab dich, Marga. Das ist doch allemal genug, findest du nicht?«

»Lass die Witze, Kind.« Die Stimme der Haushälterin klang unerwartet zornig und aufbrausend, beruhigte sich jedoch sofort wieder. »Ich meine es ernst. Das alles hier wächst dir doch über den Kopf. Was glaubst du, wie viele Geschäftsleute schon im Armenhaus gelandet sind, nachdem ihr Startkapital verjubelt war? Du kaufst ein Haus, du eröffnest deinen Laden, und dann?« Marga schüttelte heftig den Kopf und stemmte die Hände in ihre ausladenden Hüften. »Wenn du wenigstens verheiratet wärst, Kind. Ein ordentlicher, tüchtiger Mann an deiner Seite. Das würde mich ruhiger schlafen lassen.«

Daher weht also der Wind, dachte Theresa, nicht ohne einen Anflug von Ärger und verletztem Stolz. Das hätte ich mir gleich denken können.

»Ich bin aber nicht verheiratet«, sagte sie. »Und das wird sich wohl so schnell auch nicht ändern.« Bei diesen Worten sah sie unweigerlich Georgs Gesicht vor sich. Die beiden trafen sich regelmäßig, und Theresa spürte, dass sich weder an ihren noch an seinen Gefühlen für den jeweils anderen etwas geändert hatte, aber die Situation war einfach kompliziert. Georg und sie waren beide dabei, sich ein neues Leben aufzubauen, was enorm viel Zeit und Kraft erforderte.

»Ganz genau, du bist nicht verheiratet«, setzte Marga ihre Ansprache fort. »Also stehst du ganz allein da. Das Leben hält einen Haufen Tiefschläge bereit, das kannst du mir glauben. Und wenn du niemanden an deiner Seite hast, der dich auffängt, wenn du stolperst ...«

»Glaub mir«, unterbrach sie Theresa, die ihren Frust nun nicht länger zurückhalten konnte und die Hand der alten Freundin abrupt losließ. »So einige dieser Schläge habe ich auch schon einstecken müssen. An die meisten wirst du dich sicher noch erinnern. Außerdem hat so mancher Mann in *meinem* Leben mir eher ein Bein gestellt, als mich zu stützen.«

»Das weiß ich. Und du warst immer tapfer und stark«, entgegnete Marga. »Trotzdem wirst du gerade jetzt einen Mann brauchen«, fügte sie dann jedoch stur hinzu.

»Herrje«, rief Theresa verzweifelt. »Die Welt entwickelt sich, Marga. Es ist nicht mehr alles nur Schwarz und Weiß, wie früher. Frauen können arbeiten. Sie dürfen es, und sie tun es auch. Sogar Medizin studieren dürfen wir mittlerweile, kannst du dir das vorstellen? Die Männer können uns immer weniger ihren Willen aufzwingen, so wie sie es zu deiner Zeit noch konnten. Weltweit wird für die Gleichberechtigung gekämpft, und Tag für Tag schreitet die Entwicklung weiter voran. Schon drei Mal hat eine Frau einen Nobelpreis gewonnen. Einen Nobelpreis! Und damit wird es nicht aufhören. Wir sind endlich aufgewacht und haben gemerkt, dass wir alles genauso gut können wie die angeblichen Herren der Schöpfung, vielleicht sogar noch besser. Und gerade deshalb bin ich mir sicher, dass auch ich allein mit meinem Musikhaus zurechtkommen werde.«

»Ist das so?«, entgegnete die alte Dame ruhig und mit völlig ausdruckslosem Gesicht, nachdem sie sich Theresas begeisterte Ausführungen angehört hatte. »Und gilt das auch für dein Kind oder nur für dich?« Theresa war sprachlos. »Ganz recht, Kindchen. Du hast doch nicht im Ernst geglaubt, dass mir so etwas entgeht. Deine Wangen sind voller, du bist nicht mehr so blass wie früher, und dein Appetit hat sich auch gebessert. Man sieht es deiner Figur zwar noch nicht an, aber ich weiß, dass da etwas unter deinem Herzen wächst.«

Theresa sagte nichts dazu, sondern legte stattdessen ihre rechte Hand flach auf ihren Bauch. Marga ergriff jetzt ihrerseits Theresas Hand und drückte diese sanft. In ihrer Miene lag kein Hauch von Anklage, sondern lediglich aufrichtige, fast mütterliche Sorge. Sanft und dennoch energisch sprach sie weiter. »Du hast völlig recht, es tut sich vieles in dieser neuen Zeit, in der wir leben. Und das ist gut so. Aber bitte glaub mir, wenn ich dir sage, dass sich manches in der Welt einfach nie ändern wird. Und eines davon ist, dass es alleinstehende Mütter und vaterlose Kinder sehr schwer haben. Verflixt schwer …« Hier versagte ihr die Stimme, und sie musste sich einen Moment sammeln.

»Schon gut«, erwiderte Theresa beruhigend. »Ich verstehe ja, was du mir sagen willst.« Jetzt hielt sie wiederum für einen Moment inne, denn sie stand kurz davor, ein wahrlich heikles Thema anzuschneiden. »Marga«, sagte sie schließlich sanft. »Geht es hier um mich oder vielleicht doch um deine Gerda?« Die Haushälterin senkte den Blick und entgegnete nichts. Wie Theresa nach ihrer Rückkehr aus Berlin erfahren hatte, war Gerda, die ebenfalls zu den Hausangestellten der Familie gehört hatte, kurz zuvor von Wilhelm entlassen worden. Der Grund war eine ungewollte Schwangerschaft. Theresas Bruder hatte das arme Mädchen, das sich angeblich strikt weigerte, den Namen des Kindsvaters preiszugeben, regelrecht aus dem Haus gejagt. Sicher hatte sich ein solcher Skandal schnell in Hamburg herumgesprochen, womit Gerdas Hoffnungen für die Zukunft, insbesondere jegliche Chance auf einen neuen Arbeitsplatz, zerstört waren. Theresa hatte der Familie schon mehrfach ihre Unterstützung angeboten, aber Marga war einfach zu stolz, um diese anzunehmen.

»Gerda wird schon wieder, irgendwann«, sagte diese und wischte sich eine Träne aus dem Augenwinkel. Das klang wenig überzeugend für Theresa, aber sie wollte das unangenehme Gesprächsthema nun dennoch lieber ruhen lassen.

»Pass bloß auf dich auf, Kind«, flüsterte Marga und sah Theresa tief in die Augen, während sie auch noch ihre zweite Hand nahm und beide fest an ihr Herz drückte.

»Das mache ich. Versprochen.«

Schweigend sahen die beiden Frauen sich an. Bei dem Gedanken daran, wie sehr Marga sich um sie sorgte, überkam Theresa ein tiefes Gefühl des Glücks und der Dankbarkeit. Mit der warmherzigen alten Dame war ihr zuletzt doch noch ein Stück ihrer Familie und damit ein wichtiger Stützpfeiler in ihrem Leben geblieben.

»So«, sagte Marga laut, trat einen Schritt zurück und richtete ihre Haube. Dabei ließ sie ihren strengen Blick durch den gesamten Eingangsbereich und an der lang gezogenen Treppe entlang bis hinauf zum Obergeschoss schweifen. »Mit etwas Farbe, Tapete und einem geschickten Zimmermann macht der alte Kasten vielleicht ja doch noch etwas her.«

»Ja«, sagte Theresa, und ein breites Lächeln erstrahlte auf ihrem Gesicht. »Das glaube ich auch.«

Später, als Marga sich durch den Kutscher abholen lassen hatte, spazierte Theresa allein durch die weitläufigen Räume des Hauses. Die betagte Haushälterin hatte zunächst dagegen protestiert, dass Theresa ohne Begleitung zurückbleiben wollte, dann hatten sie die eigene Erschöpfung und Müdigkeit jedoch überzeugt, dem Plan zuzustimmen. Dies jedoch nur unter der Bedingung, dass Theresa versprach, sich ebenfalls zum Anwesen der von Eibens zurückbringen zu lassen, wenn der Kutscher zwei Stunden später zurückkehren würde. So war es dann schließlich abgemacht worden, und als das Gefährt hinter der nächsten Biegung verschwand, empfand Theresa eine gewisse Erleichterung. Obwohl dieses Haus noch nicht ihr gehörte, betrachtete sie es bereits jetzt wie eine geschätzte alte Freundin, mit der sie nur allzu gern etwas Zeit allein verbringen wollte. Margas Worte hatten Theresa in ihren Zukunftsplänen zwar nicht erschüttern können, waren aber auch nicht spurlos an ihr vorübergegangen. Sie war keineswegs allein auf der Welt. Dennoch konnte niemand leugnen, dass sich die Reihen deutlich gelichtet hatten. So sehr Theresa zuvor auch unter der Unterdrückung und der Bevormundung ihrer Familie gelitten hatte, so vermisste sie ihre Eltern trotzdem jeden Tag. Sogar Wilhelms ungestümes Zetern und Toben hätte sie mit Freude ertragen, wenn er noch am Leben gewesen wäre. Obwohl es sie selbst etwas überraschte, hegte Theresa keinen Groll gegen ihren verstorbenen Bruder. Zwar war er an den Ereignissen, die Jakobs Leben beendet hatten, nicht unschuldig. Für Theresa zählte jedoch allein die Tatsache, dass er zuletzt, als er spüren musste, dass sein Tod nahte, zu ihr gekommen war, um sie zu beschützen. Unter all dem Zorn, der Verzweiflung und der Verbitterung war zum Schluss noch einmal der Wilhelm aufgeblitzt, den Theresa in Kindertagen so sehr gemocht hatte. Sie hatte gewusst, dass er immer noch da war, aber mit all seinen Sorgen und Ängsten, war diese Seite ihres Bruders immer mehr in den Hintergrund gerückt.

Allein Franz Mayer vermisste Theresa keine einzige Sekunde lang. Der Gedanke an diesen Mann, an sein Gesicht, an jede Einzelne seiner Berührungen und an jede seiner doppelzüngigen Versprechungen, löste nichts als Scham und Wut in ihr aus. Scham, weil sie tatsächlich kurz davor gewesen war, ihren Widerstand gegen ihn für immer aufzugeben, und Wut, weil sie es eigentlich von der ersten Sekunde an besser gewusst, ihre Instinkte jedoch später ignoriert hatte. Weder Georg noch die Hausangestellten hatten es ihr sagen wollen, vermutlich aus Rücksicht auf ihr vermeintlich zartes Gemüt, doch Theresa hatte dennoch aus zuverlässiger Quelle erfahren, dass Mayer schon bald für die Morde, die er verübt hatte, hingerichtet werden würde. Selbst die Vorstellung, wie er in seiner Zelle saß und allein auf den Tod wartete, ließ Theresa völlig kalt. Der Mann stand kurz davor, das zu bekommen, was er verdiente, und selbst das würde die Leichen, die er auf seinem Weg hinterlassen hatte, niemals wieder zurück ins Leben bringen. Doch Franz Mayers bevorstehendes Ende erlaubte Theresa eine gewisse Distanz zu den Geschehnissen des letzten Jahres. Wieder und wieder war sie all die kleinen Schachzüge durchgegangen, die der charismatische Betrüger genutzt hatte, um sie systematisch zu manipulieren. War es tatsächlich nur ein Zufall gewesen, dass er den nächtlichen Überfall durch die beiden Trunkenbolde in letzter Sekunde verhindert hatte? Und was für ein kaltes, totes Herz war nur dafür nötig, um einer Frau den Hof zu machen, direkt nachdem man ihren Verlobten aus purer Berechnung und Habgier ermordet hatte? Trotz alledem wäre man ihm wohl nicht gerecht geworden, hätte man Mayer einfach als Unmenschen abgestempelt. Besonders ein Satz, den er geäußert hatte, war unauslöschlich in Theresas Erinnerung eingebrannt. *Einmal wahre Liebe zu erfahren*, hatte er gesagt, *ich könnte mir nichts Schöneres vorstellen*. Ob das wohl auch gelogen war, wie alles andere? Falls die erste Hälfte seines Lebens wirklich so erbärmlich verlaufen war, wie er behauptet hatte, wäre das wohl zumindest eine Erklärung für sein widerliches Verhalten, dachte Theresa. Andererseits gab es allein in Hamburg sicher Tausende arme, vernachlässigte Kinder, von denen keines später zum Mörder würde.

Wie um diese düsteren Überlegungen zu verscheuchen, öffnete sie eines der Fenster im oberen Flur und ließ die kühle Abendluft herein. Der Nachmittag ging allmählich in einen ruhigen, leicht windigen Abend über. Die Wasseroberfläche der Alster kräuselte sich leicht und schimmerte in einem dunklen Grün. Der Sonnenuntergang würde noch etwas auf sich warten lassen, aber schon jetzt schien das Licht, das auf die kahlen Bäume fiel, etwas von der Kraft des Tages verloren zu haben. Während Theresa die frische Luft genoss, sah sie sich im Zimmer um. Dies war wahrscheinlich einmal eine Art Arbeitszimmer gewesen. Anhand der Abdrücke auf dem Teppich ließ sich noch erahnen, dass es einmal einen großen wuchtigen Schreibtisch beherbergt hatte. In nicht allzu ferner Zukunft würden hier statt Bildern und Diplomen Bratschen und Violinen an den Wänden hängen, die auf ihre zukünftigen Besitzer warteten. Theresa schätzte sich sehr glücklich, dass der Verkäufer des Hauses es ihr erlaubte, dieses jederzeit zu besichtigen. Sie liebte es, durch jeden der zahlreichen Räume zu wandern und Pläne zu schmieden. Der Verkauf des Landguts hatte sie zum Glück mit den nötigen finanziellen Mitteln ausgestattet, um das Haus von Grund auf zu sanieren, als Musikhaus einzurichten und die nötigen Instrumente zu kaufen, um dieses erst einmal zu bestücken. Theresa hatte darüber hinaus sogar ein paar Schulden bei den ärgsten Gläubigern der Familie begleichen können. Zum Glück hatte Franz Mayer für den Rückkauf des Landguts von Bruno Dreyer zuvor scheinbar echtes Geld verwendet, obwohl es wahrscheinlich besser war, dessen Herkunft wiederum nicht weiter zu erforschen.

Erneut dachte Theresa an Margas Worte zurück. *Du bist nicht verheiratet*, hatte sie gesagt. *Also stehst du ganz allein da*. Nun, ganz so düster sah es sicherlich nicht aus, aber im Grundsatz hatte die alte Dame schon recht. Nicht nur, dass Theresa keinen Ehemann hatte. Sie war nun bereits zwei Mal verlobt gewesen, was sie in den Augen der feinen Gesellschaft wohl zu einem hoffnungslosen Fall degradierte, um den man besser einen großen Bogen machte. Bei diesem Gedanken musste Theresa unweigerlich lächeln. Die Zeiten, in denen das gesellschaftliche Ansehen der von Eibens es ihr erlaubt hätte, den adligen Spross irgendeiner piekfeinen Familie zu ehelichen, waren längst vorbei und sie würde ihnen sicherlich keine einzige Sekunde lang nachweinen. Nein, wenn sie tatsächlich einmal heiraten würde, dann gab es da nur einen einzigen Mann, der infrage käme. Aber zum einen steckte dieser gerade selbst in einem riesigen Haufen Arbeit, und zum anderen wusste er zum jetzigen Zeitpunkt noch nicht einmal über ihre Schwangerschaft Bescheid. Nicht gerade eine ideale Ausgangslage.

Ein leises Klicken im Erdgeschoss riss Theresa aus ihren Gedanken. War das etwa die Eingangstür? Für den Kutscher war es noch mindestens eine Stunde zu früh, und er würde ohnehin erst klopfen, bevor er einfach so eintrat. Theresa hielt den Atem an und horchte angestrengt in das große Haus hinein. Der lange Flur im Untergeschoss verstärkte jedes noch so kleine Geräusch, sodass sich dort sicher kaum jemand ungehört bewegen konnte. Nichts.

Nach kurzer Überlegung beschloss Theresa, sich in das ehemalige Kinderzimmer im Obergeschoss zu begeben. Dort könnte sie sich notfalls einschließen und würde das Licht des Kutschers sehen, wenn dieser kam, um sie abzuholen. Ohnehin war dieses Zimmer ihr das liebste. Es war relativ klein, aber in einem eleganten Rechteck geschnitten. Die beiden Fenster, die unter zwei großen Rundbögen lagen, öffneten sich nach Westen, sodass man von hier aus bald den Sonnenuntergang über Harvestehude beobachten könnte, dessen kräftiges Orange sich auf dem dunklen Spiegel der Außenalster brach. Mittlerweile hatte Theresa das Zimmer erreicht. Sie trat ein, schloss die Tür hinter sich und setzte sich auf einen niedrigen blassgrünen Lehnstuhl, den der aktuelle Eigentümer dort stehenlassen hatte. Hatte sie etwa gerade noch ein Geräusch gehört? Jetzt war es auf jeden Fall ruhig.

Als Theresa gedankenverloren aus dem Fenster sah, fühlte sie sich schon fast wie zu Hause. Teils aus Liebe zu dem schönen Haus, teils aber auch aus logistischen Erwägungen heraus, beabsichtigte sie, sich hier oben eine kleine, bescheidene Wohnung einzurichten. Jetzt, wo die Unterzeichnung des Kaufvertrags unmittelbar bevorstand, konnte Theresa es schon regelrecht vor sich sehen: Nach einem langen, aber erfüllenden Arbeitstag im Musikhaus würde sie hier heraufkommen, um sich zu entspannen. Sie würde ein Buch lesen, eine heiße Tasse Kaffee trinken oder einfach nur hinaus auf den Fluss schauen, während die letzten Kunden nach Ladenschluss den Heimweg antraten. Es gab keine Worte, um zu beschreiben, wie sehr Theresa sich auf diese Zeit freute. Es war fast so, als könnte sie in diesem Moment schon hören, wie das Haus von leisem Klavierspiel erfüllt wurde.

Plötzlich wurde Theresa klar, dass das, was an ihre Ohren drang, kein Produkt ihrer Fantasie war.

Irgendwo im Haus spielte tatsächlich jemand Klavier.

Da sich das einzig vorhandene Instrument momentan in einem schmalen Zimmer am anderen Ende des Flurs befand, musste dieser jemand sich wohl dort aufhalten. Theresa spürte, wie sich ihr die Nackenhaare aufstellten. War dies irgendein seltsamer Streich? Oder war vielleicht der aktuelle Eigentümer zurückgekehrt, um sich noch einmal von seinem ehemaligen Zuhause zu verabschieden? Ohne weiter darüber nachzudenken, öffnete sie die Tür und trat hinaus auf den Flur. Jetzt konnte sie die Töne deutlicher hören und ging vorsichtig, aber zielstrebig darauf zu, während sie unbewusst den Atem anhielt. Obwohl sie sich konzentrierte, konnte sie in dem Stück keine feste Tonart heraushören, sondern allenfalls ein bestimmtes Motiv, das in leichten Abwandlungen wiederkehrte. Fasziniert lauschte sie weiter, während sie sich vorsichtig und mit leisen Schritten den Flur entlang bewegte. Der unbekannte Pianist ließ die begleitenden Akkorde in ihrer Anschlagsintensität immer wieder an- und abschwellen, während die durch schnelle Arpeggien gekennzeichnete Melodie unerbittlich weiterfloss und sich dabei stetig wandelte. Wer auch immer hier am Klavier saß, war definitiv ein Meister seines Handwerks. Obwohl Theresa im Geiste angestrengt sämtliche modernen Komponisten durchging, die stilistisch zu dieser Art von Klavierspiel passen konnten, fiel ihr kein Einziger ein. Dieses Stück ließ sich nicht einordnen. Es war fast so, als sei es etwas ganz Neues, ein Original eines zeitgenössischen Musikers.

Und plötzlich wusste Theresa, wer sie hinter der Tür erwartete. »Hallo, Georg«, sagte sie, indem sie diese vorsichtig öffnete. Das Klavierspiel verstummte. Der ansonsten dunkle Raum, in dem sämtliche Fensterläden geschlossen waren, wurde von zahlreichen weißen Kerzen erhellt, die ringsherum um das Piano verteilt waren. Darauf stand eine Kristallvase mit einem Strauß aus frischen Hyazinthen und Ranunkeln, Theresas liebsten Blumen zu dieser Jahreszeit. Als er seine Angebetete sah, ergriff Georg den Strauß und glitt elegant von seinem Hocker herunter, sodass er nun vor ihr kniete. Er trug einen sehr feinen, dunkelblauen Anzug mit passender Krawatte und ein makellos weißes Hemd.

»Gut gespielt«, flüsterte Theresa. In ihrem Kopf rasten tausend Gedanken gleichzeitig umher, ohne dass sie in der Lage war, einen davon festzuhalten. Die ganze Szene kam ihr fast vor wie in einem Traum, doch sie spürte genau, dass alles um sie herum wirklich passierte. Was auch immer das war.

»Danke«, entgegnete Georg und deutete mit seinem Kopf eine leichte Verbeugung an. »Ich habe das Stück für dich geschrieben.«

»Ach ja?«

»Ja«, antwortete Georg. »Genauso wie meine anderen Stücke auch. Ich glaube, dass ich das schon immer getan habe. Sogar in der Zeit, als ich dich noch gar nicht kannte. In der Zeit, als du noch ein verrückter Traum warst, der mich nachts wachgehalten hat.«

»Georg, was …«, setzte Theresa an, doch er ließ sich dieses Mal nicht unterbrechen.

»Theresa Maria von Eiben«, sagte er laut und ungewohnt förmlich, bevor er sich umständlich räusperte. Augenscheinlich war er sehr nervös. Sie sah, dass er eine Sekunde lang die Augen schloss und tief einatmete. »Theresa, seit ich zum ersten Mal deine Hand gehalten habe, dem Tag, an dem wir uns zusammen auf diese seltsame Reise begeben haben, weiß ich, dass ich keinen Tag mehr ohne dich verbringen will. Das Erste, was mir morgens in den Sinn kommt, wenn ich die Augen öffne, und das Letzte, woran ich denke, bevor ich abends das Licht lösche, ist dein Gesicht. Ich hatte zunächst Zweifel, weil wir beide aus zwei unterschiedlichen Welten kommen: Du bist eine Adlige, ich nur der Sohn eines einfachen Bauern. Aber das kümmert mich nicht mehr, weil ich tief in meinem Inneren weiß, dass es einfach so sein muss. Wäre mein Leben ein Lied, dann wäre deine Stimme der Takt, der alles vorantreibt und gleichzeitig verbindet. Dein Lachen rührt mein Herz mehr als jede Melodie, die ich mir jemals ausdenken könnte, und wenn du meinen Namen sagst, dann ist es so, als träfe endlich jemand den einen Ton, der meine ganze Seele in Harmonie erklingen lässt.« Er sah ihr tief in die Augen, und sie erkannte, dass die seinen kaum merklich, mit einem dünnen, schimmernden Tränenfilm überzogen waren. »Willst du mich heiraten?«

»Ja«, antwortete Theresa, ohne auch nur eine Sekunde darüber nachzudenken. »Ja, ich will.« Und während sie sich küssten, ging die Sonne über Hamburg unter, und es fühlte sich endlich so an, als sei ihrer beider Reise zu Ende.

42.

Hamburg-Uhlenhorst, 26. Oktober 1910

»In Ordnung, Leni«, sagte Georg und atmete tief durch. »Die Töne stimmen jetzt, aber der Fingersatz kann definitiv nicht so bleiben.«

»Aber ich habe es doch dieses Mal richtig gespielt oder, Herr Albers?« Die sommersprossige Achtjährige mit den beiden blonden Flechtzöpfen, die neben Georg am Klavier saß, schien sichtlich stolz auf ihre Leistung zu sein. Sie lächelte breit und offenbarte dabei eine große Zahnlücke, dort wo eigentlich der linke Schneidezahn hätte sein sollen.

»Ja, schon«, entgegnete Georg und bemühte sich, so gut es ging, zu verbergen, wie genervt er war. Es war doch wirklich immer wieder dasselbe.

»Ich habe es zu Hause geübt, Herr Albers«, beteuerte Leni. »Jeden Tag. Genau so, wie Sie es mir gezeigt haben.«

Auch diesen Satz hörte Georg leider viel zu oft. In Wahrheit vergaßen die Schüler scheinbar innerhalb von Sekunden nach der Klavierstunde, was er ihnen erklärt hatte. Immerhin übte Leni im Gegensatz zu vielen anderen wirklich jeden Tag. Sie war eifrig, hörte zu und hatte ein Ohr für Musik. Das war Georg sofort aufgefallen. Das Mädchen war eine der ersten Klavierschülerinnen gewesen, die nach der Eröffnung im Sommer in das Musikhaus gekommen waren. Leider weigerte sie sich jedoch, bewusst oder unbewusst, ihre kleinen Finger zu benutzen, was es ihr unmöglich machen würde, anspruchsvollere Stücke zu lernen. Stattdessen mogelte sie sich mit nur acht Fingern durch die leichten Übungen, welche momentan auf dem Lehrplan standen, hindurch.

»Die Töne stimmen«, wiederholte Georg und massierte sich leicht die Schläfen, während er die Augen schloss. »Aber schau dir mal den fünften Takt an, Leni. Bei dem C rutscht dein Ringfinger einfach rüber. Das geht nicht. Kannst du dich noch an unsere Übung von ganz am Anfang erinnern? Da haben wir doch …«

»Herr Albers«, unterbrach eine aufgeregte Stimme Georgs Ausführungen. Als er die Augen öffnete und sich umsah, erblickte er Klaas Friedrichs, der mit gerötetem Gesicht im Türrahmen stand und ein paar zerknitterte Papiere in Händen hielt. Klaas war einer von zwei Angestellten, die sich das neue Musikhaus leistete. Der Zwanzigjährige, der zuvor als Schreibkraft in einer nahe gelegenen Werft gearbeitet hatte, war sowohl Theresa als auch Georg aufgrund seines Fleißes und seiner schnellen Auffassungsgabe gleich positiv aufgefallen. Einfach in eine Klavierstunde hineinzuplatzen, sah dem jungen Mann dagegen gar nicht ähnlich. Sein nervöser Ton sowie sein alarmierter Blick verrieten Georg jedoch, dass er etwas Dringendes auf dem Herzen hatte.

»Hier. Bei der Arbeit«, erwiderte er, indem er sich seinem Angestellten zuwandte. Georgs Ton war freundlich, aber bestimmt. Aus dem Augenwinkel warf er einen flüchtigen Blick auf die runde Wanduhr, die über dem Klavier hing. Es war bereits kurz vor elf und die Stunde damit so gut wie beendet. »Kann es noch ein paar Minuten warten, Klaas?«

»Ich … fürchte, nicht«, stammelte dieser, raufte sich mit einer Hand sein kupferrotes Haar und trat nervös von einem Fuß auf den anderen. Trotz seiner beachtlichen Größe und den rot-braunen Bartstoppeln an seinem Kinn wirkte er plötzlich wie ein Schuljunge, der ins Büro des Direktors geschickt wurde.

»Na gut«, stöhnte Georg und schloss vorsichtig die Tastenklappe. »Leni, wir machen das nächste Mal genau an dieser Stelle weiter. Bitte geh schon mal nach unten. Dein Vater holt dich sicher gleich ab.«

Nachdem das Mädchen brav sein Übungsheft eingepackt und ins Erdgeschoss des Musikhauses geeilt war, übergab Klaas seinem Chef schnell den mitgebrachten Papierstapel. »Es sind die Bestellungen, Herr Albers. Da ist wieder mal einiges durcheinandergeraten. Das Kolophonium fehlt, und Gitarrensaiten haben wir auch überhaupt keine bekommen. Dabei warten wir doch schon seit Wochen darauf. Dafür haben wir viele der Notenbücher doppelt.«

»Das müssen wir sofort reklamieren. Ich melde mich gleich bei den Lieferanten. Gut aufgepasst, Klaas. Aber das hättest du mir auch in einer halben Stunde noch sagen können, oder?«

»Ja, schon«, sagte Klaas und sah angespannt zu Boden. »Aber da ist noch etwas: Herr Schmidt ist unten und will seine reparierte Harmonika abholen.« Er räusperte sich und musste scheinbar seinen ganzen Mut zusammennehmen, um weiterzusprechen. »Das Problem dabei ist nur, dass die Reparatur noch nicht abgeschlossen ist. Das dauert noch mindestens zwei Tage. Jetzt ist er ziemlich wütend und will sofort mit Ihnen sprechen.«

»Na, wunderbar«, ächzte Georg und rieb sich nochmals die Schläfen. Übermäßiger Stress bereitete ihm regelmäßig hämmernde Kopfschmerzen. »Ich komme runter und spreche mit ihm. Eigentlich können wir uns das nicht leisten, aber ich werde ihm wohl einen Teil der Reparaturkosten erlassen müssen.« Hastig zog Georg sein Hemd glatt und schloss sein Jackett. Gerade, als sich die beiden Männer in Bewegung setzten, kam ihm jedoch noch ein Gedanke.

»Bist du meiner Frau heute schon begegnet, Klaas? Als ich heute Morgen ankam, musste ich direkt ins Lager und dann zur Klavierstunde, deshalb habe ich noch nicht nach ihr sehen können.«

Bei diesen Worten blieb der junge Angestellte abrupt stehen. Sein Gesicht war jetzt fast so rot wie eine reife Tomate, und er riss die Augen auf. »Oje«, platzte es aus ihm heraus. »Das war ja der dritte Grund, warum ich gekommen bin. Ihre Frau möchte mit Ihnen sprechen. Es geht um Ihre Tochter.«

Kaum hatte Klaas den letzten Satz beendet, war Georg schon im Laufschritt unterwegs in Richtung der kleinen Privatwohnung, die Theresa und er sich am anderen Ende des Stockwerks eingerichtet hatten. Seine Kopfschmerzen hatte er dabei ebenso schnell vergessen wie den aufgebrachten Kunden, der unten auf ihn wartete.

Theresa fuhr zusammen, als die Tür hinter ihr schwungvoll aufgerissen wurde. Instinktiv umklammerte sie das zarte, kleine Bündel in ihren Armen noch enger, während sie sich umdrehte.

»Georg«, rief sie erstaunt. »Was ist denn nur in dich gefahren? Gibt es Probleme im Laden?«

Ihr Mann sah sie verwirrt an. Einige seiner dunkelblonden Locken standen wild von seinem Kopf ab, und sein Hemd war ihm aus der Hose gerutscht. »Nein«, entgegnete er, etwas außer Atem. »Ich dachte ... Ist bei euch beiden alles in Ordnung?«

»Ja, mein Schatz«, entgegnete Theresa sanft und schenkte ihm ein müdes Lächeln. Seine Fürsorge wärmte ihr jedes Mal aufs Neue das Herz. »Ich wollte dir nur Bescheid geben, dass ich mit Helena ein wenig spazieren gehe. Der Husten macht ihr wieder zu schaffen.«

Wie zur Bestätigung gab das Baby ein kleines, angestrengtes Schnaufen von sich und begann, mit seinen kurzen Beinchen zu strampeln.

»Soll ich Dr. Fincke rufen lassen?«, fragte Georg besorgt und streckte behutsam die Hand nach seiner Tochter aus, die sofort seinen Daumen mit ihrer winzigen Faust umklammerte und dabei einen leisen quietschenden Laut von sich gab.

»Nein, nein«, winkte Theresa ab. »So schlimm ist es nicht. Sie war heute Nacht nur etwas unruhig. Dagegen hilft am besten etwas frische Luft.«

An den tiefen Sorgenfalten, die sich auf Georgs Stirn abzeichneten, konnte sie sehen, dass seine Sorgen damit keineswegs zerstreut waren. Der instabile Gesundheitszustand ihrer Tochter schien ihm noch mehr Kopfzerbrechen zu bereiten als Theresa selbst.

»In Ordnung«, sagte er schließlich mit einem schwachen Kopfnicken. An den kleinen roten Adern in seinen Augen konnte Theresa sehen, dass auch er letzte Nacht nicht genügend Schlaf bekommen hatte. »Sagst du mir Bescheid, wenn ihr wieder zurück seid?«

»Natürlich«, versprach Theresa und hauchte einen Kuss auf seine stoppelige Wange. »Länger als eine halbe Stunde werden wir nicht draußen bleiben.«

Als sie wenige Minuten später den Vorgarten des Musikhauses hinter sich ließ, fühlte Theresa sich erleichtert. Der graue, wolkenfreie Himmel über ihr ließ ein paar schüchterne Sonnenstrahlen bis hinunter zur Erde gelangen, und es wehte eine milde Brise, die nach feuchtem Laub und reifen Kastanien roch. Die kleine Helena hatte es sich unter der warmen Wolldecke in ihrem Kinderwagen bequem gemacht und döste vor sich hin. Langsam und bedächtig schob Theresa den Wagen in Richtung des Fußwegs, der direkt an der Außenalster vorbeiführte. Ein wenig plagte sie ihr schlechtes Gewissen, weil sie Georg an einem so turbulenten Tag mit dem Geschäft alleinließ. Momentan nahm die Kinderbetreuung jedoch ohnehin jede wache Minute in Anspruch, sodass Theresa in dieser Hinsicht nur selten aushelfen konnte. Der Start des neuen Familiengeschäfts verlief wirklich vollkommen anders, als sie es sich vorgestellt hatte. Dennoch war Theresa jeden einzelnen Tag dankbar. Nicht für eine Sekunde hätte sie ihr altes Leben mit all seinem Luxus und seinem Müßiggang gegen ihre kleine Familie eintauschen wollen. Zärtlich strich sie ihrer Tochter über die rosigen, glatten Bäckchen, was diese mit einem kaum hörbaren Glucksen quittierte. Auch wenn es noch so anstrengend war, Theresa genoss es mit jeder Faser ihres Körpers, Mutter zu sein. Und sobald Helena erst einmal etwas größer war, würde sie sich auch wieder mehr auf das Geschäft und auf die Musik konzentrieren können. Die nächsten Jahre hielten noch viele Herausforderungen bereit, dessen war sie sich sicher.

Bei dem Gedanken an die Zukunft überkam Theresa auf einmal ein leichter Schauer. Gerade gestern Abend war sie zum ersten Mal seit langer Zeit wieder mit einem Teil ihrer Vergangenheit konfrontiert worden, den sie nur zu gern vergessen hätte. Zum Glück war Georg gerade nicht da gewesen, als die beiden Polizisten an der Tür geläutet hatten. Instinktiv hatte Theresa gewusst, um was es ging und sich daher ganz auf das etwa einen Meter lange schmale Paket konzentriert, das die Beamten ihr übergaben, während sie irgendetwas von *Beschlagnahme*, *Herausgabeansprüchen* und *Abschluss des Strafverfahrens* erzählten. Nach etwa zwei Minuten voller Belehrungen und weiterer hochtrabender Begriffe hatte Theresa dann noch ein mehrseitiges Formular unterzeichnen müssen, was die beiden Polizisten zum Glück endlich zufriedenstellte und dazu veranlasste, sich zu verabschieden. Mit zitternden Händen hatte sie die schwere

Haustür verschlossen, zweifach verriegelt und war dann sofort hinauf in das kleine Schlafzimmer in der oberen Etage gehastet. Um Helena nicht zu wecken, hatte Theresa es lediglich gewagt, einen winzigen Kerzenstummel anzuzünden, den sie auf dem Fenstersims fand. Das Verpackungsmaterial war fest verschnürt und versiegelt gewesen, doch mithilfe einer Nagelschere war es Theresa schließlich gelungen, zum Inhalt des Pakets vorzudringen. Und so war die Geige wieder in ihren Besitz gelangt. Irgendwie hatte das mysteriöse Instrument, Jakobs letztes Geschenk und Theresas treuer Begleiter, seinen Weg zurück nach Hamburg und direkt in den Schoß seiner rechtmäßigen Eigentümerin gefunden. Bis auf Weiteres ruhte es nun, sorgfältig in eine samtene Decke eingeschlagen, in einer großen Kiste im weitläufigen Keller des Hauses.

Als Theresa mit ihrem Kinderwagen über den steinigen Pfad am Ufer spazierte und auf die spiegelglatte Wasseroberfläche hinausblickte, kamen ihr tausend Fragen in den Sinn, die sie am Abend zuvor aufgrund des Schocks und der überwältigenden Müdigkeit hatte verdrängen können. Es war klar, dass Franz Mayer kurz nach ihrer Abreise aus Berlin verhaftet, angeklagt und schließlich hingerichtet worden war. Wie aber hatte er es zuvor noch geschafft, die Geige an sich zu bringen? Und was in aller Welt hatte er sich dabei gedacht? Die Frage nach dem Wie ließ sich relativ leicht beantworten, auch wenn Theresa eine eiskalte Gänsehaut überlief, sobald sie darüber nachdachte. Mayer musste nach seiner Verabredung mit Wilhelm noch einmal in das Hotel zurückgekehrt sein, wo er sich sogleich auf die Suche nach seiner Verlobten begeben hatte. Fast konnte Theresa das zornige Blitzen in seinen kalten eisblauen Augen vor sich sehen. Es musste ihn rasend gemacht haben, festzustellen, dass sie ihm schon wieder entwischt war. Den Gedanken daran, was wohl mit ihr geschehen wäre, wenn es Mayer oder einem seiner Handlanger tatsächlich gelungen wäre, sie erneut in ihre Gewalt zu bringen, schob Theresa lieber ganz weit von sich weg. Was aber hatte Mayer sich davon erhofft, dass er die Geige an sich nahm? Theresa ließ den Kinderwagen unter den tief hängenden, mit gelb-grünen Blättern übersäten Ästen einer Weide anhalten und knöpfte langsam ihren Mantel zu, während sie müde den Kopf schüttelte. Es hatte keinen Sinn, weiter darüber nachzugrübeln. Was geschehen war, war geschehen. Jetzt hieß es, nach vorn zu blicken und sich auf ihre Familie und das frisch eröffnete Musikhaus zu konzentrieren. War das nicht ohnehin alles, wovon sie seit langer Zeit geträumt hatte?

Zärtlich nahm Theresa die kleine Helena mitsamt Decke aus dem Wagen und schmiegte ihre Wange an den winzigen, wunderbar duftenden Kopf des Kindes, der von weichem, hellbraunem Haarflaum überzogen war. Über den Fluss hinweg konnte sie am gegenüberliegenden Ufer einige kleine weiß angestrichene Sitzbänke ausmachen. Es kam Theresa vor, als wäre es in einem anderen Leben gewesen, als sie barfuß, tränenüberströmt und mit zerrissenem Kleid auf einer von ihnen gesessen und ohnmächtig vor Schmerz auf die Scherben ihres bisherigen Lebens gestarrt hatte.

Helena wachte langsam auf und murrte leise, was ihre Mutter dazu veranlasste, sie sanft auf ihrer Schulter auf und ab zu schaukeln. »Keine Sorge«, flüsterte sie ihrer Tochter zu. »Es ist schon gut. Alles ist jetzt wieder gut«. Wie gern hätte sie selbst an diese Worte geglaubt. Und wie gern hätte sie sich eingeredet, dass mit der Zeit immer auch das Vergessen kam und mit dem Tod die Vergebung aller Sünden. Doch jedes Mal, wenn sie die Augen schloss, kam es ihr so vor, als würde der Wind eine kaum hörbare, geisterhafte Melodie pfeifen.

Danksagung

Ich danke meiner Frau Stefanie, die mich überhaupt erst zum Schreiben inspiriert und ermutigt hat. Ohne sie wäre dieses Buch nicht entstanden. Ebenso danke ich dem Rest der Familie für jegliche Unterstützung, insbesondere meiner Tochter Fiona, meinem Vater Werner sowie Dustin und Betty.

Die Grundidee für das Musikhaus an der Alster stammt aus einer Challenge, die seitens Isabell Schmitt-Egner organisiert und durchgeführt wurde. Vielen Dank für diese tolle Chance, die mich zu beHEARTBEAT führte, dem Verlag der die Idee schließlich bis zur Umsetzung über drei Bände begleitet hat. Für die herzliche Unterstützung und viele tolle Ideen und Anregungen danke ich hier insbesondere den Lektorinnen Laura von Altrock, Eileen Sprenger und Dr. Ulrike Brandt-Schwarze sowie Programmleiter Stephan Trinius.

Zu guter Letzt richte ich meinen Dank an alle, die ich auf dieser spannenden Reise kennenlernen durfte sowie an sämtliche Schriftsteller-, Arbeits- und Bandkollegen, die dies hier lesen und wissen, dass sie gemeint sind.

Katja Dörr

Sulzbach/Saar, Januar 2023

Der Auftakt zur großen Kurhotel-Saga

Claudia Schirdewan
DAS KURHOTEL AUF
NORDERNEY –
STÜRMISCHE ZEITEN

350 Seiten
ISBN 978-3-7413-0420-0

Norderney, 1885: Jella und Elisa sind seit Kindestagen enge Freundinnen. Während Jella in einem Kinderheim aushilft, unterstützt Elisa ihre Mutter beim Betrieb der eigenen kleinen Pension, um das Familieneinkommen der Fischersleute aufzubessern.
Doch ihre Freundschaft wird auf eine harte Probe gestellt, als eine Reihe mysteriöser Vorfälle die Insel erschüttert. Denn Elisa hegt den Verdacht, dass Jellas Verlobter Carl etwas damit zu tun hat. Die junge Fischerstochter setzt alles daran, die Wahrheit aufzudecken. Währenddessen wachsen in ihr und dem jungen Baumeister Julius Berlund Träume von einem eigenen Hotel und einer gemeinsamen Zukunft …

Vom Zauber der Bücher und der Liebe

Jana Schikorra
DIE KLEINE BÜCHEREI DER HERZEN
Ausgezeichnet mit dem Lovelybooks Community Award

352 Seiten
ISBN 978-3-404-19274-8

Katherine erbt eine kleine Bücherei in der irischen Kleinstadt Howth. Die liebenswerten Dorfbewohner wünschen sich sehnlichst, dass Kate die Bücherei wieder eröffnet. Den Grund dafür findet sie zwischen den Seiten der Bücher: Briefe der Dorfbewohner. Was immer sie beschäftigt, aufwühlt oder glücklich macht, dort kann sich jeder seine Gedanken von der Seele schreiben und in seinen Lieblingsbüchern verstecken. Während Kate noch mit sich hadert, ob sie in Howth bleiben und dieses besondere Erbe fortführen will, trifft sie auf Cadan. Der charmante Fotograf bahnt sich schnell einen Weg in ihr Herz, und bald hat Kate mehr als nur einen Grund, um in Irland zu bleiben …

Der Auftakt der mitreißenden Südstaaten-Saga

Noa C. Walker
DAS LEUCHTEN DER SEHNSUCHT - TÖCHTER DER FREIHEIT

496 Seiten
ISBN 978-3-404-19276-2

Amerika, 1859: Als die junge Lehrerin Annie ihren Dienst auf der Südstaaten-Plantage Birch Island antritt, ist sie zunächst überwältigt von dem luxuriösen und feudalen Lebensstil der Besitzer. Zugleich ist dieser für die junge Frau aus den Nordstaaten befremdlich und verstörend – so wie auch der Umgang mit den Sklaven. Aber sie bleibt sich treu und scheut sich nicht, ihre Meinung zu sagen. Das bringt nicht nur Konflikte mit sich, sondern weckt auch das Interesse des Sohnes des Plantagenbesitzers. Doch die Gefahren des drohenden Bürgerkriegs rücken immer näher …

Lübbe